Jaye Maiman

VERRÜCKT VOR LIEBE

Ein Robin Miller-Krimi

Über die Autorin

Jaye Maiman wurde am 31. Oktober 1957 geboren und hat daher schon früh erfahren, daß das Leben ganz schön trickreich sein kann. Sie wuchs in Coney Island, Brooklyn, auf, nicht weit vom Gerumpel des Cyclone und dem verührerischen Aroma von Nathans Fritten. Sie lebt jetzt mit ihren beiden Katzen, Teaka und Livy, in Park Slope, Brooklyn. Die beiden kann man oft in ihrem Erkerfenster sitzen sehen, wo sie den Verkehr auf der Seventh Avenue im Auge haben und sich neue Robin Miller-Krimis ausdenken.
Die besten Ideen kommen von den Katzen.

JAYE MAIMAN

VERRÜCKT VOR LIEBE

Ein Robin Miller-Krimi

Aus dem amerikanischen Englisch von

Therese Grüner

Titel der Originalausgabe: "Crazy for Loving"
NAIAD Press Inc., Tallahassee, Fl, USA, 1992

CIP-Einheitsaufnahme der Deutschen Bibliothek

Maiman, Jaye:
Verrückt vor Liebe / Jaye Maiman. Übers. aus dem amerikan. Engl. von Therese Grüner. - 1. Aufl. - Göttingen : Daphne ; Wiesbaden : Frauenliteraturvertrieb, 1993
ISBN 3-89137-015-6

1. Auflage 1993, Göttingen

Umschlaggestaltung: Gabriele Jakobi, Altenkessel
Textgestaltung: Heike Lüth, Göttingen
Druck: Fuldaer Verlagsanstalt GmbH

Vertrieb: **FLV (Frauenliteraturvertrieb)**
Erich-Ollenhauer-Str. 231
D-65199 Wiesbaden
Tel.: (0611) 41 07 80
Fax: (0611) 41 06 19

ISBN 3-89137-015-6

Sharon Cyd Gresh gewidmet,
von der ich lachen lernte.
Und Vivian Roll, die mich lehrte,
daß Sisyphus ein Narr war.

Danksagung

Damals, am Anbeginn der Zeiten, habe ich mich in die Frauenbuchläden von New York City geschlichen. Verstohlen, mit vorsichtigem Blick zurück über die Schulter, darauf gefaßt, daß des Schicksals launischer Finger mich zwischen den Schulterblättern traf. Das war lange bevor meine Eltern in den Buchladen *A Different Light* stürmten und Auskunft darüber verlangten, warum mein erstes Buch nicht im Schaufenster lag.

Damals trugen fast alle Bücher, die ich las, dieselben fünf Buchstaben auf dem Rücken: N.A.I.A.D. Wenn ich mich in meinen Tagträumen nicht gerade als den Mann von U.N.C.L.E. sah, dann träumte ich davon, das Mädel von N.A.I.A.D. zu sein. Mit dem Älterwerden werden natürlich auch unsere Träume erwachsener. Heute träume ich davon, meine N.A.I.A.D.-Bücher in Technicolor zu sehen, mit Stars wie Debra Winger oder Jodie Foster. Am besten mit beiden.

Ich möchte Barbara Grier und dem gesamten N.A.I.A.D.-Team dafür danken, daß sie meinen ersten Traum Wirklichkeit werden ließen. Mein Dank geht auch an Vanessa Ferro vom New York Police Department, die aufpaßte, daß die Fakten stimmten.

Große Umarmungen und dicke Küsse gehen an meine großartigen Freundinnen und Freunde, die Flugblätter verteilten und weitere Robin Miller-Krimis von mir einforderten - vor allem aber, weil sie in schweren Zeiten für mich da waren und mich verwöhnten. Dank den alten und neuen Freundinnen und Freunden, die meinem Leben Halt geben: Alice, Amma, Anna, Annie, Elaine, Gary, Jill, Joan, Lisa, Martha, Marty, Maureen, Michael, Pauline, Rich, Risa, Robin, Sharon, Victoria und Wendy. Dank auch an meine Schwester Ann und an meine Eltern, Ira Ray und Sylvia, für ihre Nüchternheit, ihren Humor, ihre Liebe und Akzeptanz, und dafür, daß sie so verdammt gut kochen können. Und schließlich an Rhea, von der ich gelernt habe, was *basheert* heißt.

Kapitel 1

Die Luft war dumpf und feucht. Ich atmete tief durch und streckte den Arm in die Dunkelheit. Meine Finger schlossen sich um eine zerbeulte, scharfkantige Bierdose, die mir in den Daumennagel schnitt. Ich fegte sie beiseite. Während ich auf dem Bauch vorwärts robbte, füllten sich meine Lungen mit dem ätzenden Gestank von Urin und faulenden Essensresten.

Ich hörte ihn atmen, nur wenige Zentimeter von mir entfernt. Im Dunkel des Kriechganges unter dem Hausvorbau suchte ich nach dem verräterischen Glitzern des Lichts in seinen Augen. Nichts. Ich krallte meine Nägel in den Schmutz und schob mich nach links. Pötzlich wurde der Kriechgang enger. Panische Angst preßte mir die Rippen zusammen, mein Atem ging schneller. Ich wußte, daß er meine Angst riechen konnte.

Ich ließ meine Wange in den widerlichen Matsch sinken und versuchte, ruhiger zu werden. Allmählich ging mein Atem langsamer. Ich mußte hier raus, die kühle Luft des frühen

Morgens riechen, den Schlamm von meinen Kleidern kratzen. Ich begann, rückwärts zu robben. Und dann hörte ich dieses Geräusch. Ganz deutlich, links von mir, ein Kratzen. Dann ein Grollen tief in seiner Kehle. Drohend. Ich war auf seinem Territorium, und er wußte es.

Ich biß mir auf die Unterlippe und ließ die Hand nach vorn schnellen. Seine Krallen zerfetzten mir den Unterarm; es brannte wie Feuer. Ich warf mich nach vorne, ergriff ein Bein und umklammerte es verzweifelt, während er auf meinen Kopf einschlug.

Sekunden später war ich im Freien und hielt das größte Miststück von Siamkater, das ich je gesehen hatte, am Genick gepackt.

Wonder Woman hatte wieder mal zugeschlagen!

***

"Nicht schlecht, Miller." Tony Serra nahm mir den fauchenden Siamesen ab, schleuderte ihn ins Badezimmer und knallte die Tür zu. "'Der Arbeiter ist seines Lohnes wert' ... Lukas."

Ich kannte Tony zu gut, als daß mir der Sarkasmus seiner biblischen Komplimente verborgen geblieben wäre. Und richtig: mit hinterhältigem Grinsen riet er mir, meine Kratzwunden mit Jod zu behandeln.

Ich schaute mir meinen Arm an. Mein blaues Baumwollhemd war zerrissen, und ein Blutfleck breitete sich aus. Tony saß über seinen Schreibtisch gekauert. Wie üblich trug er ein weißes, steifgestärktes Hemd und marineblaue Hosen mit Nadelstreifen. Sein Jackett hing lässig über seinem schweren dunkelroten Ledersessel.

Der Mann ist über einen Meter achtzig groß, breitschultrig, kurzhalsig, mit so schütterem Haarwuchs, daß man jede Pore seiner Kopfhaut erkennen kann. Eigentlich sieht er ganz gut aus, doch immer ein bißchen schlampig, als habe er gerade einen Hundertmeter-Sprint quer durch den Bahnhof Grand

Central hinter sich, nur um dann festzustellen, daß sein Zug Verspätung hat. Selbst jetzt bildeten sich Schweißflecke unter seinen Achseln, und seine Hose rutschte.

"Die Crawford wird selig sein, daß Sie Alexander gefunden haben", sagte er und blätterte in seiner Adressenkartei. "Das heißt: Ein großzügiger Scheck in meiner Tasche, und wieder ein zufriedener Kunde. Ein reicher Kunde. Der Typ ist mir am liebsten. Übrigens, Sie dürfen jetzt gehen." Er griff nach dem Telefon, um meinen Rausschmiß zu unterstreichen.

Ich dachte kurz daran, ihn in seinen platten Hintern zu treten; stattdessen verließ ich geräuschvoll sein Büro.

Tony und ich führen diese Brooklyner Detektivagentur seit fast zwei Jahren. Ich habe einen Mörder, zwei unfallflüchtige Autofahrer, unzählige Ehebrecher, viel zu viele weggelaufene Jugendliche und dann und wann einen Wirtschaftskriminellen zur Strecke gebracht. Trotzdem macht es Tony Vergnügen, mir so tolle Fälle aufzuhalsen wie den des entlaufenen Alexander Ming, eines preisgekrönten Siamkaters, der so schlau gewesen war, sich von der silberhaarigen Zicke abzusetzen, die den billigen Kaviar, mit dem sie ihn täglich fütterte, als sein "Gehalt" bezeichnet.

Ich stürmte durch die Tür und fragte mich halblaut, warum ich mich bloß auf diesen Job eingelassen hatte. Als ob ich das nötig hätte. Ich bin die Autorin erfolgreicher Liebesromane. Meine Veröffentlichungen der letzten sieben Jahre – zwei Romane pro Jahr – füllen in den Buchläden einen satten Regalmeter. Zweien davon wurde sogar die zweifelhafte Ehre zuteil, fürs Fernsehen verfilmt zu werden. Warum also jage ich hinter Katzen her und lasse mich herumkommandieren von einem ehemaligen Bullen, der ständig Bibelsprüche im Munde führt und nach Gorgonzolakäse riecht, sobald die Temperatur über fünfundzwanzig Grad steigt?

Mein Selbstgespräch wurde unterbrochen, als ich um die Ecke bog und mit einer leicht magersüchtige Frau mit kurzem Farrah-Fawcett-Haarschnitt und rosenduftender Haut zusammenstieß. Als unsere Augen sich begegneten, begann ihr Kinn zu zittern.

Meine Nackenhaare stellten sich auf. In letzter Zeit hatte ich Geschmack an Schwierigkeiten gefunden, und hier hatte ich sofort das Gefühl, ich würde voll auf meine Kosten kommen.

"Verzeihung", sagte sie und versuchte, ihre Tasche wieder unter dem Ellenbogen festzuklemmen. "Ich suche Mr. Serra. Ist das hier richtig?" Ich trat zwei Schritte zurück. Über die Schulter blickend konnte ich sehen, wie Tony in seinen Ledersessel glitt und sich behaglich darin einrichtete. Ich lächelte sie unwiderstehlich an und dirigierte sie schnell in mein winziges Büro – einen ehemaligen begehbaren Wandschrank, vollgestopft mit Metallschreibtisch, Stuhl, Aktenschrank und Papierkorb. Tonys Büro war dagegen fürstlich.

"Ich bin Robin Miller, Partnerin von Mr. Serra. Was kann ich für Sie tun?"

"Also ...". Ihr Blick schweifte über meinen blutbefleckten Ärmel, die verdreckten Jeans und dann zu Tonys Büro. Durch die Wand hörte man durchdringendes Katzengeschrei.

Ich schlängelte mich an ihr vorbei und schloß die Tür. "Mr. Serra spricht gerade mit einem Klienten. Ein äußerst dringender Fall. Ich will ihm aber Ihren Fall gern vortragen. Möchten Sie sich nicht setzen?" Ich deutete auf den leicht verblichenen roten Regiestuhl, der neben meinem Schreibtisch in eine Ecke geklemmt war.

"Eigentlich wollte ich ja mit Mr. Serra sprechen", sagte sie zögernd. "Ein Freund von mir hat ihn mir sehr empfohlen. Ich glaube, er war Kriminalbeamter bei der New Yorker Polizei?"

Ich nickte. Ein kurzer Blick und ich wußte: die Frau war reich. Reich von Haus aus. Sie trug ein Armani-Kostüm, das ich vorige Woche im Modeteil des New York Times-Magazins gesehen hatte. Ihr Makeup war makellos, die Fingernägel waren sorgfältig manikürt, der violette Nagellack paßte genau zur Farbe ihrer Bluse. Ihre Schuhe stammten vermutlich aus Italien. Kein bißchen abgetragen. Ich versuchte, meine Nike-Turnschuhe zu ignorieren und schaute ihr ins Gesicht. Wahrscheinlich war sie Ende dreißig, nur ein paar Jahre älter als ich. Aber sie sah müde aus. Und so, als sei sie drauf und dran, davonzulaufen.

"Warum sagen Sie mir nicht erst mal, wie Sie heißen?"

In ihren gletscherblauen Augen flackerte Furcht. "Marion Ross", sagte sie unsicher.

Ich lächelte. "Wie die Mutter in *Happy Days*?"

"Kaum", entgegnete sie mit versteinertem Gesicht.

Mein kleiner Witz erschien mir plötzlich grausam. Ich beugte mich vor, und eine Wolke ihres schweren Rosenparfums kitzelte mich in der Nase. Wenn ich die Wahl hätte zwischen normalem Körpergeruch und aufdringlichem, süßem Parfum, würde ich jederzeit den Körpergeruch vorziehen. Doch hat man leider meistens keine Wahl. Ich unterdrückte ein Niesen und fragte leicht näselnd, "Was kann ich für Sie tun?"

Sie blickte in ihren Schoß und begann, ein Papiertaschentuch zusammenzuknüllen. Ich stellte fest, daß sie Fingernägel hatte, wie man sie in jedem besseren Schönheitssalon kaufen kann. Eine Nagelhaut war böse angeknabbert, die Nägel selbst waren jedoch perfekt geformt.

"Ich weiß wirklich nicht, wo ich anfangen soll", sagte sie; sie tippte mit ihrem rechten Fuß nervös auf den Boden. "Mein Mann ... David ... er ist irgendwie in Schwierigkeiten. Aber ich weiß nicht, was es ist. Er ist in letzter Zeit schrecklich nervös. Vorige Woche war er zwei Tage verschwunden. Keine Erklärung. Nichts."

Sie starrte den Papierkorb mit einer Hingabe an, die eines Rembrandts oder Van Goghs würdig gewesen wäre. Da sie offensichtlich jeden Blickkontakt vermied, ging ich rasch um den Schreibtisch herum, beugte mich über sie und fragte, "Wollen Sie, daß wir ihn beschatten?"

Ihre Augen waren von roten Äderchen durchzogen. So aus der Nähe konnte man erkennen, daß sie versucht hatte, die Krähenfüße um ihre Augen liften zu lassen. Es war reine Geldverschwendung gewesen. Kummer hatte ihre Haut mit umso tieferen Linien gezeichnet. Parallel laufende Furchen waren zwischen ihren Augenbrauen eingegraben. Es war, als blicke man aus zehn Kilometer Höhe hinab auf einen umgepflügten Acker.

Plötzlich füllten ihre Augen sich mit Tränen. "Ich möchte, daß Sie herausfinden, was da nicht stimmt. Bitte."

Ich habe noch nie einer Frau widerstehen können, die mich um Hilfe bat. Diesmal war es nicht anders. Ich zog mein Notizbuch heraus. "Warum fangen wir nicht ganz von vorn an?"

***

Dreißig Minuten später hatte ich noch nicht viel mehr über meine neue Klientin oder ihren Mann erfahren. Marion äußerte sich merkwürdig ausweichend über Davids Verhalten in den letzten Wochen. Klare Antworten bekam ich einzig über Davids Alter, sein Aussehen, die Marke seines Autos und seinen Beruf. Je mehr ich hörte, desto neugieriger wurde ich.

David Ross unterrichtete an einer Hauptschule in einem der übelsten Viertel Brooklyns. Als ich beiläufig eine Bemerkung machte über den gesellschaftlichen Abstand zwischen ihren eigenen Kreisen und denen ihres Mannes, blitzten ihre Augen zornig. "Liebe kennt solche Unterschiede nicht", fuhr sie mich an.

Diese hochkarätigen Gefühle kaufte ich ihr nicht ab. Entweder hatten sie tollen Sex miteinander oder Marion hatte eine ausgesprochen rebellische Ader. Vielleicht auch beides. Ich wollte sie gerade weiter ausfragen, da ging die Tür auf.

Als Tony meine Klientin sah, riß er erstaunt die Augen auf. "Marion Ross ... welch unerwartetes Vergnügen." Er schüttelte ihr die Hand mit der Ausdauer eines Politikers. "Bestimmt werden Sie sich nicht mehr an mich erinnern. Ich habe vor ein paar Jahren für Ihren Vater gearbeitet."

Marion stand auf; die beiden begannen, miteinander zu plaudern.

Wenn ich nicht bald eingriff, würde Tony sich Marions Fall an Land ziehen, und ich wäre wieder draußen, hinter dem Pekinesen einer reichen Dame her. "Ich wußte nicht, daß Sie beide sich kennen", warf ich ein.

"Tun wir auch nicht. Oder kaum." sagte Marion schnell. "Tony hat meinem Vater vor ein paar Jahren einmal geholfen. Wir sind uns einmal begegnet. Bei einer Cocktailparty. Mr. Serra war damals ganz reizend zu mir. Wir hatten beide gerade das Rauchen aufgegeben und saßen im selben Boot. Ehrlich, ich hätte ihn nicht wiedererkannt." Sie lächelte Tony zu. "Sie sind viel schlanker geworden. Sie sehen toll aus."

Tony lächelte geschmeichelt. Gegenwärtig gab es nicht viele Leute, die Gutes über ihn zu sagen hatten. Schon gar nicht über seine Figur.

"Na fein. Tony wird bestimmt begeistert sein, daß ich bereit bin, Ihren Fall zu übernehmen", fügte ich hinzu, mit leise drohendem Unterton.

Tony warf mir einen ärgerlichen Blick zu. Dann strahlte er wieder Marion an. "Robin ist in dem Geschäft noch ziemlich neu, aber sie ist gut. Und ich gebe Ihnen meine persönliche Zusicherung, daß ich auf jeden ihrer Schritte ein Auge haben werde."

"Vielen Dank." Sie drückte bedeutungsvoll seine Hand; anscheinend war man sich darüber einig, daß ich die Untergebene war. Sie klappte ihre Handtasche auf, zog einen ausgefüllten Scheck heraus und überreichte ihn Tony.

"Ich hoffe, das genügt als Anzahlung."

Während sein Blick sich auf die Zahlen heftete, schaute ich gebannt auf ihre Tasche. Unter einer ungeöffneten Schachtel Gray Toffees lugte der Griff einer Pistole hervor.

Mein Blutdruck stieg um ein, zwei Striche. Mit gerunzelter Stirn sah ich Marion an, die unter meinem Blick errötete. Mit einer Behendigkeit, die ich ihr nicht zugetraut hätte, warf sie den Trageriemen ihrer Tasche über die Schulter und hakte sich bei Tony ein. "Würden Sie mich wohl zu meinem Wagen bringen?" fragte sie, eine Idee zu munter.

"Mit Vergnügen. Miller, Sie warten hier. Wenn ich zurückkomme, möchte ich Ihren Anteil an dem Fall besprechen."

Ich sann immer noch darüber nach, was die Pistole wohl bedeutete, als Tony wieder eintrudelte. "Okay, Miller, was soll das? Sie wissen doch ganz genau: Alle Fälle laufen über mich." Er sagte das mit dieser *Ich Tarzan, Du Jane*-Stimme, bei der ich immer Lust bekam, ihm die letzten siebzehn Haarsträhnen auszureißen, die ihm noch auf dem Schädel sproßten.

"Tony, wir haben jetzt fast zwei Jahre miteiander gearbeitet. Als Sie mich engagierten, haben Sie gesagt, Sie brauchten einen Geschäftspartner, jemanden, den Sie so einarbeiten, daß er das Büro mal übernehmen könnte ..."

Sein Blick wurde eiskalt. "'Das Ende eines Dinges ist besser denn sein Anfang. Ein geduldiger Geist ist besser denn ein hoher Geist.' Prediger."

"Kommen Sie mir bloß nicht wieder mit diesem Mist. Ich bin nicht hier, um mir Bibelstunden anzuhören."

Statt Kälte war jetzt Zorn in seinem Blick. "Sehr richtig", schrie er. "Sie sind hier, weil Sie dachten, Ihr Verleger würde Sie fallenlassen wegen dieser Lesbenangelegenheit. Ich habe Sie genommen aus Gefälligkeit für einen Freund. Aus Gefälligkeit für Sie."

Ich wußte genau, wovon Tony sprach. Und es gefiel mir überhaupt nicht.

Vor zwei Jahren, als ich den Tod meiner ehemaligen Freundin Mary Oswell untersuchte, zog ich mir den Zorn eines Politikers in San Francisco zu. Er beschloß, es mir heimzuzahlen, indem er verkündete, daß Laurel Carter, die Verfasserin der berühmten Liebesromane der Harbor Serie, eigentlich Robin Miller, diese *berüchtigte Lesbe* war.

Richtig ist, daß ich keineswegs berüchtigt war, ehe die Geschichte in die Zeitungen und Fernsehshows gelangte. Zuerst wurde ich dadurch nur noch bekannter, Neugier wurde geweckt, und die Verkaufszahlen stiegen. Doch kaum zwei Monate später blieben meine Bücher in den Regalen stehen wie angeklebt. Mein Verleger hatte sich verpflichtet, mein neuestes

Buch, *Das Ende einer großen Liebe*, herauszubringen, aber er gab mir auch zu verstehen, daß es für mich an der Zeit sei, in der Harbor Serie mal eine Pause einzulegen.

Um ehrlich zu sein, es hing mir schon zum Hals heraus, über zerfetzte Négligés zu schreiben und über harte Männer, die ihre Muskeln spielen ließen, doch die Tantiemenschecks kamen mir natürlich sehr gelegen.

Innerlich und finanziell war ich darauf vorbereitet, auf meine Reiseschriftstellerei zurückzugreifen. Doch Detective Thomas Ryan – ein Cop aus San Francisco, der mir geholfen hatte, Marys Mörder zu finden und der dabei erstaunlicherweise zu einem guten Freund geworden ist – hatte andere Pläne für mich.

"Komm endlich raus aus deinem Phantasia-Land, Miller", brüllte er per Ferngespräch. (Auf meine Kosten, natürlich.) "Du bist die geborene Schnüfflerin."

Ryan ist ein echter Sprachkünstler.

Zwei Wochen später bekam ich einen Anruf von Ryans altem Freund, Tony Serra, der mir ein Angebot machte, und ich war zu blöd, es abzulehnen. Ich stieg in die Serra-Detektiv-Agentur ein – eine Verpflichtung, die ich einzuhalten gedachte, auch nachdem *Das Ende einer Liebe* ganz unerwartet an die Spitze der Bestsellerliste geklettert war.

Ich erinnere mich noch gut an den Tag, da mein Verleger an meiner Haustür erschien, ein Dutzend Rosen in der Hand, die Falten um den Mund gezeichnet von Verzweiflung. Ich stand auf der Treppe zu meinem Haus und zupfte die Rosenblätter ab, büschelweise. Jedesmal zuckte Samuel G. Taylor der Dritte zusammen, während er mich anflehte, ihm seinen Irrtum zu vergeben und in den Schoß des Verlags zurückzukehren. Als das letzte Blatt zu unsern Füßen landete, schaute ich ihm in die Augen. Dann knallte ich die Tür zu. Das war vor fast achtzehn Monaten.

Seitdem hat sich mein Leben ziemlich verändert. Detektivarbeit ist mir zur zweiten Natur geworden und bedeutet mir inzwischen mehr als meine vierzehn Harbor-Romantitel – aus Gründen, die ich immer noch nicht ganz verstehe.

Ich richtete mich zu meinen vollen 1,75 Metern auf und sah Tony fest in die zusammengekniffenen Augen. "Ich will diesen Fall haben, Tony."

Seine Augen blieben unbewegt, doch um seinen Mund spielte ein zynisches Lächeln. Zwischen den Vorderzähnen hatte er etwas Grünes. "Es spielt keine Rolle, was Sie wollen, Miller. Vergessen Sie nicht: Sie sind bei mir *Lehrling*."

Als ich sah, wie er sich zum Gehen wandte, stieg Wut in mir auf. "Sie brauchen mich genauso, wie ich Sie", schrie ich seinen Rücken an. "Vergessen Sie das nicht. Als Sie mir eine Partnerschaft versprachen ..."

Er wandte sich um, seine Hand schnitt durch die Luft und mir das Wort ab. "Damals war ich krank."

"Sie sind es noch."

Die Worte schossen aus mir heraus wie Pfeile. Vor sechs Jahren betrat Tony eine Weinstube in Brooklyn – leider im falschen Augenblick. Er hatte sich eine Schachtel Marlboro kaufen wollen, stattdessen handelte er sich eine Kugel, Kaliber fünfundzwanzig, in der Schulter ein. Die Kugel zerschmetterte sein Schlüsselbein. Aus der darauffolgenden Operation und Bluttransfusion ging er HIV-positiv hervor.

Sich diese Krankheit zuzuziehen, war schlimm genug. Doch Tony machte dann den Fehler, sich seinem Partner anzuvertrauen. Daraufhin ließ der sich in einen anderen Bezirk versetzen. Ein paar Monate später gab man Tony den dringenden 'Rat', in den vorzeitigen Ruhestand zu treten. Zu seinem eigenen Besten, natürlich. Kurz danach eröffnete er die Serra-Detektiv-Agentur. Deren Erfolg war seine Rache. Und sein Leben.

Als Tony mich im Sommer 1989 einstellte, hatte er sich gerade von seinem ersten Anfall von Lungenentzündung erholt und hatte große Angst. Jene Angst, die einem die Eingeweide zusammenpreßt und einen jedes Risiko eingehen läßt.

Tony sagt immer, er habe mich eingestellt aus Gefälligkeit für Ryan. Die Wahrheit ist jedoch, daß niemand anders mit ihm zusammenarbeiten wollte. Und er war fest entschlossen, daß jemand die SDA übernehmen sollte, wenn er starb. Nur widerwillig hatte er sich für mich entschieden. Nach fast zwei Jahren mögen Tony und ich uns immer noch nicht besonders, aber wir brauchen einander – eine Tatsache, die keiner von uns gern zugibt.

Ich konnte sehen, wie sich sein Gesicht entspannte, während meine Worte auf ihn wirkten.

Er lehnte sich an den Türpfosten. "Also, was ist los mit Marion?" fragte er müde.

"Sie will, daß wir über ihren Mann ermitteln. In den letzten Monaten hat er sich seltsam benommen. Läuft mitten in der Nacht aus dem Haus. Wacht schweißgebadet auf ..." Ich sah in meine Aufzeichnungen. "Das Telefon läutet, und wenn Marion antwortet, legt der am anderen Ende auf. Solches Zeug." Ihre Pistole erwähnte ich absichtlich nicht. Wenn Tony erfuhr, daß Marion eine Waffe mit sich herumschleppte, würde er mich sofort von dem Fall abziehen.

"Sieht ganz nach einer Affäre aus. Haben Sie sie danach gefragt?"

"Hören Sie mal, Tony. Natürlich. Sie sagte, das sei nicht möglich." Wir blickten einander verständnissinnig an.

"Na gut", sagte er mit gequältem Lächeln. "Was für ein Jammer. Sie ist nett. Täte mir leid, wenn ihr jemand weh täte." Er war im Begriff zu gehen.

"Also ist das mein Fall, ja?"

Er wandte sich um und sah mich an. In dem Neonlicht des Vorraums sah seine Haut kränklich aus. "Aber sicher. Sie brauchen die Erfahrung. Doch konzentrieren Sie sich auf das wesentliche. Wenn der Kerl sie betrügt, finden Sie heraus, mit wem, und legen Sie den Fall ad acta. Möglich, daß ich Ihre Hilfe bei dem Torstar-Brands-Fall brauche." Er hielt inne. "Übrigens, ich habe heute später noch einen Arzttermin. Vielleicht könnten Sie Mr. Ming für mich bei der Crawford abliefern?"

Das hatte mir gerade noch gefehlt. Nochmal ein Zweikampf mit diesem hirnrissigen Siamkater! Aber Tony bittet mich nur selten um Gefälligkeiten. Und ich gebe selten nach. "Kein Problem, Tony."

Sein Gesicht hellte sich plötzlich auf. "Wünsche einen schönen Tag, Partner." Sein Sarkasmus war kaum verhüllt. An der Tür zu seinem Büro drehte er sich noch mal um, schaute zurück und grinste.

"Miiiauu."

Alles andere als amüsiert ließ ich mich auf meinen Stuhl fallen und begann, meine Notizen abzutippen. Ich hatte deutlich das Gefühl, daß es bei diesem Fall um mehr ging als einen Ehemann, der anderen Frauen nachlief. Ich griff nach dem Foto, das Marion auf einer Schreibtischecke liegengelassen hatte. David Ross starrte mich mit lachenden Augen an. Es lief mir kalt den Rücken hinunter, als ich das Bild in meinen Aktenordner steckte.

***

Am nächsten Morgen saß ich in meinem Wagen und kaute an einem Rosinenbrötchen, als David Ross in seinem verbeulten Nissan Sentra an der Ecke Atkins- und Washington-Street hielt, einem Viertel im Osten Brooklyns, das berühmt ist für seinen Beitrag zu New Yorks florierender Verbrechensstatistik. Ich kontrollierte die Zeit auf der Uhr am Armaturenbrett. Es war fünf vor acht, genau wie Marion gesagte hatte.

David schlug auf seinem Steuerrad den Takt zu einer unhörbaren Musik. Sah ganz nach Heavy Metal aus. Nach einer besonders dramatischen Phase klappte er die Wagentür auf und rannte über die Straße zur Hauptschule 189, wo er als Lehrer arbeitete. Mit seinen ausgewaschenen Jeans, dem graugestreiften Hemd und einem Schlips, der einer Flunder verdächtig ähnelte, sah David viel jünger aus als einundvierzig. Ein paar von den Kids, nicht älter als zehn, riefen ihm etwas zu, als er näher kam. Ich glaube, es hatte mit Fischessen zu tun. Ein anderer Junge in schwarzer Lederjacke, auf der in Metallnieten der Name "Tito" stand, rannte von hinten auf ihn zu und spuckte ihm auf den Rücken. David ging langsamer und schob sich mit gespielter Ruhe an ihnen vorbei. Ich sah, daß er leicht hinkte.

Ich wartete, bis er die Treppe hinaufstiegen war, ehe ich nach der Türklinke griff. Das verdammte Schloß klemmte mal wieder! Ich hatte einen senfgelben 1976er Plymouth Duster, genannt Bella. Das Chassis war total hinüber, aber über den Motor schnalzten alle Mechaniker vor Bewunderung mit der Zunge. Normalerweise habe ich eine schon unnatürliche Zuneigung zu Bella. Aber jetzt hätte ich ihr am liebsten die Lenksäule umgedreht. Ich brauchte mehr als fünf Minuten, um rauszukommen. Bis ich an dem Knäuel von Schülern vorbei die Treppe hinaufgelaufen war, war David längst verschwunden.

Ich trat ein und hatte einen heftigen Anfall von déjà vue. Schulen haben einen ganz besonderen Geruch, an den ich mich nur zu gut erinnere. Muffig und nach Kreide. Aber die Geräusche waren anders. Rap-Musik dröhnte durch die Korridore, vermischt mit den hohen Stimmen der Kids, die die Pubertät noch nicht erreicht hatten. Ein dumpfes Dröhnen, wie von einem Flugzeug kurz vor dem Abheben, erschütterte die Wände. Und über all dem das Gedröhne von Hunderten von Reebok- und Nike-Turnschuhen, die die Metalltreppen hinaufstampften. Meine Nerven spannten sich sofort bis zum Zerreißen.

Genau in dem Moment schubste mich ein Satansbraten von einem Knirps beiseite. "Weg da!" Er raste durch die Halle wie ein Abwehrspieler in Aktion, rannte ein kleines puertorikanisches Mädchen über den Haufen und prallte gegen einen Jungen, der aussah, als würde er am liebsten wieder rauslaufen. Ich konnte es ihm nicht verdenken. Es war wie in einem Motor-Scooter auf Coney Island, nur ohne Lenkrad.

Ich war dabei, mir einen Weg durch die Halle zu bahnen, als eine Sicherheitsbeamtin mir auf die Schulter tippte. "Kann ich Ihnen helfen?" Die Frau war in den Fünfzigern; ihre zarte Haut hatte den Ton gebrannter Mandeln. Auf ihrem Namensschild stand 'Juanita Morales'. Sie war schlank und drahtig; aus ihren Augen sprachen Wachsamkeit und Kampfeslust. Ich hatte das Gefühl, daß sie die auch gut brauchen konnte.

"Ich habe eine Verabredung mit dem Schulpsychologen", improvisierte ich schnell.

Plötzlich schrie sie über meine Schulter hinweg, "Heh, Germaine! Beweg deinen Hintern wieder nach oben! Sofort!"

Ich wich unwillkürlich zurück. "Entschuldigung", sagte sie. "Man muß sie hart anfassen, oder diese kleinen Wilden fressen einen auf. Sie sagten, sie hätten eine Verabredung mit Virginia?"

"Virginia?"

"Savarin. Die Schulpsychologin." Sie sah mir fest in die Augen.

Ich straffte meine Schultern. "Ms. Morales, mein Sohn ist einer von diesen 'kleinen Wilden'. Also, wenn es Ihnen nichts ausmacht ..." Ich versuchte, die entrüstete Mutter zu spielen.

Sie warf mir einen mißtrauischen Blick zu. "Wie heißt er denn?"

"Tito", sagte ich spontan. "Eigentlich heißt er Theodore, doch sein Vater besteht darauf, ihn Tito zu nennen. Wir wohnen nicht mehr zusammen, aber Tito ist ganz und gar sein Vater. Also, wo kann ich Miss Savarin finden? Ich komme schon etwas zu spät zu unserer Verabredung."

Wieder mal war mir mein Talent, mich zu verstellen, zustatten gekommen. Sie deutete auf das andere Ende der Halle. "Zweiter Stock. Ganz hinten."

Ich lief zweimal durch den zweiten und den dritten Stock, ehe ich Davids Klassenzimmer fand. Er stand vorn und schrieb mit einem daumengroßen Stück Kreide Zahlen an die rissige

Tafel. Das quietschende Geräusch verursachte mir eine Gänsehaut. Ich stellte mich neben den Türrahmen. Fast vierzig Kids waren in dem Raum zusammengepfercht. Ein paar saßen auf einem Fensterbrett und spielten Karten. Ein Junge versuchte verweifelt aufzupassen, obwohl sein Nachbar unentwegt mit einer zusammengerollten Illustrierten auf seine Stuhllehne klatschte.

Ich sah mir David Ross genauer an. Er war schlank und muskulös, wahrscheinlich fünf bis zehn Zentimeter größer als ich. Er hatte dichtes schwarzes Haar, in der Mitte gescheitelt, und buschige Augenbrauen, die über der Nase fast zusammenwuchsen. Über seinem wohlgeformten Mund wuchs ein drahtiger Schnurrbart. Plötzlich wandte er sich mir zu. Sein eckiges Kinn schob sich vor, seine kohlschwarzen Augen glitzerten wie die Silberkette, die von seinem drahtigen Nackenhaar fast überwuchert wurde.

Mit verführerischem Lächeln fragte er, "Na, Kleine? Hast du dich verlaufen?"

Er erinnerte mich stark an die Jungen, die in Bay Ridge rumlungern – ihre Jeans über gewissen sich beulenden Körperteilen strategisch abgewetzt, – und die glauben, daß Eau de Achselschweiß und 'Na, Baby?' schon genügen, um eine Frau anzumachen. Manche Frauen hätte Davids dunkler Blick und die in ihm enthaltene Bedrohung vielleicht wirklich angemacht. Ich fühlte nur tiefes, eiskaltes Schaudern. Ich schüttelte den Kopf. Als ich weiterging, spürte ich sein Gelächter wie einen eisigen Finger mein Rückgrat auf- und niedergleiten.

Ich ging noch ein paarmal an seinem Klassenzimmer vorbei, sorgfältig darauf bedacht, seine Aufmerksamkeit nicht wieder zu erregen. Da ich die nächsten Tage damit verbringen würde, diesem Kerl durch die überfüllten Straßen New Yorks zu folgen, wollte ich mir einen klaren Eindruck von seiner Stimme, seinen Angewohnheiten und seinen Verhaltensweisen verschaffen. Und da gab es jede Menge Verhaltensweisen: Einmal sah ich, wie er den Tafelschwamm nach einem der Jungen auf dem Fensterbrett schleuderte. Ein andermal saß er auf einer Schreibtischecke und starrte auf seine Hände, während die Schüler mit Papierkugeln auf den nächsten Papierkorb zielten. Er hatte offenlichtlich jede Kontrolle verloren. Und er schien zu müde, als daß es ihm etwas ausmachte.

Die letzte halbe Stunde vor der Mittagspause verbrachte ich auf einem Fensterbrett im Treppenhaus mit Ausblick auf ein ausgebranntes Mietshaus, in dem jetzt mit Crack gehandelt wurde. Ich sah, wie ein und derselbe Mann das Gebäude sechzehnmal betrat und wieder verließ. Autos fuhren vor, warteten, während Ware und Geld durch dunkelgetönte Fenster ausgetauscht wurden, und fuhren dann schnell weiter. Der Dealer, ein Schwarzer Anfang dreißig, hatte die Statur eines Boxers. Er trug orangefarbene Turnschuhe, die ohne Zweifel im Dunkeln leuchteten. Kurz vor zwölf sprang er in einen silberfarbenen Mazda RX-7 und röhrte davon. Es war inzwischen Zeit geworden, wieder nach David zu sehen.

Ich betrat den Korridor und konnte gerade mitansehen, wie er seine Klasse hinunter in den Lunchraum trieb. Er sprach kurz mit einem anderen Lehrer und trabte dann nach draußen. Die Straßen wimmelten von Bauarbeitern, die eine Straße weiter ein Gebäude abrissen; doch durch sein Hinken und seine Größe war David leicht zu verfolgen. Ecke Washington- und Scanton-Street stoppte er an einem Münztelefon. Ich kauerte mich zwischen zwei schrottreife Autos; mein Blick ließ sein Profil nicht los.

Er machte nacheinander drei Anrufe. Beim letzten verzerrte sich sein Gesicht vor Wut. Ich mußte mindestens zehn Meter von ihm entfernt sein, doch brüllte er so laut, daß ich ein paar Worte aufschnappte. Etwas über Geld für einen 'Cruiser'.

Das Wort echote in meinem Kopf. Meinte er einen Polizeistreifenwagen? Bei dem Gedanken verkrampften sich meine Wadenmuskeln. Warum sollte David Ross es nötig haben, die Polizei zu bestechen?

Er knallte den Hörer auf die Gabel und raste zurück zur Schule.

Ich wollte der Sicherheitsbeamtin nicht wieder in die Hände laufen, darum wartete ich an einer Seitentür, bis jemand herauskam. Dann schlich ich mich wieder nach oben. David saß im leeren Klassenzimmer an einem viel zu kleinen Schülerpult und sah genau aus wie Gulliver, der sich zu einem neuen Angriff auf die Liliputaner vorbereitete.

"Ich bin am Ertrinken. Das meinte ich", sagte er plötzlich.

Erst dachte ich, er spreche zu mir. Dann bemerkte ich eine Hand auf seiner Schulter. Eine attraktive Frau trat in mein Blickfeld. Sie hatte schulterlanges, rotblondes Haar, breite Hüften und lange, wohlgeformte Arme. Ihr Rock – perlweiß und tannengrün – umschloß ihre Kurven wie Geschenkpapier.

Eine Glocke läutete, und alle Türen öffneten sich zum Flur. Minuten später wimmelte das Klassenzimmer wieder von Schülern. Meine Blicke blieben an einem Jungen hängen, der in der Türöffnung stand. Er war fast so groß wie ich, mit einem grellen Brandmal auf einer Wange. Die Augen waren blutunterlaufen und seine Knöchel schorfbedeckt. Er legte seine grobe Jacke ab und bückte sich, um seine Turnschuhe zuzuschnüren. Unter seinen zerrissenen Jeans wurde ein rostiges Eisenrohr sichtbar. Unsere Augen begegneten einander. Eine Sekunde lang starrte er mich wuterfüllt an. Dann fiel die Wut in sich zusammen, als sei er zu müde, das Gefühl noch länger durchzuhalten. In diesem Augenblick sah ich nur noch den verschreckten Jungen, der seine Kindheit schon lange verloren hatte. Ich kannte das Szenario nur allzu gut. Mein Magen krampfte sich zusammen.

Als David wieder in mein Blickfeld kam, zog ich mich zurück. Laut Marion würde er noch den ganzen Nachmittag unterrichten. Ich fand, daß das die ideale Zeit für mich war, eine Pause zu machen und bei Tony vorbeizuschauen.

Es war keine gute Idee. Tony ist immer schlechtgelaunt, wenn er vom Arzt kommt.

"Was zum Teufel haben Sie den ganzen Tag gemacht?" blaffte er mich an.

"Hab ich Ihnen doch gerade erzählt. David Ross beobachtet."

"In einer Schule, mein Gott! Der Mann arbeitet da. Was erwarten Sie denn, da zu finden?"

Ich verdrehte die Augen. "Das werde ich wissen, wenn ich es finde."

"Großartig. Inzwischen gehen Sie mal zur Kfz-Zulassungsstelle und bitten Pete, herauszufinden, wer zu dem gelbbraunen Mercedes Nummer QDP-7891 gehört. Wenn meine Vermutung sich bestätigt, dann haben wir den Kerl, der die Athenaeum-Gruppe auffliegen lassen will."

"Wenn wir einen Computer hätten ..."

"Wir haben aber keinen, Miller. Also machen wir es auf die altmodische Art. Reden Sie mit Pete."

Ich hatte keineswegs Lust, den Rest des Nachmittags im Dschungel der Zulassungsstelle zu verbringen in Gesellschaft eines nachgemachten 007 mit Mundgeruch. Aber Tony warf sich in Feldherrenpose. Und da Jill Zimmerman, unsere Teilzeit-Sekretärin, gerade auf den Bermudas Flitterwochen machte, war nur ich als Fußtruppe einsatzbereit.

"Miller, Sie sind immer noch da?"

Ich brummte nur.

"Entweder die Zulassungsstelle oder Nachteinsatz im Supermarkt Pathway, wo Sie versuchen können, den Junkie im Auge zu behalten, der immer in die Kasse langt."

Ich gab nach. Fünf Minuten später war ich im meinem Wagen unterwegs zur Zulassungsstelle und ahnte noch nicht, was dieser Schritt mich kosten würde.

Kapitel 2

"Geeja! Mallomar! Ich bin wieder da." Meine beiden Katzen kamen eilig zur Wohnungstür gerannt und fingen sofort an zu jammern. "Worüber habt ihr beiden euch denn zu beklagen?" Die Mädels hörten mir nicht mal zu. Sie liefen in die Küche zu ihren Näpfen und jammerten nur noch lauter. Ich ließ meine Aktentasche auf die Couch fallen und folgte ihnen. "Schon gut. Man könnte meinen, ich ließe euch verhungern."

"Tust du ja auch."

Ich schaute in Richtung Wohnungstür und verzog das Gesicht.

"Dinah, klopfst du nicht mehr an?"

Dinah ist meine beste Freundin und meine Hausgenossin. Sie wohnt in den beiden unteren Etagen unseres Park Slope-Hauses, und ich bewohne die beiden oberen.

"Warum sollte ich mir die Mühe machen? Du hast niemanden mehr hier oben gehabt, seit Cathy dich zuletzt besucht hat. Und wenn ich mich recht erinnere, wird sie wohl so bald nicht wiederkommen."

Ich spülte die Katzennäpfe aus und füllte sie aus einer Dose Thunfisch mit Käse. "Fang nicht wieder damit an. Unsere Beziehung war gerade dabei, sich zu entwickeln."

Dinah öffnete den Kühlschrank und zog die Nase kraus. "Wie du meinst, Robin. Ich bin sicher, die Therapeutin, die du seit sieben Monaten nicht mehr aufgesucht hast, wäre da vollkommen deiner Ansicht." Sie nahm einen grünen Plastikbehälter heraus und ließ den Deckel aufspringen. "Übrigens glaube ich, dein wissenschaftliches Experiment mit der Schimmelpilzkultur ist ein Erfolg."

"Bist du gekommen, mir die Freuden des Single-Daseins zu vermiesen, oder führst du noch Schlimmeres im Schilde?"

"War offenbar nicht dein Tag heute. Ich hatte gerade eine Sitzungspause, da dachte ich, ich sag dir besser, daß Tony dich sucht. Kam vor zwanzig Minuten vorbei und sagte, du solltest ihn im Büro anrufen. Sofort. Wie's scheint, ist jemand umgebracht worden, den du beschattet hast."

***

Der Eingang zur Schule war abgesperrt von einem Massenaufgebot an Polizei. Ich drückte mich an einem Einsatzwagen der Kripo vorbei und blickte auf die Menschenmenge jenseits der Absperrlinie. In diesem Viertel konnte jeden Augenblick Gewalt aubrechen. Man konnte es riechen. Wie den Geruch, der einem Blitzschlag vorausgeht.

In diesem Augenblick schleuderte jemand eine Bierflasche gegen den Polizeistreifenwagen, der neben dem Leichenwagen parkte. Die Luft vibrierte plötzlich vom Geräusch zerbrechenden Glases und rassistischer Beschimpfungen. Sechs oder sieben Cops rannten los; plötzlich wirbelte einer zu mir herum, den Daumen am Abzug seiner Achtunddreißiger. An seiner offensichtlichen Nervosität erkannte ich den Neuling und zückte schnell meine Ausweiskarte. Nach einem kurzen, unwilligen Blick auf mich und meine Karte wies er mich in Tonys Richtung.

Mein liebenswerter Partner unterhielt sich angeregt mit einem untersetzten Mann mit Bürstenschnitt und einem Gorbatschow-Muttermal quer über der Stirn: Lieutenant Sergeant Rodammer, bekannt auch als der Hammer. Ein absolut bigottes Arschloch, und einer meiner ganz besonderen Lieblinge bei der New Yorker Polizei. Rodammer fischte gerade eine neue Zigarette aus einer Carlton-Packung. Ich blieb abrupt stehen und suchte in der Menge nach einer anderen Informationsquelle.

Da dröhnte mir unerwartet eine Baritonstimme ins Ohr. "Eine schöne Frau. Gewiß auf der Suche nach mir."

Als ich mich umdrehte, blickte ich in die braunen Dackelaugen von Isaac McGinn, einem 1,87 Meter großen Kriminalbeamten mit dünnem, blondem Haar, Ganovenlächeln und einem Hang zu Gourmetrestaurants und zur Vogelbeobachtung.

"Sie schmeicheln sich, Zack. Ich hatte eigentlich gehofft, die süße Rothaarige von den Fünfundsiebzigern würde hier auftauchen."

Zack lächelte, die Hand auf meiner Schulter. "Sie meinen Audrey. Ach, das Schicksal ist grausam!"

"Geben Sie's auf. Sie sind der glücklichste Ehemann, den ich kenne."

Zack und ich waren einander voriges Jahr begegnet, als ich den Versicherungsschwindel in einer hiesigen Klinik aufdeckte. Er steckt voller Widersprüche – von seinem Namen bis hin zu seiner Mitgliedschaft im Tierschutzverein wie auch im hiesigen Jagdclub. Er wies mit seinem scharfgeschnittenen Kinn in Tonys Richtung und sagte: "Ihr Serra legt sich mächtig ins Zeug. Ich hörte, wie er dem Hammer erzählte, Sie wären bei Ihrer Beschattung heute morgen aufgeflogen."

"Aufgeflogen! Totaler Blödsinn. Der Kerl da im Leichenwagen wußte nicht mal, daß es mich gibt! Tony hat mich abgezogen wegen einer Routinesache bei der Kfz-Zulassungsstelle."

Über meine Schulter hinweg starrte er auf das Getümmel neben dem Leichenwagen. Die Straßenlaternen flackerten immer noch. "Hab ich mir gedacht. Ist aber auch egal. Sie haben sich den Typen schon gegriffen. Ein Schwarzer. Nicht älter als zwölf. Eine Schande, echt! Scheint eine Zweiundzwanziger benutzt zu haben." Er sprach in einer Art Telegrammstil und bedeutete mir damit, daß er wegmußte.

"Das war's dann also? Fall gelöst? Klingt ein bißchen sehr einfach."

Zack runzelte die Stirn und wandte sich ab. "Manchmal tun sogar wir Cops das Richtige."

"Was habt ihr denn diesmal richtig gemacht? Kommt ins Zimmer und findet den Jungen mit der Pistole herumfuchteln und rufen 'Verhaften Sie mich, Officer! Ich hab's getan, ich war's'."

Er warf mir einen raschen Seitenblick zu, um sich zu vergewissern, daß ich es nicht ernst meinte. Ich war mir da selbst nicht so sicher.

"Bloß gut, daß wir Freunde sind, Miller", sagte er, und seine Blicke wanderten wieder zur anderen Straßenseite. "Der Hausmeister – Hyung Kim – sah den Jungen aus dem Klassenzimmer rennen, mit der Waffe in der Hand. Das war so um vier Uhr. Der Gerichtsmediziner sagte, der Mann war nicht länger als eine halbe Stunde tot, als wir kamen. Zufrieden?"

Das klang mir immer noch zu einfach. "Und das Motiv?"

"So glatt läuft's leider nicht immer."

"Einen schwarzen Jungen mit rauchender Waffe in der Hand zu finden, läuft doch sehr schön glatt. Vielleicht zu schön. Also wirklich, McGinn. Irgendwas stimmt hier nicht."

"Die Brieftasche des Lehrers hat gefehlt, Robin. Weil Sie es sind: Ich kümmere mich darum. Wenn ich merke, daß jemand die Fakten manipuliert, sage ich Ihnen Bescheid."

"Okay, großer Meister. Können Sie mich jetzt reinschleusen?"

Ohne den Blick von der Menschenmenge abzuwenden, lächelte er.

"Nicht die geringste Chance. Der Hammer würde mir die Ohrläppchen abschneiden und an sein Lieblingsschwein verfüttern." Er schaute mich an. "Außerdem gibt's da nichts zu sehen. Ein leeres Klassenzimmer, ein blutbeflecktes Pult. Das ist alles. Das einzig Bemerkenswerte ist etwas Sägemehl, das mit Blut getränkt war. Sie wissen, was ich meine: dieses Zeug, das man an Obstständen auf dem Boden findet oder in diesen koreanischen Läden. Der Junge hat es wahrscheinlich an seinen Turnschuhen reingeschleppt. Also, wenn's recht ist, werd' ich jetzt mal feststellen, was da bei dem Leichenwagen vorsichgeht."

Ich atmete tief durch und ging auf Tony zu. Er sah mich kommen und schüttelte vorwurfsvoll den Kopf. "Gute Arbeit, Miller. Sie beschatten den Kerl den ganzen Morgen und verdrücken sich genau dann, wenn er umgebracht wird."

Ich nickte Rodammer zu, der mir bereits mit mahlenden Kiefern entgegensah.

"Sie haben mich von der Beschattung abgezogen, Tony", sagte ich.

"Ah ja? Ich hab Sie also abgezogen." Sein Ton schien zu suggerieren, ich hätte mir unsere Unterredung nur eingebildet. Einen Moment lang versuchte ich, mir vorzustellen, wie er mit einer Essiggurke im linken Ohr und einem Petersiliensträußchen im Mund aussehen würde.

"Sie beide können das nachher diskutieren", unterbrach uns Rodammer. "Ich habe ein paar Fragen an Miss Carter." Aus irgendeinem Grunde nennt er mich immer bei meinem Künstlernamen. Vermutlich hält er das für eine Form besonders geistreich.

"Ehe es Ihnen gefiel, sich aus dem Staub zu machen, haben Sie da etwas Ungewöhnliches bemerkt?"

Ich dachte sofort an Davids hitzige Telefongespräche, den großen Jungen mit dem rostigen Eisenrohr im Hosenbein, die Blonde mit ihrer Hand auf Davids Schulter. Marions Pistole. Dann sah ich Rodammer an. Der Kerl hatte Reagan gewählt. Er hatte ein großes signiertes Foto von Bush in seinem Büro hängen. Ich zuckte die Achseln und sagte, "Nein. Nicht daß ich wüßte."

Menschlich ist Rodammer ein Versager, aber er ist ein gewitzter Cop. Er wußte, daß ich mauerte – seine pochende Stirnader verriet es mir. "Vielleicht sollten Sie sich lieber wieder den Dingen zuwenden, von denen Sie was verstehen."

Ich kniff amüsiert die Augen zusammen. "Ach, das würde ich nur zu gerne tun, Freddy, aber meine Freundin ist gerade verreist."

Rodammers Gesicht nahm die Farbe von englisch gebratenem Roastbeef an, und er stürmte davon.

"Sie sind ja wirklich das letzte, Miller." Tony lief emsig hinter seinem guten Freund her, der, wie ich oft bemerkt hatte, sich stets sorgfältig auf Spuckdistanz von Tony hielt. Schließlich konnte man ja nie wissen. Die Ärzte könnten ja entdecken, daß AIDS bereits übertragen wird, wenn einer lispelt.

Ich blickte über die Menschenmenge hin und versuchte, Zack wiederzufinden. Statt seiner sah ich einen jungen Cop, der eine Aussage aufnahm von einem dunkelhaarigen Mann, dem ein Handtuch aus der Gesäßtasche hing und ein Schlüsselbund vom Gürtel. Mein Gefühl sagte mir, daß dies Hyung Kim war. Ich wartete, bis der Cop fertig war. Dann ging ich hinüber.

"Ganz schön brutale Gegend, in der Sie arbeiten."

Der Mann nahm die Fliegerbrille mit den dicken Gläsern ab und rieb sich mit den schwieligen Handflächen die Augen. "Oh Mann, das können Sie glauben."

"Sie arbeiten schon lange an dieser Schule?"

Er konnte nicht älter als dreißig sein, aber sein Gesicht war verhärmt. "Drei Jahre." Er schaute angewidert auf die Schule. "Ich hoffe, sie rösten ihn."

"Sie meinen den Jungen, den Sie gesehen haben? Den mit der Kanone?"

"Genau." Kim zog eine Packung Camel heraus und schnippte eine Zigarette in seine Hand. "Der Junge ist ein Unruhestifter. Hat meine Frau voriges Jahr überfallen." Eine

Rauchwolke wehte auf mich zu. Ich trat zurück. "Stört Sie's?" Er wedelte mit der Zigarette unter meiner Nase.

"Sind Sie sicher, daß es derselbe Junge war?"

"Gar keine Frage. Ich hab gesehen, wie er aus dem Klassenzimmer kam. Die Kanone hatte er noch in der Hand."

Ich sah mir seine dicken Brillengläser genauer an. Sie vergrößerten die geplatzten Äderchen in seinen Augen. Ich kratzte mich an der Nase und fragte beiläufig, "Wie weit waren Sie entfernt?"

Er schnippte Asche auf mich. "Er rannte."

"Auf Sie zu?"

"Nein." Er begann, mit seinem Feuerzeug zu spielen, knipste die Flamme an und aus. "Weg."

Ich bekam ein mulmiges Gefühl in der Magengrube. "Wie weit war er von Ihnen entfernt?"

Er fummelte an dem Rädchen, um die Flamme hochzudrehen. Dann sah er auf. "Nicht weit. Er trug eine schwarze Jacke und zerrissene Jeans. Hatte ein Eisenrohr versteckt, als die Cops ihn griffen."

Ich erinnerte mich an den Jungen mit dem Brandmal auf der Wange, der vor Davids Klassenzimmer gestanden hatte. "Hatte er eine Narbe, genau hier?" Ich strich mit einem Finger über meine Wange.

Kim lächelte bitter. "Ja, Mann, das ist er. Ich wünschte, ich hätte ihn geschnappt. Ich hätte ihn selber umgebracht. Mit meinen eigenen Händen." Er hielt mir seine schwieligen Hände dicht vors Gesicht.

"Wie heißt er?"

"Wie er heißt? Thomas Emerson. Die Kids nennen ihn Pooley." Aus seinen Mundwinkeln kroch ein leichtes Grinsen.

"Hatte er Probleme mit Ross?"

Er atmete den Zigarettenrauch ein. "Pooley hat mit allen Probleme. Denken Sie etwa, er braucht einen Grund, jemanden umzubringen?" Seine Augen blitzten belustigt und bitter zugleich. "Pooley braucht keinen Grund, jemanden umzubringen. Vielleicht hat Ross nicht 'Guten Morgen' zu ihm gesagt.

Ich kenn' doch diese Kids. Laß sie mit jemandem Streit haben, und wenn's der beste Freund ist, sie machen ihn alle. So nennen sie das: allemachen. Das passiert hier dauernd. Kids, zehn oder zwölf Jahre alt, laufen rum mit Kanonen im Hosenbund."

Ich warf mich in meine beste 'Harter Bursche-Pose'. "Was für eine Kanone hat er gehabt?"

Waffen sind nicht gerade mein Lieblingsthema. In meiner Nase spürte ich tief aus der Erinnnerung das Kitzeln von Pulverdampf. Ich schüttelte es ab.

"Die Cops sagen, sie sieht aus wie eine Zweiundzwanziger." Er zielte mit dem Zeigefinger auf seine Schläfe, den Daumen ausgestreckt wie einen Abzug. "Genau hier. Bumm!" Er sah mich erwartungsvoll an.

Hitze stieg mir ins Gesicht. Bleib bei der Sache, ermahnte ich mich. "Eine Zweiundzwanziger ist ziemlich klein." Klein, aber tödlich. Das Bild einer zweiundzwanzig-kalibrigen Handfeuerwaffe tauchte aus meiner Erinnerung auf. Ihr Metall schimmerte wie ein Gossengitter unter mondbeglänztem Regen. Mein Blick fiel auf meine Hände: Meine Finger zitterten ein wenig. Plötzlich brach der Alptraum hervor aus seiner Zelle - ein Killer, den nach meinem Blut verlangte. Schon wieder.

Ich schloß die Augen, fest, ganz fest, und fühlte zum tausendsten Mal das Gewicht der Zweiundzwanziger in der Hand der Dreijährigen, das Klicken des Bolzens. Fühlte, wie der Rückstoß mich gegen einen Stapel Schuhkartons schleuderte und Pulverdampf meine Nasenlöcher versengte, wie meine Schwester immer wieder meinen Namen wimmerte, bis ihre Stimme schließlich tief in der Brust in dumpfem Rasseln erstarb, wie sich die Luft des Wandschrankes mit dem scheußlichen Geruch ihres dicken, süßen Blutes sättigte.

"Heh, sind Sie okay?"

Ich öffnete die Augen und konzentrierte mich auf Kims Hände; seine Zigarette war zu einem Stummel heruntergebrannt. Ich schluckte mühsam und fragte, "Wie konnten Sie eine so kleine Waffe aus der Entfernung erkennen?"

Meine Stimme war zu schwach, meine Schultern hingen schlaff herab. Ich richtete mich auf.

Kim schlurfte davon. Sein Gesicht hatte sich gerötet, die Lippen preßte er fest zusammen vor Wut. "Was wollen Sie mir eigentlich anhängen? Ich weiß, was ich gesehen habe. Es war Pooley. Pooley hat Ross fertiggemacht. Jawohl!" Er schleuderte seine Zigarette gegen mein Knie und stürmte davon. Ich sah ihm eine Weile nach, dann ging ich in die entgegengesetzte Richtung. Zack sollte sich lieber die Fakten noch mal genau unter die Lupe nehmen. Wenn Kim der einzige Zeuge war, dann war dieser Fall noch völlig offen.

***

Wie sich zeigte, waren der berüchtigte Bürgerrechtsanwalt Reverend Gordon Whaley und ich die einzigen, die Kims Aussage bezweifelten. Soweit es die Polizei anging, war der Fall abgeschlossen. Das meinte Tony auch. Selbst die Zeitungen übernahmen die Polizeiversion. Kim war ein aufrechter Bürger, Pooley ein zwölf Jahre alter Punker, der leicht die Fassung verlor, und Whaley war einfach auf möglichst viel Publicity aus. Und doch, der Fall verfolgte mich wie der Gestank, den ein Großfeuer hinterläßt. Schwarzer, beißender Rauch. Der Geruch will sich einfach nicht auflösen.

Am Sonntagmorgen war ich dann wild entschlossen, den Fall zu vergessen. Ich legte eine Louis Armstrong-CD in voller Lautstärke auf und stürzte mich in ein heißes Bad. Ich tauchte bis über die Ohren ins Wasser und betrachtete konzentriert den Farn, der vom Oberlicht herabhing. Seine Blätter färbten sich gelb. Ich schloß die Augen und stimmte halbherzig ein in Satchmos Interpretation von "What a Wonderful World"; dabei wollte mir beim besten Willen nicht einfallen, was zum Teufel an dieser Welt so wundervoll war.

Als ich dabei war, mir die Übel dieser Welt in einer traurigen Litanei immer wieder herzusagen – angefangen mit zu kleinen Badewannen und ohne Zweifel endend mit der Atombombe, die Sadam Hussein genau über meinem Haus abwerfen würde –, als Mallomar einen Angriff auf den Wasserhahn startete. Sie hatte sich jedoch verschätzt und gesellte sich zu mir in die Wanne. Lachend fischte ich mein knuddeliges, blauäugiges Schätzchen wieder heraus. Als ich einen Augenblick lang das Beben ihres kleinen Körpers an meinem spürte, während ich sie abtrocknete, wußte ich plötzlich, was das war, wovon Louis da sang.

Den Rest des Morgens verbrachte ich damit, einen Artikel über die kanadischen Rocky Mountains für das Singles-Reisemagazin zu beenden. Mallomar, die sich von ihrem kurzen Bad wieder ganz erholt hatte, war soeben zum achten Mal auf meine Computertastatur gesprungen, als so gegen zwölf das Telefon läutete.

"Hier Marion Ross." Ihre Stimme klang hart und fest, nicht gerade wie die einer Frau, deren Mann vor zwei Tagen umgebracht worden war.

"Tut mir leid wegen Ihres Mannes." Ich sicherte den Artikel im PC, wischte mir ein verirrtes Katzenhaar aus dem Gesicht und ging ins Wohnzimmer. "Tony meint ..."

"Ich weiß, was Mr. Serra glaubt. Ich habe mit ihm gesprochen. Aber wir stimmen da nicht überein."

"Ich weiß nicht genau, was Sie meinen." Ich streckte mich auf der Couch aus und hob Mallomar auf meinen Schoß.

"Der Mord an meinem Mann war kein Zufall, Miss Miller. Ich bin da ganz sicher. Ich hätte nie gedacht, daß ich mich je auf die Seite dieses gräßlichen Reverend Whaley stellen würde. Aber diesmal hat er recht. Aus irgendeinem Grunde hat man beschlossen, ein hilfloses Kind ins Gefängnis zu bringen und Davids wirklichen Mörder frei herumlaufen zu lassen. Ich brauche Ihre Hilfe."

Die schwarze Geeja, eine Reinkarnation Kleopatras, beobachtete, wie Mallomar gemütlich auf meinen Schoß lag, und gab ein eifersüchtiges Fauchen von sich. Ich streckte den Arm nach der grünäugigen Katze aus und sagte, "Mrs. Ross, ich verstehe ja, was Sie bedrückt ..."

"Das tun Sie keineswegs. Er ist mein Mann gewesen, falls Sie sich erinnern. Also, ich möchte eine einfache Antwort von Ihnen: Werden Sie die Untersuchung weiterführen?"

Wenn Tony zu Marion gesagt hatte, der Fall sei abgeschlossen, hatte ich eigentlich nicht das Recht, ihr etwas anderes zu sagen. So entnervend es auch war, er war immer noch mein Boss. Und am Freitag hatte er mir klar zu verstehen gegeben, daß meine Vorbehalte gegen Kims Glaubwürdigkeit unbegründetes Gewäsch waren.

Ich nahm den Hörer an das andere Ohr. "Ja. Ich werde die Untersuchung weiterführen." Ich hörte, wie sie seufzte. "Aber nur unter einer Bedingung: Sie müssen absolut ehrlich zu mir sein. Nichts hinzufügen, nichts weglassen."

"Vollkommen klar."

"Was soll die Pistole in Ihrer Tasche?"

Sie schwieg sekundenklang. "Wie bitte?" fragte sie dann. Offensichtlich versuchte sie, Zeit zu gewinnen.

"Sie hatten neulich eine Pistole in der Tasche. Bis jetzt habe ich diese unerhebliche Tatsache noch keinem gegenüber erwähnt." Das war eine glatte Lüge, aber ich vermutete, daß dies meine beste Karte war. "Wenn Sie jetzt Spielchen mit mir machen, rufe ich das nächste Polizeirevier an, sobald wir aufgelegt haben."

"Ich habe meinen Mann nicht umgebracht. Würde ich Sie sonst bitten, den Fall weiter zu untersuchen? Hören Sie, Ms. Miller, ich bin nicht dumm." Sie klang verärgert. Das war eine Reaktion, die ich oft erlebte.

"Im Gegenteil, mich anzurufen, wäre ein sehr geschickter Zug von Ihnen gewesen. Sie finden heraus, ob ich der Polizei von Ihrer Pistole etwas erzählt habe; gleichzeitig bekunden Sie Entrüstung und Sorge darüber, wie man mit dem Tod Ihres Mannes bisher umgegangen ist. Nein. Ich habe nicht den geringsten Zweifel, daß Sie im Gegenteil sehr klug sind." Ich war so damit beschäftigt, mich ihrem Oberklassengetue anzupassen, daß mir ihre Antwort fast entgangen wäre.

"Die Pistole habe ich zu meinem Schutz. Falls Sie es noch nicht bemerkt haben: Dies ist keine sehr sichere Stadt. Außerdem wußte ich, daß David in Schwierigkeiten war. Ich wollte vorbereitet sein."

Die Frau am Telefon schien nicht dieselbe zu sein, die vor zwei Tagen in meinem Büro gesessen und ein Papiertaschentuch zerknüllt hatte. So, wie sie jetzt klang, hätte sie Dirty Harrys neue Partnerin sein können. Ich richtete mich auf und kümmerte mich nicht um Mallomars Protest und Geejas unversöhnlichen Blick. "Vorbereitet auf was?"

"Hören Sie, nach letztem Stand weiß die Polizei von meiner Pistole, Ihre Drohung ist also ganz unnötig. Sind Sie nun zufrieden?"

Ich war alles andere als zufrieden, aber Marion und der Fall machten mich neugierig. Außerdem war ich ziemlich sicher, daß Hyung Kim nicht die Wahrheit sagte, und ich kann sehr unangenehm werden, wenn es auf Kosten von Kindern geht – selbst wenn die so aussehen, als könnten sie mich braten, in Scheibchen schneiden und zum Erntedankfest servieren, ohne deswegen eine einzige schlaflose Nacht zu haben. Wir legten auf, nachdem wir uns darüber geeinigt hatten, unsere geschäftlichen Abmachungen vertraulich zu behandeln.

Ich versuchte, mich wieder den kanadischen Rockies zuzuwenden, aber jedesmal, wenn ich über Mary Shaeffer schreiben wollte – die erste Weiße, die das Gebiet um den Maligne-See erforschte –, tippte ich stattdessen Marions Namen. Wenn mein Unterbewußtsein so stark beteiligt war, gab ich wohl besser nach, fand ich. Außerdem war ich mächtig gespannt, was die stoische Witwe für den Rest des Tages geplant hatte.

Kapitel 3

Marions Adresse befand sich inmitten eines Viertels erstklassiger Immobilien.

Brooklyn Heights ist eine sehr gefragte Wohngegend; die engen, baumbestandenen Straßen sind gesäumt von alten Einfamilienhäusern, Vorkriegsmietshäusern und Fahrern, die verzweifelt nach einer Parklücke suchen. Die exklusivsten Gebäude dieses Viertels grenzen an die Promenade mit direktem Blick auf die Skyline von Manhattan – einschließlich des trüben East Rivers und der ständig reparaturbedürftigen Brooklyn Bridge. Die Häuser an der Promenade sind überwiegend bewohnt von Investmentbankern und alter Geldaristokratie – nicht etwa von Schullehrern und ihren Ehefrauen. Marion mußte aus einer stinkreichen Familie stammen, wenn sie es sich leisten konnte, hier zu wohnen. Und David mußte eine scharfe Nummer gewesen sein.

Ich überprüfte die Adresse, blickte dann auf und lächelte. Marion auszuspähen, war wohl der leichteste Job, den ich je hatte. Ich ließ mich auf einer Parkbank nieder und schaute durch vorhanglose, zwei Meter breite Fenster ins Erdgeschoß. Ich hatte Speisezimmer, Wohnzimmer und die Bibliothek vollständig im Blick. Nach einer raschen Überschlagsrechnung folgerte ich, daß das Appartement mindestens eine halbe Million Dollar wert sein mußte. Wahrscheinlich mehr.

Ein Kronleuchter mit tränenförmigem Kristallbehang und goldenen Filigranblättern hing über dem barocken Eßtisch, auf dem ein silberner Leuchter stand. Aus dieser Entfernung war ich zwar nicht sicher, aber ich wäre jede Wette eingegangen, daß der Leuchter auch Blätter hatte. Große, gewundene Blätter. Oder auch Wasserspeier-Grimassen mit Mick Jagger-Zungen. Es war diese Art Zimmer. So sehr ich mich auch bemühte – David Ross konnte ich mir an diesem Tisch nicht vorstellen. David war ein hundertprozentiger Brooklyner. Marion dagegen sah nach High Society aus.

Sie betrat das Speisezimmer, um sich an der Anrichte Brandy oder Sherry aus einer Karaffe einzugießen. Nach einem Blick über die Schulter tat sie einen kräftigen Schluck und leerte dann das Glas auf einen Zug. Sie füllte ihr Glas wieder und dazu ein zweites. Nachdem sie an beiden Gläsern genippt hatte, straffte sie die Schultern und kehrte in die Bibliothek zurück. Ich wechselte zur nächsten Parkbank.

Die Bibliothek war die Erfüllung der wollüstigen Träume eines Schriftstellers. Eine Kollektion von Büchern, vermutlich ungelesen, stand an den Wänden in schimmernden Kirschholzregalen. An der Rückwand hing auf halber Höhe eine Leiter mit Rollen auf einer dünnen Schiene. Ich konnte ihn nicht sehen, doch ich wußte, irgendwo in der Dämmerung des Raumes lauerte noch ein Kamin. Marion erhob ihr Glas hin zur linken Ecke des Zimmers. Einen Augenblick lang dachte ich, sie proste dem alten Portrait eines Ururgroßvaters zu, der mit der Mayflower auf Plymouth Rock landete. Dann aber sah ich Tennessee Bellflower aus dem Schatten treten, um mit einem schwachen Lächeln seinen Drink entgegenzunehmen.

Ich muß einen Laut von mir gegeben haben, denn der ältere Herr neben mir brabbelte etwas vor sich hin und setzte sich auf eine andere Bank. Ich schaute wieder in die Fenster.

T.B., wie seine Kollegen ihn nennen, ist einer der Gerichtsmediziner der Stadt. Er ist ein oder zwei Jahre älter als ich, also etwa vierunddreißig, sieht aber aus wie fünfzehn. Er hat kupferrotes Haar, eine Nase wie der Country-Sänger Ron Howard in seiner Glanzzeit und Wimpern so dicht wie Malerpinsel. Erst vor acht Monaten habe ich mit ihm zusammen an einem Autounfall gearbeitet, der – wie sich herausstellte - von einem Versicherungsagenten gebaut worden war, – als kreative Alternative zu einer Scheidung. Woran ich mich am besten erinnerte, war sein schleppender Südstaatenakzent und seine Leidenschaft für Al Pacino und alles Italienische. Sein Eßtisch bestand aus einem Matinee-Plakat für *Der Pate,* aufgezogen und versiegelt auf einer Marmorplatte.

Warum also war T.B. in Marions Wohnung? Gewöhnlich liefern Gerichtsmediziner ihre Autopsieberichte nicht persönlich bei den Familien der Opfer ab. Außerdem war Sonntag, und der Autopsiebericht würde wahrscheinlich erst in ein, zwei Tagen fällig sein.

Waren sie ein Liebespaar?

Ich rückte dichter an die Büsche unter Marions Fenstern heran. Wenn sie ein Liebespaar waren, dann spielten sie ihre Rolle ziemlich schlecht. T.B. wandte Marion den Rücken zu und betrachtete die Bücher. Marion nutzte die Gelegenheit, ihr Glas auszutrinken. Als er sich umdrehte, sah er bedrückt aus. Er nahm einen Schluck und setzte dann sein Glas ab. Ich sah ihnen nach, wie sie durch die Zimmer gingen bis zur Haustür. Sie gaben einander förmlich die Hand, dann ging T.B.

Ich war noch hin- und hergerissen, ob ich meine Wache vor Marions Wohnung fortsetzen oder Tennessee stellen sollte. Während ich mich von den Büschen zurückzog, wurde mir die Entscheidung abgenommen.

"Robin!" T.B. schüttelte mir begeistert die Hand. "Was machen Sie hier?" Ein dicker, muskulöser Arm hakte mich unter und zog mich in Richtung Montaguestreet. "Kommen Sie mit auf einen Espresso und ein Dessert? Vielleicht ein Canneloni?"

Ich hatte das Gefühl, er meinte Patisserie und nicht Pasta, hatte aber nicht den Mut, ihn zu korrigieren. Außerdem schien er ebenso aufrichtig erfreut, mich zu sehen, wie blind für die Tatsache, daß ich ihm nachspioniert hatte.

"Was machen Sie in dieser Gegend, T.B.? Ich dachte, Sie wohnen in Little Italy?"

"Nein", lachte er, "neuerdings in Chelsea. "Ich habe hier eine Freundin besucht."

"Jemanden, den ich kenne?" Ich versuchte, heiter zu klingen.

Er gab mir einen Klaps auf den Rücken. "Woher soll ich denn wissen, wen Sie kennen? Das ist doch Ihr Job, Leute auszuforschen. Kommen Sie, da drüben in dem Café ist ein Tisch frei."

Wir rannten über die Straße und sicherten uns zwei Stühle. T.B. bestellte schnell und stürzte sich dann mit Begeisterung in die Unterhaltung. Ich hatte vergessen, wie anstrengend er sein konnte. Die nächsten zwei Stunden verbrachten wir damit, italienische Patisserie zu essen und alles mögliche zu diskutieren, von *Der Pate III* bis zu William Kennedy Smiths Verhaftung. Das letzte Thema ermöglichte mir den Einstieg.

"Übrigens, arbeiten Sie gerade an interessanten Fällen?" fragte ich. Subtil gemacht, Miller, wirklich subtil.

"Bin nicht berechtigt, darüber zu sprechen, wissen Sie", sagte er und gab mir mit einem Blinzeln zu verstehen, daß er es kaum erwarten konnte, mir alle schauerlichen Einzelheiten zu erzählen. Bedauerlicherweise waren es die falschen. Beschwingt von seiner aufregenden Arbeit berichtete er Schritt für Schritt, wie er den Cops geholfen hatte, einen Mann zu finden, der den Körper seines Hauswirts in einer Badewanne mit Schwefelsäure aufgelöst hatte.

Mir wurde übel, aber mühsam lächelnd machte ich noch einen Versuch, ihn auszuhorchen. Diesmal traf ich tatsächlich auf eine Goldader.

"Ich hab da einen Fall", sagte er, mit nur noch leichtem Südstaatenakzent. "Der ist schon eine Wucht: Mann wird erschossen. Kugel in die linke Schläfe. Zunächst mal: Ich kenne den Mann. Seine Frau ist eine von diesen wichtigen Gesellschaftstypen. Sie und ihr Dad erscheinen bei jeder Wohltätigkeitsveranstaltung der P.A.L., Sie wissen schon, der Polizei-Athletik-Liga. Wirklich großzügig. Ich bin natürlich unter Druck, rasch Ergebnisse zu liefern. Also mache ich einen auf Dr. Quincy und arbeite die Nacht durch. Ich war so müde, daß ich beinahe meine Hand durchgesägt hätte statt seinen Kopf." Er unterbrach sich, um zu lachen. Ich vermute, man mußte einer von der Autopsie sein, um derlei Humor würdigen zu können. "Na, jedenfalls, ich schau da rein, und – raten Sie mal, was ich da gefunden habe?" Wieder hielt er inne.

Gütiger Himmel. Erwartete er tatsächlich, daß ich riet, was in Ross' Kopf war? Ich hatte plötzlich den verzweifelten Wunsch, wieder daheim zu sein.

"Sie haben die Kugel gefunden", antwortete ich. Meine Zunge fühlte sich geschwollen an.

"Falsch." Sein Finger durchstach die Luft. "Das ist's ja gerade! Keine Kugel! Eine Wunde, wie ich sie schon tausendmal gesehen habe: Kreisförmige Verbrennungen rund um den Einschuß, die Haut an den Rändern nach innen gedrückt. Alles typisch. Ich bin schon dabei, ins Diktaphon zu sprechen und vermute einfach, daß es eine Kugel Kaliber zweiundzwanzig ist, aber dann ist da gar keine Kugel. Stellen Sie sich mal vor: Keine Austrittswunde. Wo also ist die Kugel?"

Ich schüttelte den Kopf. Wollte er mich auf den Arm nehmen? Vielleicht hatten er und Marion mich doch gesehen. "Wie ist das möglich? Wo könnte denn die Kugel gelandet sein?" fragte ich.

Er lehnte sich befriedigt zurück. Ich wäre nicht überrrascht gewesen, wenn er mich in die Rippen gestoßen und "Reingelegt!" gerufen hätte. Stattdessen zuckte er die Achseln. "Ich weiß nicht, Robin." Er bestellte noch einen Espresso, dabei veränderte sich sein Ausdruck. "Es ist einfach so, daß mir jeder im Nacken sitzt. Diese Dame ist wichtig, und der Fall hat einen hohen Stellenwert. Alle Welt ruft mich an, vom Bürgermeister bis zum Starreporter vom Nachrichtenkanal Vier. Sie wissen, der Kerl mit der gebrochenen Nase? Die eine Hälfte der Stadt will, daß ich für mich behalte, was ich weiß, die andere sähe mich am liebsten auf der Titelseite des New York-Magazins.

Heute bin ich extra hierher gefahren zum Haus der Witwe, um die Wogen etwas zu glätten. Sie können sich vielleicht vorstellen, wie sie sich fühlt: Der Mann ist tot; die Cops haben einen Verdächtigen eingeliefert, und ich kann die verdammte Kugel nicht finden. Ich arbeite ja erst seit kurzem hier und möchte nicht, daß die Leute mich angucken und sagen 'Das ist der, der die Kugel verloren hat'.

"Und ist es so? Haben Sie die Kugel verloren?"

Er blickte auf zu mir, seine Augenbrauen kräuselten sich ungläubig. "Machen Sie Witze?" Seine Stimme brach fast.

Ich streckte den Arm aus und drückte seine Hand. "Schon gut, T.B. Wir sind in New York City. Kein Mensch wird sich an einen einzelnen Fall erinnern. Außerdem muß es eine Erklärung geben."

Er nahm meine Hand in seine und nickte; langsam kehrte seine gewohnte gute Laune zurück. "Darauf können Sie wetten. Deshalb habe ich auch mehr Dias gemacht als sonst. Glauben Sie mir, ich werde nicht ruhen, bis ich das geklärt habe."

Endlich hatten T.B. und ich etwas gemeinsam.

***

T.B. begleitete mich zurück zu meinem Wagen. Er war jetzt in Fahrt und breitete genüßlich Amerikas schönste Autopsiefälle aus den letzten hundert Jahren vor mir aus. Schließlich wurde mir klar, daß ich nur einen Fluchtweg hatte. Ich öffnete die Wagentür, brachte Bellas fünfzehn Jahre alten Sechszylinder-Motor auf Touren und raste los. Mir war noch nicht danach,

nach Hause zu fahren, daher verbrachte ich eine weitere halbe Stunde damit, eine neue Parklücke zu finden. Als ich zur Promenade zurückging, war es inzwischen nach vier, und das Licht bei Marion war aus. Leise verfluchte ich T.B. Dann hatte ich eine Idee. Ich sah mich nach einer Telefonzelle um. Die beiden ersten waren kaputt. In der dritten war der Hörer mit Kaugummi verklebt. Erst in der Montaguestreet fand ich ein funktionierendes Telefon. Nach zehnmaligem Läuten war ich überzeugt, daß Marion die Wohnung verlassen hatte.

Ich ging zum Wagen, um ein paar Dinge herauszunehmen, und kehrte dann zum Haus zurück; ein Kribbeln lief mir durch die Glieder wie eine frische Brise. Ich war im Begriff, meiner Lieblingsbeschäftigung als Privatdetektivin zu frönen. Nein. Meiner zweitliebsten. Einbrechen und Einsteigen war das, was ich am liebsten tat. Ich hatte es darin auch schon verdammt weit gebracht, dank meinem Bruder Ronald, der seine Teenager-Jahre überwiegend damit verbracht hatte, gesetzwidrige Besuche abzustatten. Er besaß eine wirkliche Zuneigung zu Tankstellen und Erdgeschoßwohnungen in jüdischen Vierteln, was, wie ich vermute, seine Art war, unserem Vater eins reinzuwürgen. Er hörte erst damit auf, nachdem sein bester Freund erwischt und zu sieben Jahren verurteilt worden war. Die Tatsache, daß Dad zu der Zeit starb, hat wahrscheinlich auch das ihrige dazu beigetragen.

Ronald lebt jetzt als Schlosser in Staten Island, mit einer Nervensäge von Ehefrau, drei unattraktiven Kindern und Mutters Nummer in Florida ganz oben auf seiner Telefonliste. Ich weiß nicht mal genau, in welcher Stadt sie lebt.

Jahrelang haben Ronald und ich kaum miteinander gesprochen. Mein jetziger Beruf scheint jedoch angenehme Erinnerungen in ihm geweckt zu haben, so daß wir anfangen, wie Bruder und Schwester miteinander umzugehen. Diese Beziehung ist mir noch fremd, denn von meinen einunddreißig Jahren habe ich achtundzwanzig ohne Bindungen zu irgendjemandem in der Familie verbracht, außer zu meiner älteren Schwester Barbara.

Im Augenblick hatte ich jedoch nicht vor, mich meiner Einbruchs- und Einstiegstalente zu bedienen, und zwar aus mehreren Gründen. Vor allem, weil Marion Ross wahrscheinlich eines von diesen Killer-Alarmsystemen hatte, das den elektrischen Funken direkt im Rückgrat des Polizeichefs zündet – und in jedem Dobermann im Umkreis von einem Quadratkilometer. Daher entschied ich mich für meine Lieblingsbeschäftigung Nummer zwei: Durchsuchen von Abfall.

Richtig durchgeführt, kann eine Müll-Sprengung (wie ich es nenne) sehr erhellend sein. Sogar befreiend.

Ich ging durch Marions Gartentor und hüpfte harmlos tuend die Stufen zum Abfallkeller hinab, einem langen, dunklen Tunnel, in dem sechs metallene Abfalltonnen und eine blaue Recycling-Tonne standen. Ich wartete einen Augenblick, um zu hören, ob sich etwa Schritte näherten, dann rüstete ich mich für meine Aufgabe. Ich zog ein Paar Haushaltshandschuhe heraus, einen Pfefferminzkaugummi und ein Kopftuch, in dem gut vier Monate lang ein Stück Aprikosenseife eingewickelt gewesen war. Ich steckte den Kaugummi in den Mund, band mir das Kopftuch unter die Nase, um mich gegen schlechte Gerüche zu schützen; dann streifte ich die Handschuhe über wie ein Chirurg.

Ich war entschlossen, alle sechs Abfalleimer zu durchsuchen, aber das war nicht nötig. Ich fand Marions Eimer, zerrte ihn in eine entfernte Ecke und kippte ihn aus. Das war der befreiende Akt. Verständlich, wenn man sein Leben überwiegend mit Geliebten verbracht hat, die ihre Unterwäsche bügelten und dann säuberlich im Dreieck zusammenfalteten, geordnet nach Farbe und Muster.

Als nächstes kam die Durchsuchung. In den letzten beiden Jahren habe ich eine Anzahl von Fällen dadurch gelöst, daß ich weggeworfene Telefonrechnungen und Kreditkartenauszüge untersuchte. Leider sprach Marions Müll für ein ziemlich karges Leben. Erstens: Die Frau aß kaum. Essensreste untersuche ich gewöhnlich gleich, da meine Begeisterung den Gerüchen meist nicht standhält. Aber Marions Müll enthielt nur zwei angebissene Äpfel und eine leere Tofupackung. Das war's. Der Rest war Werbung, ein Schuhkarton voller Wettscheine bis hin zum letzten Januar, ein zerknautschtes Päckchen Carlton, ein leerer Unisolbehälter, ein Stapel Rennlisten, eine leere Flasche Pinot Grigio (erstaunlich billige Sorte) und die Märznummer von *For Women Only*, ein neues Heft mit Candice Bergen auf der Titelseite. Sie sah echt heiß aus, und das Heft war in gutem Zustand, also klemmte ich es mir untern Arm und fing an, den Eimer wieder vollzupacken.

Als ich eben dabei war, die letzten Abfälle wieder reinzuwerfen, hörte ich, wie jemand über mir eine Tür öffnete. Ich ließ den Müll fallen und sauste zum Vordereingang. Während ich zum Wagen zurücktrabte, warf ich das Kopftuch weg und zog die Handschuhe aus. Candice Bergen barg ich sorgsam unter meinem Arm.

***

Am nächsten Tag kam ich vor zehn nicht ins Büro. Bei meiner Ankunft fand ich eine Nachricht von Tony: Er habe einen Fall geprüft, den ich doch bitte übernehmen solle. Die Nachricht war so ungewöhnlich wie Tonys Abwesenheit. Ich schaute auf seinen Schreibtisch und wußte, warum. Tony hatte zwar Marions Fall hingeschmissen, doch wollte er es nicht mit ihr verderben. Auf seiner Schreibtischunterlage fand sich eine Notiz über Davids Begräbnis. Ich blickte auf die Uhr. In einer Stunde mußte ich dort sein. Mein Haus war in der Third Street, nahe der Eighth Avenue, sieben Häuserblocks entfernt vom Büro. Ich machte dicht und joggte nach Hause.

Ich sprang die Vordertreppe hinauf: Im Vorbeigehen bemerkte ich, daß bei meiner Therapeutin-Bindestrich-Hausgenossin ein Klient in dem Klubsessel am Vorderfenster saß. Ich war ziemlich sicher, es war der Bursche, der letzten Mittwochabend unseren Häuserblock zwei Stunden lang umkreist hatte. Dinah sprach nie über ihre Klienten, aber etwas an dem Kerl machte mir Angst. Ich ging hinunter und schaute genauer hin.

Dinahs Sessel war der Treppe zugekehrt; ein kleines Stirnrunzeln verriet mir, daß sie meine Anwesenheit bemerkt hatte. Sie war sehr bemüht, sich nicht ablenken zu lassen, als ich stehen blieb und mir mit dem Zeigefinder in die Schläfe bohrte – unsere Zeichensprache für "gaga". Ihr Stirnrunzeln wurde bedrohlicher, und ich zog es vor, zu gehen.

Als ich ein schwarzes Kleid und ein Paar nicht mehr ganz tadellose schwarze Pumps aus meinem Schrank gebuddelt hatte, blieben mir noch zwanzig Minuten – mehr als genug, um das Begräbnisinstitut auf Coney Island zu erreichen. Als ich aber auf die Straße trat, sah ich, daß es das Schicksal anders gewollt hatte. Wir haben in New York eine interessante Gewohnheit, genannt "alternatives Parken" – das heißt, daß an bestimmten Tagen dein Wagen drei oder vier Stunden lang seine müden Räder woanders ausruhen muß. Weil die meisten Leute ihre Wagen aber einfach auf der rechten Seite in zweiter Reihe parken und abwarten, bis die Sperrzeit vorüber ist, war ich eingeparkt. Ich saß also stinkwütend in meinem Wagen, bis es elf war und die Besitzer ihre Wagen auf die andere Seite fuhren.

Ich fuhr am Begräbnisinstitut vor, als eine Prozession funkelnder Limousinen sich eben in Bewegung setzte. Ich blickte auf die Uhr und sah, daß ich mich rasch entscheiden mußte: entweden parken und nachsehen, ob die Aussegnung noch im Gange war, oder darauf setzen, daß sie zu Ende war und die Limousinen zum Ross-Begräbnis gehörten. Parken war nicht nach meinem Geschmack, also raste ich durch das Rotlicht und setzte mich ans Ende der Autoschlange. Eine Stunde später waren wir in Long Island, und ich parkte Bella zwischen einem 1990er Mazda und einem Subaru-Kombiwagen.

Der erste, den ich sah, war Tony, den flachen Hintern verhüllt von schlotterenden, kohlschwarzen Baumwollhosen, die ihm vor sechs, sieben Monaten noch gepaßt haben mochten. Er hatte eine King James-Taschenbibel in der Hand, was nicht ganz angebracht erschien, da dies ein jüdisches Begräbnis war. Ich bahnte mir einen Weg durch die Anwesenden hindurch zur anderen Seite, hielt nach Marion Ausschau und überlegte, an wessen Schulter sie wohl beschlossen hatte, sich auszuweinen.

Ich fand sie, allein, eine marineblaue Krokotasche umklammernd.

Schnapp: Auf. Zu. Schnapp: Auf. Zu. Ihre Finger waren so behende, als stricke sie. Sie fing meinen Blick auf, hob den Kopf und grüßte mich mit einem Nicken. Tony folgte ihren Augen und begegnete meinem Blick – vorwurfsvoll, wie üblich. Ich warf ihm eine Kußhand zu. Dann, auf einmal, drang die tiefe, feste Stimme des Rabbi in mein Bewußtsein, und ich vergaß die Außenwelt.

Die Gebete schnürten mir den Hals zusammen und weckten die Erinnerung an zwei Tode, mit denen ich noch nicht ins reine gekommen war. Zuerst tauchte das Begräbnis meines Vaters vor mir auf, der Anblick meiner Mutter, die – allzu selbstbeherrscht – in vollkommenem Einklang mit dem Gesang des Rabbi wehklagte. Ich konnte die hebräischen Worte nicht verstehen. Mein Vater hatte das so gewollt, denn er hatte uns immer ermahnt, uns nicht zu jüdisch zu benehmen. Erst als ich vierzehn war, verstand ich völlig, warum.

Ich hörte die Geschichte von meiner Tante Fagy.

Es war im Jahre 1942, mein Vater war gerade dreizehn und lebte in Antwerpen, Belgien, als die Gestapo das Haus stürmte und seine Mutter, seinen Vater und seine Schwester tötete. Er floh aus dem Haus und versteckte sich vier Tage lang in einem Abwasserrohr; er überlebte, mit einem Klumpen Brot und in Gesellschaft von Ratten. Schließlich tauchte er wieder auf und kroch in die Gasse neben seinem Haus. Ein Nachbar fand ihn, nahm ihn auf und erzog ihn als Katholiken. Den Rest seines Lebens verbrachte er damit, vor seinen Erinnerungen davonzulaufen; er mied sogar andere Europäer. Manchmal zog er sich in den begehbaren Schrank seines Schlafzimmers zurück und saß darin, mit einer Waffe in der Faust, die Tür fest verschlossen. Meine Mutter scheuchte uns weg mit Augen kalt wie Eis.

Es war diese Waffe gewesen, mit der ich versehentlich meine Schwester Carol tötete.

Mein Vater und ich haben nach ihrem Tod nie wieder ein Wort miteinander gesprochen. Dreiundzwanzig Jahre Schweigen.

Das Kribbeln in meinen Fingern warnte mich vor der einen Erinnerung, die mich mein ganzes Leben lang verfolgt hat. Ich konnte mir nicht erlauben, Carols Begräbnis noch einmal zu durchleben. Ich kehrte in die Gegenwart zurück und betrachtete die Trauernden.

Davids Verwandte waren leicht zu erkennen. Es war ein warmer Spätfrühlingstag, aber sie trugen alle schwarzwollene Mäntel und Jacken, als ob Begräbnisse immer nur bei schlechtem Wetter stattfänden. Die Frauen drängten sich aneinander, weinten laut und wetteiferten, welche von ihnen am herzzerreißendsten heulen konnte. Jede hätte einen Preis verdient. Mir liefen bereits die Tänen übers Gesicht. Jemand tippte mir auf die Schulter und reichte mir ein Papiertaschentuch. Ich nahm es zögernd und schniefte. "Dankeschön." Ich wandte mich, um zu sehen, wem ich dankte.

Es war T.B., an seinem Arm die Blonde, die ich gesehen hatte, als sie David in einem leeren Klassenzimmer tröstete, nur Stunden bevor er ermordet wurde.

Kapitel 4

Nach der Aussegnung gingen wir alle an Marion vorbei, um unser Beileid abzustatten. Es war, als würfe man Münzen in einen Brunnen, der niemals auch nur einen einzigen Wunsch erfüllen würde. Die Frau zeigte keinerlei Regung, ihre Augen waren ausdruckslos.

Ich schlenderte beiseite, um zu sehen, ob ich feststellen könnte, wer hier wer war. Eine Frau in einem Netzschleier und in einer Aufmachung, die am passendsten wohl als Madonna-Begräbnis-Kluft zu bezeichnen war, umklammerte Marion so heftig schluchzend, daß beide davon geschüttelt wurden. Marion stieß sie von sich und hielt sie auf Armeslänge in Abstand. Zwei Männer traten heran, hakten die verschleierte Dame unter und führten sie beiseite. Dann sah ich Tony auf mich zukommen. Ich versuchte, mich in der Menge zu verkrümeln.

"Tony, wie schön, daß Sie gekommen sind." Ich hörte eine dröhnende männliche Stimme und wandte mich um. Tony schüttelte die Hand eines der Trauernden, offensichtlich eines Geschäftsmannes, und eines erfolgreichen dazu. Er hatte fuchsrotes, graumeliertes Haar und buschige Augenbrauen, die sich aus seiner Stirn hervorwölbten wie Hotelmarkisen. Sie hingen über einer goldgeränderten runde Brille und über Wangen, die den Goldton der Studiobräune hatten. Das einzig Störende war eine schlecht verheilte Narbe auf seinem eckigen Kinn.

"Marions Verlust tut mir wirklich sehr leid", sagte Tony. Die beiden hatten sich einige Schritte von den anderen Trauernden entfernt. Ich blieb in ihrer Nähe, um etwas mitzukriegen.

"Um ehrlich zu sein, es ist wahrscheinlich am besten so", sagte Augenbraue. "David war nicht das Richtige für meine Tochter." Er überblickte prüfend die Menge, als sei es eine Cocktailparty.

"Keine Presse." Er und Tony sahen einander verständnissinnig an.

"Komisch. Ein Mann, der seine Karriere auf Öffentlichkeitsarbeit aufgebaut hat, auf Imagepflege ..." Er schüttelte den Kopf; der Satz blieb unvollendet. Tony schien ihn zu verstehen.

"Also, wie gesagt, mein Beileid und Ihrer Tochter alles Gute", sagte Tony.

Sie reichten einander förmlich die Hand. Im Weggehen schnippte Tony mit den Fingern. "Was ich noch sagen wollte." Es war ein Columbo-Trick, den ich schon ein Dutzend Mal bei ihm gesehen hatte. "Hier ist meine Privatnummer, Mr. Haas. Nur für den Fall, daß Sie meine Hilfe wieder brauchen und nicht so gern mein Büro anrufen möchten." Er beugte sich zu ihm. "Wissen Sie, ich könnte jeden durchleuchten, mit dem Marion sich trifft. Um zu vermeiden, daß ..."

"Sehr freundlich von Ihnen." Buschige Augenbraue klopfte Tony auf den Rücken, um seiner Schlußfolgerung zuvorzukommen. Sie gingen eilig von der Grabstelle zu Tonys Wagen.

Ich ließ ihre Unterhaltung in mir nachwirken. Haas. Marions Vater war William J. Haas, Teilhaber von Haas, Adams und Wilkie, der zweitgrößten Werbeagentur des Landes. Ich erinnerte mich, kürzlich etwas über die Firma in der Zeitung gesehen zu haben. Ich nahm mir vor, in meiner Ablage von

Zeitungsausschnitten nachzusehen. Dann betrachtete ich die Schlange der Trauernden ein letztes Mal.

T.B. und seine Freundin waren eben an Marion vorbeigegangen, die nun mit einer Handvoll von Davids Verwandten zusammenstand. Ich winkte und machte mich auf zum Parkplatz. T.B. und die Blonde folgten mir schweigend zu meinem Wagen. Es war mir fast peinlich, zuzugeben, daß Bella mir gehörte. Ich konnte mir Besseres leisten. Viel Besseres. Aber Bella war – na ja, eben Bella. Ich lehnte mich in Besitzerpose gegen den Mazda, in der Hoffnung, sie nähmen an, die klassische, silbrige Limousine gehöre mir. Es hätte auch funktioniert, wenn T.B. nicht ein Schlüsselbund hervorgezogen und die Beifahrertür geöffnet hätte.

"Sollen wir dich ein Stück mitnehmen?" fragte er.

Ich richtete mich auf. "Nein, danke, T.B." Wenn ich mehr über die Blonde herausfinden wollte, mußte ich mich beeilen. T.B. öffnete die Tür für seine Freundin, die, wie ich plötzlich bemerkte, umwerfende braune Augen hatte, deren Iris reichlich mit Kupfer gesprenkelt war. Tigeraugen. "Hi." Ich streckte ihr die Hand hin. "T.B.s Manieren sind bodenlos. Ich bin Robin Miller."

Sie lächelte. Und wie! "Virginia Savarin", sagte sie. Die Schulpsychologin von der Hauptschule 189. Interessant. "Schön, Sie kennenzulernen."

T.B. strahlte mich über das Dach des Mazda hinweg an. "Überanstrengen Sie sich nicht", sagte er gutmütig. Virginia blickte verwirrt drein. "Sie ist meine Schwester. Und sie ist verheiratet. Mit einem Cop. Der eine große Kanone mit sich herumschleppt."

"Tennessee, was redest du da?" fragte sie mit einer Stimme wie Butter, die auf warmer Hafergrütze dahinschmilzt.

Virginia hatte einen noch stärkeren Südstaatenakzent als T.B. Ich liebe diesen Tonfall.

"Das ist eine Art Familienwitz", erklärte ich, den Blick in ihre Augen versenkt.

"Ich kann es einfach nicht fassen, daß wir uns zwei Tage hintereinander in die Arme laufen. Als ich Tony in dem Begräbnisinstitut sah, hat das natürlich meine Neugier geweckt. Arbeiten Sie beide für Marion?" fragte T.B.

Ich riß den Blick los von Virginia. "Vor einer Weile, ja. Sie kennen ja Tony. Er beeindruckt seine Klienten gern mit seiner Menschlichkeit."

"Stimmt. Hören Sie, Ginny und ich sind auf dem Weg zum Lunch bei unserer Schwester. Das Restaurant ist im Village. Sie hat gerade einen neuen Küchenchef eingestellt. Der Mann ist fantastisch. Verwendet jede Menge Knoblauch. Wollen Sie mitkommen?"

Tony würde mich im Büro erwarten. Ich warf einen schnellen Blick auf Virginia; sie saß im Auto und putzte sich die Nase. Sie und David mußten einander nahegestanden haben. Es war an mir, herauszufinden, wie nahe.

T.B. deutete meinen Blick falsch. "Wir könnten Gesellschaft gebrauchen", flüsterte er.

Ich bekannte mich zu Bella und versprach, hinter ihnen herzufahren. Ich war eben angefahren, um ihnen zu folgen, als der Mazda plötzlich in der Nähe einer Gruppe hielt, die neben einem kleinen Lieferwagen stand. Ich erkannte die verschleierte Dame und ihre Begleiter. Ich stieg aus dem Wagen, um zu sehen, ob es ein Problem gab, als auch Virginia ihren Wagen verließ. Sie und diese Frau umarmten einander. Ich trat ein bißchen näher, um vielleicht etwas mitzukriegen. Einer der Männer schaute in meine Richtung. Er war etwa 1,88 groß, hatte gewaltige Bizepse, dunkelgelocktes Haar und stechende, grüne Augen. Er trug ein mitternachtsblaues Seidenhemd unter einem lodengrünen Anzug, der nur aus Polyester sein konnte. Seine Sachen paßten weder in Material noch Farbton zueinander.

Ich hatte das Gefühl, ihm war das völlig einerlei.

Der andere Mann hatte kastanienbraunes Haar und war schlanker als ich. Seine Hand auf dem Rücken der Frau, die Virginia umarmte, zitterte. Er zog sie plötzlich weg und wandte sich zu mir. Etwas an ihm erschien mir vertraut. Ich senkte den Blick und tat so, als kontrollierte ich den Reifendruck. Nach dem, was ich hören konnte, arbeiteten die Frauen zusammen. Endlich trennten sie sich; ich stieg wieder ein und versuchte, mich zu erinnern, wo ich den Schlankeren der beiden wohl schon gesehen hatte.

Wir brauchten nahezu zwei Stunden, um in die Stadt zu gelangen, und weitere vierzig Minuten, um einen Parkplatz zu finden. Als wir uns endlich vor dem Restaurant trafen, war ich völlig ausgehungert. Nach Essen und nach Information. Nach meiner Erfahrung war das eine weit schneller zu beschaffen als das andere.

Das Restaurant hieß *Unser Täglich Brot*. Fast hätte ich laut gestöhnt. Nicht schon wieder ein vegetarisches Restaurant. Zwar habe ich nichts gegen Gemüse. Nur sind leicht gedünstete Sprossen und überbackener Tofu weniger sättigend als eine dickes Stück Lasagne oder ein saftiger Hamburger mit zwei Scheiben Cheddarkäse und einem roten Zwiebelring. Wie sich jedoch herausstellte, hatte *Unser Täglich Brot* eine Speisekarte, die nur der Himmel erfunden haben konnte. Ich ließ mich eben darüber zu Virginia aus, als T.B. seine andere Schwester an den Tisch brachte.

Der Himmel mußte besonders fleißig gewesen sein.

"Robin, das ist K.T." Pause. Er wartete auf meine Reaktion. K.T. hatte kurze, lose Locken in der Farbe des Herbstes und haselnußbraune Augen, die grün aufleuchteten, wenn sie lächelte. Ihre Augen suchten meine und hielten sie fest.

"Sehr angenehm", flüsterte ich mit fast versagender Stimme.

Ein paar zarte Sommersprossen zierten ihren Nasenrücken. Ihre Lippen waren voll und wohlgeformt; ihr Körper hatte alle seine Rundungen an den richtigen Stellen. Ich stand auf. Sie war nur ein paar Zentimeter kleiner als ich, und ihre kräftige Hand drückte meine um ein weniges länger, als es bei einer ersten Begegnung üblich ist. Mein Puls beschleunigte sich.

"Was bedeutet K.T.?" fragte ich, während es zwischen unsern Händen elektrisch knisterte. Ich wäre fast zurückgezuckt.

Sie lachte, tief und kräftig. Wie Bergwasser über Steinen. "Kentucky. Aber gute Freunde nennen mich K.T. oder Kate."

Jetzt mußte ich lachen. "Moment mal ... Ich glaube, ich entdecke da einen Trend."

"Stimmt." Sie drückte meinen Arm leicht und nötigte mich an einen Ecktisch; ohne Umstände setzte sie sich neben mich. "Dad hat Schwerlaster gefahren. Er hat uns alle nach den Staaten genannt, durch die er fuhr. Außer Montana. Dort wollte Dad mal wohnen." Ihre Augen verdunkelten sich.

"Gibt es noch mehr von Ihnen?" Ich hatte die Vision von einem weitläufigen Haus voll von wunderbaren Frauen, die alle mit Südstaatenakzent sprachen. Ich hob mir diese Vision für spätere Träume auf.

T.B. sagte, "Da sind zunächst mal wir drei, dann Georgia. Sie lebt noch im Süden mit unserer Mom. Alabama auch. Carolina ist im Westen. Montana ist hier in der Stadt." Er sah K.T. an. "Ist das alles?"

"Das reicht", sagte ich.

"Was finden Sie sie?" T.B. wies mit dem Kopf auf K.T. Ich hatte einen momentanen Blackout. Wollte T.B. mich etwa mit seiner Schwester verkuppeln?

"Erkennen Sie sie nicht?"

Ich dachte einen Augenblick nach. "Sie sieht Virginia sehr ähnlich." Alle kicherten. Einen Moment war es wie in einem Lachkabinett, wo Hunderte von Spiegeln dasselbe Bild zurückwerfen, jedes mit winzigen Verzerrungen.

"Das ist der Ruhm der Welt", sagte K.T. "Ich habe eine Fernsehshow auf dem PBS-Kanal. 'Der Hobby-Koch'. Sie müssen davon gehört haben." Ihre Worte schienen sich über sie selbst lustig zu machen, doch ihre Augen taten etwas anderes. "Jeden Tag um vier Uhr?" fragte sie; ihre Stimme klang plötzlich etwas belegt.

Ihre Augen zogen mich aus, das war es.

"Die Hobby-Küche für den Individualisten, der würzige Kost ohne Unkosten mag? Gesponsort von der Knoblauch-Gesellschaft von Amerika und Occhipinti-Olivenöl?"

Ich fühlte, wie ich rot wurde. Die Frau wollte mich. So einfach war das.

Plötzlich, ich wußte nicht warum, hatte ich genug. "Tut mir leid. Ich liebe Essen, nicht Kochen." Ich studierte die Speisekarte.

Im Hintergrund hörte ich eine Country-Sängerin schluchzen über jemanden, der verückt war vor Sehnsucht nach jemand anderem. Ich hasse Country-Music. Sie erinnert mich an Gefängnisse und Johnny Cash und spießige Sheriffs mit roten Stiernacken, die Hippies und New Yorker hassen. "Wie ist die Suppe?" fragte ich.

"Ich habe den neuen Koch ausgebildet. Das Gazpacho ist sehr gut", sagte K.T. Ihre Augen ruhten immer noch auf mir.

Wir bestellten alle Gazpacho. Als wir mit dem Essen fertig waren, brannte mein Mund wie Feuer und mein Hirn auch. Ich wußte nur, ich mußte schnellstens hier raus. Meine Reaktion auf K.T. war unsinnig. Es war mir gleich. Es war mir auch gleich, daß Virginia in Gedanken woanders war und immer wieder in Tränen ausbrach. Und es war mir auch gleich, daß T.B. aussah, als habe er einen Kanarienvogel verschluckt. Ich ließ einen Zehner auf dem Tisch, verabschiedete mich von dem ganzen Bellflower-Clan mit einem Nicken und flüchtete zurück nach Brooklyn, zu der vertrauten Arroganz meines übellaunigen Partners.

Bloß, Tony war nicht da. Stattdessen war da wieder eine Nachricht auf meinem Schreibtisch. "Sie haben um vier Uhr eine Verabredung mit einer Christine O'Donnell. Wenn Sie den Fall hören, werden Sie wissen, warum wir ihn übernehmen müssen. Bin morgen wieder da." Es war schon nach sechs, daher nahm ich an, daß O'Donnell längst weg war. Das paßte mir gut. Ich brauchte Zeit, um wieder zu mir zu kommen.

Warum war ich vor K.T. davongelaufen? Ich begann, über Cathy Chapman nachzudenken, eine Frau, die ich vor zwei

Jahren in San Francisco kennengelernt hatte. Wir hatten telefonisch in Verbindung gestanden bis letztes Neujahr. Vor sechs Monaten.

Am Silvesterabend packten wir uns warm ein und nahmen die Staten Island-Fähre. Vier, fünf, sechsmal fuhren wir hin und her. Dann kam der Augenblick, da sie sich auf meinen Schoß setzte, unbekümmert um die Betrunkenen, die an der Reling standen und sich weiter betranken. Ich spürte fröstelnd ihre Zunge über meinen Nacken streifen, als plötzlich ihre Hände unter meine Jacke griffen und zwischen meine Beine. Sie hielt dann inne und wartete, bis mein Körper sich rhythmisch gegen ihre Hand bewegte; begann dann wieder, schneller und fester, während ihre Zunge meinen Mund erforschte. Plötzlich öffnete sie meine Hose und ihre Finger waren in mir, während mein Atem in schnellen Stößen kam und vor meinem Mund gefror.

"Sag, daß du mich willst", flüsterte sie mir ins Ohr.

Ich öffnete die Augen und sah, daß sie mich anstarrte; ihre Hand hielt still. "Sag es. Ich will es hören. Ich will, daß alle es hören, ich *will dich.*" Ihre Hand bewegte sich auf mich zu. "Sag es, Baby", flüsterte sie und war selbst am Kommen. "Sag es, und ich setze alles in Bewegung, nur um bei dir zu sein. Noch besser: ich ziehe hierher, zu dir. Nur: sag es laut."

Ich kam nicht. Am nächsten Tag hatten wir eine Auseinandersetzung und bewarfen uns mit harten Gegenständen. Seitdem hat sie mich ein paarmal angerufen. Ich habe nie zurückgerufen.

Ich überlegte, wie sie wohl reagieren würde, wenn ich sie jetzt anriefe, als jemand an die Eingangstür klopfte. Es war O'Donnell. Sie war eine winzige Person. Ein Meter fünfzig höchstens. Ihre glanzlosen braunen Augen waren dunkel umschattet. Ich hatte den dringenden Wunsch, sie wegzuschikken, aber aus ihrem Gesicht sprach schreckliche Not.

Wenn Tony mich schon mit diesem Fall beglückt hatte, wollte ich für das Gespräch wenigstens sein Büro benutzen. Ich setzte mich in seinen weichen Ledersessel und wartete, daß sie anfinge. Sie sah verwirrt aus. "Hat Mr. Serra Ihnen nicht von meiner Situation erzählt?" Sie hatte schmale, farblose Lippen.

Ich wollte ihr sagen, daß mir die gleichgültig war, daß ich schon genug mit mir selbst zu tun hatte. Stattdessen schüttelte ich höflich den Kopf. "Ich fürchte, nein. Warum erzählen Sie's mir nicht?" Ihr bekümmertes graues Gesicht erzählte mir alles, was ich wissen mußte. Ihr Mann hatte Affären, und sie wollte wissen, mit wem.

Sie wandte den Kopf und lachte in sich hinein. "Klar, warum nicht? Es ist eine sehr komische Geschichte." Sie lehnte sich zurück in ihrem Stuhl, die Augen fest auf mich gerichtet. Ich hatte das dunkle Gefühl, daß ich sie falsch eingeschätzt hatte.

"Ich habe dieses Geschäft", begann sie. "Es ist eine Konzession für die Belieferung von Hauspartys. Firmen mieten unser Snackbuffet. Brezeln, Snacks, Mixed Pickles, so in der Art. Verstehen Sie?"

Ich nickte, obwohl ich keine Ahnung hatte, wovon sie redete. "Vorigen September ging ich also zu dieser Fachmesse nach Atlantic City. Diese Lebensmittelfabrikanten versuchten alle, mir ihre Snacks anzudrehen."

Ich leide an chronischer Schlaflosigkeit, aber O'Donnells Geschichte drohte sie zu kurieren. Ich begann, mich treiben zu lassen; Fetzen der Erinnerung an das Begräbnis streiften blitzschnell meine Gedanken.

"Da hab ich also eines Abends diesen tollen Mann kennengelernt." Ich konzentrierte mich wieder auf ihren näselnden Singsang. Also hatte ich recht gehabt. "Er war schön. Wie Tom Selleck. Breite Schulter, dicker Schnurrbart und sehr süßer Atem. Er lutschte immer diese kleinen Fruchtbonbons. Wissen Sie, die mit den kleinen Tupfern drin?" Mach schon, O'Donnell. Ich muß meine Katzen füttern.

Plötzlich warf sie den Kopf zurück und sah mich an mit einem Blick, den ich mir nicht erklären konnte. "Haben Sie schon mal geträumt, Sie hätten den Richtigen gefunden? Jemand, der alle Märchen, die Sie je gehört haben, in Erfüllung gehen läßt? Jemand, der in Ihr Leben tritt und all die Wunden sieht, die Sie verborgen hielten; sie sieht, kommt und sie berührt ..." Sie ballte eine Hand zur Faust zusammen und hob sie mir entgegen; ihre Stimme brach. "Sie berührt und schließt für immer. Jemand, der Ihre Schmerzen heilt?"

Sie wartete auf eine Antwort. Mein Gesicht war brennend heiß, und in meinen Mund war ein saurer Geschmack. Ich wußte, wovon sie sprach. Und es versetzte mich in Furcht und Schrecken.

"Ja. Ich kenne diesen Traum." Das hatte mir gerade noch gefehlt. Morgen früh als erstes landete O'Donnells Fall wieder auf Tonys Schreibtisch.

Sie nickte. "Mike hat das getan. Er gab mir ein Gefühl der Sicherheit. Ich ging also mit auf sein Zimmer. Eine Suite mit einem Doppelbett. Und da blieben wir vier Tage lang drin. Vier Tage lang. Wir bestellten jeden Morgen beim Zimmerservice Champagner, Eier und Kaviar." Ihre Augen schlossen sich und sie begann, hin- und herzuschwanken. "Am fünften Morgen wache ich auf und finde einen schwarzen Karton und eine Rose auf dem Kissen neben mir. Ich denke, Mike ist schon unter der Dusche. Ich mach also den Karton auf ..."

Und finde einen Ehering, dachte ich. Der Bursche hat sie also verarscht, und sie will, daß wir es beweisen. Tolle Überraschung.

"Eine Nachricht war drin", fuhr sie fort. "Ganz einfach. 'Willkommen im Lande AIDS. Herzliche Grüße, Mike.'"

Mich fröstelte. "Das war es?"

"Das war es. Der Bastard hat mich gevögelt, als wäre es ein Spiel." Aus ihren Augen sprühten Funken. "Jetzt bin ich HIV-positiv, und über mir schwebt ein Todesurteil. Aber ehe ich sterbe, will ich das Schwein finden und ihm ins Gesicht spukken. Ich will ihn finden; dann soll er mich anschauen und sehen, was er getan hat. Serra hat gesagt, Sie helfen mir."

"Darauf können Sie wetten."

Kapitel 5

Am Montagabend habe ich immer um halb acht einen Kurs in Tae-kwon-do im Frauen-Begegnungscenter in der Ninth Street. Durch das O'Donnell-Gespräch kam ich zehn Minuten zu spät. Noch schlimmer – wir hatten einen Gastdozenten, den schlitzmäuligen Meister Rhee. Mit seiner Zahnklammer hätte der Kerl in James Bond-Filmen in der Rolle von Jaws Bruder auftreten können. Im Augenblick, unter den flackernden Neonleuchten, war er das genaue Ebenbild von Lurch, dem Butler der Addams-Familie. Auf jeden Fall sah er aus, als sei er drauf und dran, mich aufzufressen. Widerwillig verbeugte ich mich und verzog mich in den Hintergrund der Klasse; meine Konzentration war unwiderruflich dahin. Rhee wußte das. Ich spürte, wie seine Sensoren Peilung nahmen.

Die O'Donnell-Geschichte ging mir noch im Kopf herum; der Fall Ross ließ mich nicht zur Ruhe kommen. Drum war das letzte, was ich mir wünschte, in dieser fensterlosen Bude zu sitzen, deren erbsengrüner Anstrich von den Wänden blätterte und in der vierzig Frauen Kotau machten vor einem 1,90 Meter großen, knubbelnasigen Kerl im weißen Pyjama.

"Miller." Warum, um Himmelswillen, konnte Meisterin Choi nicht hier sein, wenn ich sie brauchte? Choi war der einzige Grund, warum ich diese Übungen erduldete. Choi und die Tatsache, daß mein Vertrag mit Tony verlangte, ich hätte entweder eine Waffe zu tragen oder wenigstens den Roten Gürtel der Verteidigungskunst. Bislang hatte ich den Grünen mit einem blauen Streifen geschafft. Der Fünfte Grad. Drei habe ich noch vor mir. Von Choi weiß ich, daß mein Gürtel die Erde bedeutet; daß ich, wie eine Pflanze, erst Wurzeln schlagen muß und daß meine Blätter sich eben zum Himmel zu strecken beginnen.

Rhee sah aus, als wolle er mich zertrampeln.

"*Charyot sogi*!" Mein Körper nahm Hab-acht-Stellung ein. "Wir üben jetzt *dollyo chagi*." Warum konnte er es nicht auf Englisch sagen wie Choi? Ich bereitete mich vor auf Wendung und Stoß und landete auf dem Hintern, noch ehe ich die Ausgangsstellung hatte einnehmen können.

Rhees Fußgelenk war nur um Zentimeter entfernt von meinem Mund. Ich dachte ernstlich daran, hineinzubeißen, kräftig und mit Genuß. Da fiel mein Blick an Rhee vorbei auf das vergilbte Poster an der Wand. Das Schülergelübde. Respekt vor dem Lehrer – der konnte mir gestohlen bleiben. Aber die beiden andern Sätze trafen mich. *Ich will eine Vorkämpferin sein für Gerechtigkeit und Freiheit. Ich will eine friedlichere Welt bauen.*

Ich stand auf, verbeugte mich, schwang mein Bein und führte den Stoß aus – so konzentriert auf Rhee, als sei er der Mond und ich Neil Armstrong kurz vor seiner Landung im Meer der Stille. Den Rest der Stunde verbrachte Neil Armstrong weiterhin damit, auf Rhees mittleren Körperteilen zu landen.

***

Ich schlief tief und fest, was mir vielleicht vier- oder fünfmal im Jahr gelingt. Ein einziger Traum: Ein Feld voll Blumen. Zwei Frauen lieben sich. Ihre Körper, grüngefleckt vom Gras, schimmern in der Spätnachmittagssonne. Noch ehe der Regen kam, erwachte ich.

Am Morgen nahm ich ein dampfend heißes Duschbad. Ich rieb Tiger-Balsam auf meinen zerschrammten Ellenbogen und meine Kniegelenke.

Geeja kam ins Schlafzimmer gerast, sobald das Pfefferminzöl sich erwärmte und seinen Duft verbreitete. Sie ist einfach verrückt nach diesem Zeug. Keine Ahnung, warum. So versuchte ich denn, in meine Baumwollhosen zu steigen, während dieser schwarze Dämon von Katze mir mit ihren Sprüngen zusetzte.

Schließlich war ich fertig angezogen und fuhr zum Büro. Als ich hereinkam, war Tony dabei, Pillen zu schlucken. Er sah entsetzlich aus. Als ich mich räusperte, fuhr er zusammen.

"Wo kommen Sie denn her? Schweben Sie neuerdings?"

"Guten Morgen. Tasse Kaffee?" Ich fühlte mich zu wohl, um mich mit ihm zu kabbeln.

"Fein." Ich fühlte seinen Blick auf meinem Rücken, als ich den Kaffeesatz von gestern aus der Maschine schüttete. "Ich wollte Sie etwas fragen." Ich wandte mich um. "Machen Sie nur weiter." Er wollte nicht, daß ich ihn ansah. Ich wandte mich wieder der Kaffeemaschine zu. "Nehmen wir mal an, mir stieße etwas zu ..." Im Zimmer schien es kälter zu werden. "Ich werde von einem Kriminellen angegriffen. Oder ich habe einen Autounfall." Konzentriere dich auf den Kaffee, Miller. Ein Löffel. Zwei.

"Sie würden das Büro doch weiterführen, oder? Ich meine, Sie brauchten natürlich einen Partner mit Lizenz, sonst würden Sie die dreijährige Lehrzeit nicht ableisten können. Sie würden aber nicht einfach dichtmachen, nicht wahr?"

Ich drückte auf den "An"-Knopf und starrte auf das rote Licht. In den vergangenen beiden Jahren ist Tony so manches gewesen: salbungsvoll, irritierend; gelegentlich amüsant. Aber niemals sentimental. Wenn er jetzt damit anfing, war er in Kürze tot. Ich drehte mich um. "Tony, versuchen Sie mich loszuwerden?" Er sah verdutzt aus. "Weil das so nämlich nicht funktioniert. Selbst wenn Sie morgen abkratzen – wir haben immer noch einen Vertrag." Ein Schimmer des Verstehens trat in seine Augen. Er wußte, ich versuchte, sein Gerede zu unterlaufen. "S.D.A. gehört zu fünfzig Prozent mir, mit oder ohne Lizenz. Glauben Sie also nicht, Sie könnten mir das wegnehmen, Sie Armleuchter."

Er lachte laut und herzlich. "Gut. Gut. Aber lassen Sie heute morgen den verdammten Kaffee nicht anbrennen. Okay, Miller?"

Wir befanden uns wieder auf vertrautem Boden.

Ich goß uns beiden Kaffee ein, dann folgte ich ihm in sein Büro. Er legte die Füße auf den Schreibtisch und faltete die Hände hinter dem Kopf. Ich blickte auf das gerahmte Gebet um Gelassenheit hinter ihm an der Wand und sagte, "Ich habe gestern abend mit O'Donnell gesprochen."

Er nahm die Füße herunter und griff nach seinem Becher. "Womit wollen Sie anfangen?"

"Der Kerl ist im Hotel eingetragen unter dem Namen Mike Weber. Er hat bar bezahlt und hat auch seine Autonummer nicht angegeben. O'Donnell hat den Wagen einmal gesehen. Ein weißer Grand Am. Sie sagte auch, er habe auf seinen Namen ganz natürlich reagiert."

Die besten Lügner mischen das Falsche mit einer Prise Wahrheit, so ist es leichter, die Lügen durchzuhalten. Ich wußte das aus eigener Erfahrung.

"Vermutlich hat der Name für ihn irgendeine Bedeutung. Vielleicht sind es seine eigenen Initialen. Vielleicht ist der Vorname richtig. Oder es ist der Name seines toten Lieblingsonkels. Er hat O'Donnell auch erzählt, daß er für Dassler-Snacks die Werbung gemacht hat. Kennen Sie die Firma? Sie sitzt in Fort Lee, New Jersey." Er nickte. "Da werde ich also anfangen. Die Liste der Angestellten überprüfen, ob sich ein ähnlicher Name findet."

"Sehr scharfsinnig." Er hielt mir einen Bogen Papier hin. "Das habe ich gestern gemacht. Habe fünf Stunden gebraucht, die Liste zusammenzustellen. Es gibt zwanzig Kandidaten.

Überprüfen Sie sie alle bei der Kfz-Zulassungsstelle. Ob jemand einen weißen Grand Am besitzt."

Ich wollte schon protestieren, ihm erklären, daß ich mit der Arbeit an dem Ross-Fall eingedeckt war. Da fiel mir ein, daß der Fall für Tony ja abgeschlossen war. Als könne er meine Gedanken lesen, zeigte er auf die *New York Post,* die auf einer Ecke seines Schreibtisches lag. "Übrigens, haben Sie heute morgen die Zeitung gelesen?" Ich lese nie die *Post,* wie Tony sehr wohl wußte. "Der Autopsiebericht über David Ross ist an die Presse durchgesickert. Die verdammte Kugel hat sich in Nichts aufgelöst. Sieht nicht gut aus für diesen Anfänger, T.B. ..." Er lachte in sich hinein. "Der ganze Fall steht und fällt jetzt mit der Aussage von diesem Koreaner. Reverend Whaley amüsiert sich großartig. Hörte, er will eine Demonstration vor dem Haus des Hausmeisters organisieren. Scheint eine ganz große Schau abziehen zu wollen." Er schob mir die Zeitung zu. "Stellen Sie sich mal vor: Wären Sie am Ball geblieben, wäre nichts dergleichen passiert."

Ich ging hinaus, das Papier vor mir. Das Blatt war so gefaltet, daß ein Bild von Thomas Emerson und seiner Mutter zu sehen war. Die Aufnahme mußte vor einer ganzen Weile gemacht worden sein. Thomas sah jünger aus ohne das Brandmal auf seiner Wange. Und seine Augen waren anders.

Selbst unter der Druckerschwärze konnte ich den Funken darin erkennen. Von so etwas wie Freude. Seine Mutter, über ihm im Profil zu sehen, strahlte. Ich überflog die Unterschrift des Fotos. "Wieder ein Opfer seines Stadtviertels. Der zwölf Jahre alte Verdächtige ist in die Obhut seiner Mutter entlassen worden, einer Krankenschwester am Kings County-Hospital. Vor einem Jahr wurde ihr jüngster Sohn getötet, als bei einem bewaffneten Kampf zwischen rivalisierenden Banden eine Kugel durch das Küchenfenster schlug und den Jungen in den Kopf traf. Der Verdächtige war damals anwesend."

Der Verdächtige war damals anwesend. Ganz sachlich. Ein zwölfjähriger Junge sah, wie sein jüngerer Bruder umgebracht wurde, das war vor knapp einem Jahr; und nun wurde er angeklagt, dasselbe seinem Lehrer angetan zu haben. Nur gab es keine Waffe, keine Kugel und, soviel ich wußte, nur einen Zeugen, dessen Geschichte mehr Löcher hatte als die Jeans eines Teenagers.

Ich machte kurz halt in meinem Büro und führte ein paar Telefongespräche, das erste mit meinem Freund Michael Flanagan. Michael ist ein Computer-As und für mich das As im Ärmel. Tony weiß nichts von ihm, und das ist gut so. Ich warte immer darauf, daß sie Michel einbuchten, weil er den Code des Pentagon geknackt hat. Aber der Junge versteht es einfach, sich in Dateien einzuschleichen, die ihm verschlossen sein sollten, und sich wieder herauszuwinden ohne einen Piep. Daher kommt auch sein Spitzname: die Wanze. Michael hält das für ein Kompliment. Wenn ich es recht bedenke: ich auch.

Ich las ihm die zwanzig Namen vor und bestach ihn mit einer Anerkennungszahlung und dem Versprechen, ihm eine Verabredung mit Dinahs Kusine Joan zu vermitteln. Ich hatte ihn schon mal damit bestochen, aber Michael neigt dazu, alles zu vergessen, was er nicht auf einem Monitor sieht. Michael hat einfach mehr Spaß daran, in anderer Leute Dateien einzubrechen, als die meisten im Bett haben.

Der nächste Anruf ging an Virginia Savarin. Ehe ich mich daran machte, die Stadt nach Davids Mörder abzusuchen, sollte ich mich besser überzeugen, daß Thomas Emerson, alias Pooley, nicht die richtige Spur war. Das letzte, was ich wollte, war Tony oder Zack Gelegenheit zu geben, mir knieweichen Liberalismus vorzuwerfen. Virginia und ich verabredeten uns für die Mittagszeit.

Ich sah wieder auf das Papier und beschloß, den Hintergrund Hyung Kims, des Hausmeisters, der Emerson als Mörder festnageln wollte, mal gründlich zu durchleuchten. Ich rief also Meisterin Janet Choi an, meine ständige Tae-kwon-do-Lehrerin. Mit weicher, melodischer Stimme sagte sie: "Meister Rhee hat mir von Ihrem Trainingsabend erzählt. Sagen Sie nur nicht, Sie wollen aufhören."

Rhee hatte mich geschunden, aber er war ein guter Lehrer. Ich versicherte Choi meiner Loyalität und informierte sie dann über meinen Fall. Sie versicherte mir ihr Mitgefühl und begann dann, nachzufragen. Ich hatte nichts dagegen. Choi hat eine geradezu magische Gabe, die Dinge zu durchschauen. Wir hatten uns schon öfter nach den Übungen zusammengesetzt und über meine schwierigeren Fälle gesprochen. Und jedesmal hatte sie mir geholfen, die verschlungenen Fäden zu entwirren. Ich nannte ihr bereitwillig alle Einzelheiten über den Mordfall Ross. Zum Schluß bat ich sie, etwas über Kim in Erfahrung zu bringen.

"Das ist keine Kleinigkeit, um die Sie mich da bitten", sagte sie ruhig.

"Auch dieser Mord ist keine Kleinigkeit."

Sie seufzte und legte dann ohne ein weiteres Wort auf. Ich wußte, das bedeutete, sie würde alles tun, um mir die Informationen zu beschaffen, die ich brauchte.

Ich erledigte noch etwas Papierkram, legte zweimal sofort auf, als mein Ex-Verleger mich anrief (das entwickelte sich bereits zu einem wöchentlichen Ritual), und rief Zack McGinn an. Wie zu erwarten, war er unterwegs. Ich hinterließ eine Nachricht und ging dann los, um Virginia zu treffen.

Ich kam ein paar Minuten zu früh. Da Zeit kostbar ist, wie mein lieber Partner immer sagt, beschloß ich, meine Zeit nicht zu verschwenden und marschierte los in Richtung auf David Ross' Klassenzimmer.

Ich hatte es mir schon gedacht: Die Schule, überfüllt wie sie war, konnte es sich nicht leisten, einen Raum einfach zu schließen. Die Polizeiabsperrung war beseitigt, die Tür war offen. Zum Glück war Lunchzeit, und der Raum war leer. Ich trat ein, mich schauderte unwillkürlich. Das Pult war entfernt worden, aber die Flecken waren noch da. Ich ging langsam näher.

Anscheinend war nicht viel Blut vergossen worden. Ein paar Spritzer unter der Tafel, auf den abgetretenen Dielen um das Pult herum. Ich kniete mich nieder, um genauer hinzusehen. Ich hatte nicht genügend Erfahrung, um die Flecke so analysieren zu können wie ein im Dienst ergrauter Detektiv, aber etwas kam mir doch merkwürdig vor. Da waren ein paar vollkommen runde Kreise von Blut. Kleiner als die Spitze des Zeigestockes. Fünf vollkommen kreisrunde Flecke führten zur Tür. Ich suchte nach weiteren ähnlichen Markierungen, fand aber keine. Ich machte mir ein paar Notizen und ging dann zu Virginias Büro.

Der Raum maß knapp vier mal vier Meter, mit einem schwer vergitterten Fenster und den abgerissenen Blättern eines Sierra-Kalenders an den Wänden. Die drei kotzgrauen Metalltische waren so hineingepfercht, daß man die Stühle hin- und herschieben konnte, ohne gegen die Wand oder ein anderes Pult zu schrammen.

Wir schleppten zwei Stühle in die Mitte und saßen einander genau gegenüber, eine nicht eben gesprächsfreundliche Anordnung. Sie starrte mich an, die Arme auf den Seitenlehnen, und wartete darauf, daß ich anfinge. Ich bin nach dem Tod meiner Freundin fast ein Jahr lang therapiert worden, kenne also die Methode. Habe sie sogar schon für meine Detektivarbeit eingesetzt. Ich hielt also ihrem Blick stand und wartete darauf, daß sie nachgeben würde. Ich war hart wie Granit. Eher würde sich Mount Rushmore erheben und wandeln, bevor ich sprach.

"Ich glaube, ich sollte erklären, warum ich hier bin."

Okay, ich habe nachgegeben. Aber ich würde keinesfalls meine Karten auf den Tisch legen. Das hatte ich von Tony gelernt. Immer zurückhalten. So tun, als wisse man weniger, als man weiß.

"Ich untersuche den Tod von David Ross. Ich habe schon mit Kim gesprochen, und, offen gestanden, seine Aussage beeindruckt mich nicht."

Was war los mit mir? Sagte ich dieser Frau wirklich die Wahrheit?

"Sie wollen wissen, ob Emerson Ross getötet haben könnte?" Sie begann, sich in ihrem Stuhl hin- und herzuwenden.

Ich nickte. Sie sah erleichtert aus, was mich besorgt machte. Ich war auf dem falschen Gleis. Sie hatte eine andere Fragestrategie erwartet. "Ich habe mehrere Jahre mit Thomas gearbeitet. Er ist zweifellos ein gestörtes Kind." Sie stand auf, ging durch das Zimmer und öffnete einen Aktenschrank. Sie hatte einen hübschen Hintern. Eine anatomische Eigenschaft, die ich besonders schätze.

Sie setzte sich mir wieder gegenüber. "Also, das meiste an dieser Information ist vertraulich. Alles, was ich Ihnen sagen kann, ist der Name der Mutter und ihre Telefonnummer. Wenn sie Ihnen die Erlaubnis gibt, will ich gern die Akte mit Ihnen durchgehen." Sie nahm ein Stück Papier heraus, schrieb die Information darauf und reichte es mir. Ihrer Meinung nach war damit unser Gespräch beendet.

"Schauen Sie, ich könnte Ihre Hilfe gut gebrauchen. Ich glaube, der Junge wird für nichts ins Gefängnis geschickt, und ich weiß nicht, warum. Sie könnten mir eine Menge Zeit ersparen, wenn ..."

"Ich meine berufliche Integrität verletzen würde? Tennessee hat doch sicher erwähnt, daß mein Mann bei der Polizei ist?" Ihr Tonfall wurde immer singender. "Als Ermittlerin, die gewiß viel Zeit mit den weniger zuverlässigen Elementen unserer Gesellschaft verbringt ..." Sie betonte jede Silbe in "Gesellschaft". Ich konnte einfach nicht anders, ich fand das süß. Brooklyn Kids wie ich sind daran gewöhnt, daß man die Silben verschluckt. "... sind Sie wahrscheinlich an Leute gewöhnt, die keine Bedenken haben, die eine oder andere Regel zu verletzen." Sie erhob sich und schritt zur Tür. "Ich, andererseits, bin jemand, dem die Selbstachtung gebietet, Ihnen und Leuten wie Ihnen zu sagen, daß ich mich immer noch an jene Regeln halte." Sie wartete darauf, daß ich ginge, aber ich hörte sie zu gerne reden.

"An dem Tag, als David Ross getötet wurde", begann ich, "habe ich gesehen, wie Sie ihn in seinem Klassenzimmer getröstet haben. Er klang ziemlich verzweifelt."

Ihre Nasenflügel bebten. Fast hätte ich gerufen 'Erwischt!'. Sie schloß die Tür. "Wollen Sie damit sagen, daß Sie uns nachspioniert haben, *bevor* David getötet wurde?"

"Uns?"

Sie erkannte ihren Fehler, ging aber einfach darüber hinweg, "Wollen Sie mir bitte erklären, *warum* Sie harmlose Menschen verfolgen, die niemandem etwas getan haben?" Unerwartet hob sie die Hände in Verwunderung, als habe sie erst jetzt ihre eigenen Worte begriffen. "Sie sind tatsächlich hier herumgeschlichen und haben uns beobachtet?" Ein Schauer durchlief ihren Körper. Ich sah es deutlich. Die Frau war wirklich schockiert. Oder sie war einfach eine gute Schauspielerin.

"Warum war David so erregt?" beharrte ich.

"Ich habe nicht die Absicht, hier zu stehen und Ihre Fragen zu beantworten ..."

"Dann setzen Sie sich doch."

"Mein Mann."

"Ist Polizeibeamter. Ich weiß. Damit schüchtern Sie mich nicht ein. Viele meiner guten Freunde sind bei der Polizei." Zumindest einer. "Wenn er ein guter Polizist ist, dann weiß er, wie wichtig es ist, Informationen, die für einen Mord von Belang sind, nicht zurückzuhalten. Darum geht es hier. Sie brauchen nicht mit mir zu reden. Aber wenn ich der Polizei erzähle, was ich gesehen habe, dann werden Sie mit denen reden müssen. Sie haben die Wahl." Diese Herausforderung habe ich schon ein Dutzendmal benutzt. Nie ohne Erfolg.

Ihre zarten Wangen flammten vor Entrüstung. "Also, Miss Miller, ich glaube, ich werde mein Glück mit den Vollzugsbeamten dieses Staates versuchen. Vorausgesetzt, sie hören überhaupt auf das, was Sie zu sagen haben." Sie hatte meinen Bluff durchschaut. Die Cops würden sich einen Dreck darum kümmern, wenn zwei Kollegen in einem leeren Klassenzimmer über Gott weiß was miteinander redeten – besonders, wenn die Informationsquelle ein Detektiv-Lehrling war.

Wenn je *Vom Winde verweht III* verfilmt werden sollte, wäre Virginia Savarin meine erste Wahl für die Hauptrolle. In weniger als fünfzehn Minuten hatte diese Frau mein lebenslang gehegtes Fantasiebild von den hingebungsvollen, nach Blüten duftenden Schönen des Südens demontiert.

Ich war zutiefst enttäuscht und nur ein kleines bißchen erregt.

Ich war auf dem Weg zum Kellerausgang, als ich den unverkennbaren Duft von Hackbraten und Kartoffelbrei erschnupperte. Nach meinem Bruch mit Cathy war es meine Lieblingsfreizeitbeschäftigung geworden, meine sexuellen Triebe durch Schnellgerichte zu sublimieren. Ich tauchte ein in das Messer- und Gabel-Klappern der Schüler- und Lehrer-Cafeteria und prüfte die Auslagen. Das Essen sah besser aus als die TV-Fertiggerichte, die ich mir in letzter Zeit gegönnt hatte. Ich ernannte mich zur Vertretungslehrerin und trug ein Tablett davon, beladen mit Dingen, die mich an meine nicht so fröhliche Kindheit erinnerten.

"Das Jello ist nicht so schlecht. Jedenfalls besser als der Hackbraten." Ich blickte auf und sah eine Frau mit kohlschwarzem, schulterlangem Haar, das auf eine Seite gekämmt war. Die kitschigen dichten Wellen verdeckten fast ihr linkes Auge. Sie wies einladend auf den Stuhl neben sich. "Sie haben Ihr Essen mit so viel Widerwillen angesehen, daß ich dachte, Sie hätten ein bißchen Ermutigung nötig. Setzen Sie sich doch."

Ich klemmte mich hinter den Tisch, während ich mir mit einer Lüge aus der Klemme half. "Danke. Vertretungsunterricht ist hart."

"Wen vertreten Sie?"

Ich war verlegen. "Wissen Sie, ich kann mich an den Namen nicht erinnern."

Ein halbwegs glatzköpfiger Mann mischte sich vom anderen Tischende her ein. "Muß die Klasse von Ross sein. Verdammte Schande, wirklich! Emerson war ja reif fürs Kittchen, aber wer hätte gedacht, daß der Junge zu einem kaltblütigem Mord fähig wäre? Ich hörte die Kids sagen, ein Drogendeal wäre geplatzt. Das würde mich nicht überraschen. Ross schien immer so nervös. Hatte den Mann ganz gern, habe ihm aber nie getraut." Das Lächeln rutschte mit der Geschwindigkeit einer Lawine vom Gesicht der Frau. Sie stürzte wehklagend aus der Cafeteria.

In meinem Kopf läutete eine Alarmglocke.

Wenn man ihr Gesicht mit einem Netzschleier verhüllte und ihr eine Art Jugendstil-Trauerkleidung verpaßte, hätte man die Frau vor sich, der Marion Ross bei dem Begräbnis eine Abfuhr erteilt hatte.

Der Hackbraten duftete plötzlich wie Filet Mignon.

Kapitel 6

Ich fand sie in der Toilette; die Wimperntusche war auf ihren Wangen zur Clownsmaske zerflossen. Sie putzte sich die Nase mit Toilettenpapier, als ich hereinkam. "Tut mir leid. Ich bin okay. Wirklich."

Unwillkürlich strich ich ihr das Haar aus dem Gesicht.

Kritisch betrachtet machte sie nicht viel her. Aber etwas an ihren Augen und der Form ihres Mundes war ausgesprochen sinnlich. In diesem Augenblick, erhitzt und heftig atmend, erschien sie mir wie eine Frau, die eine aufregende Nacht im Bett verbracht hatte.

Mit kleinen besänftigenden Lauten streichelte ich ihr den Rücken.

"O Gott!" Ihr Schluchzen wurde heftiger. Sie schmiegte sich an mich und schlang den Arm um meine Taille. Seit sechs Monaten war ich einer Frau nicht mehr so nahe gewesen. Nicht seit Cathy. Schön, daß sie beide dasselbe Parfum benutzten. Ich erkannte es sofort. *Passion.*

Es war höchste Zeit, zur Sache zu kommen. Ich löste mich von ihr und fragte, "War dieser Ross Ihr Freund?"

Sie schnaubte in das Stück Toilettenpapier. "Nein, nein. David war nur ein wundervoller, gütiger Mensch. Mein Bruder ist ... war sein bester Freund. O Gott!" Erneutes Jammern. Diesmal wartete ich, bis sie von selbst aufhörte. "Ich weiß nicht, wie er ..."

Sie rannte in eine Kabine, um sich neues Papier zu holen. Als ich mich umdrehte, saß sie auf der Toilette und putzte sich wieder die Nase.

"Sie haben von Ihrem Bruder gesprochen", half ich nach.

"Ach, ja. Armer Joey." Sie öffnete ihre Tasche, nahm eine Puderdose heraus und klappte den Spiegel auf. "Mein Gott, ich sehe ja furchtbar aus." In diesem Augenblick kam eine ältere Frau herein.

Es mußte schon seltsam ausgesehen haben: Ich stand da und starrte in die Kabine, während deren Insassin stöhnte. Die Frau verschwand eilends wieder. Meine Freundin saß noch auf dem Klo und puderte sich das Gesicht. Sie schien jetzt viel ruhiger zu sein. "Das hat David nicht verdient." Sie sprach mehr zu ihrem Spiegel als zu mir.

"Wie ist er gestorben?"

Sie sah mich über den Spiegel hinweg an; eigentlich sah sie mich zum erstenmal wirklich an."Wissen Sie, ich kenne nicht mal Ihren Namen."

"Robin."

Sie hob den Kopf; plötzlich sah sie verwirrt aus. "Sie waren beim Begräbnis."

Oho, woher weißt du denn das? Ich schüttelte verneinend den Kopf.

"Ich weiß, daß Sie da waren. Ich hab Sie gesehen. Sie fuhren einen verbeulten Plymouth Duster, direkt hinter Ginny und ihrem Bruder."

Jetzt wurde ich wirklich böse. So darf niemand über Bella reden. "Der Wagen ist nicht verbeult!"

"Was? Ihr Wagen ist mir ganz egal. Aber was zum Teufel tun Sie hier eigentlich?

"Ich hab Virginia besucht."

"Niemand nennt sie Virginia."

"Ich schon."

Sie feuerte eine ganze Batterie von Fragen auf mich ab. Warum hatte ich so getan, als wisse ich nichts von Davids Tod? Wieso hatte Virginia nicht mit mir zusammen gegessen? Warum hatte ich gesagt, ich sei Vertretungslehrerin? Damit brachte sie schließlich mein ganzes Täuschungsmanöver zu Fall.

"Also gut. Ich gebe zu: Ich bin Privatdetektivin und untersuche Davids Tod."

Ihre Augen verengten sich. "Warum versuchen Sie's nicht zur Abwechslung mal mit der Wahrheit?"

"Okay. Ich bin Emersons Anwältin", sagte ich. "Ich vertrete ihn ohne Honorar. Der Fall hat einen hohen Stellenwert. Ich glaube, wenn ich Thomas' Unschuld beweisen kann, ist meine Karriere gemacht."

"Na endlich!" Sie schaute in den Spiegel und griff dann nach meinem Ellenbogen. "Wir wollen ein bißchen rausgehen."

Die nächsten zwanzig Minuten verbrachte ich damit, in halsbrecherischer Geschwindigkeit den Block zu umkreisen. Terry Fasani spuckte Informationen genauso aus, wie sie schluchzte: Wie ein Maschinengewehr: Thomas Emerson war bestimmt unschuldig. Der Junge war ein Musterschüler gewesen, bis sein Bruder voriges Jahr starb. Danach hatte er sich völlig in sich zurückgezogen. Er fing mit anderen Kids Streit an. Vor genau fünf Monaten überfiel ihn eine Bande, drehte die Flamme eines Feuerzeugs so hoch wie eine Fackel und hielt sie an seine Wange. Bald danach begann er, ein Eisenrohr mit sich herumzutragen.

Falls sie versuchen wollte, mich davon zu überzeugen, daß Thomas unschuldig war, konnte sie es nicht dümmer anfangen. Ich sagte ihr das auch.

"Gegen Ihre Vorurteile scharzen Teenagern gegenüber komme ich nicht an. Ich kann Ihnen nur sagen, daß Thomas niemanden töten würde."

Ich war im Begriff, mich gegen ihren Vorwurf zu verteidigen, aber dann ließ ich es hingehen. "Wer hat also Ihrer Meinung nach David getötet?"

Sie erstarrte und sah mich ungläubig an. "Sehen Sie sich hier doch nur mal um: Wir sind umgeben von Häusern, in denen mit Crack gehandelt wird; von Junkies, die nur bis zum nächsten Schuß denken können; von Bandenkriegen und Gott weiß, was noch. Mord ist in dieser Gegend was Alltägliches. Jeder hier hätte David töten können. Nur Thomas nicht."

Ich sah ihr nach, wie sie eilig die Stufen zum Hauseingang hinauflief. Ihr enger, kurzer Rock gab den Blick frei auf wohlgeformte Waden. Sie trug ein dünnes Goldkettchen um einen schlanken Knöchel und Schuhe mit so hohen Hacken, daß man sie auch als tödliche Waffe verwenden könnte. Sie war nicht mein Typ, aber fraglos hatte sie meine Hormone aktiviert. Muß prämenstrual sein, dachte ich. Kurz vor meiner Periode bin ich immer wahnsinnig geil.

"Heh, Terry!" rief ich ihr nach. Sie drehte sich um; ihr Haar und ihre allzu durchsichtige Bluse flatterten im Wind. Ich lief ihr nach. "Ich bin auf Ihrer Seite. Ich schwöre! Wenn Thomas wirklich unschuldig ist, bin ich vielleicht seine einzige Rettung. Aber Sie müssen mir helfen. Sie haben Zugang zu Informationen, an die ich nicht herankomme."

"Ich will mit dieser Sache wirklich nichts zu tun haben."

"Sie sind es Thomas schuldig." Das schien sie nicht sehr zu beeindrucken. "Sie sind es Ihrem Bruder schuldig." Das hatte gesessen. Ihre Augen blitzte auf. "Sie haben gesagt, daß David Ihrem Bruder das Leben gerettet hat. Das mindeste, was Sie tun können, ist zu verhindern, daß der Mensch, der David auf dem Gewissen hat, frei herumläuft. Und genau das würde passieren, wenn sie Thomas verurteilen würden."

Ich hatte irgendwann den Draht zu ihr verloren. Vielleicht, als der Wind die Richtung änderte, ihre Bluse sich verschob und ich unerwartet ihren Busenansatz entdeckte. Jedenfalls war ihr Gesicht von Zweifel überschattet. "Ich habe Ihnen alles gesagt, was ich weiß. Der Rest ist Ihre Sache", sagte sie.

"Nehmen Sie wenigstens meine Karte. Falls Sie Ihre Meinung ändern."
Die Karte verschwand aus meiner Hand.

***

Bisher war mein Tag nicht übermäßig gut verlaufen. Und es sollte bald noch schlimmer kommen. Die Familie Emerson lebte in einer der schlimmsten Wohnsiedlungen der Stadt, Barruda-Gardens. Besser bekannt unter dem Namen Barracuda-Häuser. Schüsse klingen dort so, als hätte die Popcornmaschine des Großen Grünen Maisriesen mal eben eine Fehlzündung gehabt.

Ich bin in den Wohnsiedlungen Coney Islands aufgewachsen, ehe sie für ihre Gewalttaten unrühmlich bekannt wurden. Und doch erinnere ich mich lebhaft an trüb beleuchtete Korridore und Fahrstühle, wo man in einer Ecke landen konnte wie eine Wanze in der Falle, mit der Spitze eines Klappmessers unterm Kinn.

Ich habe in meinem Leben schon viele Dummheiten gemacht. Aber in den Barracuda-Häusern allein herumzulaufen würde mir denn doch nicht einfallen. Ich blieb an einem Münztelefon stehen und wählte Curtis Taylors Nummer. Dem Grunzen am anderen Ende konnte ich entnehmen, daß es Arbeit kosten würde, Curtis nach seinem langen Nachtjob als Barmann aus dem Bett zu kriegen.

"Guten Morgen, du Schöner."

"Wer ist dran, verdammte Scheiße?" Curtis war nicht eben wählerisch mit Worten.

Es war schwer, sich diesen Ex-Football-Star mit dem Körper eines Adonis in einer Bette Davis-Aufmachung vorzustellen. Aber genau so sind wir uns zum erstenmal begegnet. Curtis wohnte neben mir, als ich die Universität von Virginia besuchte. Eines Abends brannte etwas auf seinem Herd an, während er eine Szene aus *Whatever Happened To Baby Jane* probte. Ich roch den Rauch und hämmerte an seine Tür, bis er endlich aufmachte und ich in seinen haarigen Armen landete. Er sah mich durch unglaublich lange falsche Wimpern hindurch an und sagte, "Mein Essen würde nicht anbrennen, wenn ich eine wirkliche *femme* wäre." Und ich antwortete mit meiner besten Bette-Davis-Stimme, "Aber Sie *sind* doch Blanche."

Also sagte ich jetzt, "Hier ist Jane, Liebling."

"Ach, verdammt! Hast du überhaupt keinen Anstand? Ich habe bis heute früh um vier im *Scarlett* gearbeitet."

"Ich brauche deine Hilfe, Blanche."

"Paßt mir jetzt sehr schlecht. Mein Kopf dröhnt noch von dieser verdammten Discomusik."

"Dann such dir einen anständigen Beruf."

"Danke für den guten Rat. Wenn ich nicht der Besitzer wäre, würde ich darüber nachdenken." Curtis hatte die Bar geerbt, als ein ehemaliger Lover von ihm letztes Jahr starb. Zwei Monate davor hatte er seinen bequemen Job bei einer Investmentfirma verloren. Der Übergang von der Wall Street zur Christopher Street machte ihm immer noch zu schaffen.

"Also, was willst du?" fragte er und inhalierte seine vermutlich erste Zigarette dieses Tages. Seine Stimme klang heiser.

Ich erklärte meine Situation. Schon bald unterbrach er mich. Curtis hatte die Zeitungen gelesen. Er wollte genausowenig wie ich, daß wieder mal ein Slum-Kid verbraten wurde. Wahrscheinlich noch weniger. Wir sind alle beide in solchen Siedlungen aufgewachsen, aber Curtis hatte es schwerer als ich, sich da rauszuboxen.

"Du hast es wieder mal geschafft, Jane", sagte er. "Gib mir zwei Stunden Zeit."

"Danke."

Er brabbelte leise etwas vor sich hin. Irgendwas über spinnerte weiße Frauen.

"Und Blanche, Liebes", sagte ich lächelnd, "trag nicht das rote Kleid."

***

Auf den ersten Blick sah die Siedlung gar nicht so übel aus. Es gab einen kleinen, eingezäunten Garten, auch einen Spielplatz mit Rutsche, Klettergerüst und Schaukel, alles schön bunt angestrichen. Es war kurz nach drei, daher waren ein paar Kinder schon nach Hause gekommen. Ich blieb stehen und beobachtete zwei kleine Mädchen bei einem Spiel: Sie schlugen einen oder zwei Finger aufeinander, um zu entscheiden, welche zuerst auf die Schaukel durfte.

Curtis gab mir einen kleinen Schubs auf Emersons Haus zu. Ich überlegte gerade, ob die Barruda-Gärten wohl so schlimm waren, wie die Presse behauptete, als unter meinem Fuß etwas zersplitterte. Ich schaute nach: es war ein Crackröhrchen.

"Komm, Jane. Ich will hier mit einem weißen Mädchen nicht eine Sekunde länger herumstehen, als ich unbedingt muß. Also los!"

Emersons Wohnung war im sechsten Stock. Curtis und ich standen vor dem Fahrstuhl, Schweißperlen auf der Stirn. Ich wollte mit einem Witz die Spannung lösen, aber Curtis durchbohrte mich mit einem scharfen Blick. Mir fiel plötzlich auf, daß er nervöser war als ich. Na, großartig! Dann sah ich, warum er so gereizt war. Am Ende des Korridors standen zwei Jungen im Schatten und beobachteten uns aufmerksam. Ihre Augen konnte ich nicht sehen. Ich schaute zur Decke: Zwei der Birnen waren zerbrochen. Noch nicht lange. Das Glas lag noch auf dem Boden.

Curtis legte die Hand auf die Fahrstuhltür. "Schitt." Er sah mich an. Mit warnendem Unterton sagte er, "Ich glaube, er funktioniert nicht." Die Treppe war etwa einen halben Meter von unseren Freunden im Korridor entfernt. "Los, wir hauen ab."

"Ich muß mit Emerson und seiner Mutter sprechen."

"Aber nicht heute. Bloß nicht. Das ist eine Falle. Wenn wir die Treppe runtergehen, dann ..."

"Der Fahrstuhl geht nicht." Das war einer von diesen Schlägertypen.

"Nehmt man lieber die Treppe." Sein Freund lachte.

Curtis packte meinen Arm und schob mich auf den Ausgang zu. Unsere beiden Freunde gingen in dieselbe Richtung. Beide trugen schwarze Lederjacken, grüne T-Shirts, zerrissene Jeans und Baseballschuhe mit herabhängenden Schnürsenkeln. Die Bobbsey-Zwillinge direkt aus der Hölle. Der einzige Unterschied war, daß der Bursche auf der Linken einen kleinen Goldring im rechten Nasenflügel trug. "Was iss'n los? Ihr mögt wohl die Treppe nich?" Sie glitten mit der Geschwindigkeit von Raubtieren um die Ecke und schnitten uns den Zugang zur Treppe ab. "Wen sucht ihr hier?"

Ich fühlte, wie Curtis erstarrte. Er wies mit dem Kopf auf mich. "Ich hab sie hergebracht. Sie will einen Deal machen." Großartig. Curtis spielte jetzt also den harten Drogendealer. Die härteste Rolle, die er bis jetzt gespielt hatte, war Joan Crawford.

"Was für'n Deal?" Die Leder-Zwillinge standen so nahe, daß ich ihren heißen, säuerlichen Atem riechen konnte.

"Also, was ist, Mann?"

Der mit dem beringten Nasenflügel zog blitzschnell ein Messer.

"Kann sein, daß ich dir damit den Arsch aufschneide. Was hältst du davon?"

Es war keine Zeit mehr zum Überlegen. Ich landete einen klassischen Stoß direkt im Magen dieses Kerls. Er krachte gegen die Eingangstür. Ich sah, wie sein Freund in die Tasche langte, und gleichzeitig fühlte ich, wie Curtis mich am Arm zerrte. Er rannte zur Treppe, unserem einzigen Fluchtweg. Ich rannte hinterher. "Völlig irre", schrie Curtis mich an, als wir hinaufliefen. "Such dir nächstes Mal jemand anderen."

"Halt die Klappe und beweg dich!" Ich hörte, wie unten jemand die Tür zuknallte und dann, wie zwei Paar Füße die Treppe heraufgestampft kamen. Ich stieß gegen Curtis' Rükken. "Verdammt noch mal, mach schon!" Er rannte schneller.

"Ich hab Football aufgegeben, weil ich ein schlimmes Knie hatte. Gleich ist es völlig hin, ich weiß es."

Ich war jetzt neben ihm und drängte ihn weiter. "Komm, Curtis."

Ich konnte diese Teufel schon im Stockwerk unter uns hören. Sie redeten miteinander in einer Sprache, die ich kaum verstand. Aber das wichtigste kriegte ich mit. Sie wollten uns wie Kaninchen das Fell abziehen.

"Wohin, zum Teufel, laufen wir?" brachte Curtis schließlich heraus.

Gute Frage. Diese Mietshäuser haben keine Feuerleitern. Ich hatte das Gefühl, wenn wir es bis zum Dach hinauf schafften, würden wir sehr bald erleben können, wie Ikarus zumute war, als seine Flügel schmolzen. Ich sah uns bereits auf die betonierte Straße hinuntersegeln. Kein hübsches Bild.

Ich rannte an Curtis vorbei und erreichte keuchend den Treppenabsatz im fünften Stock. Ich riß die Tür auf, Curtis mir immer auf den Fersen. Zum Reden war jetzt keine Zeit. Ich hoffte bloß, daß er mir nachkäme. Ich rannte durch den Flur und betete, daß dieses Gebäude dem glich, in dem ich aufgewachsen war. Ich hatte Glück. Es gab ein zweites Treppenhaus. Ich lief drauf zu und sah eben noch, daß die Kerle unser Stockwerk erreicht hatten.

"Los, Curtis!" Er sah mich verwirrt an, kam aber hinterher. In Rekordzeit erreichten wir den sechsten Stock; dann hielt ich an, schloß leise die Tür hinter mir und hörte, wie sich die Tür im Stockwerk unter uns öffnete. Ich drückte mir selbst den Daumen: Wenn sie bloß hinuntergingen.

"Such mal 6-A. Schnell!" flüsterte ich atemlos. Und wenn die Emersons nicht zu Hause waren ...?

"Hier!" Ich lief Curtis nach und klopfte an die Tür. Keine Antwort. Verdammt! Diese Typen konnten jeden Augenblick wieder hier auftauchen. "Machen Sie bitte auf! Es geht um Tod und Leben."

Curtis half nach, indem er mit seiner Baseballspieler-Faust an die Tür hämmerte. Plötzlich hörte er auf. "Sie sind nicht zu Hause, Robin." Seine Augen waren traurig. Resigniert.

Von ferne hörte ich das Stampfen ihrer Füße auf der Treppe. Sie waren auf dem Weg nach oben.

Kapitel 7

Zu unserer Linken ging eine Tür auf. "Schnell. Hier herein."

Man brauchte Curtis und mich nicht zweimal aufzufordern. Wir stürzten in die nächstgelegene Wohnung. "Pssst. Sie dürfen nicht merken, wohin Ihr lauft."

In diesem Augenblick erschien mir unsere Retterin als die schönste Frau, die ich je gesehen hatte. Sie war mindestens sechzig; ihr kurzgeschnittenes Haar hatte die Farbe des Mondes, wenn er sich hinter Wolken verbirgt. Ihre Haut war zart und mahagonifarben, und ihre Augen waren tiefbraun.

Dann plötzlich hörte ich diese Dreckskerle den Gang hinunterlaufen. Mein Atem ging wieder stoßweise. Ich sah mich nach Curtis um. Er war über das Waschbecken gebeugt und sah aus, als müsse er sich übergeben. Ich zog mich von der Tür zurück.

Die Frau wandte sich um, schüttelte den Kopf und legte den Finger auf den Mund. Ich verstand. Allein das Summen des Kühlschranks und das dumpfe, unterdrückte Würgen von Curtis waren in der Wohnung zu hören. Stundenlang, so kam es mir vor, standen wir, ohne uns zu rühren. Dann, endlich, entfernten sich die Stimmen.

"Ihr beiden seid ja ein Bild des Jammers." Sie drückte Curtis auf einen Küchenstuhl aus Chrom mit rotem Plastikbezug, der aus den Fünfziger Jahren stammen mußte. Ich sah ihr zu, wie sie Eistee in zwei Gläser goß. Ihre Hände waren ruhig. Meine zitterten noch.

"Wollt ihr mir erzählen, was los war?" fragte sie und reichte jedem von uns ein Glas.

Curtis stürzte seinen Tee hinunter und wies dabei auf mich. Ich sagte ihr die Wahrheit. Sie kam näher. "Sie wollen Thomas wirklich helfen?"

"Wenn er unschuldig ist. Ja."

Sie nickte, dann führte sie mich ins Wohnzimmer. Der Raum war rechteckig, mit Fenstern auf der einen Seite und Durchgängen zur Küche auf der anderen. Ein kleiner Vorraum auf der Linken führte nach hinten zu den Schlafzimmern. Der Grundriß erinnerte mich an die Wohnung, in der ich aufgewachsen war. Wenn ich dem Flur folgte bis zum Elternschlafzimmer, würde ich gewiß den Wandschrank finden, in dem ich meine Schwester damals erschossen hatte. Meine Hände fingen wieder an zu zittern.

"Schon gut, Kleines", sagte die Frau. "Setzen Sie sich. Ich heiße übrigens Clara."

Ich nannte ihr unsere Namen und ließ mich auf eine braune, mit Cordsamt bezogene Couch fallen, auf der die dicksten Kissen lagen, mit denen mein Allerwertester je Bekanntschaft gemacht hatte.

Ich schloß die Augen. Jemand setzte sich neben mich. Es war Curtis. Die Farbe war wieder in sein Gesicht zurückgekehrt. "Laß uns das hier schnell hinter uns bringen. Ich möchte vor Sonnenuntergang hier raus sein", sagte er.

"Der Sonnenuntergang spielt keine Rolle. Gefährlich ist es hier Tag und Nacht." Clara saß uns gegenüber in einem braunen Lehnsessel. Über ihr hing ein üppig gerahmtes Familienbild. Ich erkannte Clara als kleines Mädchen, das sich verzweifelt an die schweren Rockfalten der Mutter klammerte. Jetzt rieb sie den Zeigefinger nachdenklich an der Nase und sagte,

"Seit zwanzig Jahren hab ich hier gewohnt ... aber jetzt ist es am schlimmsten. Es ist, als ob jeder aufgegeben hätte. Hier wohnen anständige Leute. Nur merkt man das nicht. Alle haben Angst; sie leben hinter verschlossenen Türen. Wie ich. Früher saß ich an warmen Sommerabenden draußen und hörte Radio. Aus und vorbei. Wenn ich ausgehe, steige ich in den Bus und fahre irgendwohin. Es ist so schlimm geworden, daß ich Angst habe, am Fenster zu sitzen, um ein bißchen Luft zu schnappen. Angst, daß mich doch noch eine Kugel erwischt." Sie schien gedankenverloren.

"Sind die Emersons anständige Leute?"

Sie lächelte mich an. "Manche ja, manche nein. Martha ist eine gute Frau. Krankenschwester am Kings County Hospital. Aber sie hat viel Arbeit. Ihr Mann ist 1986 gestorben. An einer Überdosis Drogen. Einmal hat sie danach einen festen Freund gehabt. Der Dreckskerl hat sie und die Kinder geschlagen. Aber Martha ist nicht dumm. Sie hat ihn schnellstens rausgeschmissen. Die Kinder hat sie gut erzogen. Tat ihr Bestes. Außer Gordy. Der war nicht zu retten. Gordy ist der, den sie voriges Jahr umgebracht haben. Sie brach völlig zusammen. Der Junge war ..." Ihre Augen wurden feucht. "Gordy war ein richtiger Charmeur, mit seinen sieben Jahren. Ein Feuerkopf, intelligent, aber kaum zu bändigen. Martha war schrecklich deprimiert danach. Sie blieb zu Hause, lag im Bett, trank billigen Schnaps und weinte tagelang. Es dauerte drei Monate, bis sie sich zusammenriß. Ich bilde mir ein, daß ich ihr dabei geholfen habe. Aber da waren die anderen Jungen schon auf die schiefe Bahn geraten." Sie hielt inne und fuhr dann fort.

"Clay ist das größte Problem. Gerade vierzehn Jahre alt, denkt aber, daß alle Welt ihm was will. Ich hab selber gesehen, wie er seine Mutter geschlagen hat. Jetzt zieht er dauernd mit derselben Bande rum, die Gordy umgebracht hat. Kann ich nicht verstehen.

Eines Tages, im vorigen Sommer, traf ich ihn im Fahrstuhl, und er hält mir eine Brieftasche hin. "Hab ich einem weißen Jungen in der Stadt weggegriffen", sagt er ganz stolz zu mir.

Na, ich knall ihm eine, die sich gewaschen hat. Martha hat sich bei mir bedankt. Hat natürlich nichts genützt. Außer daß Clay nicht mehr mit mir spricht."

"Und was ist mit Thomas?" Curtis wurde allmählich kribbelig und wippte mit dem einen Bein auf und ab wie ein Kaninchen, das die Krätze hat.

Claras Antwort ging an mich. "Thomas ist ein guter Junge. Ein harter Brocken, aber gut. Hatte mir im Winter das Fußgelenk vertreten. Konnte nicht ausgehen, um mir was zu essen zu kaufen. Thomas hat freiwillig alles für mich eingekauft. Der Junge hat immer die falschen Sachen gekauft, zum Beispiel gefrorene Pizza", sagte sie lächelnd. "Ich bat ihn, Pita für mich zu kaufen – wissen Sie, dieses flache Brot. Also, er kauft Pizza." Sie lachte; aus ihren Augen sprach deutlich ihre Zuneigung zu Thomas. Dann, unvermittelt, umwölkte sich ihr Blick. "Aber die Banden haben's auf ihn abgesehen. Manchmal denke ich, sie haben mehr Haß in sich auf einen Jungen wie Thomas als auf jeden andern. Als wüßten sie, daß er es noch schaffen kann. Was auf die Beine stellen. Das macht sie wütend. In den letzten Monaten wurde er regelrecht störrisch. Aber nicht gemein."

"Er hat ein Eisenrohr mit sich herumgetragen."

Sie sah mich streng an. "Sie sind eben selber fast umgebracht worden. Wenn Sie hier jeden Tag aus- und eingehen müßten, was würden Sie wohl mit sich herumtragen?"

Curtis fiel ein, "Einen gottverdammten Granatwerfer. Also, können wir jetzt endlich gehen?"

"Wahrscheinlich hat er recht, Kindchen. Das ist hier keine Umgebung für Leute wie euch." Clara ging nach hinten zu den Schlafzimmern. Curtis und ich sahen uns an. Als sie zurückkam, hielt sie eine achtunddreißiger Smith & Wesson in ihren starken Händen. Unwillkürlich schauderte es mich. Ihren scharfen Augen entging nichts, "Ich habe nie damit geschossen. Will's auch nicht. Clay hat sie mir gegeben, ehe wir aufhörten, miteinander zu sprechen. Ihr solltet sie mitnehmen."

Ich wollte Einwände machen, aber Curtis ging gleich zu ihr und fing an, sie über die Entsicherung auszufragen.

"Curtis!"

Den Blick, den er mir zuwarf, hatte ich noch nie auf seinem Gesicht gesehen. "Ich kenne deine Einstellung zu Waffen, Robin. Wenn du mit dieser hier Probleme hast, dann geh wieder in deine Therapie. Das einzige, worauf es mir ankommt, ist, hier rauszukommen, und zwar ohne einen Tropfen von meinem kostbaren roten Blut zu verlieren. Kapierst du?"

Ich kapierte mehr, als er ahnte. Wenn diese Umgebung jemanden in ein paar Stunden so verändern konnte, daß einer der sanftesten Menschen, die ich kenne, nach einer Achtunddreißiger greift, um sie zu benutzen, was kann man dann von einem Jungen erwarten, der hier lebt und dem die Gefährlichkeit dieser Wohnsiedlungen ins Gesicht eingebrannt worden ist. Mehr denn je war ich entschlossen, Thomas Emersons Unschuld zu beweisen. Ich gab Clara meine Geschäftskarte und bat sie, Emersons auszurichten, daß sie sich unbedingt sobald wie möglich mit mir in Verbindung setzen sollten. Dann gingen wir in den kleinen Vorraum; mein Herz pochte so heftig, daß ich kaum hören konnte, wie Clara betete, während sie die Tür hinter uns verriegelte.

Wir öffneten die Tür zum Treppenhaus und lauschten. Dann machten wir uns auf den Weg nach unten, Schritt für Schritt; auf jedem Treppenabsatz blieben wir stehen, um Luft zu holen und auf Geräusche zu achten. Curtis und ich sprachen nicht. Als wir das Erdgeschoß erreichten, seufzten wir auf. "Wir sind fast zu Hause", flüsterte Curtis, mehr zu sich selbst als zu mir.

Da öffnete sich eine Tür. "Wir haben schon überlegt, wann ihr wohl auftauchen würdet." Die Dreckskerle hatten auf uns gewartet.

Curtis hob die Waffe. Den Typen gingen die Augen über. "Bewegt eure Ärsche dort in die Ecke." Seine Stimme klang schneidend. Ich legte die Hand auf seinen Rücken. Er schüttelte mich fluchend ab. "Zurück, Robin." Und zu den Jungen, "Ausziehen!" Ich konnte fühlen, wie ein Feuer von Curtis Besitz ergriff. Seine Wut erschreckte mich, auch wie er mit dem Abzug spielte. Er war entschlossen, abzudrücken.

Die Lederknaben stießen Warnungen hervor. "Dafür kriegen wir dich am Arsch, Mann. Kein Nigger kommt davon, der sich mit Rasiermesser anlegt. Wir schnappen dich schon noch! Wenn du Mist machst, machen wir dich eines Tages alle. Meine Hilfstruppe macht dich alle."

Die Mündung der Pistole blieb unbewegt. Als die Jungen splitternackt waren und ihre Messer und Klamotten auf einen Haufen zu unseren Füßen geworfen hatten, rief Curtis mir zu, "Heb ihr Zeug auf."

"Die weiße Nutte machen wir auch alle. Erst wird sie gevögelt und dann ..."

Curtis kam näher. Er überragte sie um gut einen halben Meter. Als ich sie nackt sah, merkte ich, daß sie wirklich nur Jungen waren. Schrecklich verkorkste Jungen. Sie konnten nicht älter sein als fünfzehn. Curtis legte das kalte Metall an die Schläfe des Jungen, der sich Rasiermesser nannte. "Fühl das mal", sagte er mit gepreßter Stimme. "Fühl mal." Der Junge versuchte, die Augen zusammenzukneifen, um verwegen auszusehen. Es ging nicht. Vor Angst blieben sie weit aufgerissen. "Eines Tages wird mal jemand abdrücken. Bumm!" Der Junge fuhr zusammen. "Und dann ist alles vorbei. Dein ganzes gottverdammtes, dummes Leben. Du wirst siebzehn, achtzehn höchstens. Und das war's dann. Dein ganzes großtuerisches Gerede und dein Drogengeld sind dann ein Dreck. Dann liegst du in der Gosse, und deinen dämlichen Arsch fressen die Würmer. Und deine Truppe wird nicht mal mehr wissen, daß es dich gab."

"Curtis." Ich wollte raus. Ich wollte Curtis sehen, wie er ein rotes Abendkleid trug und hohe Absätze und lachte.

"Hast du das Zeug?" fragte er über die Schulter, die Augen immer noch auf Rasiermesser gerichtet.

"Ich hab's. Wir wollen gehen. Ich muß Blanche sehen, ganz dringend. Bitte." Meine Stimme versagte.

Er nickte; meine Worte hatten ihn durch seine Wut hindurch erreicht. "Ich auch, Jane."

Wir verzogen uns und liefen zu unseren Wagen. Als wir dort waren, warf ich die Kleider in die Mülltonne.

"Verbrenn sie."

"Curtis, ich ..."

"Steck' sie an, verdammt nochmal!"

"Ich hab kein Streichholz."

Curtis fluchte wieder. Er zog ein Wegwerffeuerzeug heraus und drehte an dem Rädchen, bis die Flamme fast einen halben Meter hoch war, dann zündete er die Kleider an. "Ich geh nach Haus, Robin. Ruf mich eine Weile nicht an." Er kehrte auf dem Absatz um und lief in ziemlichem Tempo zu seinem Wagen, aber ich hörte doch noch das Schluchzen, das aus ihm herausbrach.

Gegen sechs kam ich nach Hause und kippte zwei Flaschen Limo hinunter. Manche Leute trinken Alkohol; ich mag nur dieses billige, süße Zeug. Ich durchstöberte den Kühlschrank nach einem letzten Päckchen Twinkies, fand dabei einen Beutel Taco Chips hinter einem Stapel Nine Lives und machte mich auf ins Wohnzimmer, die Katzen dicht auf meinen Fersen. Zum Glück erlaubt es mir mein Stoffwechsel, dünn zu bleiben; andernfalls würde ich nach ein paar Tagen wie dem heutigen wohl zu einer Art Luftballon mit dunklem Haar anschwellen.

Es klopfte. "Darf man hereinkommen?"

Dinah und Beth traten behutsam ein. Sie waren ein auffallendes Paar. Dinah ist untersetzt, knapp 1,70 groß, mit dunklem, lockigem Haar, grünen Augen und olivfarbener Haut. Vom Äußeren abgesehen, könnten wir beide Schwestern sein. Beth dagegen ist so groß wie ich, mit der Figur einer Salzstange, sprödem, blondem Haar und freundlichen blauen Augen.

"Sieh an, sie frönt mal wieder ihrem Billiggeschmack", sagte Beth mit gespieltem Schauer. "Vielleicht sollten wir gehen."

"Ach wo. Wir sind genau das, was sie braucht. Eine Therapeutin für ihren Kopf und eine Krankenschwester für ihren Körper."

Trotz meiner miesen Laune lächelte ich. "Wollt ihr beiden euch nicht setzen?"

Dinah rollte sich in meinem Lieblingssessel zusammen. "Twinkies und Taco Chips. Muß ja wirklich ein erfolgreicher Tag gewesen sein." Sie sah auf die Uhr. "Du hast fünfundvierzig Minuten, bis mein nächster Klient kommt." Beth setzte sich neben sie auf die Armlehne.

Ich hatte sie seit vorigem Freitag nicht gesehen. Ich begann, sie über die letzten Ereignisse ins Bild zu setzen, doch kam ich nicht weit, denn Beth unterbrach mich. "Moment mal. Du hast also wirklich K.T. Bellflower gesehen?"

Dinah lachte. "Ich glaube, mein Engel, darum ging es ihr gar nicht."

"Aber K.T. ist toll." Dabei ging sie spielerisch in eine Abwehrstellung gegen Dinah. "Beth hat eine Schwäche für sie", erklärte Dinah. "Sie nimmt ihre Show jeden Mittag auf und genießt sie abends, während ich versuche, die Mühseligen und Beladenen zu retten." Sie küßten sich. Man sollte doch meinen, daß nach vier Jahren die Flitterwochen vorüber waren. Ich begann meinen Entschluß, sie hereinzulassen, zu bereuen. "Wirklich", fuhr Dinah fort, "ich glaube wirklich, daß K.T. genau deine Preislage ist. Blondes Haar, Südstaatenakzent, großartiger Körper, tolle Köchin ..." Dinah grinste. "Was gefällt dir nicht an ihr? Ist sie zu leicht zu haben?"

Ich wurde plötzlich wütend. Das war eines von Dinahs Lieblingsthemen. Sie beharrte darauf, daß mich nur Frauen anzogen, die unnahbar oder gefährlich waren.

"Du hast einen perversen Geschmack, Miller, bei Frauen wie beim Essen. Wenn etwas nicht so aussieht, als könntest du dir den Magen dran verderben, gehst du gar nicht erst ran. Es wird langsam Zeit ..."

Ich stand auf. "Ich möchte heute keine Vorlesung von dir hören."

Beth ging zur Tür. "Auf mich wartet ein Roastbeef." Beth mag Konflikte nicht. Sie verzog sich nach unten.

"Robin, denk mal dran, wie das mit Cathy gewesen ist." Dinah hatte jetzt diesen Therapeutinnenton in der Stimme und unter hochgezogenen Brauen diesen Seelsorgerblick, der mich rasend macht. "Du warst verrückt nach ihr, aber nur solange sie mit dir Tauziehen spielte. Sobald es ihr ernst wurde, bist du in Panik geraten. Du verdienst ..."

"Ich verdiene ein bißchen Ruhe und Frieden." Dinah wollte mir erzählen, daß ich Besseres verdiente. Das muß ich mir von ihr einmal die Woche anhören. Sie tut so, als suchte ich mir absichtlich Eisköniginnen aus oder Frauen am Rande des emotionalen Zusammenbruchs. Ich habe keine Kontrolle darüber, wohin meine Libido mich führt.

"Gut, gut. Tut mir leid. Erzähl mir lieber zu Ende von deinem Fall."

Dinahs Gesicht war ausdruckslos. Manchmal war das schlimmer als ihr Seelsorgerblick. Ich warf mich auf die Couch und stellte fest, daß Geeja und Mallomar die ganze Szene von ihren Fensterbrettern aus beobachteten.

Ich berichtete den Fall zu Ende und fühlte mich zum Schluß ziemlich erledigt. Dinah brachte mir noch eine Limo aus der Küche, küßte mich auf die Stirn, wie Mom es jeden Abend getan hatte, ehe meine Schwester starb, und ließ mich dann allein mit meinen Katzen.

Das Zimmer erschien mir plötzlich unerträglich kalt.

Ich schloß die Augen und war sogleich vier Jahre alt, eingesperrt in das Schlafzimmer, das ich mit meiner älteren Schwester Barbara teilte. Es war ein Jahr, nachdem Carol gestorben war. Der 4. Juli, 1963. Ronald war gerade zwei Monate alt. Die Kinder in unserm Viertel ließen Feuerwerkskörper in Mülltonnen detonieren. Vom Druck klirrten die Fensterscheiben. Mir brauch der Schweiß aus; das Bild von Carols blutiger Brust schwoll vor meinen Augen an zu einem Atompilz. Im anderen Zimmer begann Ronald zu weinen. Durch die dünnen Wände konnte ich hören, wie meine Mutter beruhigend auf ihn einsprach. 'Du bist mein Sonnenschein', sang sie leise. Mein Körper zitterte so sehr, daß die Metallscharniere meines Kinderbettes zu klirren begannen.

Nach Carols Tod war ich monatelang schreiend aus Alpträumen erwacht. Die ersten Male kroch Barbara zu mir ins Bett und hielt mich fest. Aber dann ließen meine Eltern sie auf der Couch schlafen, bis ich lernte, die Alpträume schweigend zu ertragen. In jener Nacht also, als die dunkle Sommerluft um mich detonierte und Galle mir in die Kehle schoß und meine Hände und Füße sich anfühlten wie Eis, gespickt mit Nadeln, biß ich mir auf die Lippen, bis ich Blut schmeckte, bis das Zittern aufhörte. Noch heute werde ich vom Weinen bis ins Innerste durchgeschüttelt.

Das Läuten des Telefons rief mich in die Gegenwart zurück. Ich beeilte mich, zu antworten, denn ich hoffte plötzlich, daß Beth anriefe, um mich zum Essen einzuladen. Ich nahm den Hörer ab. Es war Marion Ross. Sie verlangte einen Lagebericht. Ich schaltete geistig um und berichtete.

"Das ist alles? Das ist alles, was Sie getan haben?" Ihre Stimme kletterte um zwei Oktaven höher. "Ich habe zumindest etwas Fortschritt erwartet."

Ich meinte, Rauch zu riechen. Eine Sekunde lang überlegte ich, ob Marions schrilles Kreischen das Telefonkabel versengt hatte.

"Marion, ich hatte nur einen Tag Zeit. Als erstes muß ich sicher sein, daß Thomas Emerson unschuldig ist."

Sie schien das nicht hören zu wollen. "Ich verlange mehr als das. Sollen doch Reverend Whaley und die Presse beweisen, daß Emerson unschuldig ist. Ich verlange, daß Sie sich auf das konzentrieren, was tatsächlich passiert ist."

"Das tu ich ja. Aber Sie sind nicht gerade hilfreich gewesen. Ich habe keinerlei Hinweise."

"Bezahle ich Sie etwa, damit ich dann selbst die Arbeit tue?" Sie klang so erregt, als könne jeden Augenblick bei ihr eine Sicherung durchbrennen.

Ich ignorierte ihre Frage und nahm sie selbst unter Beschuß.

"Hat David jemals mit Ihnen davon gesprochen, daß er eine Streife bestochen hat?"

"Wie bitte?" Ich hatte das Gefühl, sie wußte genau, wovon ich sprach.

"Einen Streifenpolizisten."

Funkstille. Dann sagte sie plötzlich, "Natürlich nicht."

Ich glaubte ihr nicht.

"Miss Miller", fuhr sie fort, "Sie scheinen unsere Rollen zu verwechseln. Ich bin nicht hier, um Ihre Fragen zu beantworten. Sie sind hier, um meine ..."

In der Ferne hörte ich Feuerwehrsirenen. "Marion, können Sie bitte dran bleiben?"

Ich spurtete zum Fenster, hob die Jalousie und steckte den Kopf hinaus. "Himmel, nicht schon wieder."

Das Telefon meldete jemanden in der Leitung. Ich drückte auf den Knopf. Eine Frauenstimme säuselte, "Hier ist Terry Fasani. Kann ich bitte mit Robin Miller sprechen?"

Terry Fasani? Dann fiel mir ein: Das war die kurvenreiche Frau in Davids Schule, die nicht glauben konnte, daß ich Privatdetektivin war. Ich knallte gegen die Jalousie, als ich den Kopf zurückzog.

"Am Apparat. Kann ich zurückrufen? Ich habe gerade ein Gespräch laufen."

"Kein Problem." Sie zögerte. "Ist das die Feuerwehr?"

Ich erklärte ihr, daß in den letzten drei Wochen so ein Punker die Autos in unserem Viertel in Brand steckte. Heute abend war Bella nur zwei Wagen entfernt von der Brandstelle. Ich schrieb mir Terrys Nummer auf und schaltete zurück zu Marion.

"Wenn das Ihr Umgang mit Klienten ist, dann bin ich nicht überrascht, daß Mr. Serra Zweifel an Ihren Fähigkeiten hat."

Nach einem Tag, wie ich ihn hinter mir hatte, wünschte ich mir nur noch eines: Mrs. Ross zu sagen, sie möge sich ihren sechsarmigen Kandelaber dorthin stecken, wo die Sonne niemals scheint.

"Stellen Sie fest, was David so unglücklich gemacht hat, bevor er starb. Denn dafür bezahle ich Sie schließlich."

"Ich dachte, Sie bezahlten mich dafür, herauszufinden, wer ihn getötet hat."

Aber vielleicht wußte sie schon, wer das war?

"Ich weiß genau, wofür ich bezahle." Ich hörte sie schlukken. Schon wieder Alkohol? "Und dazu gehört nicht, daß Sie sich in Wohnsiedlungen herumtreiben, um Ihre liberalen Humanitätsduseleien auszuleben. Mein Mann war in Schwierigkeiten. Ich will das Wie, Was, Wo und Warum wissen. Werden Sie das schaffen?"

Ich sah Geeja an und verdrehte die Augen. Sie streckte nachdrücklich ein Vorderbein in meine Richtung; ich fürchtete schon, sie wolle mir sagen, daß Bella das Zeitliche gesegnet hatte. Ich bejahte Marions Frage.

"Gut. Also wann kann ich Resultate erwarten?" Es klang, als bestelle sie chinesisches Essen. Ich setzte zu einer Antwort an, aber da war wieder jemand in der Leitung. Ich zögerte und überlegte kurz, ob ich das Telefon nicht in das brennende Auto werfen sollte, dann beschloß ich, das Gespräch anzunehmen und entschuldigte mich bei Marion, die auflegte, bevor ich zuende gesprochen hatte.

Ich erkannte die Stimme in der Leitung sofort. "Was kann ich für Sie tun, Virginia?" Die Hintergrundgeräusche hörten sich so an, als sei sie mitten in einer Party.

"Heute ist mein Geburtstag."

"Herzlichen Glückwunsch." Ich hob Geeja vom Fensterbrett und steckte den Kopf hinaus. Das Feuer war fast aus. Bella war gerettet.

"Was ist das für ein Geräusch?"

"Wasser. Ein paar Feuerwehrleute löschen die Flammen in dem, was einst ein Kombi war. Eine neue Masche in unserem Viertel."

"Haben Sie sonst noch Nachrichten für mich außer der Geburtstagsmeldung?"

"Ich habe heute Thomas und seine Mutter gesehen. Nach der Schule. Ich wollte Ihnen nur sagen, daß er schwört, er war es nicht."

"Danke. Ich schätze, das ist dann die Lösung."

"Tennessee hat mir schon erzählt, daß Sie zu Ironie neigen."

"Ist T.B. bei Ihnen?"

"Er ist gerade vor ein paar Minuten mit K.T. gekommen. Übrigens, sie bat mich, Sie zu einer Dinnerparty einzuladen, die sie Samstagabend gibt."

Ich hatte ein komisches Gefühl im Magen. "Ich habe vielleicht zu tun, aber geben Sie mir auf alle Fälle die Adresse." Ich hatte vorgehabt, den Samstagabend wie üblich zu verbringen: Ein Video auszuleihen, chinesisches Essen zu bestellen und zwei halbe Liter Vanille-Eiskrem. Meine tollen Pläne hinderten mich aber nicht, mir die Adresse aufzuschreiben.

"Noch eins." Sie mußte in ein anderes Zimmer gegangen sein, denn plötzlich hatten alle Hintergrundgeräusche aufgehört.

"Thomas hat gesagt, ein Freund von ihm hätte einen Mann und eine Frau um drei Uhr hinauf in Davids Klassenzimmer gehen sehen. Mehr wollte er mir nicht sagen. Der arme Junge war schrecklich durcheinander. Seiner Mutter ging es nicht viel besser. Ich weiß, daß Sie versucht haben, mit ihnen zu sprechen. Meiner beruflichen Meinung nach aber sollten Sie sie in Ruhe lassen. Sie unter Druck zu setzen, hilft keinem."

Mein Argwohn lief plötzlich auf Hochtouren. Ich spürte, daß sie etwas zurückhielt. "Er hat Ihnen den Namen seines Freundes nicht gesagt?" fragte ich.

"Nein."

"Hat dieser Freund das Paar erkannt?"

Nach einem tiefen Atemzug, "Nein."

"Was ist mit der Sicherheitsbeamtin ... wie war noch ihr Name?" Ihr Namensschild tauchte blitzschnell vor mir auf.

"Juanita Morales. Vielleicht erinnert sie sich daran, daß dieses Paar in die Schule kam."

"Das hab ich auch gedacht. Juanita sagt, wer immer es war, ist nicht durch den Vordereingang gekommen. Zumindest nicht, solange sie Dienst hatte."

"Sind Sie sicher?"

Die Partygeräusche kehrten wieder. Dazu kam eine männliche Stimme, die sagte, sie solle ein paar Gäste begrüßen. Das war keine Stimme, die man ignorierte. "Ich muß jetzt gehen. Tut mir leid, daß ich Ihren Abendfrieden gestört habe. Hoffentlich habe ich Ihnen etwas helfen können."

Je bekümmerter sie war, desto mehr hatte ihr Südstaatenakzent zugenommen. Am Ende unseres Gesprächs war es nur noch ihre Stimme, die ich hörte, nicht ihre Worte. Eines aber war sicher: Die Frau wußte sehr viel mehr, als sie mir erzählt hatte.

Aber was verbarg sie?

Dann erinnerte ich mich an den Ausdruck ihrer Augen, als sie am letzten Freitag ihre Hand auf Davids Schulter legte. Die Zärtlichkeit, mit der ihr Daumen einen Kreis um eines seiner Muskelpakete beschrieben hatte. Aus einer plötzlichen Überzeugung heraus hätte ich die Tantiemenschecks eines Jahres darauf verwetten mögen, daß Virginia Savarin in David Ross verliebt war.

Kapitel 8

In Gedanken verband ich immer noch die imaginären Punkte zwischen Virginia, David Ross und T.B.s verlorener Kugel, während ich Terrys Nummer wählte, und das Bild, das sich dabei ergab, gefiel mir gar nicht.

Terry antwortete beim dritten Klingeln. Sie war auf dem Weg zu einer Turnhalle in Bay Ridge namens Body Shop. Sie bat mich, sie dort um acht zu treffen. In Anbetracht des Kaloriengehalts meines Dinners und der Tatsache, daß mein Stairmaster im Keller Spinnweben angesetzt hatte, war ein Fitness-Training am Ende eines solchen Tages gar nicht so übel. Sowenig wie der Anblick von Terry in engen Radlerhosen.

Ich zog meinen Trainingsanzug an, stellte den Katzen etwas fischförmige Trockennahrung hin; dann startete ich Bella und fuhr in Richtung 86. Street und Fourth Avenue, der Pizza-Kapitale der Welt. Ich hatte gehofft, mir noch ein Stück reinziehen zu können, aber Terry stand bereits vor der Turnhalle, als ich ankam. Das erste, was sie sagte, war, "Sie sind also wirklich Detektivin." In der Hand hielt sie meine Geschäftskarte.

Sie war sehr sexy, und sie konnte sogar lesen. Gar keine schlechte Kombination. Auf dem Weg in den Umkleideraum gab ich ihr einen kurzen Überblick über meine Karriere als Detektivin bis dato.

Sie schien beeindruckt. "Als mir klar wurde, daß Sie das ernst meinten mit der Ermittlerin, bekam ich einen richtigen Schreck." Ich sah zu, wie sie das Rädchen an dem Kombinationsschloß drehte. Sie hatte eine sehr schöne Finger. "Mir ist bis jetzt noch nie eine richtige Privatdetektivin begegnet", sagte sie mit verführerischem Lächeln. "Es ist irgendwie aufregend."

Vielleicht war dieser Tag doch noch zu retten.

Sie zog einen großen Leinenbeutel heraus und begann, darin zu wühlen. Dann stand sie auf und zog ihr Oberteil aus. Oh, là, là! Meine Blicke eilten hinüber zum Trinkwasserbrunnen am anderen Ende des Raumes.

"Ich war am Anfang ziemlich unhöflich zu Ihnen. Das tut mir leid", sagte sie und berührte meinen Arm. Ich lenkte meine Blicke wieder zurück auf ihr Gesicht, das heißt, ich versuchte es. Ihr Busen waren sagenhaft. Nicht mehr als eine Handvoll, mit prallen, braunen Brustwarzen. Eigentlich ziehe ich rosa vor, aber braun ist mehr als annehmbar. Ich fühlte, wie ich feucht wurde.

Sie wand sich aus ihren Jeans. Ihre Beine waren muskulös, ihr Bauch so flach und hart, daß ich ihren Unterleib als Bügelbrett hätte benutzen können. Was ich allerdings nicht vorhatte.

"Sind Sie okay?" fragte sie.

Ein winziges Löckchen schwarzen Schamhaars guckte oben aus ihrem winzigen schwarzen Schlüpfer hervor.

Ich hob die Augen. Terry strich sich die Haare aus dem Gesicht. "Ich fragte, ob Sie allein leben. Wenn ja, dann ist das hier eine großartige Gelegenheit, jemanden kennenzulernen.

Viel besser als in diesem verdammten Super-Schwimmbad, das sie hier um die Ecke eröffnet haben."

"Hören Sie, ich glaube, ich sag Ihnen lieber, daß ich lesbisch bin. Vielleicht sollte ich gar nicht hier sein. Jedenfalls nicht im Augenblick. Verstehen Sie?" stotterte ich.

Sie lachte. "Ich hab's mir gleich gedacht." Sie hob eines ihrer umwerfenden Beine und begann, Streckübungen zu machen. Ich war so aufgeregt, daß es schmerzte. "Keine Sorge. Ich habe viele homosexuelle Freunde."

"Aber Sie sind es nicht?" Bitte, sag nicht nein.

"Nein." Sie richtete sich auf und hob die Arme über den Kopf. Ihre Brustwarzen starrten mich an. "Nicht, daß ich mit der Idee nicht schon gespielt hätte. Ehe ich heiratete ..."

Ich zuckte zusammen.

"Sie haben nicht gewußt, daß ich verheiratet bin?" Es klang verstimmt, als erwartete sie irgendwie von mir, daß ich über ihren Ehestand Bescheid wußte. Ich sah auf ihre Hände. Wie hatte ich den Ring übersehen können?

"Nein, hab ich nicht." Ich war den Tränen nahe.

Sie legte die Hände in die Taille und begann, sich nach beiden Seiten zu strecken. Ihre Brüste hüpften kaum. Ich fragte mich, ob sie wohl bemerkte, daß meine Augen hin- und herwanderten im Rhythmus ihrer Übungen.

"Sam ist gerade zurück vom Golf. Es ist für uns alle eine ziemliche Umstellung gewesen. Ich war abends meistens hier. Sam will, daß ich zu Hause bleibe, Essen koche und mir seine Kriegsgeschichten anhöre." Sie lächelte etwas gequält. "Ich glaube, mit solchen Dingen haben Sie keine Probleme."

Nein. Worüber ich mir Sorgen machen mußte, war, in einen Umkleideraum gesperrt zu sein mit einer verführerischen heterosexuellen Frau, deren Brustwarzen in Hab-Acht-Stellung standen.

Es gibt keinen Gott, stöhnte ich innerlich.

"Vielleicht sollten Sie mir erzählen, warum Sie angerufen haben." Ich gab mir Mühe, meine Stimme sachlich und berufsmäßig klingen zu lassen. In Wahrheit hätte ich viel lieber vor mich hingewimmert.

"Tut mir leid." Endlich zog sie ein schwarzes, halblanges T-Shirt über und schwarze Radfahrerhosen. Meine Erleichterung war spürbar. "Wollen Sie keine Streckübungen machen?" fragte sie mich. Falsche Frage.

Ich schüttelte den Kopf und verließ mit ihr den Umkleideraum. In der Turnhalle war es überraschend ruhig. Terry und ich suchten uns Geräte aus. Wir fingen mit den Life-Rädern an. Ich kletterte hinauf und begann, draufloszutrampeln. Ich schaute auf das Meßgerät. Bei diesem Tempo würden die Zahnräder bald schmelzen.

"Es war wegen David", begann Terry. "Wenn es Ihnen ernst damit ist, den Mord aufzuklären, dann möchte ich sicher sein, daß Sie in der richtigen Richtung suchen. David war ein toller Kerl, aber er war kein Heiliger; alles andere als das. Mein Bruder Joey sagt, David war im Drogengeschäft. Er ist hier Mitinhaber, vielleicht wollen Sie ihn danach fragen ..." Sie schaltete in einen höheren Gang und schaute in meine Richtung. "Ich hab's gern, wenn's schwer geht." Etwas an der Art, wie sie die Worte sagte, ließ erkennen, daß sie genau wußte, welche Wirkung sie auf mich haben würden. Ich trat schneller in die Pedale.

"Dieser Glatzkopf heute beim Lunch ..." begann ich.

"Webster Bainbridge."

"Ich wiederholte den Namen mit hochgezogenen Augenbrauen, und sie lachte.

"Der Klatsch-König der Hauptschule 189", fügte sie hinzu.

"Er sagte, es gebe ein Gerücht über ein faules Drogengeschäft."

"Wahrscheinlich hat Webster das Gerücht in die Welt gesetzt. Ich würde dem, was er sagt, nicht viel Glauben schenken." Aus ihrer Stimme klang Abneigung. Ich vermutete, daß Webster sie schon mal reingelegt hatte.

"Aber David hat mit Drogen zu tun gehabt?"

"Joey meint das."

"Joey meint was?" fragte eine Tenorstimme. Ein schlanker, glattrasierter Mann mit gut entwickeltem Gesichtserker und Terrys sinnlichen Augen stand zwischen uns. Terry stellte ihn als ihren Bruder vor. Das hätte sich erübrigt. Die Ähnlichkeit war unverkennbar.

"Sie sind also die Ermittlerin", fragte er in einem Ton, dem es gelang, Sanftheit mit Ruppigkeit zu verbinden.

Ich hörte auf zu trampeln. Joey war der Mann bei Davids Begräbnis, der mir so bekannt vorgekommen war. Ich konnte spüren, wie meine grauen Zellen auf Touren kamen. Wir beide waren uns bestimmt schon irgendwo begegnet. Ich blickte hinunter auf seine glatten Beine und mußte plötzlich an das *Scarlett* denken, die Bar, die meinem Freund Curtis gehört. Ich schaute auf Joeys volle Lippen und war plötzlich ganz sicher, daß ich Joey dort mindestens einmal gesehen hatte. Ich nahm mir fest vor, Curtis anzurufen und fragte dann, "Wieso hatte David mit Drogen zu tun?"

Er wurde ärgerlich und zog einen Schmollmund. Dieser Ausdruck ließ sein Gesicht noch femininer erscheinen. "Hören Sie, ich weiß nicht, was Terry zu Ihnen gesagt hat, aber ich will nichts damit zu tun haben, daß Daves Name in den Schmutz gezogen wird. Terry hat es sich in den Kopf gesetzt, daß der Junge, den sie festgenommen haben ..."

Ich war im Begriff, ihm den Namen zu nennen, doch er winkte ab. "Ich weiß nicht, wer er ist. Ich weiß nur, daß der Junge kein Unschuldsengel ist. Okay? Der Hausmeister sagte, dieser Punker hätte seine Frau vor ein paar Monaten überfallen. Wir sprechen also nicht über einen blauäuigigen Knaben mit blendenden Zukunftsaussichten. Die Cops scheinen zufrieden zu sein. Das genügt mir."

"Der Junge ist unschuldig, Joey."

Er sah aus, als ob er die Tränen unterdrücken müßte. "Woher wollen Sie das wissen? Wenn dieser Kerl meinen besten Freund umgebracht hat, dann will ich nicht mit ansehen, wie ein paar Liberale ihn da wieder raushauen."

"Joey." Terry sprang vom Fahrrad ab und legte den Arm um ihn. Er schüttelte sie ab.

"Ist hier alles okay?" Eine neue Stimme mischte sich ein.

Ich drehte mich um und erblickte einen Bodybuilder, der von einem anderen Stern zu kommen schien. Ich erkannte ihn sofort: Der Kerl vom Friedhofsparkplatz in dieser unmöglichen Kombination von mitternachtsblauer Seide und lodengrünem Polyester. Diesmal trug er ein blaßgrünes T-Shirt mit einem Monogramm auf der Brust: V.S. Aus der Nähe betrachtet war er noch imposanter, wie ein Riese aus grauer Vorzeit.

Joey nickte ihm zu."Vic, das ist Robin Miller, Privatdetektivin." Und zu mir gewandt, "Vic und mir gehört der Laden hier. Wir haben davon geträumt, seit wir zwölf waren, stimmt's, Vic?"

Der Riese ging um Joey herum und sagte, "Du redest zu viel, Klein Joey." Er hörte sich an wie ein geduldiger Vater. Die Geduld erstreckte sich jedoch nicht auf mich. Er sah mich an, als hätte er mich eben dabei erwischt, wie ich Küchenschaben verspeiste, dann fragte er drohend, "Belästigen Sie hier etwa meine Freunde?"

"Ich habe gerade ein paar Fragen über David Ross gestellt. Haben Sie gewußt ..."

"Ross war ein Freak. Wenn es nicht wegen Klein Joey gewesen wäre, hätte ich ihn hier nicht bis auf hundert Meter rangelassen. Was mich betrifft, so hat Ross bekommen, was er verdient hat. Der Fall ist abgeschlossen. Wenn Sie noch mehr Fragen haben, dann fragen Sie woanders. Der Laden hier gehört mir, und ich kann keine Schnüfflerin gebrauchen, die mir die Kunden verärgert."

Ich überblickte grinsend den Raum. Die Geschäfte gingen nicht gerade glänzend. Das konnte er in meinem Blick lesen.

"Was wollen Sie damit sagen?" bellte Vic, während sein Gesicht sich vor Ärger rötete.

"Nicht gerade viele Kunden da zum Verärgern", sagte ich. Etwas in seinen Augen sagte mir, daß ich ihn bis aufs Blut reizte. Aus irgendeinem Grund wollte ich aber genau das. "Was hatten Sie denn gegen David Ross?"

Sein Mund verzerrte sich vor Widerwillen. "Der Kerl war ein Schnorrer. Schnorrte Geld von Joe, als wäre der ein verdammter Rockefeller. Zog da so einen dummen kleinen Vietnamesen mit hinein." Er hielt plötzlich inne. Ich spürte, daß er mehr gesagt hatte, als er eigentlich wollte.

"Hatte David etwas mit Drogen zu tun?"

"Sie denken, deswegen hat ihn jemand erledigt?" Er lächelte. "Das gefällt mir." Er sah tatsächlich hocherfreut aus.

"Wenn Sie David gehaßt haben, warum sind Sie dann zu seinem Begräbnis gegangen?"

Ich sah, wie sich seine Hand zur Faust ballte und trat einen Schritt zurück.

"Ich kenne Joe, seit wir fünf waren. Er gefiel mir. Haben Sie was dagegen?" Er sah aus, als ob er mir den Kopf auf meinem Rad zerschmettern wollte.

Terry legte die Hand auf Vics Arm. Sein Bizeps waren doppelt so breit wie ihre Handflächen.

"Ach, laß mal, Vic", sagte Joey fürsorglich. "Wir wollen uns wieder an die Bücher machen."

Vic warf mir noch einen drohenden Blick zu, dann wandte er sich ab und folgte Joey zum Büro. Unerwartet blieb Joey unterwegs stehen und sagte leise etwas zu Vic, der Joeys Schulter drückte, ehe sie weitergingen. Wie ich sie so sah, überlegte ich, ob ihre Beziehung wohl rein platonisch war. Ich legte den Gedanken vorläufig beiseite.

Joey kehrte nochmal zu mir zurück und fragte, "Sagen Sie mir, warum Sie den schwarzen Jungen für unschuldig halten?" Es war fast eine Herausforderung. Aber in seinen Augen war etwas verborgen, das ich nicht entschlüsseln konnte. Er war wirklich bekümmert. Ich hatte das Gefühl, er wünschte, ich könnte ihm beweisen, daß er unrecht hatte. Was konnte ich sagen? Daß ich dem Hausmeister seine Geschichte nicht abnahm? Daß ich von einer alten Dame, die mir das Leben gerettet hatte, wußte, daß Thomas Emerson ihr gefrorene Pizza gebracht hatte, als sie sich das Fußgelenk verstaucht hatte? Daß ich ihm in die Augen gesehen und darin einen verschreckten Jungen erkannt hatte, der sich große Mühe gab, hart zu bleiben.

"Ich weiß nicht, es ist so eine Art Instinkt."

Er schüttelte den Kopf, schien enttäuscht von meiner Antwort. "Ist das alles?"

"Im Moment genügt mir das. Es muß noch einen anderen Grund geben, aus dem David getötet wurde. Vielleicht war er in Schwierigkeiten. Vielleicht hat er eine Grenze überschritten. Wenn er mit Drogen zu tun hatte ..."

"Ich will Ihnen etwas sagen: David und ich sind in Vietnam gewesen. Wenn er damals nicht süchtig wurde ..." Seine Augen waren voller Trauer. Fast konnte man die Erinnerungen über sein Gesicht huschen sehen. Mich fröstelte.

"Dave, der Tapfere. So nannten wir ihn immer. Und wissen Sie, warum? Eines Nachts wurden wir während eines Überraschungsangriffs vom Feind aufgehalten." Er zog eine Grimasse, sein Gesicht spiegelte lebhaft die Erinnerung wieder. "Der gute, alte Onkel Sam befahl uns, ein Dorf niederzubrennen. Nur, diesmal war es eine Falle. Wir brachen aus dem Unterholz hervor, und die deckten uns mit Sperrfeuer ein wie mit einem Platzregen. Zwei aus unserer Kompanie schafften es: Ich und Dave. Ich lag auf den Knien, zitterte und wartete auf den Todesschuß. David hatte einen verdammten Granatsplitter in der Hüfte, aber er hob mich auf, schleppte mich in ein Erdloch und deckte uns mit ein paar Toten zu – den Jungen, die direkt aus dem Ausbildungslager gekommen waren." Ich krümmte mich innerlich angesichts des Schmerzes in seinen Augen. "David preßte die ganze Nacht seine Hand auf meinen Mund, damit der Feind mich nicht weinen hören konnte. Er hat das alles überlebt, aber nicht ... nicht ..." Seine Stimme versagte, als ob der Sinn seiner Worte ihn erst jetzt erreicht hatte. Er wandte sich wortlos ab.

"Mir tut das alles schrecklich leid." Terrys Stimme überraschte mich. "Er hat es wirklich schwer. Außer Davids Tod belastet ihn die Sorge ums Geschäft. Mit dem Body Shop geht's bergab, seit das Santa Fé-Schwimmbad eröffnet worden ist." Aus ihren Augen sprach deutlich Sorge.

Geschwisterliche Liebe ist mir immer ein fremder Begriff gewesen, Terry aber anscheinend nicht. Diese Erkenntnis machte sie noch anziehender für mich.

Ich blinzelte sie an. "Ist schon okay."

Sie sah aus, als wolle sie zu weinen anfangen, aber sie fing sich wieder. "Warum gehen wir nicht und trinken irgendwo eine Tasse Kaffee?"

***

Ich wartete draußen auf Terry, da ich einem weiteren Striptease nicht gewachsen war. Dann folgte sie mir und Bella zum Park Slope. Wir parkten in der Nähe meines Hauses und gingen hinüber zu *Cousin John's* auf der Seventh Avenue. Ich bestellte zwei Cappucino und zwei Himbeertörtchen. Terry hatte nicht viel Appetit, so daß ich schließlich beide Törtchen aufaß. Es war kein großes Opfer.

"Erzählen Sie mir mehr über Joeys Beziehung zu David. Haben sie sich oft gesehen?" fragte ich, während ich in meinem Cappucino rührte. Ich gab mir Mühe, nicht mit der Frage herauszuplatzen, die mich vor allem beschäftigte. Ich war fast sicher, daß Joey schwul war. Die Intensität seiner Gefühle für David ließ mir ihre Beziehung problematisch erscheinen.

"Sie standen einander immer noch nahe", sagte sie, und ihre Lippen waren schmal vor innerer Gespanntheit. "Aber sie führten ein unterschiedliches Leben. Den Body Shop in Gang zu halten, hat viel von Joeys Zeit in Anspruch genommen. Ich meine, Vic ist das Vorzeigestück ... und er kennt sich natürlich gut mit den Geräten aus. Aber Joey ist der Kopf. Er kümmert sich um die Geschäftsführung, die Rechnungen ..." Sie brach ab und wandte mir ihre umschatteten Augen zu. Ein Prickeln lief über meine Haut. Ich hatte recht. Ich wußte wirklich nicht, wohin meine Libido mich führen würde. Im Augenblick jedenfalls spürte ich einen kräftigen Schub zu Terry hin. "Können wir über etwas anderes reden? Ich möchte jetzt nicht über David und auch nicht über Joey reden ..."

"Schlagen Sie ein Thema vor."

"Sie."

"Wissen Sie genau, daß Sie nicht über die brennenden Ölquellen in Kuwait sprechen möchten?"

"Davon bekomme ich zu Hause genug zu hören. Wann haben Sie zuerst gemerkt, daß Sie homosexuell sind?" Ich habe mehr als genug von dieser Hetero-Ausfragerei über den Ursprung lesbischer Sexualität. Gewöhnlich enden sie mit einem "Wollen Sie's mir nicht mal zeigen?" In der Regel ziehe ich die Grenze bei verheirateten Frauen. Wenn sie experimentieren wollen, zeige ich ihnen den Weg zur nächsten Lesbenbar. Terry war anders; Dinah würde mir das allerdings nicht abnehmen.

Ich erzählte ihr die Geschichte meines Coming-Out, die jede Lesbe, die etwas auf sich hält, auf Lager hat, mit den entsprechenden Ausschmückungen für besondere Gelegenheiten wie diese. Tabatha Adams verdiente sich das Geld fürs College als Managerin des Carvel-Eissalons an der Ecke in der Nähe meiner Schule. Was sie über Eis wußte, hätte Tom Carvel erbleichen lassen. Sie war eine kleine, zierliche Frau mit einem goldblonden Haarschopf und B.H.-Körbchen Größe D. Ich werde nie den Tag vergessen, an dem sie mich mitnahm in den Kühlraum und mir zeigte, wie man das süßeste, cremigste Eis macht, das ein Mädchen aus Brooklyn je auf der Zunge zergehen ließ.

Terry lauschte mir hingerissen.

"Und Sie?" fragte ich. "Sind Sie schon mal mit einer Frau zusammengewesen?"

Sie warf mir einen Seitenblick zu; sie wußte sehr wohl, warum ich fragte. "Nein. Kann ich eigentlich nicht sagen." Sie nippte an ihrem Cappucino; über den Tassenrand schauten ihre Augen mich amüsiert an. "Wissen Sie, warum?"

Weil sie nie die richtige Frau gefunden hatte. Wie oft hatte ich das schon gehört.

"Ich mag die Macht, die ich spüre, wenn ich mit Männern schlafe", sagte sie.

"Wie bitte?"

Sie beugte sich vor und sagte mit Verschwörermiene, "Ich meine dieses unglaubliche Hochgefühl, das man hat, wenn man es mit Männern tut. Das einzige, worauf es bei ihnen ankommt, ist dieses kleine Dingsda." Sie demonstrierte mit einem Löffel, was sie meinte. "Man muß nur damit umgehen können, und sie schmelzen dahin. Ich bin immer oben, wenn Sie wissen, was ich meine." Leider wußte ich es. Die Vorstellung, wie Terry auf einem Löffel ritt, erhöhte nicht gerade mein sexuelles Verlangen. "Manchmal stelle ich mir dabei vor, ich reite auf einem ungezähmten Pferd. Das ist ein echter Trip."

Schach.

"Aber ich würde es gern mal mit einer Frau versuchen. Wenigstens einmal." Sie sah mich eindringlich an. In ihren Worten lag eine Einladung. Ich fand, es war höchste Zeit aufzubrechen, ehe ich mir noch mehr Probleme auf den Hals lud.

Ich begleitete Terry zurück zu ihrem Wagen, der nur ein paar Häuser entfernt von meiner Haustür stand.

"Haben Sie nicht gesagt, daß Sie hier wohnen?"

Ich nickte und ging weiter. Ein Fieberschauer überlief mich.

Terry blieb stehen. Ich hörte, wie ihre Schritte sich meiner Haustür näherten, dann das Quietschen einer sich öffnenden Gartenpforte. Ich drehte mich schnell um und konnte eben noch sehen, wie sie auf die zweite Gartenpforte zuschritt, die zu Dinahs Wohnung führte.

"Halt!" Ich lief zurück. "Das gehört zur Wohnung meiner Mitbewohnerin." Ich zeigte auf Dinahs Türschild.

Terry lächelte nur. Ein vielsagendes Ich-krieg-dich-schon-noch-Lächeln, bei dem ich weiche Knie bekam. Sie kam dicht an mich heran. "Ist sie Ihre Geliebte?" Ihre Stimme ließ mir kleine Hitzewellen übers Gesicht laufen.

"Nein, wir sind nur befreundet." Ich hatte Schwierigkeiten zu schlucken.

Terry leckte herausfordernd über ihre Lippen, eine Geste, die bewies, daß sie genügend Hetero-Pornofilme gesehen haben mußte. Im Augenblick hatte ich jedoch nichts dagegen. Mein ausgestreckter Finger zog eine Linie von ihrem Kinn den Hals hinunter bis mitten auf ihre Brust. Er blieb dort und zog Kreise. Meine Augen folgten ihm. Sie war jetzt angezogen, aber ich spürte trotzdem, wie ihre Brustwarzen mich anstarrten.

"Ich meine das ernst mit einem Trip in Ihre Welt. Vielleicht nur für eine Nacht. Vielleicht auch für länger." Sie sprach jetzt in einem dunkleren, etwas rauchigen Ton. Die Frau war eine Könnerin.

"Also, das ist sehr schmeichelhaft, aber im allgemeinen ..." Ihre weichen, vollen Lippen schnitten mir das Wort ab; ihre Zunge erforschte meinen Mund; eine Hand strich über meine Brüste. Sie drückte mich gegen die Gartenpforte. Zum Teufel, was soll's! Ich schlang die Arme um sie und zog ihren Körper dicht an mich.

"Heh, Sherlock Holmes!" Dinah stand in der Türöffnung hinter mir. Sie trug ein Micky Maus-Nachthemd und Strandsandalen. Die Straßenbeleuchtung war gerade so hell, daß ich erkennen konnte, wie ihre Augen mich aus zwei Schlitzen wütend anstarrten. "Willst du sie angesichts der ganzen gottverdammten Nachbarschaft verführen? Schön. Dann parkt doch gleich auf der Seventh Avenue. Aber nicht vor meinem Haus, verstanden? Ich habe Klienten, die hier vorbeilaufen, nur um zu sehen, ob ich beim Dunkelwerden bei mir auch das Licht angemacht habe. Ich kann wirklich darauf verzichten, ihnen vorzuführen, wie zwei sexbesessene Flittchen es vor meiner Tür treiben." Ich sah, wie ihre Augen kurz auf Terrys Ehering verweilten. "Ach, du meine Güte. Du tust mir wirklich leid, Miller. Geh nach Haus. Deine Katzen brauchen dich." Sie machte die Tür zu und schloß sie hinter sich ab. Dinah versteht sich wirklich darauf, einem die Stimmung zu verderben.

***

In der Nacht überkam mich wieder meine Schlaflosigkeit. Ich spielte Apportieren mit Geeja, aber nach den ersten fünfundvierzig Minuten wurde es ihr langweilig.

Dann schritt sie würdevoll hinüber zu Mallomar, die sie mit unverhohlener Bewunderung beobachtet hatte. Die beiden stießen ein paarmal mit den Köpfen zusammen, dann verabschiedeten sie sich von mir mit steil aufgestellten Schwänzen und verfügten sich nach oben in ihr Schlafzimmer zu ihrem nächtlichen Säuberungsritual.

"Schon recht. Laßt mich nur im Stich", rief ich ihren sich entfernenden Hintern nach. Sie wandten nicht mal ein Ohr nach mir um.

Ich ließ mich auf die Couch fallen und wehrte mich nicht mehr gegen den Tumult in meinem Kopf. Einerseits wußte ich, daß Dinah recht hatte. Es gab einmal eine Zeit, da hätte ich es mir nie erlaubt, in eine so kompromittierende Situation mit einer Hetero-Frau zu geraten, schon gar nicht mit einer verheirateten. Aber seit ich Cathy aus meinem Leben verbannt hatte, war nichts mehr im rechten Lot.

Meine Gedanken wanderten zurück zu jenem Neujahrstag. Warum zum Teufel hatte ich so reagiert, als Cathy sagte, sie wollte in den Osten ziehen? Anderthalb Jahre lang waren wir zusammen gewesen, und ich hatte sie immer gedrängt, diesen Schritt zu tun. Aber nie hätte ich gedacht, daß sie es wirklich tun würde. Sie erschien mir zu cool, zu vernünftig, zu beherrscht. Einfach verläßlich. Schließlich braucht man keine Angst zu haben, von jemandem verlassen zu werden, der niemals wirklich bei einem gewesen ist.

Mir ging plötzlich das sprichwörtliche Licht auf.

Die einzige Frau, mit der ich jemals zusammen gelebt hatte, war Mary. Als wir uns 1986 trennten, zog sie nach San Francisco. Drei Jahre später war sie tot. Während ich ihren Tod untersuchte, war etwas mit mir geschehen. Etwas, das ich immer noch nicht verstand. Es war, als habe mir jemand einen Spiegel vorgehalten, und ich hätte zum ersten Mal mein Gesicht gesehen. Jahrelang hatte ich mich an das Märchen von Mary, der Schneekönigin, geklammert.

Während der Untersuchung erkannte ich nicht nur die wahre Natur ihrer Leidenschaft, sondern auch die Tiefe ihrer Liebe zu mir.

Aber die Wahrheit hatte mich nicht frei gemacht.

Die Wahrheit erschreckte mich. Sie konfrontierte mich mit der Tatsache, daß ich Mary immer um Armeslänge von mir ferngehalten hatte; ihr nie erlaubt hatte, mir so nahe zu kommen, wie ich es eigentlich immer gefordert hatte; sie getadelt und mich bemitleidet hatte wegen der Distanz zwischen uns.

Hatte ich es mit Cathy ebenso gemacht?

Ein Klopfen an der Tür ließ mich aufschrecken. Dinahs Kopf erschien im Türrahmen. Ich schaute auf die Uhr. Es war drei Uhr morgens. "Komm rein."

Sie ließ sich auf der Couch nieder, versteckte die Füße unter ihrem Nachthemd und lächelte unsicher. "Ich konnte nicht wieder einschlafen. Bist du okay?"

Dinah konnte einem manchmal auf die Nerven gehen, aber sie war für mich mehr Familie, als meine eigene Familie je gewesen ist. "Klar. Hast du vielleicht einen Ersatz-Vibrator übrig?"

Sie lachte in sich hinein. "Nee, bei dem sind uns letztes Wochenende die Batterien ausgegangen." Eine kalte Hand legte sich um meinen Fußknöchel. "Tut mir leid, daß ich wie Attila der Hunne über euch kam."

Ich setzte mich auf. "Entschuldige dich nicht. Du hattest recht."

"Wer war sie denn?"

Ich ließ die Geschichte noch einmal ablaufen, von Terrys Erscheinen beim Begräbnis bis zu der ziemlich fürchterlichen Szene unten an der Gartenpforte.

"Und das habe ich unterbrochen. Auweia. Ich glaube, ich geh mal runter und wecke Beth auf", witzelte sie.

"Du willst mich also nicht davor warnen, mit dem Feuer zu spielen?"

"Sollte ich?"

Wir kannten beide die Antwort. Verheiratete Frauen waren streng tabu.

Dinah saß noch fast eine Stunde bei mir. Die meiste Zeit lehnten wir uns nur schweigend aneinander.

Einmal wäre ich fast eingenickt. Das war, als Dinah zu ihrem häuslichen Glück zurückkehrte und mich plötzlich und unwiderruflich hellwach zurückließ.

Den Rest der Nacht verbrachte ich damit, den Kühlschrank sauberzumachen und mir alte Janis Ian-Platten anzuhören, bis ich anfing, mich zu ärgern.

Wieso beklagte sie sich darüber, mit siebzehn die Wahrheit erfahren zu haben? Die Wahrheit mit einunddreißig zu erfahren, ist viel schwieriger.

Ich fand in jener Nacht, daß Janis Ian im Vorteil war.

Ich tauschte Janis Ian gegen Tina Turner aus und ließ mich nieder mit den Resten dessen, was einmal Nußsplitter-Eis gewesen war.

Sobald die Sonne aufging, duschte ich, zog mich um und trollte mich ins Büro. Als erstes rief ich meinen Freund Curtis an. Wenn Joey Stammkunde im *Scarlett* war, mußte Curtis ihn kennen. Ich erreichte seinen Anrufbeantworter - eine Neuerwerbung des Technikfeindes Curtis –, hinterließ eine ziemlich dumme Nachricht, in der ich um Hilfe bat, legte dann auf und fühlte mich doppelt schuldig wegen unseres gefährlichen Abenteuers in der Wohnsiedlung.

Danach hatte ich eine kleine Pause im Fall Ross mehr als nötig. Ich rief daher gleich meinen Computerfreund Michael Flanagan, die Wanze, an. Er ist der einzige Mensch, den ich kenne, der noch weniger schläft als ich. Ich habe den Verdacht, er schläft vor seinem Computer ein, während er komplizierte Diskettenkontrollen durchführt. Er hatte in dem O'Donnell-Fall keine guten Nachrichten für mich. Keiner der Kandidaten bei Dassler Inc. in Fort Lee, New Jersey, konnte identifiziert werden.

Als Tony kam, beschlossen wir, als nächstes O'Donnell mit Victoria Vichas bekanntzumachen, einer ehemaligen Zeichnerin bei der Polizei, mit der Tony vor ein paar Jahren mal ein Verhältnis gehabt hat. Er traf die notwendigen Verabredungen.

Ich verbrachte den Morgen damit, meine Notizen abzutippen und die losen Fäden miteinander zu verbinden. O'Donnell und Vicky erschienen so um zwölf Uhr. Die beiden Frauen konnten nicht verschiedener sein. O'Donnell sah heute noch zerbrechlicher aus; ihr kurzgeschnittenes Haar war fast farblos; ihre Augen waren geschützt von einer schildpattgefaßten Brille, und ihre schmalen, blassen Lippen waren zusammengepreßt vor innerer Anspannung. Sie trug eine zu große beigefarbene Strickjacke, eine elfenbeinweiße Hemdbluse und einen dunkelblauen Faltenrock. Ich hatte Lust, sie an die Hand zu nehmen und ihr neue Kleider zu kaufen – in schreienden Neonfarben und provozierenden Schnitten.

Vicky dagegen war eine große, ziemlich übergewichtige Frau mit langem, dauergewelltem rotem Haar, grellrotem Lippenstift und einem grasgrünen Kleid, das für ihre Größe sechsundvierzig viel zu klein war. Sie hatte lächelnde Augen, einen Brooklyn-Akzent und ein Talent, Phantomzeichnungen von fast fotografischer Ähnlichkeit herzustellen. Ich beobachtete, wie Tony sie in sein Büro begleitete und dabei war, die Tür zu schließen.

Ich betrachtete das als Einladung.

"Hey, Vicky. Miss O'Donnell." Ich lächelte sie an, hob mir aber mein breitestes Grinsen für Tony auf. "Heh, Tony, brauen Sie uns doch mal ein bißchen Kaffee."

Tatsächlich sah Tony erleichtert aus. Man sah ihm an, daß es ihm schwer fiel, in O'Donnells Nähe zu sein. Ihr Fall hatte ihn ein bißchen zu dicht an seiner verletzlichsten Stelle getroffen. Ohne eine einzige ironische Bemerkung verzog er sich in den Vorraum. Er kam erst zurück, als Vicky ihre erste Phantomzeichnung fast fertiggestellt hatte.

Vicky nahm einen Becher Kaffee von ihm entgegen und sagte zu O'Donnell, "Na, wie sieht das aus?"

O'Donnell nahm ihre Brille ab und beugte sich tiefer über die Zeichnung. "Seine Augen waren runder und seine Wangen voller." Sie blickte auf, ihre Unterlippe zitterte. "Er sah wirklich gesund aus. Robust." Sie deutete auf den Zeichenblock. "Aber das kommt vielleicht dem näher, wie er jetzt aussieht."

Tony stellte noch einen Becher auf den Schreibtisch, dann ging er wieder hinaus, ohne mit einer von uns Blickkontakt aufgenommen zu haben. O'Donnell und Vicky sprachen noch über die Phantomzeichnung, als ich hörte, wie sich die Vordertür leise schloß.

Eine Stunde später hatten sie die Zeichnung fertiggestellt. Vicky ging hinaus, um Tony zu holen, während O'Donnell und ich den nächsten Schritt in unseren Ermittlungen besprachen.

"Es ist am besten, wenn ich runterfahre zum Grand Palace Hotel in Atlantic City und feststelle, ob jemand vom Hotelpersonal sich an ihn erinnert. Könnte gut sein. Besonders weil er mit Geld sehr großzügig umgegangen ist. Inzwischen kann Tony die Mitgliederverzeichnisse von ein paar großen Werbeagenturen durchgehen, um zu sehen, ob sein Name oder ein ähnlich klingender darin auftaucht."

Sie rutschte auf ihrem Stuhl hin und her.

"Was ist los?"

"Ich hatte nicht gedacht, daß es so viel Arbeit machen würde, ihn zu finden." Sie zögerte. "Ich muß vielleicht aussteigen."

Ihrem Gesichtsausdruck nach war das das letzte, was sie wollte.

"Ich weiß, es sieht nicht sehr ermutigend aus, aber ..."

"Das ist es nicht. Mit meiner Firma läuft's im Moment nicht sehr gut. Anscheinend hat sich mein ... Zustand herumgesprochen. Die Leute haben Angst, bei uns zu kaufen." Sie lachte bitter. "Als ob man AIDS bekommen könnte, wenn man eine Packung Dixie's Barbecue-Kartoffelchips aufmacht. Du lieber Himmel!"

"Es geht also um die finanzielle Seite?"

Wieder lächelte sie bitter. "Geld regiert nun mal die Welt. Es ist das einzige, was mich vielleicht noch so lange am Leben hält, daß ich mir ein paar von meinen Träumen erfüllen kann. Zum Beispiel, mir ein Haus auf dem Land zu kaufen. Nach Irland zu reisen." Jetzt lächelte sie wirklich, trotz der Tränen in den Augen.

"Machen Sie sich keine Sorgen um Geld."

"Ich bezahle Sie stundenweise. Als Tony heute morgen anrief, bat ich ihn, die bisherigen Kosten mal zu überschlagen. Ich bin fast umgefallen. Ein Trip nach Atlantic City ist mehr, als ich mir leisten kann."

Zum Teufel mit Tony. "Machen Sie sich keine Sorgen um Geld. Wenn der Fall abgeschlossen ist, bezahlen Sie uns eben, was Sie können."

Sie sah gekränkt aus. "Ich bin kein Wohltätigkeitsfall."

"Und ich bin keine Sozialarbeiterin. Sie haben uns einen Auftrag erteilt, und ich werde ihn zu Ende bringen, so oder so. Egal, was Sie sagen."

"Sie sind auch nicht gerade eine gute Geschäftsfrau", sagte sie, einen Hoffnungsschimmer in den Augen.

"Nein, aber eine gute Ermittlerin."

***

Ich war nicht mehr ganz so zuversichtlich, als ich nach Hause kam. Tony war nicht mehr im Büro erschienen. Nachdem ich also ein paar neue Fakten über den geheimnisvollen Mike Weber zutage gefördert hatte (einschließlich seiner Neigung, Scotch zum Frühstück zu trinken und dem Zimmerkellner knisternde Zehn-Dollarnoten als Trinkgeld zuzustecken), machte ich mich schließlich daran, all die Gänge zu erledigen, die Tony für sich selbst geplant hatte. Nach fünf Stunden in der Zweigstelle der New York Public Library in der Forty-Second Street, wo ich verschiedene Verzeichnisse von Verbänden und städtischen Dienststellen sowie Telefonbücher durchgesehen hatte, stand ich mit leeren Händen da.

Was noch schlimmer war: Als ich nach Hause kam, stand Marion Ross vor meiner Tür. Sie sah diesmal noch weniger nach trauernder Hinterbliebener aus, sondern eher wie eine ungeduldige reiche Witwe, die in einem Broadway-Theater vor der Toilette Schlange steht, während es bereits zum dritten Mal klingelt. Es war einer dieser tropisch warmen Junitage, aber Marion trug unerklärlicherweise ein winterschwarzes Kleid mit Zobelstola. Ich erklomm die Stufen zur Haustür und machte mich gefaßt auf eine weitere Serie ihrer Ermahnungen.

Sie sah auf ihre kleine goldene Armbanduhr. "Ich habe Sie schon vor einer Stunde erwartet."

"Waren wir denn verabredet?"

"Es ist fast sieben Uhr. Ich nehme an, Ihr Arbeitstag endet um fünf, spätestens um sechs."

Es gab also keine Verabredung, sondern nur eine ungeduldige Klientin, die nach meinem Blut dürstete. Ich dachte, wie smart Tony doch gewesen war, ihren Fall abzugeben. Ich schloß die Tür auf und erlaubte ihr, mir die Treppe hinaufzufolgen. "Wenn Sie das angenommen haben, wieso sind Sie dann hier?" Ohne zurückzuschauen wußte ich, daß sie mitten auf der Treppe stehengeblieben war. "Kommen Sie schon, Marion."

Sobald Geeja die Dame im Zobelpelz erblickt hatte, sträubte sich ihr Schwanz wie eine Flaschenbürste. "Schon gut, mein Schatz. Es ist keine Verwandte." Sie beruhigte sich nicht, sondern stürzte mit bösartigem Fauchen an mir vorbei. Marion taumelte zurück. "Keine Angst. Sie beißt nur selten."

Ich lud Marion ein, sich auf die Couch zu setzen und lief in die Küche, um den Mädels eine Dose Thunfisch anzubieten. "Ich habe nicht viel Zeit", rief sie meinem Rücken zu. "Mein Vater gibt einen Empfang für einen neuen Klienten. Die Firma Katsu."

Der Name sollte mich beeindrucken, was er auch tat.

Katsu hatte vor kurzem eine ganze Menge Grundstücke in New York gekauft, ganz zu schweigen von einer Schallplattenfirma in Nashville und der Fortway-Hotelkette.

Ich kam ins Wohnzimmer zurück, und zog eine Duftspur von Thunfischmatsch hinter mir her. "Was haben Sie auf dem Herzen, Marion?"

"Ich möchte mit Ihnen über gestern abend sprechen. Nach eingehender Gewissenserforschung habe ich erkannt, daß Ihr Mißerfolg teilweise meine Schuld ist." Sie begann, den Riemen ihrer Handtasche um eine Hand zu wickeln, und mit einiger Verspätung fiel mir ein, daß die Dame gern Handfeuerwaffen mit sich herumtrug. Sie klappte die Tasche auf, und ich wich zurück. "Ich bin nicht sehr ... entgegenkommend gewesen." Sie zog ein kleines gelbes Kuvert heraus und reichte es mir.

"Was ist das?"

"Ein paar neuere Aufnahmen von David. Die letzte Telefonrechnung. Kreditkartenauszüge."

"Warum geben Sie mir das jetzt?"

Endlich ließ Marion sich auf der Couch nieder. Ich lächelte etwas hinterhältig, weil ich wußte, daß ihr schwarzwollener Hintern genau auf Mallomars Lieblingsplätzchen gelandet war. Mallomar läßt jede Menge Haare, mit Vorliebe lange weiße.

"Im Verlauf der letzten Woche hat sich vieles verändert", begann sie, "Als ich zuerst zu Ihnen kam, wollte ich nichts anderes, als meinem Mann helfen, verstehen, was mit ihm geschah. Aber jetzt ..." Sie sah mich an und einen Moment lang sah ich, daß Davids Tod sie härter getroffen hatte, als mir klar gewesen war. "Ich will, daß sein Mörder bestraft wird. Es geht mir nicht mehr um Diskretion. Es geht mir nur um Vergeltung. Ganz schlicht und einfach."

"Ich verstehe immer noch nicht."

"Mein Mann hatte eine Affäre."

Ihre Unverblümtheit überraschte mich. "Warum haben Sie das nicht gleich am Anfang zugegeben?"

Sie schob kämpferisch das Kinn vor. "Ich hoffte, Sie würden mir beweisen, daß ich unrecht hatte. Zwei Wochen ehe David starb, hatten wir einen schrecklichen Streit. Ich beschuldigte ihn, eine Geliebte zu haben, und er schwor, daß er mir immer treu gewesen sei. Ich glaubte ihm nicht. Ich riet ihm, sein Leben wieder in Ordnung zu bringen, oder ich würde ihn verlassen. Er war am Boden zerstört."

"Vielen Dank für diese Neuigkeiten", sagte ich ironisch. "Wenn Sie also wirklich bereit sind, reinen Tisch zu machen, dann erklären Sie mir doch gleich einen anderen Punkt. Hatte David ein Drogenproblem?"

Sie schien aufrichtig überrascht. "Natürlich nicht. Wie kommen Sie denn auf diese absurde Idee?"

Sie sah jetzt wieder verärgert aus. "Versuchen Sie doch bitte, mir zuzuhören." Sie kramte wieder in ihrer Tasche, zog eine Rolle Malzbonbons heraus und steckte eins in den Mund. Als sie wieder zu sprechen begann, erinnerte sie mich ein bißchen an meinen Onkel Morty.

"Mein Mann hat mich betrogen. Aber er war kein schlechter Mensch. Und ich wußte, daß er mich liebte. Ich werde nie vergessen, wie er aussah an jenem Abend ..." Sie stand plötzlich auf und ging hinüber zu den Fenstern, begleitet von einer Wolke Rosenparfum. "Mein Mann liebte mich. Ich glaube, daß er gedroht hat, das Verhältnis mit seiner Geliebten abzubrechen, und daß sie ihn in einem Anfall von Eifersucht getötet hat."

Ich wollte ihr gerade sagen, daß sie eine vielversprechende Karriere als Autorin für Seifenopern machen könnte, als sie sich umdrehte und ihre Worte mit einem Bette-Davis-Staccato ihrer Hände unterstrich:

"Finden Sie seine Geliebte und Sie werden die Mörderin finden. Finden Sie sie ..." Sie rauschte an mir vorbei. "Bevor ich sie finde."

Kapitel 9

Ich gab nicht viel auf Marions Drohung. Vielleicht wäre manches anders gekommen, wenn ich es getan hätte.

Aber die Frau kam mir so verdammt lächerlich vor, wie sie ihren Zobelumhang um ihre mit Katzenhaaren gesprenkelte elegante Rückseite drapierte, daß ich sie einfach nicht ernstnehmen konnte. Ich steckte das gelbe Kuvert in meine Aktentasche und ging in die Küche, um mir schnell was zum Abendessen zu machen.

Etwas später machte ich's mir gemütlich mit den Katzen, einem Teller Makkaroni mit Käse und einem Lesbenroman. Nach einer halben Stunde warf ich das Buch hin. Das letzte, worüber ich lesen wollte, waren wohlangepaßte Lesben und der Schmerz ihrer ersten Liebe. Ich verbrachte ein paar Stunden damit, meine Aufzeichnungen durchzugehen und mir den Inhalt des Kuverts anzusehen, das Marion mir gebracht hatte. Die Fotos fand ich nicht besonders interessant.

Ich legte die Telefonrechnungen auf dem Tisch aus und überprüfte sie. Eine Anzahl von Anrufen nach und von Smithville, New Jersey, erregten meine Aufmerksamkeit. Ich nahm die Kreditkartenauszüge heraus, um zu sehen, ob ich Entsprechungen finden konnte, aber nach ein paar Minuten begannen die Zahlen vor meinen Augen zu verschwimmen und ich nickte ein. Ich erwachte um Mitternacht aus einem ziemlich verruchten Traum um Jodie Foster, Candice Bergen und mich, aufgeweckt vom Lärm der Feuerwehrautos, die die Straße hinunterrasten.

Ich versuchte verzweifelt, wieder einzuschlafen, aber mein Körper rebellierte heftig. Dann erinnerte ich mich an das Heft, das ich aus Marions Abfällen gerettet hatte. Ich griff es mir vom Couchtisch und verzog mich ins Schlafzimmer. Das Magazin hatte den üblichen Inhalt: Selbsthilfe-Artikel darüber, wie man abnimmt; wie man umgeht mit Ehemännern, die dem Alkohol verfallen sind; über Glücksspiele und Sex sowie psychologische Quizze, die den Leser darüber aufklären, ob er Erfolg emotional verkraften kann oder nicht. Ich versuchte, einen Gähnkrampf zu unterdrücken, während ich den Artikel über Candice Bergen durchblätterte.

Der Artikel begann mit einer Foto-Doppelseite. Sie hat dieses Lächeln, das gutartige Durchtriebenheit verheißt. Halb widerstrebend mußte ich zugeben, daß etwas an ihr mich an K.T. erinnerte.

Bei der dritten Seite schlief ich ein.

Wieder ein Traum. Ein gefrorener See. Ich gehe am Ufer entlang, fröstelnd. Draußen, in der Mitte der blauen Eisfläche, ist eine wundervolle Blume. Ein afrikanisches Gänseblümchen, leuchtend orangefarben. Aber nein. Die Blume ist selten. Nie vorher gesehen. Hitze scheint in ihrer Mitte zu pulsieren. Ich werde von der Blume magnetisch angezogen, betrete mit einem Fuß das Eis, und das Krachen dröhnt durch die Luft wie ein Gewehrschuß. Ich weiche zurück, der Schmerz in mir wird unerträglich. Ich stürze vorwärts, bewege mich immer am Rande des gesprungenen Eises, das nach meinen Fersen greift. Dann falten sich meine Arme um die Blume; ihre Blütenblätter wachsen und schließen sich um mich. Ich sinke.

Ich ringe nach Luft und finde Lippen. Weiche, volle Lippen, die sich an meinen festsaugen, über meinen Hals gleiten. Ich öffne die Augen und sehe nur ihr Haar. Die Farbe wie

Sonnenuntergang. Die daunenweichen, ungebändigten Locken streifen über meinen Körper wie Federn, wie der Atem einer Frau. Ihre Hände kommen mir entgegen, und ich stecke einen ihrer Finger in den Mund. Haut, zart wie Rosenblätter, schmeckt salzig und sauber. Sie findet meine Brustwarzen, umkreist sie mit ihrer warmen Zunge, bewegt leicht die Spitzen. Ein Stein fällt ins Wasser, die Wellen durchdringen mich, erreichen mein Innerstes, machen mich feucht und hungrig. Ich tauche meine Hände in ihr Haar und presse ihren Kopf an mich.

Ja! schreie ich, aber das Eis kriecht langsam zurück. Nimm mich, gib mir, ich will, ich will.

Das Eis füllt meinen Mund.

Mit einem Ruck wache ich auf, und mein Herz rast.

***

Am nächsten Morgen machte ich ein paar strategische Anrufe und ging zurück zu Davids Ross' Schule, während der Traum meinem Bewußtsein folgte wie ein Schatten. Ich schüttelte den Kopf und drehte das Radio voll auf. Als ich East New York erreichte, war der Schatten blasser geworden, und der Fall stand wieder im Vordergrund.

Marion Ross war zwar durch und durch versnobt, aber in einem hatte sie recht: Das Szenario der eifersüchtigen Liebhaberin hatte eine gewisse Logik. Und es gab zwei Kandidatinnen in Davids Schule: Virginia Savarin und, trotz ihrer und meiner eigenen Proteste, Terry Fasani.

Es bedurfte einiger Verrenkungen, um an der Sicherheitsbeamtin vorbeizukommen, die sich leider daran erinnerte, was geschehen war, als ich der Schule das letzte Mal einen unangemeldeten Besuch abstattete.

Schlimmer noch: mein sogenannter Sohn Tito war letzte Woche von der Schule verwiesen worden. Ich stützte die Hände in die Hüften und spielte die Entrüstete, aber die mich streng fixierende Beamtin kaufte mir das nicht ab. Schließlich zeigte ich ihr meinen Ausweis und packte aus. Sie lächelte zufrieden darüber, daß sie mich kleingekriegt hatte. Wir diskutierten kurz den Mord, aber sie konnte kein neues Licht auf den Fall werfen. Ihr Zorn war weitgehend verraucht, und so führte sie mich hinauf zu dem Mann, den ich sehen wollte – Webster Bainbridge, Vertrauenslehrer und Klatschspezialist.

"Eine Dame möchte Sie sprechen, Web."

Bainbridge stand vor seinem Büro und pinnte Anti-Drogen-Aufrufe ans Schwarze Brett. Ein Kreis dünnen, braunen Haares rahmte seinen Hinterkopf ein, so daß er ein bißchen einem runden Krapfen mit Loch glich. Er wandte sich um und schob seine dicken Brillengläser die Nase hinauf. "Vielen Dank, Miss Morales."

Ich gab ihm die Hand und stellte mich vor.

"Ein weiblicher Detektiv, wie entzückend." Bainbridge klang so, als meine er es. "Kommen Sie herein. Ich habe eben Kaffee gebraut. Sumatra koffeinfrei. Möchten Sie welchen?"

Ich begann, den Mann zu mögen.

"Ich nehme an, es geht um David Ross?" fragte er, während er zwei Becher füllte. "Deswegen haben Sie sich neulich auch als Vertretung ausgegeben, nicht? Aus Terrys Reaktion schließe ich, daß Sie Erfolg hatten."

"Eigentlich nicht." Er reichte mir einen Becher und sagte, "Lassen Sie sich nicht unterkriegen." Ich nahm einen Schluck. Der Kaffee war köstlich.

"Was wollen Sie wissen", fragte er.

Ich lächelte. "Was wollen Sie mir erzählen?"

"Mit anderen Worten, Sie wollen den vollständigen Bericht. Schön. Erstens: David war ein sehr komplexer Mensch. Er hätte auch an einer exklusiven Privatschule in Manhattan arbeiten können, aber er zog die Gegend hier vor. Trotzdem hat er den Luxus geliebt. Bei unserer letzten Weihnachtsparty hat er *zwei* Flaschen Dom Perignon spendiert." Er unterbrach sich, offenbar, um die Erinnerung zu genießen. "Er war ein Kriegsheld, aber er war auch unverblümt anti-amerikanisch. Trotzdem, während der Golfkrise füllten sich seine Augen jedesmal mit Tränen, wenn die Nationalhymne gespielt wurde, und mich hat er einmal fix und fertig gemacht, als ich in seine Klasse kam und die morgendlichen Treuezeremonie unterbrach. Aber ich glaube, das alles wird Sie nicht interessieren ..."

"Nur weiter." Ich hatte das Gefühl, wenn ich die Zügel lokker ließ, würde er mich geradewegs zum Ziel bringen. Seine nächsten Worte gaben mir recht.

"Die Ehe war natürlich schwierig. Eine typische Montague-Capulet-Romanze. Sie wissen schon, Romeo und Julia. Marion ist ein typisches Oberschichtprodukt. Aus reicher, prominenter WASP-Familie. Ihr Großvater war Reeder. David dagegen war ein typischer Brooklyner, Arbeiterklasse. Die beiden Familien prallten sofort aufeinander."

Diese Nachricht überraschte mich nicht. "Woher wissen Sie, daß die Ehe nicht funktionierte?" Bainbridge rückte seine Brille wieder zurecht und schüttelte nachsichtig den Kopf. "Ich stehe an dieser Schule in dem Ruf, das Klatschmonopol zu haben. Tatsächlich aber bin ich nur der glückliche Adressat jedweder Bekenntnisse. Vielleicht ist es nur ein psychologisches Überbleibsel aus meiner Kindheit, aber aus irgendwelchen Gründen lieben es die Kollegen, sich mir anzuvertrauen. Und ich habe nichts dagegen."

Seine Aufrichtigkeit kam unerwartet.

"David Ross war ein zutiefst unglücklicher Mann. Seine Frau ist chronisch depressiv, eifersüchtig, besitzergreifend und – das kann ich Ihnen aus eigener Erfahrung von mehreren Abschlußpartys her bestätigen – einfach langweilig. Vielleicht hatten sie anfangs mal tollen Sex miteinander, aber ich hatte den deutlichen Eindruck, daß Marion sich schon vor ein paar Jahren in ihren Iglu zurückgezogen hat."

"Hatte David Geliebte?"

Ein herzliches Lachen schüttelte ihn. "Ob er Geliebte hatte? Welche Frau hatte er nicht, sollten Sie fragen. In einem einzigen Jahr machte er sich ran an die Krankenschwester, die Sammlungslehrerin, die Schulpsychologin und sogar die Leiterin der Cafeteria. Ich schätze, er hatte bei den meisten Erfolg."

"Auch bei Virginia Savarin?"

"Man mußte schon ein Dummkopf oder Schlimmeres sein, um den Magnetismus zwischen David und Ginny nicht zu bemerken."

"Aber hatten sie auch eine Affäre?"

"Leider war ich nie in der Lage, bei ihrem 'Bett-Ballett' - wie man so sagt - Zuschauer zu sein. Es ist aber sehr gut möglich. Das heißt, falls Virginia ihre moralischen Bedenken lange genug auf Eis legen konnte." Er kicherte.

"Was ist mit Terry Fasani?"

Ein Funkeln in seinen Augen ließ mich die Antwort ahnen. "Auch hier kann ich nicht sagen, daß ich Kenntnis aus erster Hand habe. Aber ich würde meine Sammlung von Judy-Garland-Platten darauf wetten, daß sie es schafften. Mein Gott, Terry verströmt Sinnlichkeit aus jeder Pore. Als Frau mögen Sie nicht so darauf ansprechen, aber sie kann das Blut eines Mannes mit einem Blick zum Kochen bringen. Sie ist auch eine ziemlich kesse Nummer. Sehr unbeständig. Offen gestanden, ich finde das aufregend." Er lächelte. "Die Gerüchte über Terry liefen über die ganze Skala, vom Beischlaf mit ihrem Bruder bis zu der Aussage, sie sei ein Hermaphrodit. Das letztere ist schwer zu glauben, aber in jedem Gerücht ist ein Körnchen Wahrheit, wie Sie wissen."

Mein Verdacht, Davids Beziehung zu Terrys Bruder betreffend, fiel mir wieder ein. Daher fragte ich, "Irgendwelche Gerüchte über homosexuelle Beziehungen?"

"David war Freidenker. Ein bißchen pervers. Er hat mir mal erzählt, daß er eine Ejakulation hatte, als er von Boy George träumte. Vielleicht wollte er mich nur aufziehen, aber ich hatte das Gefühl, er hätte mich liebend gern an was anderem gezogen – wenn ich das so direkt sagen darf", fügte er verschämt hinzu.

Mein Kaffee war nur noch lauwarm; das galt auch für meine Geduld mit Bainbridges Späßen. Ich stand auf.

"Nicht so schnell, meine Liebe. Das Beste habe ich mir für den Schluß aufgehoben. Ihnen scheint einer der interessanteren Aspekte von Davids Leben entgangen zu sein. Neulich beim Lunch habe ich darauf angespielt. David war fraglos kokainsüchtig. Ich sah, wie er Stoff von einem hiesigen Dealer kaufte. Ich wollte ihn darauf ansprechen, aber er war völlig unzugänglich."

Ich fühlte, daß meine Kopfschmerzen im Anzug waren.

Müde fragte ich, "Kennen Sie den Namen des Dealers?"

"Ich kenne seinen Decknamen: D.J. Cruiser."

Meine Müdigkeit war wie weggeblasen. Blitzschnell dachte ich an den Tag, an dem David getötet wurde. Sein erregtes Telefongespräch. Etwas über Geld für einen 'Cruiser'. Ich hatte das Gefühl, daß mein Treffen mit Bainbridge sich allein hiermit bezahlt gemacht hatte.

***

Ins Büro zurückgekehrt, las ich mir meine früheren Aufzeichnungen zu dem Fall durch. Angenommen, Bainbridge hatte damit recht, daß Cruiser ein Koks-Dealer war, dann hatte die Theorie der 'Eifersüchtigen Liebhaberin' an Bedeutung verloren.

"Ist das die Ross-Akte?"

Tonys Stimme erschreckte mich. Nach unserm Zeitplan sollte er eigentlich gerade einem unserer Klienten die Ergebnisse einer Personal-Sicherheitsüberprüfung vorlegen.

"Muß nur noch etwas Papierkram erledigen", sagte ich verlegen.

Er griff sich die Akte von meinem Schreibtisch. Aus dem Beben seiner Nasenflügel konnte ich schließen, daß eine Predigt fällig war. "Niemand kann zwei Herren dienen: denn entweder wird er den einen hassen und den andern lieben oder er wird dem einen anhangen ..."

"Bitte sagen Sie's auf gut Englisch, Tony."

"Ich meine Ihre Loyalität mir gegenüber. Dieser Firma gegenüber."

"Und was ist mit dem Klienten?"

"Der Fall ist abgeschlossen, Robin. Verstanden?"

"Aber ..."

"Sehen Sie, es gibt Elemente in diesem Fall, die Sie nicht verstehen. Ich sage Ihnen, es ist vorbei. Ross ist tot, sie haben seinen Mörder, und Marion Ross muß sich halt damit abfinden. Genau wie dieser wahnsinnige Reverend Whaley. Also, keine Diskussion mehr darüber. Der Fall ist eine heiße Kartoffel, und ich will, daß wir sie fallenlassen. Klar?"

Ich biß die Zähne zusammen und nickte.

"Gut." Er ließ seinen flachen Hintern auf einer Ecke meines Schreibtisches nieder. "Torstar Brands war begeistert von unserer Arbeit. Sie haben gerade einen Vertrag über eine ähnliche Sicherheitsüberprüfung für eine ihrer Zweiggesellschaften unterschrieben. Für mich ist das ein Ganztagsjob; für Sie bedeutet das, daß Sie sich schnellstens an den Fall machen, den ich Ihnen übertragen habe."

"O'Donnell."

Ein Schatten glitt über seine Augen. "Nennen Sie sie doch Christine. O'Donnell bekommt sie im Krankenhaus noch oft genug zu hören."

"Tut mir leid, Tony."

"Ich habe heute morgen mit ihr gesprochen. Justway hat ihr den Versicherungsschutz entzogen. Es kümmert die nicht, daß sie fünfzehn Jahre lang ihre Police auf den Cent bezahlt hat. Ohne Versicherungsschutz wird sie sich die medizinische Behandlung nicht mehr lange leisten können. Also beeilen wir uns ein bißchen." Er nahm die Ross-Akte an sich und legte sie zurück in den Aktenschrank. "Sie hat mir auch von Ihrem großzügigen Angebot erzählt. Sie fühlt sich, scheint's, etwas unbehaglich dabei. Also hab ich mit ihr folgendes ausgehandelt: Wenn wir den Kerl finden, bezahlt sie uns jetzt, was sie kann, und den Rest von dem, was von ihrem Besitz übriggeblieben ist – falls etwas übrig ist.

Wenn wir ihn nicht finden, dann schuldet sie uns keinen roten Cent. Einverstanden?"

Er wartete nicht auf meine Antwort. Das brauchte er auch nicht.

"Ich möchte, daß Sie heute nach Atlantic City fahren.

Nehmen Sie das Phantombild mit. Sie brauchen sich erst wieder zu melden, wenn Sie eine Spur haben."

Die Tür fiel ins Schloß wie auf Watte.

***

Bella ist ein liebes Auto, solange man mit ihr in Brooklyn herumfährt. Aber vor sieben Monaten begann sie, rebellisch zu werden, sobald sie Brooklyn verlassen sollte. Also fuhr ich kurz nach Hause, packte das Nötigste zum Übernachten ein, angereichert mit dem Candice-Bergen-Heft und einer Flasche Limo, falls ich einen Schlaftrunk brauchen würde, und ging hinüber zum Autoverleih in der Union Street.

Ich mochte Atlantic City viel lieber in den guten, alten Zeiten, als man es sehr aufregend fand, einen dicken fliegenden Händler auf der Promenade zu finden, der Veg-o-matic-Gemüsereiben verkaufte oder japanische Küchenmesser 'genau wie die in der Fernseh-Werbung'. Heute hat alles Superformat. Alles ist auf die Spitze getrieben. Das *Grand Palace*-Hotel ist keine Ausnahme. Vor ein paar Jahren habe ich mal über das *Palace* geschrieben. Das Personal war hervorragend – ich schloß sogar Freundschaft mit der Kongreß-Managerin –, aber der Artikel stieß auf wenig Gegenliebe. Logistisch ist das *Palace* ein Alptraum. Um in die Hotelhalle zu gelangen, mußte man zehn Meter hohe Tore durchschreiten, einen Burggraben überqueren, eine steile Freitreppe erklimmen und sich dann mühsam seinen Weg bahnen durch eine Mauer von keuchenden Touristen, überforderten Angestellten am Empfang, geschniegelten Pagen in Uniformen, die man kürzlich noch an einem der Disney-Filmprinzen gesehen hatte.

Ich nahm ein Zimmer, warf mich in meine beste Wall-Street-Garderobe, riß ein paar Seiten aus den Gelben Seiten und eilte nach draußen. Es gab sechs Autoverleiher in der Stadt. Nach dem, was O'Donnell mir erzählt hatte, hatte ich das Gefühl, daß "Mike Weber" nicht der Typ war, sich ein Wrack zu mieten. Den ersten, den ich versuchte, war 'Budget' am Flugplatz.

Die Frau hinter dem Tresen hatte wäßrigblaue Augen unter schweren Lidern, hängende Mundwinkel und ein Kinn so lang wie mein Ringfinger. Ihr Haar war von unnatürlicher Schwärze und im Nacken zu einem unförmigen Knoten zusammengedreht. Ich las ihr Namensschild: Selma Schneimec, Manager. Toll.

Es war kurz nach sechs, und vor mir standen sieben oder acht Leute. Ich wartete, während Schneimec gewissenhaft jeden Vertrag ausschrieb, jedem Kunden immer wieder dieselben Fragen stellte in derselben näselnd erhobenen Stimme. Ich sah mich um, überzeugt, daß ihr Gequäke jeden Hund im Umkreis von sechs Straßen mobil machen würde.

Als ich endlich dran war, war ich völlig entnervt. Ich atmete tief durch und schaltete um. "Miss Schneimec, kann ich Sie einen Augenblick privat sprechen?"

Sie zog eine Augenbraue hoch zu einem dicken, umgekehrten 'V' und sah an mir vorbei.

"Ich weiß, Sie sind beschäftigt, aber es ist sehr wichtig." Ich zückte eine der gefälschten Geschäftskarten, die Tony für mich hatte drucken lassen und hatte die stille Hoffnung, daß es eine von einer Anwaltspraxis war und nicht die von J & R Gas und Öl.

"Ich würde Ihnen ja gerne helfen", sagte sie, klang aber völlig uninteressiert. "Der einzige Grund, warum ich hier draußen arbeite, ist dieser Andrang. Wir versuchen, die Wartezeit für die Kunden zu verkürzen. Wenn es Ihnen also nichts ausmacht ..."

"Es geht um eine Erbschaft." Ich setzte auf ihr Potential an Habgier. Sie enttäuschte mich nicht.

"Joan, ich muß mich um die Dame hier kümmern. Machen Sie weiter."

Sie klappte einen Teil des Tresens hoch und führte mich in das hintere Büro. Zwei quietschrosa Glückwunschkarten lehnten beiderseits eines Rahmens, in dem eine Fotografie steckte. Ich lächelte. Die beiden Kinder mit den hängenden Mundwinkeln waren offensichtlich die von Schneimec. Ebenso wie die Geburtstagskarten.

"Das ist ein neues Bild. Mory und Miranda haben es mir zum Geburtstag geschenkt."

"Reizende Kinder", sagte ich begeistert. Die perfekte Besetzung für die Monster-Familie. "Ich kann es kaum erwarten, nach Hause zu meinen eigenen Kindern zu kommen. Und Sie? Können Sie bald nach Hause gehen?"

Sie verzog das Gesicht. Offenbar haßte die Dame ihren Job. "Nicht so bald. Der Nacht-Manager hat sich krank gemeldet. An meinem Geburtstag. Jetzt sitze ich hier fest."

"Das ist hart."

Ich sah zu, wie sie Krümel vom Schreibtisch pustete.

"Sie sagen es. Ich hab den Kindern versprochen, daß wir ausgehen. Pizza. Kino. Jetzt sitzen sie zu Hause mit meiner Mutter."

"Tut mir leid." Ich zog einen Stuhl heran. "Ich will versuchen, es kurz zu machen. Meine Klientin ist eine alleinstehende ältere Frau. Sehr wohlhabend."

"Kenne ich sie?" fragte sie hoffnungsvoll.

"Nein."

Sie sah enttäuscht aus.

"Aber Sie können mir vielleicht helfen. Letzten September hat sie hier Ferien gemacht. Als sie aus dem Taxi stieg, fiel sie und brach sich die Hüfte. Ein Herr, der einen Ihrer Wagen fuhr, leistete Hilfe. Jetzt liegt sie im Sterben und würde ihm gern etwas in ihrem Testament vermachen. Als Dankeschön."

Schneimecs Interesse erlahmte schnell. "Was hat das mit mir zu tun?"

"Sie braucht den Namen des Mannes. Natürlich wird sie sich für Ihre Hilfe dankbar erweisen. Sein Name war so ähnlich wie Mike Weber, und sie meint, daß er einen weißen Grand Am fuhr. Leider ist ihr Gedächtnis nicht mehr ganz zuverlässig, daher mögen Name und Automarke nicht ganz richtig sein. Hier sind die in Frage stehenden Daten."

"Ich verstehe immer noch nicht ganz."

"Alles, was ich möchte, ist, daß Sie die Unterlagen überprüfen und seinen Namen bestätigen."

"Das ist eine vertrauliche Information. Ich kann nicht ..."

"Ich bitte Sie nicht, interne Regeln zu verletzen." Ich lächelte sie an. "Sie wissen, ich bin Rechtsanwältin. Meine Zulassung steht auf dem Spiel. Ich bitte Sie ja nur um Ihre Hilfe, diesen Mike Weber ausfindig zu machen. Sie brauchen mir nicht mal seine Telefonnummer zu geben. Bitten Sie ihn einfach, sich mit mir in Verbindung zu setzen über die Nummer auf meiner Karte."

Die Sache kam in Schwung. "Ich kann nicht." Sie stand auf. "Regel der Firma, wissen Sie. Als Managerin kann ich wohl nicht ..."

Ich unterbrach sie, indem ich ihr eine Hundertdollarnote unter die Nase hielt. Sie machte große Augen.

Ich bewegte mich auf der dünnen Linie zwischen Erfolg und Kittchen. "Meine Klientin ist fest entschlossen, den Namen zu erfahren."

Das Geld verschwand in ihrer Rocktasche. "Einen Moment."

Einhundert Dollar und fünfzehn Minuten später verkündete Schneimec, daß im September kein Mike Weber einen Wagen von ihnen gemietet hatte. In der Tat, und sie lächelte zum ersten Mal, hatten sie in dieser Filiale vor über einem Jahr aufgehört, Grand Ams anzubieten.

Ich suchte fünf weitere Autoverleiher auf. Um zehn herum schleppte ich mich ins Hotel. Alles, was ich nach vier Stunden des Lügens, Bestechens und Rollenspiels wußte, war, daß Mike Weber entweder einen ganz anderen Namen benutzt, seinen eigenen Grand Am gefahren hatte oder den Wagen bei irgendeinem der Hunderte von Autoverleihern an der Ostküste gemietet hatte. Die Möglichkeiten hatten sich somit bedeutend verringert.

In den beiden folgenden Stunden rotierte ich zwischen Spieltischen, Wachpersonal und den drei Hotelrestaurants. Ich zog Mike Webers Porträtskizze so oft und so schnell hervor, daß es schon wie im Zeichentrickfilm lief. Schließlich gab ich auf und verzog mich auf mein Zimmer. Ich zog mich aus, badete und fiel ins Bett. Das Hotel hatte einen Vierundfünfzig-Zentimeter Fernseher mit Super-Fernsteuerung. Ich flippte durch die Kanäle, bis ich den *Unsichtbaren Irren* fand, einen Film über einen unsichtbaren Wissenschaftler, der aus dem Irrenhaus entkommt und an einer höheren Schule Physik unterrichtet. Ich schlief wie ein Baby.

Am nächsten Morgen verabredete ich mich mit Angie Pardalos, meiner Freundin aus der Konferenz-Service-Abteilung. Dann steckte ich die Skizze in die Aktentasche und machte eine Runde durch die benachbarten Hotels. So um elf kam ich zurück zum *Grand Palace* und schmiß mich an die Zimmermädchen und den Zimmerservice heran. Eine Frau sagte, der Mann erinnere sie an einen Gast, der ihr zwanzig Dollar Trinkgeld dafür gegeben hatte, daß sie zweimal am Tag die Bettwäsche wechselte. Das war's.

Ich beschloß den Tag in der Hotelbar. Meine Fußsohlen klebten an der Innenseite meiner Pumps. Da Yoo-Hoo Limo ausverkauft war, entschied ich mich für Molson Draft. Es war noch eine Stunde Zeit bis zu meinem Treffen mit Angie, daher packte ich einige Aufzeichnungen aus und legte die Aktentasche auf die Theke. Zwei Sekunden später wurde sie von einem Knilch mit Bierbauch und einem dicken Bündel Dollarnoten rübergeschubst zum Barmann. Der fette Fiesling verschwand ohne ein Wort der Entschuldigung.

"Tut mir leid", sagte der Barmann, als er die Papiere, die aus meiner Aktentasche gefallen waren, aufhob. "Manche Leute hier sind verdammt unhöflich." Er hatte rosige Wangen, einen offenen Blick, vorstehende Zähne und ein jungenhaftes Grinsen.

"Heh, das ist doch mein Freund Davey!"

Ich suchte hektisch nach der Skizze. "Der? Dieser Kerl?"

"Nee. Der andere." Er griff nach einem der Bilder von David Ross. "Dave, der Tapfere. Er war ein Kriegsheld, wissen Sie."

Ich fühlte, wie mein Puls sich beschleunigte.

"Sie kennen David Ross?"

"Darauf können Sie wetten. Er und seine Freundinnen kommen immer hierher. Besonders die Rothaarige."

Kapitel 10

Die Versuchung, den Barmann bei seinem rotsamtenen Revers zu packen, war fast überwältigend.

"Heh, Ray! Noch eine Bloody Mary." Es war wieder der Knilch mit dem Bierbauch.

Ich sah zu, wie Ray den Drink mixte, mit einem Extraspritzer Worcestershire-Sauce, etwas Stangensellerie und einer *Palace*wache aus rosa Plastik. Als er fertig war, gab ich ihm ein Zeichen.

"Wann haben Sie David zum letzten Mal gesehen?"

Ray lehnte sich verschwörerisch über die Theke.

"Sie sind doch nicht etwa seine Frau, oder?" Sein Lächeln verriet mir, daß er dies bestenfalls als eine entfernte Möglichkeit betrachtete.

"Was glauben Sie?" fragte ich augenzwinkernd.

"Niemals." Sein Lachen war eine Spur zu herzlich. "Sie sehen wirklich nicht aus wie eine von diesen Gesellschaftszicken von der Upper East Side."

Ich zuckte zusammen. Die Beschreibung von Marion Ross war zwar treffend, aber der Gedanke, daß sie unmittelbar von ihrem Ehemann stammen mußte, war mir ziemlich unsympathisch.

"Wie David an so einer hängengeblieben ist, werde ich nie begreifen. Ich meine, er ist ein richtiger Mann für Männer." Er nahm mein Glas und füllte es wieder, ohne mich zu fragen. Ich vermutete, es war als Kompliment gedacht. "Tatsächlich ist er auch ein richtiger Mann für Frauen." Offenbar vermutete er zwischen mir und David eine intime Beziehung.

Ich lachte. "Zweifellos." Das Bier hatte eine Schaumkrone. Ich blickte schnell in den Spiegel hinter Ray. Natürlich hatte ich Bierschaum auf der Oberlippe. Ich leckte ihn ab. "Wer war denn die Rothaarige? Ist sie auf einem der Bilder?"

Ich drehte mich wieder um und sah, daß Ray auf meinen Mund starrte. Er errötete, als unsere Blicke sich begegneten. "Hat Dave ein Glück", sagte er und lächelte probeweise.

Da ich selbst ein Fall rasender Hormone war, konnte ich ihm nicht übelnehmen, daß er mich anstarrte.

"Die Rothaarige, Ray?" fragte ich.

Er zuckte verlegen die Achseln und blätterte die Bilder durch. "Kenne keine von denen." Er reichte mir die Fotos zurück. "Sind Sie der Typ der Eifersüchtigen?"

"Hätte David dann wohl Zeit für mich?"

"Sicher nicht. Davon bekommt er genug zu Haus." Er polierte den Tresen mit einem Stück Filz. "Außerdem hat die Rothaarige Ihnen nichts voraus. Sie ist groß, hat hübsche Schultern – aber nichts von Busen oder Hüften. Allerdings schöne Augen. Und tolle Beine, bis da unten, mit wahnsinnig hohen Pfennigabsätzen ..."

Seine Wangen waren wieder hochrot. Ich begann zu überlegen, wieweit er wohl der Pubertät entwachsen war.

"Hatte sie einen Namen?"

Er zögerte. "Joanie ... Kennen Sie sie?" Ihm schien gar nicht wohl dabei zu sein. Er kratzte sich am Kinn und wirkte immer mehr wie ein Schuljunge. "Wissen Sie, ich mag Davey. Ich will ihm keine Schwierigkeiten machen."

Ich fischte einen Zehner aus meiner Tasche und schob ihn unter mein Glas. "Dave und ich haben eine Abmachung. Was wir tun, wenn der andere nicht da ist, geht nur uns selbst etwas an."

Eine Frau setzte sich ans andere Ende der Bar. Ray beeilte sich, ihre Bestellung aufzunehmen. Wenn er gehofft hatte, ich würde verschwinden, während er sie bediente, dann hatte er sich geirrt.

"Wissen Sie noch Joanies Familiennamen?" fragte ich.

"Warum wollen Sie das wissen?" Mir wurde klar, daß seine professionelle Freundlichkeit nicht unbegrenzt war.

"Wie Sie die Frau beschrieben haben, könnte es meine Schwester sein. Das wäre ja wohl ein Ding, was?" Das sollte tapfer und wehmütig zugleich klingen.

Ray sah aufrichtig entrüstet aus. "Also wirklich, sie sah überhaupt nicht aus wie Sie." Er tätschelte sanft den Rücken meiner Hand. "Wissen Sie, ich bin mir nicht mal sicher, daß die beiden zusammen waren."

Ich war überrascht, daß mir die Augen feucht wurden. Verdammt, jetzt wurde ich schon gerührt von meine eigenen Lügen.

"Aber nicht doch." Ray holte schnell ein paar Cocktailservietten. "Im Ernst, wenn Joanie hier war, dann war der andere Kerl meistens auch nicht weit. Ein ruhiger Typ. Verdammnt noch mal." Er versuchte verzweifelt, mich zu trösten. Er fing an, mir leid zu tun.

"Ist schon okay, Ray."

"Nein. Ich sage die Wahrheit. Manchmal kamen sie alle vier her übers Wochenende ..."

Mein Interesse erwachte. "Alle vier?"

Ray verstand meine Frage nicht. "Das bedeutet ja nicht, daß es zwei Paare waren; sie konnten ja auch Freunde sein."

"Wer waren sie?" Die Dringlichkeit in meiner Stimme war echt.

"Ich versuche ja, mich an ihre Namen zu erinnern. Außer Joanie waren da noch dieser Mann und diese Frau. Ein gutaussehendes Paar. Dunkles Haar, gute Figur. Aber sie hielten sich immer zurück. Tranken meistens Säfte. Und gaben miese Trinkgelder." Sein unbeschwertes Lächeln kehrte zurück. "Was sie mir nicht unbedingt sympathischer machte."

"Wann waren sie zum letzten Mal hier?"

"Warten Sie mal", sagte er. "Ja, jetzt erinnere ich mich. Sie waren vorvorige Woche am Montag und Dienstag hier. Sie sind vorher noch nie am Wochenende hier gewesen. Davey sagte, es sei sein Geburtstag. Ich kann Ihnen sagen, er trank, als ob es sein letzter gewesen wäre."

Vom anderen Ende der Bar kam ein Grunzen. Mr. Bierbauch war zurück und winkte mit seiner Plastik-*Palace*wache. "Bearbeiten Sie die Bar oder diese Nutte?"

"Tut mir leid, eh ..." Ray wollte meinen Namen hören.

"Margaret."

Er strahlte wie ein Weihnachtsbaum. "Das ist der Name meiner Mutter", sagte er, als ob ihm plötzlich aufgegangen wäre, warum er mich heiraten müßte. "Maggie."

"Heh, Barmann!"

Ray war hin- und hergerissen.

"Gehen Sie ruhig. Ich habe ohnehin gleich eine Verabredung."

Er sah niedergeschlagen aus. Ich hinterließ noch einen Zehner auf dem Tresen und schlenderte zurück in die Hotelhalle, in meinem Kielwasser wieder einmal ein gebrochenes Herz.

***

Angie telefonierte, als ich kam. Ich wartete ein paar Sekunden draußen und versuchte, umzuschalten.

Jetzt wußte ich, wohin David gegangen war an den Tagen, an denen er verschwunden war, aber ich hatte immer noch keine Ahnung, warum. Wenn er mit dieser Joanie eine Affäre hatte, dann gab es bestimmt Hotels, die näher gelegen waren. Falls Joanie und Genossen nicht mit den Drogengeschäften zu tun hatten, auf die Webster Bainbridge angespielt hatte. Schließlich schüttelte ich den Kopf, klopfte an die Tür und ging hinein. Angie legte auf und lächelte mich an. Sie hatte die dunklen, exotischen Züge ihrer syrischen Mutter und das Temperament ihres griechischen Vaters. Ihr Lächeln war professionell, nichtsdestoweniger sehenswert.

Auch das Büro war verdammt eindrucksvoll, wenn einem 'früher Palaststil' liegt. Ihr Schreibtisch war gut zweieinhalb Meter breit, ein Monstrum aus Kirschholz mit vergoldeten Kanten. Die Tapete war farngrün mit einem Goldmuster, das verdächtig dem Äußeren des Hotels glich. Der Teppich unter meinen Füßen fühlte sich an wie ungemähter Rasen.

"Was ist aus deinem Büro geworden?"

Sie kam um den Schreibtisch herum. "Beförderung. Wie gut, dich wiederzusehen."

"Dich auch." Wie umarmten uns. Ihre Arme kamen mir irgendwie vertraut vor. Vor vier Jahren hatten wir eine verzauberte Wochenendaffäre. Obwohl wir uns danach ein paarmal begegnet sind, hat keine von uns den Versuch gemacht, jene Tage zu wiederholen.

"Hast du vor, wieder über uns zu schreiben?" Ihr Ton ließ erkennen, daß diese Aussicht für sie etwa so reizvoll war wie die Behandlung eines Wurzelkanals.

"War es denn so schlimm damals?" fragte ich und folgte ihr zu einem hochlehnigen Sofa, dessen Bezug mich an die antiken Gobelins im Metropolitan Museum erinnerte.

Sie ließ sich auf dem Sofa nieder und grinste. "Tatsache ist, es war verdammt gut." Ich hatte den deutlichen Eindruck, daß sie nicht meine Besprechung meinte.

Ich wechselte das Thema. "Ich bin gegenwärtig mit einer privaten Ermittlungsarbeit beschäftigt."

Ihr Gesicht wurde lang. "Warum? Wieso ..." Sie stolperte über ihre Worte. Diese Reaktion überraschte mich nicht. Die meisten Leute konnten nicht begreifen, wie ich mich von

Laurel Carter, der international bekannten Bestsellerautorin, herablassen konnte zu Robin Miller, Privatdetektivin. Vielleicht war gerade das der Grund, warum mir die Arbeit gefiel. Die Leute wurden verunsichert, und ich beherrschte die Situation.

"Kannst du dich an meine berühmten Zehn Minuten bei der Unterhaltungssendung *Heute Abend* erinnern? 'Laurel Carter, Königin des Liebesromans, auf der Suche nach ihrer Prinzessin. Heute um sieben Uhr dreißig'? Oder so ähnlich?"

"Natürlich." Sie sah verwirrt aus, doch ihre Augen begannen, amüsiert zu funkeln. "Aber ich verstehe immer noch nicht."

Ich versuchte es mit meiner Standard-Erklärung, aber Geduld und schnelle Auffassungsgabe waren nicht gerade Angies Stärke.

Sie begann, eine lange Strähne ihres kastanienbraunen Haares um den Zeigefinger zu wickeln. "Tut mir leid, aber für mich sind Detektive unappetitliche Männer in schmutzigen Regenmänteln. Und sie verdienen etwa ein Sechstel von dem, was du dir mit einem einzigen Liebesroman erschreiben kannst."

Mangel an Materialismus war auch nicht gerade Angies Markenzeichen.

"Es geht nicht um Geld, es geht um Befriedigung", antwortete ich, bereits etwas irritiert. Angie schien wieder verblüfft. Für sie waren Geld und Befriedigung unzertrennlich. "Na schön, wenn's dich glücklich macht", sagte sie, immer noch zweifelnd.

In den folgenden Minuten erzählten wir uns, was inzwischen geschehen war. Es stellte sich heraus, daß Angie jetzt mit einer Frau zusammenlebte, zum ersten Mal überhaupt. Sie hatten sich bei einer Medienkonferenz im Hotel kennengelernt. Anscheinend war Cathy Mae Johnson vor genau vier Monaten bei Angie eingezogen. Sie nannte den Namen mit einer gewissen Feierlichkeit. Es dauerte ein paar Minuten, bis ich kapiert hatte. Cathy Mae war 1981 Zweite im Miss Amerika-Wettbewerb geworden; jetzt hatte sie ihre eigene Sendung bei einem von New Jerseys größten Radiosendern. Ich kannte das Programm ziemlich gut. Seidiger Sound, die besten der großen Sänger. Judy Garland, Mel Torme, Nat King Cole.

Ich wünschte ihr Glück zu ihrem 'Fang', was ihr ein etwas wärmeres Lächeln entlockte. "Also, was kann ich für dich tun?" fragte sie.

Wir kamen zur Sache. Ich gab ihr eine Zusammenfassung des O'Donnell-Falles bis dato.

"Es gibt nicht viel, was ich für dich tun kann", sagte sie und griff nach der Mike Weber-Skizze, um sie genauer zu betrachten. "Es geht um die Zeit vor wieviel Monaten? Acht oder neun? Ich kann mir Gesichter gut merken, aber ich sehe jede Woche Hunderte von Konferenzbesuchern. Es gibt keinen Grund, warum dieser Mann mir hätte auffallen sollen."

"Es war die jährliche Lebensmittel- und Snackausstellung."

Ein liebendwürdiges Lachen perlte von ihren Lippen. "Nicht jeder mag Snacks so gern wie du, Robin. Glaub mir, die Chips- und Dipsanhänger veranstalten nicht eben unvergeßliche Konferenzen." Der Hinweis war taktvoll, schmerzte aber trotzdem. Meine Mutter war Kontrolleurin bei A&P. Sie brachte heimlich Beutel von Oreos und anderen Snacks mit nach Haus, die die Kunden aufgerissen und auf den Regalen liegengelassen oder an der Kasse weggelegt hatten. Snacks waren eines der wenigen Dinge, die wir nach Carols Tod noch gemeinsam hatten.

"Der fragliche Mann sagte, daß er für Dassler arbeitete", sagte ich. "Wenn das stimmt, dann kann er einer der Aussteller gewesen sein. Müssen die sich bei dir eintragen?"

"Bei einer meiner Assistentinnen", korrigierte sie mich.

Ich fing an mich zu wundern, wie wir beiden je miteinander im Bett hatten landen können.

"Ich werde Maureen bitten, in ihren Akten nachzusehen." Sie ging zum Schreibtisch, drückte einen Knopf der Sprechanlage und rief kurz Maureen Febonio zu sich. Dann setzte sie sich wieder neben mich und kreuzte ihre langen, sonnengebräunten Beine direkt vor meiner Nase. Ach ja, erinnerte ich mich plötzlich, so war das gewesen. Auch vor vier Jahren hatte sie auf der Schreibtischkante gesessen und die Beine genauso gekreuzt. Außer daß sie damals einen engen, schwarzen Lederminirock getragen hatte, der ihr die Oberschenkel halbwegs hinaufgerutscht war. Das Wochenende hatte genau dann und dort begonnen, auf ihrem Schreibtisch.

Die Tür öffnete sich, und meine aufregenden Erinnerungen kamen nicht mehr voll zur Entfaltung. Angie stellte mich Maureen vor. Trotz ihrer Tarnung als Firmenangestellte, mit Make-Up, doppelreihiger Perlenkette und hohen Absätzen, erkannte ich in ihr sofort ein Mitglied meines Klubs. "Angenehm", sagte sie und schüttelte mir zutraulich die Hand. Sie war kompakt, mit breiten Schultern und geschwungenen, sinnlichen Lippen, die vom Küssen geschwollen zu sein schienen.

Angie erklärte Maureen die Situation, die ein-, zweimal nickte, um anzudeuten, daß sie folgen konnte. "Sie möchten also, daß ich meine Unterlagen durchsehe", sagte sie unvermittelt und unterbrach Angies übertrieben genaue Beschreibung meines Falles.

Eine Weile standen sie einander gegenüber, Auge in Auge. Ich studierte ihre Körpersprache und erkannte sofort: Die beiden verband mehr als nur ein Arbeitsverhältnis. Maureen wandte sich ab und schloß die Tür hinter sich mit einem Augenzwinkern in meine Richtung. Ich habe nie aufgehört, mich darüber zu wundern, wie lesbische Frauen und schwule Männer einander ihre sexuellen Neigungen mit einem einzigen Blick zu erkennen geben können. Vielleicht ist es ein geheimer Geruch oder ein überhoher Ton, den wir aussenden und den nur andere Lesben empfangen können. Oder vielleicht ist es auch nur das intensive Interesse, das man im Auge der anderen wahrnimmt und das einem sagt *Ich sehe dich.*

"Robin?" Angie saß wieder neben mir.

"Hattest du mit Maureen eine Liebesbeziehung?" fragte ich, zu meiner eigenen Überraschung.

Mit ihrem Profi-Lächeln sagte sie, " Warum fragst du?"

"Körpersprache."

"Sie ist eine von uns", sagte sie abwehrend und drehte an dem Diamantring an ihrem kleinen Finger.

"Ich bin nicht interessiert." Maureen schien mir der Typ, der bei langsamen Tänzen die Führung übernimmt, und das lag mir einfach nicht.

"Ach, wirklich." Sie blätterte in einer Akte auf ihrem Schreibtisch; aus ihrem Ton klang leichte Enttäuschung darüber, daß ein Lesben-Drama nicht zustande kommen wollte.

Die folgende Stunde verbrachten wir damit, Akten durchzusehen und dem Personal das Phantombild von "Mike Weber" zu zeigen. Wieder ohne Ergebnis. Ich war im Begriff, meine Sachen zusammenzupacken und zu gehen, als Maureen gebieterisch anklopfte und die Tür zum Büro öffnete. Sie ignorierte die Entrüstung, die ihr aus Angies Augen entgegenblitzte, und ging auf mich zu. "Ich habe eine Idee, wie wir diesen Kerl ausfindig machen können, aber dazu brauche ich noch ein paar Hände."

Ich streckte ihr meine entgegen. "Fähig und willens."

Sie ergriff eine meiner Hände und führte mich hinaus. Angie blieb in der Mitte ihres großartigen Büros stehen und sah aus wie ein verwöhntes Kind, dem seine Tüte Eiskrem runtergefallen ist.

Maureens Idee war so einfach, daß sie schon fast brillant war. Bei jeder *Palace*-Konferenz wird vom Hotel eine Verlosung veranstaltet. Der erste Preis ist ein einwöchiger Aufenthalt in einer beliebigen *Palace*-Niederlassung in den Vereinigten Staaten. Um sich zu qualifizieren, müssen die Konferenzteilnehmer ihre Geschäftskarten in ein Goldfischglas werfen. Ihre Namen werden in den Computer eingegeben für spätere Werbung im Postversand. Maureens Tüchtigkeit war wirklich eindrucksvoll: Sie hatte die Karten nicht nur aufbewahrt, sie waren auch aufgeteilt nach Konferenzen und alphabetisch geordnet – einmal nach Firmennamen, sodann nach Personennamen. Für die Lebensmittel- und Snackkonferenz gab es zwei getrennte Ordner.

Ehe wir mit den Geschäftskarten anfingen, entwarf ich auf der Grundlage meiner Aufzeichnungen zu dem O'Donnell-Interview eine Art Schema für mögliche Entsprechungen. Mike hatte O'Donnell erzählt, daß er als Werbefachmann für Dassler arbeitete und daß er seinen Aufstieg in der Firma den "3 Produkten" verdankte – Brezeln, Potato Chips und Popcorn –, die er in den Mittelpunkt der Werbung gestellt hatte. Außerdem hatte er einen Akzent, den O'Donnell eindeutig als Neu-England-Akzent identifiziert hatte. Wir beschlossen, nach Firmen zu suchen, die ähnliche Namen und Produkte führten, nach Personen mit ähnlichen Namen oder Initialen sowie Jobbeschreibungen, die im mittleren oder gehobenen Management zu suchen waren.

Nach drei Stunden waren wir nahe daran, durchzudrehen. Es gab über sechshundert Karten und mindestens fünfundsechzig kamen in die engere Wahl der Entsprechungen.

"Hier ist noch eine", sagte Maureen und hielt eine Karte hoch. "Maury Wyskowski. Verkaufsrepräsentantin. Gefrorene Bagels, 'So gut wie die Sache selbst. Einschließlich des Loches'."

Wie lachten beide los.

"Wie wär's mit Michele Treber, 'Die besten Chips, die Ihnen je über die Lippen kamen'", sagte Maureen, während ihr die Tränen über die Wangen rollten.

"Wie suchen nach einem Mann, Dummchen."

"Du vielleicht, ich ganz bestimmt nicht."

Inzwischen hatten sich meine Bauchmuskeln vor Lachen verkrampft. Erbarmungslos griff Maureen nach einer weiteren Karte und las, "Frederick Fallick. V.I.P. für Ihre Sonntagswürstchen."

"O je, o je." Ich hielt mir den Bauch und flehte sie an, aufzuhören.

"Oder Mike Weaver, Präsident, Weber Brezeln. Die besten im Osten und Westen."

Plötzlich hielten wir beide inne, das Lachen erstarb uns auf den Lippen.

" Zeig das mal", sagte ich und griff nach der Karte.

Weber Brezeln, Georgetown, Massachusetts. Ich ging hinüber zu Maureens Schreibtisch und wählte die Nummer. Eine Sekretärin antwortete. "Tut mit leid, Mr. Weaver ist nicht im Büro."

"Wissen Sie, wann er zurück sein wird?"

Verlegenes Zögern am anderen Ende. "Ich habe im Moment keine Informationen, aber wenn Sie eine Nachricht hinterlassen wollen ..."

Ich tat einen tiefen Atemzug; Maureen auch. Sie stand so dicht hinter mir, daß ich ihren Atem im Nacken spürte. "Mein Name ist Angie Pardalos", sagte ich. Maureens Aufstöhnen hallte in meinem Hörer wider. Sie begann, hinter mir auf- und abzulaufen. "Ich arbeite für das *Grand Palace* in Atlantic City."

"Sie bringt mich um", wimmerte Maureen.

Ich achtete nicht auf sie. "Es ist sehr wichtig, daß ich mit Mr. Weaver persönlich spreche. Er ist der Gewinner einer einwöchigen Reise in eine *Grand Palace*-Niederlassung seiner Wahl, einschließlich des neuen zehn-Hektar-Hotelgeländes in Maui. Um das offiziell zu bestätigen, muß ich aber mit ihm sprechen."

Vom anderen Ende des Zimmers her zischte Maureen mich an. "Was tust du da?" Sie runzelte die Stirn, aber ihrer Augen glitzerten amüsiert. Sie ist zu gut für den Laden hier, dachte ich.

"Keine Sorge", flüsterte ich zurück. "Ich übernehme die Verantwortung für alles, was hier geschieht."

"Hallo?" Die Sekretärin war wieder am Apparat.

"Ja, ich bin noch dran."

"Ich fürchte, wir müssen zurückrufen." Ihre Stimme klang immer unsicherer.

"Das ist nicht möglich. Die Verlosung wird nur wirksam, wenn der Empfänger den Preis sofort annimmt; andernfalls kommt die nächste Person auf unserer Liste an die Reihe."

Aus der gedämpften Unterhaltung zu dritt, die ich am anderen Ende hörte, schloß ich, daß sie Verstärkung angefordert hatte. Schließlich kam eine andere Frau ans Telefon. Sie schien älter und selbstsicherer. "Leider wird Mr. Weaver das Angebot ablehnen müssen. Er liegt seit kurzem wegen einer kleineren Operation im Krankenhaus und hat darum gebeten, während seines Aufenthalts nicht gestört zu werden."

Kapitel 11

Eine Welle der Erregung erfaßte mich. Ich war sicher, daß wir Mike Webers Spur gefunden hatten.

"Das ist ja sehr schade", sagte ich, etwas verwirrt, daß ich mich über die Nachricht von Webers Krankenhausaufenthalt so freuen konnte. Wenn es nun nicht derselbe Mann war? Oder wenn O'Donnells Geschichte nicht ganz ehrlich war? "Vielleicht können wir in Mr. Weavers Fall eine Ausnahme machen. Aus Gefälligkeit, und so weiter."

Zögern. "Wir möchten nicht, daß Mr. Weaver im Mittelpunkt einer Werbekampagne des *Grand Palace* steht."

Ich brachte meine Entrüstung zum Ausdruck.

"Wenn es diskret in die Wege geleitet würde, glaube ich, daß Mr. Weaver ihre Flexibilität zu schätzen wüßte", sagte sie besänftigt.

"Fein. Jetzt muß ich nur noch seine Qualifikation für den Preis bestätigt haben. Besitzen Sie eine Kopie seines Flugbillets für den Trip nach Atlantic City im letzten September?"

"Wenn ich mich recht erinnere, ist er mit dem Wagen nach Atlantic City gefahren."

"Mit dem Wagen? Das ist eine ganz schön lange Fahrt." Ich war wie im Fieber.

"Er hat Geschäfts- und Ferienreise miteinander verbunden."

Ich raschelte hörbar mit ein paar Papieren auf dem Schreibtisch. "Komisch, sein Nummernschild ist bei uns im Hotel gar nicht registriert."

"Sie müssen es aber haben. Ich kann mich noch gut erinnern: Der Wagen seiner Frau war in der Werkstatt, und er wollte sie nicht völlig ohne Fahrgelegenheit lassen, deshalb hat er ihr den Mercedes hiergelassen und den Firmenwagen genommen. Einen Grand Am. Augenblick mal." Sie las mir die Nummer vor.

"Danke. Sie haben mir sehr geholfen." Mehr, als sie je erfahren würde. "Jetzt brauche ich nur noch seine Adresse, damit ich ihm seinen Gutschein schicken kann."

"Schicken Sie ihn einfach ins Büro."

"Warum nicht gleich ins Krankenhaus? Freude ist die beste Medizin. Ich nehme an, er liegt im Boston General Hospital?"

"Mr. Weaver liegt nicht in einem der hiesigen Krankenhäuser. Und glauben Sie mir, das Büro ist das beste. Ich werde mich persönlich darum kümmern." Ich erklärte. daß wir bei der Übergabe seine Unterschrift oder die seiner Frau brauchten, aber die Sekretärin blieb eisern. Sie weigerte sich, mir seine Privatadresse oder die des Krankenhauses zu geben. Schließlich disqualifizierte ich Weaver von der Preisvergabe und erhielt dafür einen Seufzer der Erleichterung von Maureen, der bereits Schweißperlen auf der Oberlippe standen – und ein Funke lebhaften Interesses in den Augen.

"Er ist es", sagte ich. "Ich bin da ganz sicher."

"Wie zum Teufel kannst du dir mit sowas deine Brötchen verdienen?" fragte sie, schien aber eher fasziniert als verwirrt. Mir schien, daß unser kurzes Detektivspiel den Konferenz-Service so ziemlich in den Schatten gestellt hatte.

Ich stand auf und umarmte sie. "Machst du Witze? Mir geht es bestens."

Wir feierten das, indem wir den Fahrstuhl hinunter zum Hotel-Café nahmen und uns ein Stück Erdbeer-Käsekuchen teilten. Ehe wir uns trennten, gab ich ihr die Fotos von David und bat sie, über ihn herauszufinden, was sie konnte. Ich hatte so meinen Verdacht, warum David und Genossen Atlantic City so häufig aufgesucht hatten, aber ich brauchte eine Bestätigung.

Danach ging ich zurück in mein Zimmer, setzte mich an den Schreibtisch und begann zu telefonieren. Der erste Anruf galt Tony. Nachdem ich ihn über alles informiert hatte, rief ich Michael, die Wanze, an.

Wenn er die Autonummer hatte, würde er wahrscheinlich sogar herausfinden können, welche Unterwäschemarke Mike Weaver bevorzugte. Was ich wollte, war aber viel einfacher: Seine Adresse. Leider war Michael nicht zu Haus. Ich machte mir nicht die Mühe, eine Nachricht zu hinterlassen und ging direkt über zu Plan B.

Ich hielt mich nicht an das, was Weavers Sekretärin mir gesagt hatte und rief als erstes das Boston General Hospital an. Anschließend arbeitete ich mich durch die meisten der größeren Krankenhäuser in und um Boston. Nach Ablauf einer Stunde hatte ich das Personal der medizinischen Einrichtungen nördlich und südlich von Georgetown, Massachusetts, verärgert.

Dann kam mir ein Gedanke: Wenn Weaver wirklich verhindern wollte, daß die Nachricht von seiner Erkrankung in der hiesigen Geschäftswelt durchsickerte, dann war er vielleicht gar nicht in Massachusetts.

Der nächste Anruf ging an Alice Lewis, Leiterin der AIDS-Abteilung am St.Vincent's Hospital in New York City.

"Hey, Alice, hier ist Miller."

Ein herzhaftes Lachen kam aus New York. Dann: "Wenn du anrufst, um mir zum Geburtstag zu gratulieren, kommst du fünf Monate zu spät."

"Was redest du da? An deinem Geburtstag hab ich dich ins *Henry's End* eingeladen."

"Wirklich?" Ich hörte, wie sie den Zigarettenrauch inhalierte. Die einzige Gelegenheit, bei der sie keine Zigarette in der Hand hielt, war bei der Fütterung ihres acht Monate alten Sohnes. Und das auch nur, weil ihre Liebste, Sandra, sie andernfalls umgebracht hätte. "Warte, jetzt kann ich mich erinnern. Du bist die große Dünne, die Aktien bei Yoo Hoo-Limonade besitzt."

"Okay, okay. Ich weiß, ich hab eine Weile nicht angerufen. Hier ging alles drunter und drüber."

"Es geht um eine berufliche Frage, nicht wahr?"

Ich zögerte.

"Weißt du, als Sandra und ich beschlossen, ein Kind zu kriegen, haben uns alle unsere Freunde ganz enorm unterstützt. Wir erhielten Babysitter-Angebote von Leuten, die nicht mal den Unterschied zwischen einer Windel und einer Binde kannten. Jetzt ist der kleine Alfred Teil unseres Lebens, und keiner ruft mehr an. Einschließlich deiner Freundin Beth."

Vor Urzeiten hatten Alice und Beth ein Liebesverhältnis gehabt, ehe sie ihre derzeitigen Partner kennenlernten. Aber Beth fing etwas mit Dinah an, nachdem sie sich erst vor zwei Monaten von Alice getrennt hatte. Das hatte sie ihr immer noch nicht verziehen.

"Es ist, als hätten wir die Pest", fuhr sie fort. "Natürlich kann ein acht Monate alter Junge die Hölle auf Rädern sein, aber er ist bestimmt nicht die Pest. Schon eher die Kruppsche Krankheit."

"Ich habe nie versprochen, daß ich Babysitten würde."

Ihr Lachen ging in einen stoßweisen Husten über. "Das ist nur zu wahr", sagte sie, nachdem sie wieder zu Atem gekommen war. "Also, was gibt's neues im Schnüfflergeschäft?"

Alice glaubt leidenschaftlich an das Recht der AIDS-Patienten auf Vertraulichkeit. Ich mußte sehr vorsichtig sein, sonst hätte ich am Ende nicht nur keine Information, sondern auch keine Freundin mehr.

"Ich muß herausfinden, in welchem Krankenhaus ein AIDS-Patient sich befindet. Deine Kontakte könnten mir helfen."

Ich hörte sie kaum mehr atmen.

"Robin, worum geht es hier?" Sie ließ das Necken und verwandelte sich in ihr professionelles Selbst.

"Es ist nicht, was du denkst."

"Ich will dir sagen, was ich denke. Falls du für einen von diesen selbstgerechten Armleuchtern arbeitest, die versuchen, AIDS-Patienten vor Gericht zu zerren, weil sie mit anderen schlafen ..."

"Hör zu, Alice! Gib mir eine Chance. Ich arbeite für eine Privatklientin."

"Irgendwelche rechtlichen Konsequenzen?" fragte sie abrupt.

"Keine. Sie will dem Kerl nur Auge in Auge gegenüberstehen."

"Eben. Robin, komm zu dir. Du findest ihn, und sie findet einen Anwalt. Tut mir leid, ohne mich."

"Die Frau ist krank. Rechtsanwälte kann sie sich nicht leisten." Ich holte tief Luft und erzählte ihr dann die Einzelheiten. Ich merkte, daß sie nicht mehr ganz so sicher war.

"Sag mir nur eins", fragte ich verzeifelt. "Wenn ein prominenter Geschäftsmann aus dem Nordosten von Massachusetts in ein Krankenhaus außerhalb Bostons ginge, wohin würde er gehen?"

"Theoretisch?" Ich spürte, wie ihre eisernen Prinzipien wankten. Ich knurrte zustimmend.

"Wenn er das Geld hätte und in einem Meer von Krankheit verschwinden wollte, dann würde er hierherkommen."

Das nächste Telefongespräch bestätigte mir, was ich wissen wollte. Ich schickte Mike Weaver alias Mike Weber ein Dutzend Rosen.

***

Freitagabend um zehn war ich zu Hause. Als erstes sah ich das Lämpchen und die Leuchtzahlen auf dem Anrufbeantworter. Zwölf Anrufe. So lange war ich doch gar nicht weggewesen.

Ich stieg über Mallomar hinweg, die sich, mit dem Bauch nach oben, auf dem Boden räkelte und mit den Pfoten die Luft knetete in dem verzweifelten Versuch, meine liebende Aufmerksamkeit zu erregen. Geeja hingegen würdigte mich keiner Begrüßung. Ich drückte auf den Knopf und kniete mich hin, um Mallomars weißen Bauch zu kraulen. Der erste Anruf kam von Zack McGinn. Eine kürzlich abgeschossene Handfeuerwaffe vom Kaliber zweiundzwanzig war in Emersons Wohnung gefunden worden. Thomas' Fingerabdrücke waren überall an der Mündung.

Na, fabelhaft. Ich ließ mich neben Mallomar auf den Boden plumpsen.

Nach einem Anruf von meiner Schwester kamen zwei hintereinander von Marion Ross, einer giftiger als der andere. Sie wollte Resultate. Ich schätze, sie nahm an, wenn sie meine Antwortmaschine lange genug malträtierte, würde sich Davids Mörder umso eher materialisieren. Als nächstes kam Terry Fasani. Sie lud mich ein, den Dokumentarfilm *Paris in Flammen* anzusehen, zusammen mit ihrem Bruder und einigen Freunden.

Ich mußte lächeln. Plötzlich erinnerte ich mich genau, wo und *wann* ich Terrys Bruder schon gesehen hatte: Während des jährlichen Joan Crawford-Transvestiten-Festivals, das Curtis in seiner Bar aufzieht. Joey war Zweiter im Miss Scarlett-Schönheitswettbewerb. Als die Ergebisse bekanntgegeben wurden, hatten Curtis und ich gezischt wie zwei wütende Katzen. Joey hatte den ersten Preis verdient.

Zufällig war die nächste Nachricht von Curtis. "Joey Pisano ist der, der Miss Scarlett hätte werden müssen. Der Typ mit den schönen Beinen. Er ist donnerstags hier Stammgast. Fummelball. Wirklich nett. Glaube nicht, daß er in festen Händen ist; wäre aber natürlich leicht möglich. Ich hätte mich schon längst an ihn herangemacht, aber er zieht den Stallone-Typ vor. Du weißt schon - große, weiße Macho-Männer, breite Nacken mit viel Haar." Curtis hätte genau so gut Joeys Partner Vic beschreiben können. Oder auch David.

Wenn Joey nun was mit *beiden* gehabt hätte? In dem Fall konnte man sich gut vorstellen, daß Vic jemanden aus rasender Eifersucht umgebracht hatte.

"Wir sind alle verrückt nach Joey", fuhr Curtis fort. "Er ist ein tolles Mädchen. Also, was du auch vorhast, laß ihn in Ruhe. Okay? Mir zuliebe. Schließlich bist du mir was schuldig, Jane."

Sein Ton machte mir Angst. Curtis war immer noch sauer. Solange das Band weiterlief, hielt ich die Augen geschlossen.

Noch eine Nachricht von Terry, aber diesmal klang sie sehr nervös. "Ich muß Sie dringend sprechen."

Im Hintergrund hörte man eine wütende männliche Stimme. Ich konnte nicht sagen, ob aus dem Fernsehen oder in Wirklichkeit. Auf jeden Fall klang es nicht erfreulich.

Ich rollte mich auf den Bauch, streichelte Mallomar hinter den Ohren und wartete auf den nächsten Anruf. "Hey, Robin. Hier ist Tony. Stellen Sie sich vor: Dieser Weaver hat nicht gelogen über seinen Public Relations-Hintergrund. Ich habe ein paar Firmenverzeichnisse durchsucht, und was finde ich? Seinen Namen, fettgedruckt. Mit Adresse und allem." Er las mir Adresse und Telefonnummer vor. "Gute Arbeit, Mädel."

Ein Kompliment von Tony war eine Seltenheit. Zu meiner eigenen Überraschung begann ich zu strahlen.

"Hey ... ehem, hier ist Kentucky. Nicht der Staat. Die Person. K.T." Ich stand auf und ging steifbeinig hinüber zum Anrufbeantworter. Mein Gesicht glühte. "Wegen morgen abend. Ich hab das Gefühl, Dinnerpartys liegen Ihnen nicht so. Aber ich hätte wirklich gern, daß Sie kommen. Ich verspreche Ihnen, es wird sehr gemütlich." Ihre Stimme war tief und melodisch, mit einem winzigen Südstaatenakzent. Sie erfüllte die Luft wie der Duft von frischgebackenem Brot. Plötzlich wurde sie zum Flüstern. "Ich weiß genau, es hat einen Grund, daß wir uns begegnet sind. Es war wie ein Funke, den man nur noch ein bißchen anblasen muß. Nur ein einziges Mal habe ich das vorher erlebt. Ich stand mitten in einem Feld in West Virginia, und die Luft um mich begann zu stöhnen. Laut und mächtig."

Ihre Stimme hypnotisierte mich. Ich schloß die Augen und lauschte ihr wie einem Lied, das ich noch nie zuvor gehört hatte.

"Ich wußte, etwas Magisches würde geschehen, wenn ich nur ganz still hielte und mich öffnete." Sie unterbrach sich. "Himmel, wie ich mich anhöre! Man könnte meinen, ich säße zu Hause auf der Veranda im Schaukelstuhl und erzählte komische Geschichten. Tut mir leid. Ich will einfach nur, daß du morgen Abend kommst. Das ist alles. Ich werde ganz stillhalten und mich öffnen."

Ich war etwas atemlos und mein Hals knochentrocken.

So entging mir der nächste Anruf völlig. Der Zauber wurde erst gebrochen, als Terrys ängstliche Stimme den Raum füllte. "Hören Sie, wenn Sie da sind, bitte antworten Sie. Ich muß unbedingt mit Ihnen sprechen. Shit. Rufen Sie mich an." Zum Schluß brach ihre Stimme. Ihrem Anruf folgte wieder einer von Marion. Die Ungeduld dieser Frau knisterte auf dem Band wie wie eine defekte elektrische Leitung.

Zuerst rief ich Terry an, aber es war besetzt. Widerwillig rief ich Marion an. Ich nannte die Daten, an denen David zwei Wochen vor seinem Tod nicht im Dienst gewesen war, und erzählte ihr von seinen Wochenenden in Atlantic City. Vorsichtig erwähnte ich Joanies Namen. Marion brach in schreckliches Schluchzen aus. "Der Bastard, dieser Bastard ..." gellte sie ins Telefon. Ich schwieg, bis das Geheul aufhörte.

Die ersten Male, als ich in außerehelichen Affären ermittelte, hatte die Verzweiflung meiner Klienten mich aus der Fassung gebracht, wenn sie von den Liebschaften hörten, die aufzudekken sie uns gutes Geld bezahlt hatten. Ich versuchte, sie zu trösten oder verteidigte mich gegegen ihre Schimpfkanonaden.

Schließlich lernte ich, daß es das beste war, man ließ sie ihren Schmerz loswerden, wie sie selbst es für richtig hielten.

Als das Heulen sich zu einem Wimmern besänftigt hatte, begann ich wieder zu sprechen. "Tut mir leid, Marion ..."

"Natürlich, natürlich. Allen tut die arme Marion leid." Am anderen Ende der Leitung war ein Krachen zu hören. Es klang wie zerspringendes Glas.

"Ich muß Sie noch einiges fragen. Vielleicht morgen?"

"Nein, morgen nicht. Wenn diese Frau meinen Mann getötet hat ..." Sie ließ den Satz unbeendet. "Sie wollen wissen, wer Joanie ist? Ich habe nicht den geringsten Fingerzeig. Die Telefonabrechnungen haben Sie, die Bilder auch. Finden Sie's doch raus. Dafür bezahle ich Sie doch."

"Der Name sagt Ihnen gar nichts?"

Sie lachte bitter. "Jetzt ja. Eine ganze Menge. Er sagt mir, daß meine Ehe ein Schwindel war. Er sagt mir ..." Ich hörte, wie sie gegen ihre Tränen ankämpfte.

"Sie haben gesagt, daß Sie überzeugt waren, David wollte mit der Affäre Schluß machen", sagte ich probeweise.

"Ja, schon. Aber darum fühl ich mich kein bißchen besser. Wissen Sie, was David mir gesagt hat, was er an all den Wochenenden tat, an denen er verschwunden war? Er sagte, er ginge zu Veteranentreffen, auf denen er und seine Kriegskameraden all ihre Dämonen austreiben konnten. Ich glaubte ihm. In den ersten paar Monaten hab ich ihm das wahrhaftig geglaubt. Der Golfkrieg hatte gerade begonnen, und ich dachte, damit wären alte Alpträume für ihn wieder wach geworden." Ich hörte wieder ein Krachen. "Ich bin eine Idiotin!"

Es hatte keinen Sinn, weiter in sie zu dringen. Ich murmelte eine lahme Entschuldigung. dann legte ich auf. Unter dem Gewicht dieses Tages zog ich mich in mich selbst zurück. Wenn die Beziehungen zwischen O'Donnell und Weaver und die Ehe der Ross' charakteristisch waren für die heutigen Beziehungen, dann war ich allein besser daran. Ich probierte Terry noch einmal, aber es war wieder besetzt.

Ich gab auf und ging nach oben. Ein paar Minuten später ließ ich mich in ein dampfendes Bad sinken. In meinem Kopf drehte sich alles. Ich richtete meine Aufmerksamkeit auf den Farn, der über der Wanne hing, und versuchte, die Tatsachen zu ordnen. David Ross hatte wahrscheinlich eine Affäre mit jemandem namens Joanie. Korrektur: David hatte wahrscheinlich Affären mit mehreren Frauen. Und vielleicht sogar mit einem Mann, wenn man Webster Bainbridge glauben konnte. Eine seiner Geliebten, möglicherweise Joanie, hatte David vielleicht kurz vor seinem Tod besucht. Aber warum brachte sie einen andern Mann mit? Hätte es ein eifersüchtiger Freund oder Ehemann sein können?

Trotz Marions Beteuerungen hegte ich ernsthafte Zweifel, daß David vorhatte, seine außerehelichen Beziehungen abzubrechen. Noch beunruhigender war, daß ich Marion als Verdächtige nicht gänzlich ausschließen konnte. Auch konnte ich nicht erklären, was die fehlende Kugel und die Reisen nach Atlantic City bedeuteten. Dann war da noch das Problem Drogen: Wenn David mit einen East New Yorker Drogenring zu tun hatte, dann war die Liste der Verdächtigen zu lang, als daß ich sie allein bewältigen konnte.

Gerade wollte ich meinen Kopf ins Wasser tauchen und ihn dort eine Weile lassen, als das Telefon ging. Ich sprang aus der Wanne, griff nach einem Badetuch und raste zum Telefon.

"Miller?" Es war Zack.

"Wer würde sonst wohl Schlag Mitternacht an mein Telefon gehen", fragte ich.

"Wie zum Teufel soll ich wissen, was in Ihrer Lesbenhöhle vorgeht? Sie könnten ja wilde Orgien feiern, ohne daß ich es wüßte."

"Träumen Sie weiter, Zack. Wissen Sie, ich stehe hier tropfnaß. Ist Ihr Anruf eine Übung in Geselligkeit?"

"Nee. Als Sie meinen Anruf nicht beantworteten, fing ich an, mir Sorgen zu machen. Ich denke immer noch, Sie sind zu weich für dieses Geschäft." Das war ein Standardspruch von ihm, den er schon öfter benutzt hatte, meistens dann, wenn er mit jemandem über Polizeiangelegenheiten sprechen wollte, der kein Cop oder seine Frau war.

Ich warf das Badetuch beiseite, klemmte den Hörer unters Kinn und begann, meine Kommodenschublade zu durchwühlen. "Sparen Sie sich das, Zack. Sie haben mich vielleicht wirklich gern, aber Sie tragen Ihre Fürsorge ein bißchen dick auf."

Er kicherte. "Sie kapieren schnell."

"Danke. Was ist los?" Ich zog ein Paar Jogginghosen an.

"Konnte nicht schlafen."

"Ich weiß, wie das ist. Bleiben Sie dran." Ich legte den Hörer auf mein ach, so selten benutztes Bett und zog mir ein altes Polohemd über den Kopf. "Bin wieder da. Es geht um den Fall Ross, stimmt's?"

Schweigen. "Allmählich denke ich, daß Sie in dem Fall recht haben", murmelte er etwas widerwillig. "Irgendwas an der ganzen Sache ist nicht koscher."

Was Zack Kummer machte, war die fehlende Kugel.

Da war noch etwas, aber das hielt er noch zurück. Ich zog Socken an und wartete, bis er soweit war. Es dauerte nicht lange.

Nach und nach rückte er damit heraus, daß jeder – vom Bezirksstaatsanwalt bis zum Bürgermeister selbst – Lieutenant Sergeant Rodammer im Nacken saß und Resultate verlangte. Da Zack die Untersuchung leitete, war er es, den der Hammer einzuschlagen beschlossen hatte. Schlimmer noch, der Hammer verlangte, daß Zack *jedes erdenkliche Mittel* benutzte, damit der Fall innerhalb von achtundvierzig Stunden wasserdicht abgeschlossen werden konnte. Er dachte laut vor sich hin, und ich konnte hören, daß seine Zweifel mit jedem Wort stärker wurden.

"Und dann, plötzlich, entdeckt Hollerman in Emersons Wohnung diese Handfeuerwaffe", sagte er. "Ich meine, was zum Teufel beweist 'kürzlich abgefeuert'? Ich könnte mit der Waffe auf den nächsten Briefkasten zielen und abdrücken. Das wäre 'kürzlich abgefeuert'. Aber das wäre kein Mord."

"Haben Sie mit Emerson gesprochen?"

"Ja. Er sagt, die Waffe gehört seinem Bruder. Wenn seine Fingerabdrücke darauf sind, dann deswegen, weil sie die verdammte Waffe in der Besteckschublade aufbewahren. Können Sie sich so was vorstellen?"

Ich konnte. Leider.

"Reden Sie mit der Nachbarin gleich nebenan", sagte ich.

"Mit der alten Dame?"

Ich schüttelte ungeduldig den Kopf. "Sie heißt Carla. Sie kennt die Familie ziemlich gut. Sie wird Emersons Geschichte bestätigen können. Jetzt möchte ich Sie etwas fragen: Haben Sie das Alibi von Marion Ross überprüft?"

"Bombensicher. Sie war bei dieser P.A.L.-Benefizveranstaltung. Der Hammer selbst schwört auf ihre Anwesenheit."

"Zack ..." Ich zögerte. "Sind Sie sicher, daß Sie dem Hammer trauen können?"

"Hören Sie auf, Miller. Seien Sie nicht so mißtrauisch. Sie werden es nicht glauben, aber die meisten Cops gehören noch nicht zum Abschaum der Menschheit." Sein Ton war weniger zuversichtlich als seine Worte.

"Tun Sie mir einen Gefallen. Überprüfen Sie ihr Alibi noch mal. Verwöhnen Sie mich."

"Ja, ja. Ich denke drüber nach." Plötzlich rief eine Frauenstimme aus einiger Entfernung nach Zack.

"Verdammt. Ich scheine zu laut gesprochen haben. Ich lege jetzt auf, okay? Diese Ehe wird eines Tages auch dem Polizeidienst zum Opfer fallen."

Er legte auf.

Ungefähr eine Stunde später ging das Telefon wieder. Meine Beliebtheit mußte eine Rekordhöhe erreicht haben. Diesmal war es Terry Fasani, die so schnell sprach, daß ihre Worte sich überschlugen. Das einzige, was klar wurde, war ihre Adresse. Ihre letzten Worte waren, "Ich bin draußen, wenn Sie kommen." Dann hörte ich nur noch den Summton der toten Leitung.

Ohne nachzudenken zog ich mir die Turnschuhe an und lief hinaus zum Wagen.

Es war nach ein Uhr, und die Straßen waren unnatürlich still. Aus der Entfernung konnte ich die Sirene eines Krankenwagens hören, den dröhnenden Baß eines Autoradios, das Klappern eines Lasters, der über die Schlaglöcher rumpelte; aber in meiner Straße hörte ich nur das Geräusch einer Papiertüte, die der Wind an den rauhen Häuserwänden vorbeitrieb, und das eines Autos, das die Straße heruntergefahren kam.

Ich schloß Bella auf, schlüpfte hinein und drehte den Zündschlüssel. Ein dumpfes Rattern, dann ein Beben. Großartig. Ich pumpte mehr Benzin und lehnte mich über das Lenkrad, als ob ich Röntgenaugen hätte und und durch die Motorhaube hindurchsehen könnte. Ich drehte den Schlüssel nochmals. Sie sprang an, aber etwas stimmte nicht. Ich hob den Kopf und schnüffelte. Rauch. Ich knipste die Lichter an und erwartete, Rauch unter der Haube aufsteigen zu sehen. Dafür wurde der Geruch intensiver. Im Wagen.

Ich drehte mich schnell um und blickte über die Kopfstütze nach hinten. Flammen züngelten bereits an der Kante des Rücksitzes entlang. Ich konnte zusehen, wie sie vorwärts sprangen. Ich griff nach dem Türschloß. Verdammt. Wieder mal verklemmt. Der Wagen füllte sich bereits mit grauem, giftigem Rauch. Ich bedeckte meinen Mund mit einer Hand und drückte mit der anderen auf die Hupe. Plötzlich brannte die rechte Seite der Vordersitze; das Feuer bewegte sich rasch auf mich zu. Ich drehte mich zur Seite und versuchte, die Tür aufzustoßen. Mein Hals schmerzte, und ich begann, in einem Übelkeit erregenden Schwindel zu versinken. Eine Flamme ergriff mein Sweatshirt, und ich schlug mit meinen Händen darauf ein. Ich hob beide Beine hoch und trat mit aller Kraft gegen die Tür, gerade in dem Augenblick, als mir schwarz vor Augen wurde.

Kapitel 12

Ich kam mit einem Ruck wieder zum Bewußtsein und übergab mich auf den Bürgersteig, auf dem ich lag.

Die Luft war erfüllt von allen möglichen Lauten: dem Aufprall von Wasser auf Metall, den hastigen Rufen der Feuerwehrleute, dem Schlagen von Türen und Fenstern, die sich in rascher Folge öffneten und schlossen. Ich wischte mir den Mund ab und versuchte aufzustehen.

"Nur ruhig." Es war Beth. Ihre kühle Hand streichelte meine Wange. "Kurze, gleichmäßige Atemzüge."

Ich atmete ein und begann prompt, mich wieder zu übergeben. Was immer ich von mir gab, war kohlschwarz.

Beth hob meinen Kopf an und setzte mich auf. Ich erhob mich halbwegs und fiel gegen sie.

Wir saßen auf dem Bürgersteig, ungefähr zwei Wagenlängen entfernt von dem ausgebrannten Wrack, das einst mein Wagen gewesen war. Das hätte ebensogut ich selber sein können.

"Wie bin ich rausgekommen?" fragte ich heiser.

"Du hast die Tür mit einem Tritt geöffnet. Als Dinah und ich herauskamen, warst du gerade draußen, und dein Haar hatte

Feuer gefangen." Ich hob unwillkürlich die Hand zum Kopf. Ich konnte die versengten Haarenden auf der linken Seite fühlen. Das übrige Haar war ungefähr einen Zentimeter lang. Ich schauderte, ein beißender Geruch füllte meine Nase.

"Ist es das, was ich rieche? Verbranntes Haar?"

"Und verbrannter Gummi, verkohltes Metall, der Rauch ..."

"Bin ich sonst noch irgendwo verbrannt?" unterbrach ich sie sofort und betastete mich mit meiner rechten Hand.

"Kleinere Verbrennungen am Handgelenk und am linken Ohr." Ich erhob mich etwas unsicher und betrachtete die Szene. Dinah sprach mit einem Cop und zwei Feuerwehrleuten. "Ich habe keine Zeit für diese Angelegenheit", sagte ich.

Beth sagte kein Wort. Sie führte mich ins Haus, wusch mein Gesicht, verband mein Handgelenk und gab mir zwei Glas Wasser zu trinken. Ich war froh über die drei Adviltabletten und die sauberen Jogginghosen, die sie mir gab. Als Dinah hereinkam, stand ich fast sicher auf den Füßen.

"Ich brauche deine Autoschlüssel." Ich hatte das ausgesprochen, bevor ich wußte, was ich sagte.

Dinah starrte mich ungläubig an. "Du machst wohl Witze."

Ich schüttelte Beths Hand von meiner Schulter ab.

"Fällt mir nicht im Traum ein. Ich brauche deinen alten Volvo."

"Was du brauchst, ist ein gesunder Schlaf. Nachdem, was geschehen ist, laß ich dich nicht fahren." Dinahs Ton war unerbittlich.

"Dinah", mahnte Beth, die offenbar begriffen hatte, daß niemand mich aufhalten würde.

"Ich bekam einen Anruf von jemandem, der in Schwierigkeiten ist. Wahrscheinlich denkt sie inzwischen, daß ich überhaupt nicht erscheine." Ich ging an Dinah vorbei.

"Und wohin gehst du?" fragte sie.

"Autovermietung", sagte ich, die Hand bereits an der Haustür. Ich hielt inne, während mir eine Welle der Übelkeit in den Hals schoß.

"Verdammt noch mal." Dinah durchwühlte ihren Rucksack und warf mir ein paar Schlüssel zu. "Der Volvo steht in der Fourth Street, Nähe Seventh Avenue. Ruf uns an, wenn du dort bist, wo du hinwillst."

Ich knurrte etwas und schlurfte hinaus.

***

Terry wohnte in Bay Ridge in der Nähe der Sporthalle, die wir neulich aufgesucht hatten. Ich parkte vor einem bescheidenen Einfamilienhaus, die Wagenfenster weit geöffnet, so daß die kühle Luft mich wie Balsam anwehte.

Nachdem ich ein paar Minuten regelmäßig und dankbar ein- und ausgeatmet hatte, stieg ich aus. Wie versprochen saß Terry auf der obersten Stufe; sie zitterte wie ein verirrtes Kind, während Blut aus ihrem Mundwinkel sickerte.

Ich beugte mich über sie und berührte sie sanft am Ellenbogen. "Was ist geschehen?" Bei meiner Berührung verlor sie die Fassung; ihr Körper wandt sich in lautlosen Schreien.

Aus dieser Nähe konnte ich sehen, wie sich unter ihrem rechten Auge ein rot-grüner Bluterguß bildete. Ich öffnete die Haustür und führte sie hinein. Die Wohnung hatte entschieden männlichen Charakter. Braune Tweedteppiche, Walnußmöbel im frühen amerikanischen Stil direkt aus dem Möbelkatalog; ein beiger Lehnstuhl vor dem Siebzig-Zentimeter-Fernsehapparat. Mein Blick glitt über die gerahmten Zeitungsausschnitte aus dem Golfkrieg über der Couch. Ich ließ Terry auf einem zweisitzigen Sofa Platz nehmen und machte mich auf die Suche nach der Küche.

Es dauerte nicht lange, bis ich begriffen hatte, wo die Schlacht stattgefunden hatte. Zwei Küchenstühle waren umgeworfen; ein Topf mit Spaghetti war durch den Raum geflogen und unter dem Tisch gelandet. Die Spaghetti samt Tomatensoße klebten auf dem Fußboden. Ich stieg über ein zerbrochenes Glas, öffnete das Gefrierfach und entleerte einen Eiswürfelbehälter in ein sauberes Geschirrtuch.

Auf dem Tisch neben dem Kühlschrank stand eine Flasche Brandy. Normalerweise trinke ich harte Sachen nur auf Hochzeiten und Bar Mitzvahs, das heißt ungefähr dreimal im Jahr. Jetzt aber verhieß die bernsteinfarbene Flüssigkeit die Vergessenheit, die mir plötzlich verlockend erschien. Ich holte ein großes Glas heraus, nahm drei große, erwärmende Schlucke, füllte das Glas wieder und ging zu Terry zurück. Sie war zu einer Kugel zusammengerollt, als ich in das Wohnzimmer zurückkam.

Ich preßte das Eis gegen ihre Wange und hielt ihr das Glas hin. Wir tranken abwechselnd daraus.

"Wer hat das getan?" fragte ich. Meine eigenen Wundschmerzen verblaßten gegenüber dem Zorn, den ich jetzt empfand.

Ihre Augen schlossen sich.

"Terry, Sie können ihn damit nicht einfach davonkommen lassen. Ich kann Ihnen helfen."

Sie starrte mich an; auf ihrem Gesicht lag Unentschlossenheit. Mit einem Finger berührte sie den Mundwinkel, in dem das Blut bereits getrocknet war. "Sam", sagte sie fast unhörbar.

"Was für ein Sam?"

Sie wandte den Blick ab. "Mein Mann."

"Wo ist er jetzt?" fragte ich mit zusammengebissenen Zähnen.

"Flugplatz." Sie trank den Rest des Brandys in einem einzigen gierigen Schluck.

Mein Puls ging schneller. "Ich rufe die Polizei." Ich ging zum Telefon.

Sie hielt mich gewaltsam zurück. "Nein. Es ist vorbei. Lassen Sie ihn gehen."

Ich setzte mich neben sie, gebannt von ihren flehenden Augen.

"Was ist mit Ihrem Haar passiert?" fragte sie und berührte die eine Seite meines Kopfes. Unwillkürlich lehnte ich mich zurück. "Und Sie riechen nach Rauch."

Ich erzählte ihr von der verstorbenen, wunderbaren Bella, Gott hab sie selig.

"Und Sie sind trotzdem gekommen", sagte sie verwundert. In ihre Augen trat plötzlich ein neuer Ausdruck. Ehe ich wußte, was geschah, fühlte ich ihren Mund auf meinem und ihre Zunge auf meinen Lippen. Sie legte die Arme um mich, ihre festen Brüste fest gegen meine gepreßt.

"Terry, Terry", sagte ich immer wieder und versuchte, mich zu lösen.

"Ich brauche das, diese Zärtlichkeit. Bitte. Lösch diese Erinnerung."

Sobald ich mich bewegte, spürte ich, wie ihre Hand auf meinem Rücken mich näher an sie zog. "Das ist nicht richtig", sagte ich. Aber selbst in meinen Ohren klangen diese Worte nicht überzeugend. Mit ihrer Zunge brachte sie meinen Mund zum Schweigen. Ich konnte ihren Hunger fühlen, dem eine Unersättlichkeit in meinem Innern antwortete, vermischt mit der Glut des Brandy und dem Wunsch, einfach in Gefühlen zu versinken. Plötzlich wünschte ich verzweifelt, von wilder Leidenschaft überwältigt zu werden.

Ihr Mund glitt über meinen Hals, beißend, saugend; ihr kühler, süßer Atem verursachte mir eine Gänsehaut. Ich hob ihre Bluse und ließ meine Hände über ihren schlanken Rücken gleiten, über die Wirbel ihres Rückgrats und die eckigen Kanten ihrer Schulterblätter. Sie fühlte sich gleichzeitig zerbrechlich und kraftvoll an; unter meiner Berührung erbebte ihr muskulöser Körper zutiefst.

Plötzlich hielt sie inne. Sie sah mich an und dann, ohne zu zögern, zog sie mir mein Sweatshirt über den Kopf. Kühle überlief mich, und meine Brustwarzen wurden sofort hart. Den Bruchteil einer Sekunde lang fühlte ich mich entsetzlich schüchtern. Und als ich ihren Mund spürte, verlor sich meine Hand in ihrem dicken, dunklen Haar. Zuerst war ihre Berührung so leicht, daß sie sich anfühlte wie leiser Wind. Dann bedeckte ihr Mund immer mehr von meiner Brustwarze und begann, unersättlich daran zu saugen. Die Lust schoß elektrische Schocks durch meine Nerven; meine Vagina bewegte sich im selben Rhythmus wie ihre Lippen.

Fieberhaft entkleideten wir uns, rollten wie blind auf dem Boden umher; stießen gegen den Kaffeetisch und das Bein des Lehnsessels. Die Welt war verschwunden. Nein. Die Welt war geschwunden bis auf das Pulsieren meiner Lust, den Geschmack ihrer salzigen Haut, das leise Kitzeln ihrer frisch rasierten Beine, die duftende Zartheit der Innenseite ihrer Oberschenkel. Ich konnte spüren, wie sie sich mir öffnete und sich meine Zunge und meine Finger zu eigen machte. Ich stützte meine Hände auf ihre Hüften und ließ mich ein auf ihre Feuchte. Die Welt verdichtete sich zu einem einzigen, ununterbrochenen Stöhnen, dem zarten Bogen ihres Rückens, dem Druck ihres Körpers gegen meinen Mund. Ich wartete, bis sie erschlaffte und schwieg; dann legte ich mich neben sie und hielt sie fest, während sie weinte.

***

Flammen umzingelten meine Fersen. Ich lief weg von dem Feuer, aber es schloß mich ein, und die Glut versengte mein Gesicht. Jenseits des Flammenkreises stand mein Vater; in seinen Armen hielt er den leblosen Körper meiner Schwester Carol. Blut strömte aus ihrem Leib, langsam, unaufhörlich. Nur war Carol kein Kind mehr, sie war eine Frau. Sie winkte mir zu und rief meinen Namen. Ich streckte die Arme aus, um sie zu berühren, erstarrte dann aber, da das Gesicht meines Vaters sich verdüsterte und er den Körper in die Flammen warf.

Schwindelnd entließ mich der Traum. Einen Augenblick lang war ich völlig benommen, als schwömme ich in einer mondlosen Nacht in einer See von Öl. Sekunden später hatten sich meine Augen an das Dunkel gewöhnt, und die Umrisse des Nachttisches wurden sichtbar. Und mit ihm ein gerahmtes Bild von Terry und ihrem Mann. Ich bedeckte die Augen und stöhnte.

"Mmmm." Terry rollte im Halbschlaf auf die Seite und legte ihre Hand auf meine Hüfte. Ich lehnte mich gegen das Kopfende; der Knoten in meinem Magen wurde spürbarer mit jedem Klicken der Digitaluhr. Ich mußte weg von hier. Ich begann, meine Beine aus dem Bett zu bewegen, aber Terry war plötzlich hellwach und klammerte sich an mich. "Geh nicht", flüsterte sie. "Ich brauche das." Ihre Finger kehrten zu mir zurück. Ich reagierte augenblicklich und wild. Ich umschloß ihre Finger; meine Erregung war so tief, daß es fast schmerzte.

"Nein, Terry." Selbst für mich klang mein Protest nicht überzeugend.

"Ich brauche das", sagte sie wieder, diesmal mit mehr Entschiedenheit. Sie ließ ihre Finger in mir und bewegte ihren Kopf an meinem Körper entlang, durstig wie ein Kind, das zum erstenmal Milch trinkt. Ich spreizte die Beine noch weiter. Da fuhr ein Lastwagen am Schlafzimmerfenster vorbei, so daß seine Scheinwerfer das Zimmer für einen Augenblick erhellten. Der Augenblick war lang genug. Zu lang. Ich sah Sams Pyjama an einem Haken an der Rückseite der Tür hängen. Sams Stiefel neben dem Kleiderschrank. Sams Uniform über den Stuhl geworfen. Meine Hüfte schmerzte plötzlich wie im Krampf, und ich wandte mich blitzschnell ab von Terry.

Sie knipste ein kleines Nachtlicht an und sah mich verwirrt an. Ich fand eine lahme Entschuldigung, etwas wegen meiner Hüfte, und begann, mich nach meinen Sachen umzusehen. Ich versuchte, den schmerzlichen Ausdruck auf ihrem Gesicht zu übersehen, als sie merkte, daß ich eigentlich schon nicht mehr bei ihr war.

"Deine Sachen liegen überall herum", sagte sie. "Warum ziehst du nicht einfach ein Paar von meinen Jogginghosen an? Sie sind in der rechten Kommodenschublade." Ihre Stimme was ausdruckslos. Ich hätte mich am liebsten blitzartig in Nichts aufgelöst.

Ich zog eine ihrer Socken an, die ich für meine gehalten hatte, bekam sie nicht über den Fuß und sagte etwas dümmlich, "Du bist zu dünn."

"Dann zieh welche von Sam an."

Ich sah sie erstaunt an, aber ihr Gesicht war ausdruckslos. Noch zögerte ich. Sie kniete in der Mitte des Bettes, der Bluterguß an ihrem Auge begann voll zu erblühen; ihre Lippen waren geschwollen vom Küssen.

Sie stöhnte kaum hörbar, so wie ein junger Hund winselt, wenn seine Mutter tot ist. Ich senkte meinen Blick zu Boden. Die Bettfedern quietschten. "Ich geh mich jetzt duschen", sagte sie kalt. "Ich schließe dann hinter dir ab."

Die meisten meiner Sachen fand ich im Wohnzimmer. Aber meine Socken waren endgültig perdu. Ich lief zurück ins Schlafzimmer, um mir welche zu leihen. Ich beeilte mich und zog mich im Laufen an. Die Dusche war abgestellt, und ich fühlte mich einem Blick aus dem stahlgrauen Dunkel von Terrys Augen nicht noch einmal gewachsen. In der Eile zog ich eine Schublade zu schnell heraus und kippte sie und ihren Inhalt auf meinen Fuß.

Im Badezimmer ging die Toilettenspülung. Ich raffte den Inhalt zusammen und wollte die Schublade wieder einschieben. Mitten in der Bewegung hielt ich inne. Ein Fotomat-Umschlag war auf die Unterseite geklebt. Ich blickte kurz über meine Schulter, dann nahm ich den Umschlag vorsichtig ab und steckte ihn in den Hosenbund. Zwei Minuten später sprintete ich die Treppe hinab, ohne Socken, und ohne eine Spur von gutem Gewissen.

Der Himmel tönte sich violett, als ich nach Hause kam. Im Haus waren alle Lichter an. O je. Ich hatte vergessen, Dinah anzurufen. Kaum war ich dabei, die Gartenpforte zu öffnen, da stürzten die beiden aus dem Haus und riefen mir gleichzeitig Fragen zu. Ich schüttelte sie ab, murmelte eine Entschuldigung und verzog mich nach oben.

Ich schaffte es nicht bis zum Bett. Ich fiel auf die Couch und schlief vier Stunden glatt durch. Ich wachte auf mit einem Dampfhammer im Schädel und einem Mund so trocken, daß meine Zunge sich anfühlte, als sei sie zerbrechlich. Die Katzen lagen zusammengerollt auf meinem Po und meinem Rücken.

Mühsam machte ich mich frei, setzte Kaffeewasser auf und schleppte mich ins Badezimmer. Ich riß mir die Sachen vom Leib, steckte sie in den Wäschekorb, putzte mir die Zähne, duschte und zog mich an. Die ganze Zeit war in meinem Kopf ein durchdringendes Kreischen, als ob ein Wagen auf zwei Rädern um die Ecke rast.

Es fiel mir schwer, die Tatsache zu akzeptieren, daß ich eine Grenze überschritten hatte, die ich mir vor Jahren selbst gesetzt hatte. Mit einer verheirateten Frau zu schlafen, war schlimm genug, aber mit ihr zu schlafen aus Sexgründen allein, um dann beim Aufwachen vom Bild ihres Ehemannes angestarrt zu werden, das war schon fast kriminell.

Ich stürzte zwei Becher schwarzen Kaffees hinunter, dann ging ich aus, um zu frühstücken und mir die Haare schneiden zu lassen. Es war kurz nach zwölf, als ich zurückkam. Ich schloß die Tür zum Erdgeschoß auf und ging hinein auf der Suche nach Dinah und Beth. Ich dachte, eine Entschuldigung wäre angebracht. Leider war keine von beiden daheim. Da bemerkte ich Beths Schwesterntracht, die zusammengefaltet auf einem Stoß Wäsche auf dem Küchentisch lag. Ich hatte eine Eingebung.

Es war Zeit, O'Donnells Mike Weaver zu besuchen. In der Schwesterntracht würde ich keine Probleme haben, Zugang zu seinem Zimmer zu erlangen, selbst wenn Weaver ausdrücklich keine Besucher wünschte.

Zwanzig Minuten später saß ich im Volvo, ganz in Weiß, und fuhr über die Brooklyn-Brücke nach Manhattan. Erst jetzt fielen mir die Fotos in meiner Jogginghose ein. Ich wäre fast umgekehrt, aber die Aussicht, mir die gestohlenen Bilder ansehen zu müssen, rief mir Terrys mißhandeltes Gesicht in Erinnerung und auch meine Schuld.

Den Fall O'Donnell zum Abschluß zu bringen, würde genau die Medizin sein, die ich jetzt brauchte, sagte mir mein Verstand.

Ich parkte vier Ecken entfernt vom St. Vincent-Krankenhaus. Der unauffälligste Eingang war der zur Notaufnahme.

Ich schlich mich mit der Besatzung eines Notarztwagens hinein und suchte mir dann meinen Weg vorbei an den Plastikbänken, auf denen wartende Patienten kauerten. Mir erschien das wie ein Kaleidoskop der Krankheit: Verbandsgaze gegen den blutenden Kopf eines Kindes gepreßt; eine ältere Frau, die in ein schmutziges Taschentuch schluchzte; die ominöse Eile, mit der die Räder einer zugedeckten Krankentrage über den gefliesten Boden schrammten.

Ich fand die Fahrstühle, drückte auf einen Knopf und lehnte mich dann aufatmend gegen die Wand. Die Luft war getränkt von dem unverkennbar medizinischen Geruch und Geschmack von Krankenhausfluren. Ein Schauder überlief mich.

Ich brauchte eine weitere halbe Stunde, den richtigen Flügel und Raum zu finden. Als ich schließlich angekommen war, zögerte ich draußen. Neben der Tür hing ein Schild, auf dem stand "Atmungs-Isolierstation". Ein Karton mit Schutzmasken stand auf einem kleinen Tisch zu meiner Linken. Ich nahm eine heraus und schaute dann in das Zimmer. Eine Frau und zwei Kinder scharten sich um ein Bett und verstellten mir die Sicht. Ich konnte ihre Stimmen hören, deren gedämpftes Flüstern das Klicken und Summen der Maschine, die den Patienten am Leben hielt, kaum übertönte. Plötzlich hob die Frau das jüngere Kind, ein vier- oder fünfjähriges Mädchen in Overall und rosa Rolli, in die Höhe, damit sie über das Geländer reichen und ihren Vater auf die Wange küssen konnte.

Ich trat zurück von der Tür. Mein Job war hier zu Ende, sagte ich mir. Ich mußte ja diesem Mike Weaver nicht gegenübertreten. Das mußte Christine O'Donnell tun. Das Münztelefon war hinten in der Nähe der Fahrstühle. Ich lief hin. O'Donnells erste Worte waren, "Ist er hier? In New York?"

Ich bejahte, nannte ihr die Zimmernummer und sagte, "Das war's dann. Sie können die Bezahlung mit Tony aushandeln."

"Kann er sprechen?", fragte sie.

"Ich habe nicht mit ihm gesprochen."

"Sagen Sie ihm, ich habe vor, mit dem Fall vor Gericht zu gehen."

Ich schloß die Augen und mußte mich an die Wand lehnen. "Christine …"

"Ich werde dieses Schwein verklagen. Sagen Sie ihm, ich gehe an die Öffentlichkeit. Zivilgericht. Strafgericht. So oder so werde ich ihn kriegen."

Ich hörte ihre Worte kaum noch, denn Alices Warnung dröhnte mir in den Ohren. Wenn das an die Öffentlichkeit gelangte, würde sie mir nie verzeihen.

"Aber Sie haben nie etwas davon gesagt …"

"Stimmt. Hätten Sie sonst meinen Fall übernommen? Hätten Sie sonst alles versucht, ihn zu finden? Wenn Sie mit meiner Entscheidung Probleme haben, ist das Ihre persönliche Angelegenheit. Im Augenblick bin ich noch Ihre Klientin, und ich gebe Ihnen die Anweisung, ihm meine Nachricht zu übermitteln."

Ich schüttelte resigniert den Kopf und fragte, "Warum tun Sie das?"

Ihr Atem ging schwer. "Es ist nicht nur primitive Rache, falls Sie das denken sollten. Was er getan hat, war unrecht. Ich will, daß er dafür bezahlt. Im übertragenen und im wörtlichen Sinn." Ihre Stimme brach. "Ich will meine letzten Tage in großem Stil verbringen. Auf Kosten dieses Kerls. Sagen Sie ihm das."

"Ein Prozeß dauert sehr lange. Es gibt keine Möglichkeit …"

Sie schnitt mir wieder das Wort ab. "Sagen Sie mir nicht, es gäbe keine Möglichkeit. Es muß eine geben. Ich brauche Geld. Es ist mir gleich, ob Sie ihn erpressen; besorgen Sie mir nur, was ich brauche." Ich stand da mit nichts als dem Summton im Ohr.

Ich starrte minutenlang auf das Telefon, dann rief ich Tony an. Seine Anweisungen waren kurz und präzise: Zu tun, was O'Donnell verlangte. Ohne Diskussion. Ich legte auf und seufzte. Müde schlich ich zurück zu Mike Weavers Zimmer. Ich war noch keine zehn Schritte davon entfernt, als ich merkte, daß etwas verändert war. Ich sah fragend einen Pfleger an, dessen Augen von mir zur halboffenen Tür glitten.

"Keine Sorge", sagte er mit schwerem jamaikanischem Akzent. "Gute Nachrichten: Der Mann ist in eine andere Station verlegt worden, das ist alles. Die Lungenentzündung ist überstanden, und er hat angefangen, selbständig zu atmen." Er klopfte mir auf den Rücken und erzählte mir fröhlich, wo ich Mike Weaver finden könne.

Das bißchen Energie, das ich noch hatte, verließ mich so plötzlich, wie Luft zischend aus einem Luftballon entweicht. Ich lehnte mich an eine leere Trage und wischte mir mit den Händen übers Gesicht. Das kann ich jetzt nicht machen, sagte ich mir, während mir ein Schluchzen tief in der Kehle saß. Ich nahm mich zusammen und ging den Gang entlang, als meine Aufmerksamkeit von dem bekannten Klicken und Summen erregt wurde. Ich warf schnell einen Blick in ein verdunkeltes Zimmer, zwei Türen entfernt von dem, in dem Weaver vorher gelegen hatte. Das Bett in der Nähe des Fensters war leer; die Laken mit dem Namensaufdruck des Krankenhauses waren zusammengefaltet, als warteten sie bereits auf das nächste namenlose Opfer. Das Zimmer war erfüllt von dem Geräusch der warmen Luft, die durch die Fensterlüftung in den Raum gesogen wurde, in dem ohnehin Treibhaustemperatur herrschte, sowie dem Pumpgeräusch der Plastikmanschette an einem blau geäderten Fußgelenk.

"Wenn Sie reingehen, Herzchen, dann müssen Sie eine Maske tragen."

"Was?" Ich wandte mich um und sah eine Schwester neben mir, eine winzige Person mit Afro-Haarschnitt und einem sonnigen Lächeln.

"Ich habe Sie auf dieser Station noch nie gesehen. Sind Sie eine Freundin, Angehörige oder eine Neue?" fragte sie und musterte etwas unsicher meine Tracht.

"Eine Neue."

Ihr Lächeln schwand. "Dacht' ich's mir doch. Der arme Kerl hatte einen einzigen Besucher, seit er zu uns kam. Der war ein großer, hagerer Mensch. Sah aus, als ginge es ihm selbst nicht so gut. Der da", und sie wies mit dem Kopf auf die Tür, "wird den Nachmittag nicht überleben." Sie schnalzte bedauernd mit der Zunge und segelte davon.

Ich band mir die Maske um und ging hinein.

Trotz der eingefallenen Wangen und Wunden im Gesicht konnte ich erkennen, daß dies einmal ein gutaussehender Mann gewesen sein mußte. Er hatte ein energisches Kinn, eine römische Nase und wohlgeformte Lippen. Plötzlich öffnete er die Augen. Sie hatten die Farbe kobaltblauen Glases. Einen Augenblick lang leuchtete so etwas wie Freude in seinem Blick auf, dann wich diese der Furcht.

Ich trat näher und fand einen schwarzen Plastikstuhl, auf den ich mich setzte. Auch mein Atem ging plötzlich schwach und unregelmäßig. Jedesmal wenn seine Brust sich mühsam hob und senkte, fühlte ich mich selbst dem Ersticken nahe.

Unter Schmerzen wandte er mir den Kopf zu; seine Augen richteten sich auf mein Gesicht. Aus ihnen sprach unverhüllt sein Leid. Ich berührte leicht seine Wange, so als berührte ich all die, die nicht mehr bei mir waren. Carol. Meinen Vater. Meine Ex-Geliebte Mary. Ich griff nach seiner Hand.

Ich blieb sitzen, bis er starb, – es war 15 Uhr 45, Sonnabend, der 8. Juni. Ich weiß das, weil ich auf meine Uhr sah. Erst dann begriff ich, was für einen Tag wir hatten.

Vor genau sechs Jahren war mein Vater gestorben.

Kapitel 13

Ich drückte die Fernsteuerung. Drei Kanäle brachten Berichte über die "Willkommen Daheim"-Festlichkeiten in Washington D.C. Nach fünfzehn Minuten Lobeshymnen auf Schwarzkopf ging ich über auf Kabel und fand eine "Cagney und Lacey"-Wiederholung. Ich machte es mir gemütlich auf der Couch mit beiden Katzen und einer Tüte Schoko-Malzbonbons, die ich auf dem Heimweg gekauft hatte.

Cagney entriegelte eben ihre Haustür, als meine Tür aufflog.

"Hallo, Süße", sagte Beth, als sie mit einem Wäschekorb auf den Armen hereinkam. "Du weißt nicht zufällig, wieso eine meiner Schwesternuniformen aus meiner Küche verschwunden ist?"

Ich versuchte es mit einer ziemlich albernen Erklärung, die sie mit einem Achselzucken quittierte.

"Das Leben war viel einfacher, als du noch deine saftigen Liebesromane geschrieben hast." Sie stellte den Korb auf einen Hocker und wandte sich um. "Dein Anrufbeantworter blinkt." Ohne meine Antwort abzuwarten, drückte sie den Knopf.

K.T.s melodische Stimme ertönte vom Band, um mich nochmals an die Dinnerparty um halb acht zu erinnern. Es war schon nach sechs.

Beth runzelte die Stirn und quetschte sich zwischen mich und die Katzen. "Sag mir nicht, daß du nicht hingehst."

"Okay", sagte ich grantig und wünschte, sie würde mich mit Sharon Gless und meinen Tagträumen allein lassen. Ich machte den Ton lauter.

Sie nahm sich ein Bonbon und sagte, "Ich hab mir gestern eine von K.T.s Gourmet-Shows angesehen. Sie erinnert mich irgendwie an Sharon Gless."

"Aber ihr Lächeln erinnert mich mehr an Candice Bergen", sagte ich.

Beth stand auf. "Genau. Aber wer will schon den Abend verbringen mit einer Kreuzung zwischen Sharon Gless und Candice Bergen, die vermutlich auch noch kochen kann ... und wahrscheinlich nicht nur in der Küche." Sie öffnete die Tür. "Übrigens, du brauchst dich nicht bei mir zu bedanken, daß ich deine Wäsche gewaschen habe."

Ich bedankte mich ziemlich muffig, während sich die Tür hinter ihr schloß.

Dann sah ich den Korb an. Herrgott im Himmel!

Ich rannte die Treppe hinunter und stürmte in die untere Wohnung.

Die Schiebetür zu Dinahs Praxisraum war geschlossen, ein Zeichen dafür, daß sie einen Klienten hatte. Ich hörte auf, lauthals nach Beth zu rufen und ging leise von Zimmer zu Zimmer, bis ich sie schließlich im Keller fand, wo sie Wäsche legte und dabei Musical-Hits vor sich hin pfiff. Angesichts des Wäschestoßes vor ihr stöhnte ich.

"Kleiner Vorstoß in die zivilisierte Welt?" fragte sie. Selbst Beths Ironie hatte noch etwas Nettes. Das erstaunte und entnervte mich gleichermaßen.

"Wo sind die Jogginghosen, die ich mir gestern abend geliehen hatte?"

Sie deutete auf einen säuberlich gefalteten Wäschestoß zu ihrer Linken.

Der Umschlag mit den Fotos hatte sich in der Tasche in eine farblose Masse verwandelt. Ich zog vorsichtig die Fotos heraus.

Aus dem Augenwinkel konnte ich sehen, wie Beth litt.

"Oh, ooh", jammerte sie wie ein fünfjähriges Kind. "Hab ich was Schlimmes angestellt?"

Ich lächelte sie an. Beth war der ausgeglichenste, ruhigste Mensch, den ich kannte. Sie hatte es bestimmt nicht verdient, Zielscheibe meiner Launen zu sein.

Zu unser beider Überraschung umarmte ich sie, entschuldigte mich für den vorherigen Abend, diesen Nachmittag und mein halbes Leben. Als ich sie verließ, summte sie, "Ich hab mich so an sie gewöhnt."

Die Fotos waren in ziemlich schlechtem Zustand. Sie erinnerten mich an Comicfiguren: Die Gesichter waren verzerrt. Auf einem Foto allerdings waren die beiden Gesichter sehr deutlich zu erkennen: Terry Fasani lachte in die Kamera; sie krümmte sich dabei wie jemand, der gekitzelt wird. Und der Mann, der die kitzlige Stelle hinter ihrem Ohr küßte, war David Ross. Ich verwandte noch zehn Minuten darauf, die übrigen Fotos genauer zu betrachten. Da war ein Schnappschuß, wie David und Terry sich auf einer Bank liebten. Ich seufzte auf und warf das Bild auf den Kaffeetisch.

Auf einigen der anderen Fotos erschien eine Rothaarige.

Ich konnte kaum die Züge der Frau erkennen, aber das Gesicht sah ganz nach Terrys aus. Die rote Perücke war wahrscheinlich eine kleine Geste der Diskretion ihrerseits.

Oder sie gehörte einfach zum sexuellen Vorspiel.

Ich faltete meine Hände im Nacken und starrte bestürzt ins Leere. Alle Hinweise hatten vor mir gelegen, und ich hatte sie ignoriert. Ich ließ die Fakten auf mich einwirken.

Ich hatte nicht nur mit einer verheirateten Frau geschlafen, sondern ich hatte auch mit einer der Hauptverdächtigen in einem Mordfall geschlafen.

Zögernd wählte ich die Nummer von Marion Ross und war erleichtert, ihren Anrufbeantworter zu hören. Ungeachtet aller Prinzipien hinterließ ich eine Nachricht für sie und versprach weitere Informationen innerhalb der nächsten vierundzwanzig Stunden. Dann vertilgte ich die restlichen Malzbonbons und suchte in meinem Schrank nach etwas zum Anziehen. K.T.s Dinnerparty war vermutlich genau die Ablenkung, die ich nötig hatte.

***

Greenwich Village erinnert mich manchmal an einen Trickfilm, den jemand unter der Wirkung von Drogen gezeichnet hat.

Diese irre Atmosphäre der Unwirklichkeit hat auf mich mal eine belebende, mal eine erschreckende Wirkung. Heute abend, da meine Nerven angespannt waren, die Brandwunden an Handgelenk und Ohr zu jucken begannen und mein Kopf zu zerspringen drohte – heute empfand ich sie als aggressiv. Ich hatte Glück und fand einen Parkplatz in der Nähe von Bleecker und Sixth Street. Ich überprüfte die Verriegelung und machte mich auf in Richtung Park.

Ein großer hagerer Mann in einer zerrissenen Armeejacke und langen, staubigen Arbeitshosen bearbeitete die Schlange, die vor dem Waverley-Theater anstand. Als ich an der Ecke auf Grün wartete, konnte ich ihn rufen hören, "Ist's ein Vogel? Ist's ein Flugzeug? Nein, es ist nur ein Obdachloser!" Ein Teenager mit einem abgebrochenen Vorderzahn und einem gestylten Haarschopf, der in allen Regenbogenfarben leuchtete, warf eine Tasse Kaffee nach ihm. Seine Freunde fanden das irrsinnig komisch.

Ich verpuppte mich in meinen unsichtbar machenden New Yorker Kokon und joggte über die Straße, hindurch zwischen hupenden Taxis, Gas auspuffenden Bussen und New Yorker Fahrern, die über Autos mit New Jersey-Nummernschildern fluchten. Ich kam an den wimmelnden Basket Ball-Plätzen auf der West Third Street vorbei, drängte mich durch die Menge, die die Weihrauch- und Ledergürtelverkäufer umgab, und stieß dann zusammen mit einem Mann mittleren Alters, der einen abgetragenen Kellnerfrack trug. Erst als ich halb vorbei war, merkte ich, daß er in der linken Hand einen Schwarzweiß-Fernseher trug. Ich hörte, wie er murmelte, "Schwarzweiß-Fernseher. Fünf Dollar." Ich schüttelte den Kopf und beschloß, die Sixth Avenue zu verlassen.

Der Abend war warm, und leichter Schweiß bildete sich auf meinem Rücken. Ich war fast wie im Fieber. Das Plärren der Autohupen und Alarmanlagen vermischte sich mit dem gedämpften Dröhnen der U-Bahn unter meinen Füßen, das die Bürgersteige vibrieren ließ. Ich lief eilig über die Fourth Street zum Park, weg von der NewYorker Kakophonie, die mir meine eigenen Gedanken umso mißtönender erscheinen ließ - das kurze Auftauchen von meines Vaters Gesicht, die Kühle in seinen Augen, als er sich von mir abwandte, Stunden bevor er starb; der verletzte Zorn in Terrys Blick, als ich ihr Bett verließ; wie sie mit David auf dem Foto posierte und wie ein Kind den Kopf abwandte, als seine Zunge sie neckte. Ich schaute nochmals auf Terrys Adresse und trat ein in den kopfsteingepflasterten Hof, an den Terrys Wohnung grenzte.

Es war, als ob man an einem stürmischen Tag unter Wasser taucht und leuchtende Korallen entdeckt.

Die Straßengeräusche wurden zu einem gedämpften Summen irgendwo hinter mir. Der kleine, von Bilderbuchhäuschen – einstigen Wagenremisen – und überwachsenen Eichen malerisch umstandene Hinterhof lud ein zum Schlendern und zum Durchatmen. Vor K.T.s Haus blieb ich stehen: Seine Farbe war ein leuchtendes Blau, die der Fensterläden das blasse Rosa eines Wintersonnenunterganges. Die Blumenkästen quollen über von leuchtenden Petunien, Usambaraveilchen und Geranien. Im oberen Fenster brannte eine einzige Kerze in einem altmodischen Halter. Aus dem unteren Fenster kam der Geruch frischgebackenen Brotes und pikanter Gewürze, das Klirren von Besteck und höfliches Lachen.

Eine ganze Weile zögerte ich, ehe ich die Türglocke läutete, aus Angst, den Zauber dieses Augenblicks zu stören; aus Angst auch, mich in der Dissonanz wiederzufinden, der ich doch gerade entronnen war.

Plötzlich ging die Tür weit auf, und ich wurde überschüttet von den leckeren Düften heimischer Küche. K.T. stand am Eingang und lächelte. Ihre Silhouette zeichnete sich ab gegen den erleuchteten Flur. Ich sagte nichts. In ihren Augen leuchtete kurz eine Frage auf, schwand aber sogleich.

"Ich sah ein Wesen vor dem Eßzimmerfenster umhergeistern", sagte sie. Sie trat auf mich zu und hakte mich unter. Bei ihrer Berührung überlief mich ein Schauer. "Du siehst aus wie ein verirrtes Kind", fügte sie sanft hinzu.

Wir gingen am Speisezimmer und dem Schwatzen ihrer anderen Gäste vorbei und den Flur entlang in ein gemütliches Wohnzimmer. Ich blieb plötzlich stehen und wandte mich zu ihr um. Sie lächelte mich an und ich fühlte, daß mein Gesicht ihr ebenso antwortete.

Das Zimmer war eine Fundgrube amerikanischer Antiquitäten. Ein feuerwehrrotes fliegendes Pferd vom Aushängeschild einer alten Tankstelle hing über dem Kamin. Unauffällig gerahmte Poster für B-Filme aus den fünfziger und sechziger Jahren hingen über einer Musikbox und pastellfarbenen Eisdielenhockern. Ich setzte mich auf einen und drehte mich so lange, bis mir schwindlig wurde. Dann stand ich auf und stützte mich automatisch mit einer Hand an K.T.s Rücken. Auf einem Regal, das sich durchs ganze Zimmer zog, entdeckte ich eine Sammlung bunter mechanischer Blechspielzeuge. Ich nahm ein Karussell in die Hand, zog es auf und sah zu, wie die Figuren sich drehten. Wie verzaubert ließ ich mich in einen Zahnarztstuhl fallen neben einem Kaffeetisch, der aus einem roten Leiterwagen und einer Plexiglasplatte zusammengesetzt war. Darauf stand ein Telefon aus Legosteinen. Ich mußte laut lachen.

K.T. nickte, anscheinend zufrieden mit meiner Reaktion. Sie strich sehr zärtlich mit der Hand über meine Wange und griff dann nach meiner Hand. "Gut", sagte sie. "Jetzt können wir essen."

Ich folgte ihr zurück ins Speisezimmer, wo die anderen Gäste bereits Salat aßen. Man saß an einem knorrigen Fichtentisch, der aussah, als sei er direkt aus einer Bauernküche hierher verfrachtet worden. Der Tisch war kunterbunt gedeckt: Mexikanisches Geschirr stand neben Töpferware, daneben Gläser aus der Depressionszeit.

Als wir hereinkamen, hoben alle erwartungsvoll den Kopf.

K.T. stellte mich Leuten vor, die ich nicht kannte – T.B.s Freundin, Paulina; Virginias Mann, Larry; ein Paar aus New Orleans, dessen Namen ich nicht verstand; ein dunkelhaariger junger Mann namens Salvador, der zu beschäftigt war, ein großes Stück Brot abzubrechen, um mich zur Kenntnis zu nehmen. Aus der Sitzordnung schloß ich, daß der verhungerte Salvador mit K.T. zusammen war. Ich überwand meine Verblüffung und nahm Platz zwischen Virginia und K.T., wobei mir bewußt wurde, daß die Tischordnung aus vier Paaren bestand – und mir.

Ich machte einen kurzen Versuch, am Gespräch teilzunehmen, aber die Männer spekulierten nur darüber, ob morgen die Minnesota Twins oder die Cleveland Indians das Baseballspiel gewinnen würden, während die Frauen sich ausschließlich für die demnächst stattfindende Hochzeit von Julia Roberts und Kiefer Sutherland interessierten. Ich gab kampflos auf.

K.T. ging um den Tisch herum und goß jedem von uns ein Glas Wein ein. Larry betonte seine Abstinenz. Ich akzeptierte mit Dank ein Glas genau richtig gekühlten Weißweins und sah mir das Zimmer an. Es erinnerte mich an ein Landhaus mitten im dichten Wald, mit nachgedunkelten Fichtenbalken unter der Decke und einem altmodischen Feldsteinkamin, der fast die ganze Länge der Küchenwand einnahm. Getrocknete Blumen hingen mit den Köpfen nach unten von den Balken herab. Ein Korbschaukelstuhl in Miniaturausgabe stand in der Ecke neben dem Kamin; darauf lehnte ein abgewetzter, einäugiger Teddybär.

K.T. blickte sich um, dann sah sie mich an. "Der ist noch aus den guten alten Zeiten, Robbie Roger."

Sie sah mich intensiv an. Ich sah den Teddybär an, während ich mit jeder Sekunde weniger Appetit hatte.

Ich träufelte etwas Balsamessig auf meinen Salat und fragte, "Was hält Robbie da unterm Arm?"

Virginia und T.B. unterbrachen plötzlich ihr Gespräch.

K.T. warf ihnen einen wilden Blick zu und sagte dann trotzig, "Ein Modellflugzeug."

Ich konnte förmlich hören, wie es im Bellflower-Clan vor Spannung knisterte. Wegen eines Modellflugzeuges?

Einer der Gäste aus New Orleans, ein dicker Mann mit langem grauem Haar, das in einem Pferdeschwanz zusammengebunden war, und einem Gesicht, das eigentlich auf eine Michelangelo-Statue gehört hätte, kicherte gutmütig.

"Also bitte, ruiniert nicht eine so schöne Mahlzeit wegen solcher alten Familienstreitereien. K.T., bring uns doch bitte den nächsten Gang. Ich hab genug von diesem Grünzeug; damit kann man ja eine halbe Viehherde sattmachen."

Sobald er zu sprechen begann, erkannte ich ihn: Winston J. Hawkins, bekannt als der Meister kreolischer Küche. Ich habe in jedem der fünfzehn Hot Hawkins-Restaurants im Lande gespeist. Sein Geheimrezept für Jambalaya hat mir in sieben verschiedenen Staaten die Zunge verbrannt und mich dabei in Ekstase versetzt. Als K.T. hinausging, konnte ich meine Lobeshymne auf ihn nicht unterdrücken. Bei seinem wundervollen Lachen bekam ich eine Gänsehaut auf den Armen.

Und dann wurde das Dinner serviert. Heiße Tortillasuppe, Hummerfajitas mit gemischter Füllung, Naturreis, schwarze Bohnen und, zum Abschluß, gebratene Bananen in Bourbonsauce, die unter einer gewaltigen Menge von selbstgemachtem Vanille-Eis zischte. Als ich den Löffel niederlegte, kamen mir fast die Tränen.

T.B. schob seinen Stuhl zurück, rieb sich den Bauch und äußerte in schlechter Aussprache, "*Bellissimo*. Du hast's mal wieder geschafft, Schwester."

K.T. lächelte milde und fing an, den Tisch abzuräumen.

Winstons Frau, deren Name so ähnlich klang wie Cindy Sue Lynn oder Cindy Lynn Sue oder eine Kombination aus allen drei Bestandteilen, erhob sich mit Nachdruck. "Laß mich das machen."

"Ist sie nicht eine gute Frau", sagte Winston bewundernd.

T.B. mußte meinen Gesichtsausdruck bemerkt haben, denn er wechselte rasch das Thema. "Wie geht's denn der Serra-Detektiv-Agentur?"

"Was ist das: Serra-Detektiv-Agentur?" fragte Salvador und wischte sich den Mund mit einer inzwischen fettigen Stoffserviette ab. T.B. erzählte es ihm. Salvadors Augen verdunkelten sich sofort vor Mißtrauen.

"Sal ist Polizist", erklärte T.B. und schaute hinüber zu Larry, der plötzlich verstummt war.

Großartig. Ich merkte, wie meine Stellung als *persona non grata* an Boden gewann.

"Robin untersucht den Mordfall David Ross", fügte Virginia hinzu, mit einem Seitenblick auf Larry. Nur zu, dachte ich, werft ruhig noch mehr Schmutz auf mein Haupt.

Ich bemühte mich, das Thema zu wechseln. "Also, in ein paar Minuten gibt's *'Twin Peaks'* im Fernsehen. Vielleicht können wir ..."

"Was gibt's da zu untersuchen?" fragte Larry. Seine Stimme dröhnte über den Tisch. Ich beugte mich vor und blickte in seine Richtung. Er trug ein marineblaues T-Shirt, das sich über seinen Brust- und Armmuskeln spannte. Der Mann war groß und sah auf seine etwas ungehobelte Art ganz gut aus. Er blickte mich ebenfalls an, und zwar mit unverkennbarer Abneigung. "Wie ich höre, ist der Fall wasserdicht abgeschlossen. Abgesehen von T.B.s verschwundener Kugel."

T.B. verteidigte sich. "Wie oft muß ich dir noch sagen: Sie ist nicht verschwunden. Ich glaube, daß sie niemals da gewesen ist."

"Wir stehen damit aber ziemlich dumm da. Du solltest mal hören, wie die Jungs über mich herfallen. 'Wenn dein blöder

Schwager die Autopsie nicht vermasselt hätte, dann würden die Zeitungen die New Yorker Polizei nicht so runtermachen.' Einer in meinem Revier meint sogar, daß der Reverend Whaley dich dafür bezahlt hat, die Kugel verschwinden zu lassen."

Salvador unterstrich Larrys Worte mit einem Kichern.

T.B. warf ihm einen wütenden Blick zu und antwortete, "Ich sag dir doch, es gab keine Kugel. Es muß etwas anderes gewesen sein – etwas, das dieselben Spuren hinterläßt ..."

"Vergiß es, T.B.", sagte Larry und wandte seine Aufmerksamkeit wieder mir zu. "Der Junge ist schuldig. Der Kerl, der diese Untersuchung leitet, muß Scheiße im Hirn haben, wenn er diesen Fall nicht abschließen kann."

"Es gibt mildernde Umstände ...", begann ich.

"Sie stellen sich gegen die polizeilichen Untersuchung?" mischte sich Salvador ein. "O Mann, ihr Schnüffler seid ja wohl nicht mehr zu retten."

"Was für Umstände?" fragte Larry, der Salvadors weitere Schimpftiraden vornehm überhörte.

Nach zehn Minuten unter verbalem Beschuß platzte ich heraus, "Lieber Himmel, Ross hatte eine Affäre mit einer verheirateten Kollegin!" Danach biß ich mir auf die Lippen.

Virginias Augen flammten kurz auf. "Larry, mir reicht es jetzt. Wir wollen gehen, ehe die Sache hier außer Kontrolle gerät."

"Aber Ginny, jetzt wird es doch gerade interessant. Warum willst du denn nach Hause gehen?" Winston, der sich mit wachsender Aufmerksamkeit vorbeugte, stimmte zu.

T.B.s Tischdame war offensichtlich anderer Meinung. Sie stieß ihren Stuhl ungeduldig zurück, erhob sich und verließ das Zimmer. Ich hatte große Lust, ihr zu folgen.

"Wer? Wer war es?" fragte Larry. Virginia starrte mich durchdringend an, ohne daß ich zunächst wußte, warum. Dann verstand ich. Sie dachte, ich spräche von ihr. Unwillkürlich kehrten meine Augen zurück zu Larry. "Terry Fasani."

Ich konnte fast spüren, wie die Luft aus Virginias Lunge entwich.

"Das ist deine Freundin", sagte Larry und ergriff den Ellenbogen seiner Frau.

"Ja", sagte sie ruhig, ohne ihre Augen von meinem Gesicht abzuwenden.

Verlegenes Schweigen breitete sich aus, das andauerte, bis K.T. und Cindy Lynn Sue ins Zimmer zurückkamen.

"Was für reizende Gäste", bemerkte K.T. "So wohl-erzogen."

Virginia stand abrupt auf. "Laß uns gehen, Larry."

Diesmal gab es keine Widerrede. Die beiden verließen das Speisezimmer; unterwegs verabschiedeten sie sich nur flüchtig von K.T.

"Ich hab schon öfter von Leuten gehört, die sofort nach dem Essen das weite suchen", sagte K.T. in dem vergeblichen Versuch, die gute Stimmung wieder herzustellen.

"Was ist denn passiert?" fragte Cindy Lynn.

T.B. brummte, "Ich und mein großes Mundwerk. Tut mir leid, Schwester."

Dann bemerkte ich, wie die übrigen Gäste der Haustür zustrebten. Ich machte noch einen kleinen Abstecher ins Badezimmer und schloß mich ihnen dann an.

"Warte." K.T. griff nach meinem Arm. Sie verabschiedete Winston und seine Frau, die am nächsten Tag nach Frankreich fliegen wollten.

"Auf Wiedersehen bei der Eröffnung von LeClercs Kulinarischer Akademie ..." schrie er von der Straße zurück.

K.T. schloß die Tür und lehnte einen Augenblick lang die Stirn an das Holz. Sie schüttelte den Kopf. "Wirklich eine gemütliche Party", sagte sie. Als sie sich umwandte, richtete sie ihre haselnußbraunen Augen auf mich, und mir wurde bewußt, daß niemand außer uns im Haus war. Nicht einmal Salvador.

"Wo ist dein Tischnachbar?" fragte ich.

Sie warf lächelnd den Kopf zurück. "Bitte sag nicht, daß du dachtest, ich wäre mit Salvador liiert."

Ich nickte zögernd.

Jetzt mußte sie fast lachen. "Mein Schwager ist im Grunde ein netter Kerl, aber er denkt immer noch, ich sei einzig und allein deshalb lesbisch, weil ich noch nicht dem richtigen Mann begegnet bin. Der Himmel weiß, warum er Salvador für den Mann hielt, der mich bekehren könnte. Tatsächlich kenne ich eine Menge Hetero-Frauen, die lieber lesbisch würden, als mit so einem Mann zu schlafen. Außerdem", sagte sie und ging einen Schritt auf mich zu, "habe ich die Party nur gemacht, damit ich dich wiedersehen konnte."

"Was?" Ich fühlte, wie mein Gesicht zu glühen begann.

"Sobald du vorige Woche das Restaurant verlasssen hattest, habe ich T.B. über dich ausgefragt. Darauf beschloß ich, meine Pläne mit Winston und Cindy zu ändern und eine kleine Dinnerparty zu geben."

Ihre Ehrlichkeit war beunruhigend. "Tut mir leid, daß es nicht so gelaufen ist", sagte ich und ging dabei auf die Tür zu.

Sie trat beiseite und sagte, "Ich hatte mal eine Katze wie dich."

Meine Hand auf dem Türgriff erstarrte. "Wie bitte?"

"Etwas scheu. Sobald jemand versuchte, sie zu streicheln, machte sie einen Buckel und fauchte, bis sie heiser war." Sie nahm meine Hand vom Türgriff und senkte die Stimme. "Weißt du, einer von den Nachbarjungen erwischte sie, als sie noch ganz klein war. Er steckte sie in einen Kissenbezug, schleuderte sie über seinem Kopf umher und warf sie dann in das Flüßchen gerade unter unserm Haus. Ich lief hinterher. Es war, glaube ich, eine der schwierigsten Rettungsaktionen aller Zeiten. Es dauerte gut zwei Jahre, bis sie sich von mir streicheln ließ. Aber sie ist mir von da an nie wieder von der Seite gewichen."

Aus einem unerfindlichen Grund war ich etwas verärgert. "Hübsche Geschichte", sagte ich, und meine Nackenmuskeln fingen an, sich zu verkrampfen. Ich rieb den Knoten unter meiner Kinnlade mit dem Daumen.

K.T. runzelte die Stirn, während ihre Augen mich noch lockend ansahen. "Du bist ein zäher Brocken." Es klang, als ob sie genau das Gegenteil meinte.

Ich hatte das Gefühl, über dünnes Eis zu gehen; ein Grollen unter meinen Füßen mahnte mich, schnell zum festen Land zurückzukehren. Ich öffnete die Tür.

"Erzähl mir wenigstens, was heute abend da drin los war", sagte sie.

Ich gab ihr einen kurzen Bericht. Als ich Terrys Namen erwähnte, bekamen ihre Augen einen sorgenvollen Ausdruck. "Kein Wunder, daß Ginny sich aufgeregt hat. Sie und Terry sind ziemlich eng befreundet."

"Wußte sie, was zwischen ihr und David vorging?"

"Natürlich wußte sie das. Nach dem, was Ginny mir erzählte, hat sie ihr nach Kräften geholfen, die Angelegenheit zu kaschieren."

Jetzt verstand ich auch, warum Virginia so ausweichend geantwortet hatte. "Warum hat sie sich selbst in eine solche Lage gebracht?"

"Was würdest du tun, wenn deine beste Freundin mit einem Mann schlafen würde, dessen Frau manisch-depressiv ist und eine Waffe mit sich herumschleppt?"

"Marion Ross ist manisch-depressiv?" Das Blut in meinen Schläfenadern begann zu klopfen.

"Ja, zum Teufel. Und sie ist auch nicht gerade ein Lithium-Fan. Wenn sie das Medikament nicht nimmt, kann sie einem wirklich Angst machen. Einmal hat sie gedroht, jeden umzubringen, der David auch nur zweimal anguckt. Eines Abends erschien sie vor Ginnys Haustür und drohte, sie wegzupusten, bloß weil sie und David zusammen zum Essen ausgegangen waren. Wenn Larry nicht gewesen wäre, wer weiß? Vielleicht hätte sie abgedrückt?"

In meinem Kopf schrillte eine Alarmklingel.

Wenn K.T. mir die Wahrheit sagte …

Im Nu lief ich davon, die Straße hinunter, während K.T. mit offenem Mund vor ihrer Haustür stehenblieb.

Kapitel 14

Von dem Augenblich an, da ich K.T. verließ, hatten mich die schrecklichsten Vorstellungen verfolgt. Ich parkte meinen Wagen in der zweiten Reihe vor Terrys Wohnung in Bay Ridge, Brooklyn, und beschimpfte mich selbst als melodramatisch. Das Licht im Wohnzimmer war an, und als ich sah, daß es hinter den Fenstern blaugrau und weiß flimmerte, dachte ich mir, daß sie wohl vor dem Fernseher saß. Ich blieb im Volvo sitzen, bis sich mein Herzschlag wieder beruhigt hatte. Nach ein paar Minuten legte ich den ersten Gang ein und setzte den Fuß aufs Gas. Plötzlich trat ich wieder auf die Bremse.

Es genügte nicht zu wissen, daß mit Terry alles in Ordnung war. Ich mußte mich für letzte Nacht entschuldigen, dafür, daß ich mich von der Anziehung zwischen uns so hatte überrumpeln lassen. Und so ungern ich es mir auch eingestand, auch Marion Ross schuldete ich eine Auskunft über Terrys Affäre mit David.

Ich stellte die Warnblinker an, verschloß den Wagen und ging die Treppe zur Haustür hinauf. Ich atmete tief und drückte auf die Klingel. Ich hörte es drinnen läuten, aber keine sich nähernden Schritte. Nichts. Da spürte ich, wie das Blut aus meinem Gesicht wich. Der verdammte Fernseher ist zu laut, murmelte ich vor mich hin. Ich klingelte wieder. Immer noch keine Antwort.

Sie duscht wahrscheinlich, dachte ich.

Nicht, wenn das Fernsehen an ist, sagte eine unangenehme Stimme in mir. Es sei denn, Sam ist nach Haus gekommen.

Irgendwie war diese Möglichkeit auch nicht beruhigend.

Ich klopfte an die Tür, und wie ich befürchtet hatte, gab sie dem Druck meiner Faust nach. Mein Rückgrat war wie elektrisiert. Es muß eine Erklärung dafür geben, dachte ich. Es muß.

Ich ging hinein, jeden Nerv meines Körpers gespannt.

Unwillkürlich erhob ich die Hände in Abwehrstellung. Im Fernseher lief gerade der Abspann von 'Twin Peaks'. Ich sah mich prüfend um. Nichts war in Unordnung. Außer dem Telefon. Es lag auf dem Boden neben der Couch, der Hörer daneben.

Irgendwo hinten in der Wohnung hörte ich ein Klicken. Ich erstarrte. – Es war die Jalousie; sie klickte nochmal. Ich atmete aus. Das ist verrückt. Meine Fantasie geht mit mir durch, redete ich mir ein, während ich in die Küche lief und mein Herz immer schneller schlug. Ein widerlich süßer Geruch fiel mir auf. Er erinnerte mich an den Brand im Auto gestern abend. Ich schob mich vorsichtig um die Ecke, sehr im Zweifel, ob meine Tae-kwon-do-Fertigkeiten es mit einer Zweiundzwanziger würden aufnehmen können.

Ein Teekessel aus rostfreiem Stahl war auf dem Herd schwarz verglüht; der Plastikgriff hatte zu schmelzen begonnen. Ich drehte das Gas ab, und alle Zweifel fielen auf einmal von mir ab. Irgend etwas stimmte hier ganz entschieden nicht.

Ein neues Geräusch aus dem hinteren Teil der Wohnung ließ mich zusammenschrecken. Ein leiser Schritt. Unverkennbar. Eiseskälte überlief mich. Ich öffnete vorsichtig die Besteckschublade. Mit der Rechten ein Tranchiermesser umklammernd näherte ich mich der Tür. Mein Hals war wie zugeschnürt, so daß ich kaum Luft holen konnte.

Das Licht im Schlafzimmer war aus.

Ich preßte mich gegen die Wand und bewegte mich näher zur Tür. Das Messer in meiner Hand wog schwer.

Der Gedanke, was ich damit würde tun müssen, wog noch schwerer.

"Terry", flüsterte ich verzweifelt.

Ein schwaches Stöhnen. So schwach, daß das Licht vor meinen Augen sich verdunkelte. Nicht noch einmal. Nicht noch einmal Tod.

Mit dem Rücken dicht zur Tür schob ich mich ins Zimmer. Es war schwarz. Aber die Luft knisterte. Jemand außer mir war hier. Das blasse Licht einer Straßenlaterne vor dem Fenster spiegelte sich in meinem Messer, als ich mich einen Schritt von der Tür wegbewegte. Ein Wagen fuhr draußen vorbei und erleuchtete das Zimmer blitzartig. Etwas glitzerte nur ein paar Schritte von meinen Füßen entfernt. Meine Augen wollten mir nicht gehorchen. Dann plötzlich sah ich klar.

Terry lag auf dem Rücken; eine dunkle, zähe Flüssigkeit rann in einem Strom von ihrer Stirn.

Ich spürte die Bewegung, noch bevor ich etwas hörte.

Etwas stürzte sich auf mich. Ich wich nach links aus und stolperte über Terrys Bein. Das Messer durchschnitt die Dunkelheit. Ich robbte mich über das Bett und hörte, wie Metall zischend die Luft durchschnitt. Meine Hand streifte Stoff. In der nächsten Sekunde schwand mir jegliches Gefühl. Das letzte Geräusch, das ich hörte, war das Zischen meines Atems, der aus meiner Lunge gepreßt wurde.

***

Vor mir war blutroter Nebel, in dem amöbenhafte Gestalten sich bewegten. Diesmal bin ich tot, dachte ich und war fast erleichtert. Dann hatte mich die Wirklichkeit wieder. Nein, ich bin noch nicht soweit. Ich habe noch zu viel zu tun. Zu viel wieder gutzumachen.

Ich bemühte mich, die Augen zu öffnen.

"Larry! Ihre Augenlider bewegen sich."

Ich kannte die Stimme. K.T.

Wasser strömte über Felsen.

Ich ließ mich wieder zurückfallen in die Dunkelheit. Als ich das nächste Mal erwachte, lag ich in einem Krankenhausbett. Ich wußte das, denn wenn ich die Hand ausstreckte, konnte ich das stählerne Bettgitter fühlen.

"Robin, laß dich nicht wieder fallen. Du mußt wach bleiben."

Es gelang mir, die Augen einen Spalt weit zu öffnen. Verschwommen erkannte ich Beth.

"Sag mir nichts", sagte ich undeutlich. "Eine schlimme Gehirnerschütterung, stimmt's?"

"Du hast einfach Glück gehabt. Die Frau, die sie mit dir im Zimmer gefunden haben, ist tot."

Ich schloß die Augen, zu leer, um noch zu weinen.

"Ruhig", flüsterte eine neue Stimme. "Alles wird wieder gut." K.T. stand an meiner Linken.

"Möchte mir vielleicht jemand sagen, was los ist?" fragte ich. Mein Mund war so trocken wie die Wasserreservoirs von New York im späten August. Meine Zunge fuhr über meine aufgesprungenen Lippen.

"Ich konnte mir denken, wohin Du gingst", sagte K.T. "Es war nicht so schwierig, nachdem ich gesehen hatte, wie blaß du wurdest, als ich dir von Marion Ross' Drohung erzählte. Ich rief Larry und Ginny an, da sie in Terrys Nähe wohnen, aber sie waren noch nicht nach Hause gekommen. Deshalb hinterließ ich eine Nachricht und nahm mir ein Taxi. Als ich sah, daß dein Wagen in der zweiten Reihe geparkt war und daß die Haustür offen stand ..." Ihre Stimme versagte.

Ich sah ihr Gesicht sehr genau an. In ihren Augen lag mehr Zärtlichkeit, als ich ertragen konnte.

"Larry und Ginny wohnen etwa zehn Straßen entfernt von Terry", fuhr sie fort. "Ich rannte hin und erwischte sie. Zum Glück bogen sie gerade in die Einfahrt ein. Es war Larry, der dich dann fand."

Eine Frage bahnte sich einen Weg durch meine Benommenheit. "Wieso haben sie so lange bis nach Hause gebraucht? Sie sind vor mir gegangen."

"Ein Stau. Still jetzt. Der Arzt ..."

"Wo ist Terry jetzt ?"

Sie zögerte. "Sie ist auf dem Transport gestorben."

Ich merkte, daß ich wieder das Bewußtsein zu verlieren drohte. Zum zweiten Mal in meinem Leben hatte ich eine Schlag auf den Kopf bekommen, der so hart war, daß ich eine Gehirnerschütterung bekam. Aber ich konnte mich nicht erinnern, daß der erste mich so total fertig gemacht hatte. Ich wollte jetzt nichts weiter als schlafen.

Oder mich aus dem Bett fallenlassen.

Ein Tuch befeuchtete meine Lippen. Ich blickte auf und sah Beth über mich gebeugt. "Das Krankenhaus ist einverstanden, dich in meine Obhut zu entlassen; sobald du Dr. Gonzalez davon überzeugen kannst, daß du nicht wieder in ein Koma fällst, können wir dich mit nach Hause nehmen. Dinah wird sich um den Papierkram kümmern."

Ich nickte und hatte dabei das Gefühl, das Zimmer bewegte sich mit mir.

Nach etwa zehn Stunden und vier Polizeiverhören war ich daheim im Bett. K.T. war nie länger als für jeweils wenige Minuten von meiner Seite gewichen. Aber ihre Gegenwart machte mich nervös. Ich mußte jetzt allein sein.

Ich wollte nicht mehr denken müssen.

"Du machst mich verrückt mit diesem Theater", beklagte sich Dinah, während sie mich in ihr eigenes bequemes Bett packte und Kissen hinter meinen Rücken stopfte. "Geh und schreib wieder deine Liebesromane. Eher kann ich mich mit deinen politisch unkorrekten Schnulzen abfinden, als mich täglich durch die sehr reale Aussicht auf dein Ableben in Schrekken versetzen zu lassen."

Über Dinahs Kopf schaute ich K.T. an. "Sie liebt mich."

"Das merke ich." sagte K.T.

Wir verbrachten die nächsten fünf Stunden damit, Monopoly und Trivial Pursuit zu spielen. Selbstverständlich verlor ich jedes Spiel. Einmal ging K.T. nach unten, um für Beth und Dinah Abendessen zu machen. Sie aßen und schliefen abwechselnd, während ich mich darauf konzentrierte, nicht einzuschlafen. Endlich, gegen elf Uhr, erlaubte Beth mir, zu tun, wogegen ich den ganzen Tag angekämpft hatte: Schlafen.

Als ich aufwachte, war es Montagmorgen kurz nach acht. Allein mit mir im Zimmer war Tony. Er saß am Fenster in einem Schaukelstuhl und wiegte sich vor und zurück. Geeja hatte sich auf seinem Schoß zusammengerollt und sich schamlos schnurrend seinem Streicheln hingegeben. Sobald ich die Augen auch nur ein bißchen geöffnet hatte, stürzten sich die beiden auf mich. Ich stöhnte und tat so, als verliere ich wieder das Bewußtsein.

"Was zum Teufel ist mit Ihnen los gewesen?"

"Mir geht's großartig, Tony. Dank für die Nachfrage."

"Keine Ironie, bitte. Sie haben die Serra Agentur in einen erstrangigen Mordfall verwickelt. Ich möchte wissen, wie das passieren konnte."

Ich hatte keine Energie, mich zu wehren. Also gab ich ihm einen vollständigen Bericht. Mit nur ganz wenigen Auslassungen wie etwa der Nacht, die ich mit Terry verbracht hatte. Bei dem Gedanken revoltierte mein Magen. Terry.

"Geben Sie mir den Abfalleimer. Schnell."

Ich spie Galle.

"Um Himmelswillen, Miller."

"Tony, verschwinden Sie. Wenn ich wieder auf den Beinen bin, werden wir den Fall diskutieren. Im Augenblick muß ich wirklich allein sein."

Er schien bereit zu gehen. Aber dann trieb ihn etwas dazu, den Mund zu öffnen. "'Sei niemals träge in Geschäften'", sagte er ohne viel Überzeugungskraft.

"Zum Donnerwetter, ich bin in den letzten Tagen zweimal fast umgebracht worden. Ich werde genau so träge sein, wie es mir verdammt nochmal gefällt!"

Tony schüttelte den Kopf und ging hinaus. Wenn ich besser bei Kräften gewesen wäre, hätte ich ihm meinen Wecker hinterhergeschmissen.

Stattdessen schleppte ich mich vom Bett ins Badezimmer. Ich schwappte Wasser über mein Gesicht und blickte auf. Ich sah aus wie ein Flüchtling aus einem Freddy-Kruger-Film. Mein kurzes, struppiges Haar klebte an der Kopfhaut, und meine jadegrünen Augen waren von roten Äderchen durchschossen – eine ideale Farbkombination für Weihnachten. Die *pièce de résistance* war jedoch der weiße Gazeverband, der die rasierte Stelle über meinem verbrannten Ohr bedeckte. Wenn ich noch länger bei diesem Job bleibe, kann ich der Hoffnung auf ein Liebesleben Lebewohl sagen, seufzte ich.

Dann erinnerte ich mich an Terry. Wieder. Diesmal erkannte ich klar die Wirklichkeit.

Ich bin die giftige Schwarze Witwe. Der Tod folgt mir wie ein tollwütiger Hund. Ich setzte mich auf den Toilettensitz und stützte den Kopf in die Hände. Die lebhafte Erinnerung daran, wie wir vor drei Nächten voneinander Besitz ergriffen hatten, stand in so wahnwitzigem Widerspruch zu dem Schrecken der letzten Nacht. Wie konnte sie so schnell, so unwiderruflich dahingehen?

Schuld und Reue überkamen mich.

Wenn Marion Ross Terry wirklich getötet hatte, dann hatte ich die Waffe geladen und ihr beim Zielen geholfen. Mein Körper wurde von trockenem Schluchzen geschüttelt, so durchgeschüttelt, daß ich schließlich auf dem Fußboden kniete, die Stirn gegen das kühle Porzellan der Wanne gelehnt. Ich hockte da mindestens eine halbe Stunde, bis mein Magen sich beruhigte und meine Qual sich in Wut verwandelte.

Keine Zeit zum Trauern. Inzwischen wußte ich, wie es ablief. Erst kam der Fall. Dann der Schmerz.

Ich richtete mich so gut wie möglich her, dann ging ich hinunter in mein Büro, wählte einen Sender für klassische Musik, zog meine Notizen heraus und fing an, die Fakten abzuwägen.

Ich hatte jetzt mit zwei Todesfällen zu tun und möglicherweise mit mehr als einem Mörder.

Aber wie wahrscheinlich war es, daß die beiden Todesfälle nichts miteinander zu tun hatten? Bis jetzt hatte ich mindestens zwei Verdächtige mit klaren Motiven, *sowohl* David wie Terry umzubringen. Die betrogenen Ehegatten: Marion Ross und Sam Fasani. Aber Motiv allein war nicht genug. Ich wählte Tonys Büronummer. Jill Zimmerman, unsere Teilzeitbürokraft, antwortete. Ich war erleichtert, ihre Stimme zu hören.

"Wie waren die Flitterwochen?" fragte ich.

"Anscheinend nicht so aufregend, wie die letzte Arbeitswoche hier. Tony hat mir erzählt, was passiert ist, während ich weg war. Wie geht es Ihnen?"

"Ausgezeichnet. Sagen Sie Tony, daß ich wahrscheinlich bis Ende dieser Woche nicht im Büro sein werde."

"Ich habe gefürchtet, daß Sie das sagen würden. Jetzt muß ich mir seine langweiligen Predigten über das Tugendhafte harter Arbeit anhören. Ich bin kaum zwei Stunden hier, und er geht mir schon auf die Nerven."

"Tut mir leid." Ich zögerte. "Hören Sie, ich brauche vielleicht Ihre Hilfe in einem Fall, den Tony nicht weiter verfolgen will ..."

"Die Ross-Fasani-Mordfälle?" Sie wartete meine Antwort nicht ab. "Tony hat mich schon gewarnt, daß diese Fälle streng tabu sind. Das ist, wie wenn man einem Kind sagt, es dürfe vor dem Dinner keine Schokolade essen. Ich will Ihnen gern helfen, so gut ich kann."

Ich erzählte ihr überblicksweise alles und bat sie dann, Marion Ross und Sam Fasani gründlich zu überprüfen. Beruflicher Werdegang, finanzielle Lage, etc. Dann, nach einem raschen Blick auf meine Notizen, brachte ich noch zwei Namen ins Gespräch: Virginia und Larry Savarin.

Ein paar Minuten, nachdem wir aufgelegt hatten, ging das Telefon. Es war Zack.

"Ich habe gehört, Sie haben dieser Tage versucht, sich umzubringen", sagte er.

"Neuigkeiten verbreiten sich schnell."

"Machen Sie Witze? Die ganze Stadt spricht von dem Fall."

"Was haben Sie denn gehört?"

"Sie meinen, außer den Scherzen über die Schnüfflerin, die es beinahe selbst erwischt hat?"

Ich antwortete nicht.

"Entschuldigung", begann er wieder. "Also, es war so ... Willie Jefferson, unser Beamte, der den Fall bearbeitet, rief mich gestern abend an. Er wollte wissen, ob Ihr Interesse an dem Fall womöglich über das rein Berufliche hinausginge." Er zögerte. "Sie hatten doch nichts mit dem Opfer, oder?"

"Weiter, Zack", sagte ich ungeduldig.

"Wirklich, Robin, Sie suchen sich merkwürdige Freundinnen aus."

Ich beschloß, es ihm etwas leichter zu machen. "Wir hatten kein Liebesverhältnis."

Ich konnte hören, daß er irgend etwas trank. Aus den Hintergrundgeräuschen schloß ich, daß er von dem Münztelefon neben der Bodega sprach, gegenüber von der U-Bahnstation. "Mir wäre das ganz egal, Robin. Es ist nur so, daß diese Morde ein solcher Schlamassel sind. Jeder versucht, seinen Hintern bedeckt zu halten. Willie und ich haben beschlossen, zusammenzuarbeiten. Sie wissen, zwei Köpfe sind besser als einer. So ein Mist. Mann, wenn wir diese Fälle vermasseln, dann enden wir beide als Sicherheitsbeamte bei der Dime Savings Bank."

Im Radio war Copelands *Fanfare for the Common Man* zum Crescendo angeschwollen. Ich beugte mich hinüber und stellte den Ton etwas leiser. "Und was haben Sie bisher herausgefunden?"

"Wir haben zwei Todesfälle. Beide Opfer waren Lehrer an derselben Schule. Der Junge, den sie in dem ersten Fall verdächtigen, ist auf Kaution entlassen. Drum ist heute morgen als erstes ein Streifenpolizist zu der Siedlung rausgefahren. Aber Emersons waren nicht da. Keiner weiß, wo sie sind. Der Hammer ist sauer. Er hält es immer noch für möglich, daß wir es mit einen jugendlichen Psychopathen zu tun haben. Willie dagegen denkt, die Abteilung versucht nur, die Sache einem Schwarzen anzuhängen."

"Wahrscheinlich hat Willie recht."

"Das bestreite ich nicht. Aber es sieht nicht gut aus für den Jungen, wenn er einfach so verschwindet."

"Angenommen, Emerson war es nicht, glauben Sie, daß wir es mit zwei Mördern zu tun haben?"

"Das ist möglich, aber nicht wahrscheinlich. Erstens sind, soweit wir wissen, beide Opfer mit einer Zweiundzwanziger erschossen worden. Ohne die Kugel, die Ross getötet hat, tappen wir natürlich im Dunkeln. Aber es gibt noch eine andere Verbindung, die Billie aufgefallen ist, als er sich meine Notizen durchlas. Auf dem Teppich in dem Flur, der zum Schlafzimmer führt, haben sie Sägemehl gefunden."

"Sägemehl?" Ich verstand nicht, was das bedeuten sollte.

"Sie können sich also auch nicht erinnern. Gut. Das beruhigt mich. Wir haben etwas Sägemehl am Schauplatz des ersten Mordes gefunden. Keiner hat sich damals viel dabei gedacht. Hätte sonstwo herkommen können. Aber jetzt könnte es von Bedeutung sein. Wir könnten zum Beispiel nach einem Täter suchen, der Sägemehl an den Schuhen hat."

Meine Gedanken wirbelten durcheinander wie Wildwasser. Ich hatte meine eigenen Theorien. "Ich weiß, daß Marion Ross für den Fall ihres Mannes ein Alibi hat, aber was ist mit gestern abend? Hat Willie das überprüft?"

Die Vermittlung unterbrach und verlangte eine Münze von Zack. Ich ließ mir die Nummer des Münztelefons geben und rief zurück. Als erstes fragte er, "Was hat Marion Ross damit zu tun?"

"Die Frau hat eine Zweiundzwanziger, Zack, und sie hat gerade gestern herausgefunden, daß ihr Mann mit Terry geschlafen hat. Das heißt: Sie hatte die Waffe *und* das Motiv. Was ich nun gerne wissen möchte: Hatte sie auch die Gelegenheit?"

"Willie hat sie noch nicht vernommen. Sind Sie sicher, daß es eine Affäre gegeben hat?"

"Himmel! Ich habe ein Bild, auf dem David und Terry sich küssen. Ich kann es im Revier vorbeibringen, wenn Sie wollen."

"Nein. Verwahren Sie es. An einem sicheren Ort."

Zacks Vorsicht irritierte mich. "Was denn sonst?" fragte ich.

Es herrschte sekundenlanges Schweigen, dann sagte er, "Ich habe mit meiner Freundin Roberta gesprochen. Sie ist bei der Gerichtsmedizin. Sie war auch bei dieser P.A.L.-Benefizveranstaltung. Bei der auch Marion Ross war, als ihr Mann umgelegt wurde." Er senkte die Stimme. "Sie sagt, daß die Ross und der Hammer *wirklich* da waren. Aber nur die erste halbe Stunde. Sie haben das Hotel so gegen zwei verlassen.

Wir schwiegen beide.

"Sie hatte genug Zeit, Zack", sagte ich, und es wurde mir vor Spannung eng um die Brust.

"Ich weiß. Überlassen Sie diesen Teil der Ermittlungen mir. Okay?"

Wenn Zack die Aufrichtigkeit des Hammers in Frage stellte, setzte er seine Karriere aufs Spiel. Ich würde mich da nicht einmischen. "Einverstanden."

"Eine Frage noch an Sie: Glauben Sie, daß der Bombenanschlag auf Ihren Wagen mit all dem etwas zu tun hat?" fragte er plötzlich.

"Es war kein Bombenanschlag. Aber: Nein, ich glaube nicht. Ein paar verrückte Teenager haben letzten Monat Wagen in unserm Viertel in Brand gesetzt."

"Aber nicht mit Leuten drin. Nach dem, was Dinah mir erzählt hat, muß Ihnen jemand aufgelauert haben. Jemand muß gesehen haben, wie Sie zu Ihrem Wagen gingen und hat den Moment genau abgepaßt."

Mir fiel blitzartig ein, daß ein Wagen die Straße heruntergefahren kam, als ich in Bella einstieg. Mein Gott! Zack hatte wahrscheinlich recht.

"Robin", begann er erneut. Ich wußte, was kommen würde. "Ich finde, dieser Fall wird zu heiß für Sie."

"Es war ein willkürlicher Akt von Vandalismus. Unwichtig. Viel mehr Sorgen macht mir das, was mit Terry geschehen ist. Hat jemand mit ihrem Mann gesprochen?"

"Willie hat versucht, ihn zu erreichen. Der Kerl ist unauffindbar."

"Unauffindbar?" wiederholte ich ungläubig.

"Joey Pisano, Terrys Bruder, hat Willie erzählt, daß sie und Sam am Freitagnachmittag Krach miteinander hatten und daß Sam wegging. Er weiß nicht, wohin und warum. Willie sagte, der Bruder sah aus, als sei er am Rande eines Nervenzusammenbruchs."

Ich dachte daran, wie nahe sich Terry und Joey zu stehen schienen an dem Abend, als ich ihnen in der Turnhalle begegnete. Widerstrebend sah ich ein, daß ich ihn anrufen mußte. Ihm kondolieren. Und ihn befragen. Verdammt. Die Schmerzen unter meinem Schlüsselbein wurden heftiger; zwischen meinen Brüsten auch. Ich atmete möglichst flach und fragte, "Hat er Ihnen erzählt, daß Sam Terry geschlagen hat?"

"Woher wissen Sie denn das alles?" fragte er, eine Spur von Verärgerung in der Stimme.

Ich erzählte ihm, was ich Freitagabend in Terrys Haus vorgefunden hatte.

"Zwei plus zwei ..." sagte er nachdenklich. "Wenn Sie recht haben mit Terry und David Ross, dann hatte Sam gewiß ein Motiv für beide Morde. Und soweit wir im Augenblick wissen, hatte er auch die Gelegenheit. Wenn man all das kombiniert mit den Schlägen am Freitag, seinem anschließenden Verschwinden *und* der Tatsache, daß er Kriegsveteran ist ..."

Ich spürte, daß er nach einen Hinweis suchte, der ihn wegführen würde von Marion Ross und dem Hammer.

Ich unterbrach ihn. "Sie sagten, Terry wurde mit einer Zweiundzwanziger erschossen?"

"Sieht so aus. Hoffentlich verschwindet nicht auch diesmal die Kugel auf geheimnisvolle Weise."

"Mein Freund Ryan hat mir mal erzählt, daß eine Zweiundzwanziger eine Waffe für Frauen sei. Meinen Sie nicht, daß ein

Macho-Typ, eben zurück vom Golf, lieber etwas Gewichtigeres hätte, eine Achtunddreißiger zum Beispiel?"

"Eine Waffe ist eine Waffe", murmelte Zack.

Die Copeland-Musik war zu Ende, und der Ansager erklärte, daß heute den ganzen Tag patriotische Musik gesendet würde, zu Ehren der Konfettiparade auf dem Broadway für die vom Persischen Golf heimgekehrten Truppen. Mir kam eine Idee, aber noch zu unbestimmt, um sie Zack gegenüber zu erwähnen. Stattdessen fragte ich, "Können Sie militärische Infos über Sam Fasani besorgen?"

"Die hab ich schon. Willie hat mir seine Unterlagen fotokopiert." Ich hörte, wie er Papiere durchblätterte.

"Haben Sie die Information hier?"

"Da ich mit Ihnen sprechen würde ... Okay. Sam war beim 3. Zug, 59. Chemische Kompanie, 10. Gebirgsdivision. Teil einer Einheit für psychologische Kriegsführung. Das waren die, die die Iraker ausgetrickst haben, indem sie ihnen vormachten, sie griffen aus einer bestimmten Richtung an, während sie in Wirklichkeit vom Westen her kamen, um ein Umgehungsmanöver vorzubereiten. Sollte er schuldig sein, dann brauchen wir harte Fakten. Ich kann Ihnen schon jetzt sagen, daß das New York Police Department bestimmt keinen Kriegshelden verfolgen wird ohne unumstößliche Beweise. Die Presse, die wir haben, ist sowieso schon schlecht genug."

"Erst müssen Sie ihn finden, stimmt's?"

"Stimmt", sagte er mißtrauisch."Ich gehe jetzt wieder rein und gebe Willie die letzten Informationen durch. Sie rühren sich inzwischen nicht vom Fleck, klar? Ich rufe Sie im Laufe der nächsten Stunde an."

Da war ich aber schon längst aus dem Haus.

Kapitel 15

Das Papiergestöber am Broadway war ein Riesenspaß. Man fühlte sich in eine Szene aus einem Cecil B. deMille-Film versetzt, in der eine Heimkehr gefeiert wird. Tonnenweise schwebten Papierschnipsel und gelbe Bänder von den Wolkenkratzern herab und löschten fast das blasse Blau des Himmels aus. Tausende von Menschen säumten die Bürgersteige, hingen an den Laternenpfählen und kletterten auf die Baugerüste. Die Luft hallte wider von den Zurufen der Schaulustigen und dem Dröhnen der näherkommenden Trommeln. Auch mein Kopf dröhnte, als ich mir durch die Menge einen Weg bis zur vordersten Reihe bahnte.

Ich zeigte dem Sicherheitsbeamten, der neben der Pressetribüne postiert war, kurz meinen Presseausweis, duckte mich an den Fotografen vorbei und kletterte auf einen Briefkasten. Durch die Bewegung wurde mir wieder etwas übel, aber ich atmete tief ein und hielt die Luft an, bis es vorbei war. Eine gute Stunde saß ich auf diesem verdammten Briefkasten, bis ich das Transparent sah, das Sams Einheit ankündigte. Ich nahm mein Schild, das ich hastig beschrieben hatte, und lief hinüber zu einer Gruppe von Kindern, die vor der Pressetribüne standen. Ich drückte jedem eine Zehndollarnote in die Hand und bat sie, das Schild hochzuhalten und immer wieder Sams Namen zu rufen.

Das war ein kühner Versuch, aber ich hatte es im Gefühl, daß Sam dabei sein würde. Ich beobachtete den Vorbeimarsch der Truppen. Nach seinem Foto konnte ich Sam unmöglich erkennen können. Sie marschierten in voller Montur, die Helmriemen unterm Kinn befestigt.

Ich beschloß, in Aktion zu treten, lief auf die Fahrbahn und begann, Sams Namen zu rufen. Endlich lächelte mich einer der Soldaten an. "Sind Sie seine Frau?" fragte er hoffnungsvoll.

"Allerdings."

"Sam trägt die amerikanische Flagge voran, in der Nähe der Zugstandarte. Sie haben ihn verpaßt. Beeilen Sie sich lieber."

Ich holte ihn ein, kurz nachdem die Truppen vor der Paradetribüne angehalten hatten.

"Sam Fasani?"

Er drehte sich zu mir um, im Gesicht einen Ausdruck der Überraschung, in den Augen Tränen des Stolzes. "Jawohl, gnädige Frau." Plötzlich konnte ich keine Worte finden. Die Menge hatte spontan in den Refrain von "God Bless America" eingestimmt. Sam stand erwartungsvoll vor mir, hochaufgerichtet trotz des Gewichts der hölzernen Fahnenstange, die in einer Ledertasche an seinem Gürtel steckte. Unter dem Helmrand glänzte Schweiß auf seiner Stirn.

"Ja bitte, gnädige Frau?" fragte er verdutzt. Die dicken Gläser seiner Brille vergrößerten die Frage in seinen braunen Augen.

Er hatte kastanienbraunes Haar, nur eine Schattierung dunkler als meins, sein weiches Kinn war von schwachem Bartwuchs bedeckt. Der Mann war schwerer und schneller, als ich erwartet hatte. Ich mußte mich anstrengen, Schritt zu halten.

Ich wagte es. "Ihre Frau ..."

Sogleich wurden seine Augen schmaler. "Ich habe keine Frau." Sein Kopf schnellte wieder nach vorn.

"Sie ist ermordet worden."
Sein Kopf wandte sich mir zu. Ich mußte jetzt joggen, um mit ihm Schritt zu halten. Aus den Augenwinkeln sah ich einen jungen Polizisten auf mich zukommen.
"Das ist mein Mann", schrie ich. Der Cop nickte und ging zurück. Sam sagte kein Wort.
"Haben Sie mich gehört? Terry ist tot."
"Wer zum Teufel sind Sie?" fragte er, jetzt ohne jede militärische Höflichkeit.
"Eine private Ermittlerin. Die Polizei sucht Sie. Ich wollte erst mit Ihnen reden."
Die Parade kam wieder zum Stillstand.
"Dann ist es also wahr? Terry ist tot?" Seine Stimme klang dünn. Er nickte, als hätte ich etwas Unausgesprochenes bestätigt, und fragte dann, "Verdächtigen Sie mich?"
"Was glauben Sie?"
"Ich glaube, daß es dieser Hure irgendwie gelungen ist, mir auch noch diesen Tag zu verderben."
Seine Worte verschlugen mir die Sprache. Ich sah, wie er weitermarschierte, dann raffte ich mich auf und rannte hinterher. "Ist das Ihre Reaktion?"
"Schaun Sie, verehrte Dame, Ich hab in Vietnam gedient. Das hier war längst überfällig", sagte er, während ihm jetzt der Schweiß an den Schläfen hinunterlief. "Vor ein paar Jahren bin ich in die Reserve eingetreten ... wir brauchten das Geld. Ich habe nie gedacht, daß ich einberufen würde. Und das hier", er machte eine Kopfbewegung hin zu der Menge, "das habe ich auch nicht erwartet. Als ich heimkam, platzte ich vor Stolz. Ich dachte, diesmal würde es eine richtige Heimkehr für einen Helden. Stattdessen erzählt mir Terry, daß sie sich mit einem anderen trifft. Dafür mußte ich heimkommen. Eine drohende Scheidung. Ich versuchte, unsere Ehe wieder in Gang zu bringen, aber sie wollte davon nichts hören."
"Haben Sie sie deswegen am Freitag geschlagen?"
Wieder wandte er mir den Kopf rasch zu; seine Augen brannten. Trotz der Kühle in seinen Worten strömten ihm jetzt

die Tränen übers Gesicht. "Ich habe noch nie im Leben meine Frau geschlagen. Ich weiß, Ihr Liberalen denkt, daß jeder in der Armee ein Macho-Schwein ist, aber das trifft für mich jedenfalls nicht zu."

"Sie scheinen nicht besonders traurig zu sein ..."

"Zum Teufel mit Ihnen." Seine Kiefermuskeln zuckten nervös. "Es tut mir leid, daß Terry tot ist, aber sie hat mich schon vor langer Zeit verlassen. Freitag ist das Faß nur übergelaufen. Ich bat sie, am Sonnabend mit mir zur Parade nach Washington zu fahren, und sie sagte, ich solle zum Teufel gehen. Sie sagte, sie hätte einen anderen kennengelernt." Er schüttelte den Kopf und sah sich nach links und rechts um. Wir waren außer der Reihe geraten. Er beschleunigte seinen Schritt und reihte sich wieder ein.

"Wo waren Sie vorige Nacht?"

Schweigen.

"Ich kann gleich einen der Cops hier rufen ..."

"Ich weiß nicht, wo ich war."

"Hören Sie, das ist kein Spiel. Ihre Frau wurde erschossen ..."

"Ich war betrunken und hab mir unten an den Piers eine Hure gegriffen, verstanden? Ich habe kein Alibi."

"Haben Sie ein Alibi für die Nacht, in der David Ross getötet wurde?"

Sein Kopf flog zu mir herum. "Nein. Aber ich will Ihnen sagen, wo ich gewesen bin, eine Stunde, nachdem ich hörte, daß dieses Schwein tot war. Gefeiert hab ich in einer Bar." Er lächelte bitter. "Liebe Dame, wenn die Cops mich suchen, dann sollen sie kommen und mich holen. Mir ist das vollkommen egal." Damit ging er mit großen Schritten an mir vorbei.

Mir war zu schlecht, um ihm zu folgen.

***

Als ich nach Hause kam, vermutete ich, daß Beth und Dinah mir einen Krankenbesuch hatten abstatten wollen und mich nicht finden konnten. In dem Bemühen, mich ausfindig zu machen, hatten sie anscheinend sämtliche Nummern in meinem Telefonbuch angerufen. Das Ergebnis war eine Serie aufgeregter Nachrichten auf meinem Anrufbeantworter und ein Zettel von meinen Hausgenossinnen, die mich bei Leben und Gesundheit beschworen, nach meiner Heimkehr auf keinen Fall wieder zu verschwinden, ohne mich mit ihnen in Verbindung gesetzt zu haben.

Ich gab den Katzen etwas besonders Gutes zu essen, hinterließ eine Nachricht auf Dinahs und Beths Anrufbeantworter, stellte mein Telefon ab uns schlief sieben Stunden lang. Gehirnerschütterung wirkt Wunder gegen Schlaflosigkeit.

Als ich aufwachte, war das Zimmer dunkel, aber nicht leer. Ich schloß die Augen sofort wieder, und wie Fieber überlief mich eine Welle des Erkennens. Außer meinem eigenen Atem, außer dem sanften Schnarchen der Katzen war da noch das Atemholen einer anderen Person. Ich öffnete die Augen ganz wenig und wartete, bis sie sich an das Dunkel gewöhnt hatten. Instinktiv wußte ich, daß die anwesende Person nicht Dinah oder Beth war. Die leisen Schritte zu meiner Kommode bestätigten meinen Verdacht. Ich hörte, wie eine Schublade geöffnet wurde.

Ich wandte den Kopf nach rechts. Die Person trug einen weiten Mantel mit Kapuze. In dem Dämmerlicht konnte ich nicht einmal feststellen, ob es ein Mann oder eine Frau war. Ich überschlug meine Chancen, durchs Zimmer zu laufen und die Treppe zu erreichen, ehe der Eindringling reagieren konnte. Ich begann schon mal mit einem Bein. Sogleich wirbelte die Person herum; das erhobene Metallrohr reflektierte das wenige Licht, das im Zimmer war.

Ich wartete nicht auf den Angriff. Ich schoß in die Höhe, versetzte der behandschuhten Hand einen Tritt und hörte das Metallrohr klappernd über den Fußboden rollen. Die Wucht des Angriffs hatte mich aufs Bett zurückgeworfen. Ich sprang wieder auf die Füße; im selben Moment drehte die Gestalt sich einmal um sich selbst und sprintete aus der Schlafzimmertür.

Ich begann, die Treppe hinunterzulaufen. Unter mir hörte ich einen dumpfen Aufprall, dann schrie eine der Katzen. Ich sprang die letzten drei Stufen hinab. Einen Moment lang waren meine Kopfschmerzen so schlimm, daß ich fast blind war. Ich lehnte mich kurz gegen die Wand und rannte dann nach draußen, die Vordertreppe hinunter. Die Gestalt war verschwunden.

"Robin?" Dinah stand vor ihrer Tür und starrte mich verwundert an. Ich sank auf die Stufen. Ich hörte sie nach Beth rufen, und dann kamen die beiden zu mir. Ich gab ihnen eine matte Zusammenfassung.

"Das war mein Fehler", stöhnte Beth. "Als ich vom Einkaufen zurückkam, ging ich gleich hinauf, um nach Robin zu sehen", erklärte sie. "Ich muß die Haustür offengelassen haben."

"Wer hier herein wollte, wäre auf jeden Fall hereingekommen," sagte ich. "Mach dir keine Sorgen."

Dann erinnerte ich mich an das Schreien der Katze. Ich stand plötzlich auf und rannte hinein. Ich lief durch das Wohnzimmer, die Küche und das Büro und rief laut die Namen der Katzen. Beth und Dinah hatten sofort begriffen. Ich setzte mich auf den Schreibtischstuhl und ich hörte, wie sie die Wohnung durchsuchten. Das Gewicht auf meiner Brust verdichtete meinen Atem zu einem Gift, das meine Glieder erkalten ließ.

Die Schwarze Witwe schlägt wieder zu.

Ein paar Minuten später kamen Beth und Dinah zurück mit den beiden Katzen im Arm. Geejas Schwanz hatte einen Knick, aber sonst waren die Mädels in guter Verfassung.

Ich brach erleichtert in Tränen aus.

Wir riefen die Polizei herbei, die uns eine Stunde später einen flüchtigen Besuch abstattete. Die Haustür und meine Wohnungstür waren nicht gewaltsam geöffnet worden, nichts war gestohlen worden, und der Eindringling hatte Gummihandschuhe getragen. Mit anderen Worten, die Polizisten konnten nichts weiter tun, als unsere Beschwerde aufzunehmen – und uns natürlich darüber zu belehren, daß Türen zu jeder Tageszeit abgeschlossen sein müssen.

Ich verbrachte die Nacht unten, versorgt von meiner Lieblingstherapeutin und –krankenschwester. Nachdem Dinah und Beth zu Bett gegangen waren, setzte ich mich in den Schaukelstuhl und weinte stumm. So, wie ich es gelernt hatte. Ich weinte um Terry. Um Mary und um Carol. Und um mich selbst.

Früh am nächsten Morgen, als die willkommene Benommenheit wieder eingesetzt hatte, schrieb ich meinen Hausgenossinen ein Dankeschönbriefchen und ging leise zurück in meine Wohnung. Mein Anrufbeantworter blinkte wie wild noch vom vorigen Abend. Es war ein Anruf von Zack drauf, zwei von K.T., einer von Tony, und dreimal hatte jemand wieder aufgelegt, ohne zu sprechen.

Ich kümmerte mich nicht darum, sondern durchsuchte beide Stockwerke nach Zeichen weiterer unliebsamer Besuche. Nachdem ich beruhigt festgestellt hatte, daß ich allein war, ging ich in die Küche, briet ein halbes Pfund Bacon, machte ein Drei-Eier-Käseomelett und kochte mir eine Kanne heißen Kakao. Nachdem ich achtundvierzig Stunden nichts als Toast, Haferschleim und Limo zu mir genommen hatte, brauchte ich jetzt eine anständige Mahlzeit.

Ich wusch das Geschirr ab, als das Telefon ging. Ich meldete mich widerstrebend. Es war Meisterin Janet Choi, meine Tae-kwon-do-Lehrerin. Plötzlich fiel mir ein, daß fast eine Woche vergangen war, seit ich sie gebeten hatte, Hyung Kim, den Hausmeister von Davids Schule, zu überprüfen. Sie klang besorgt. "Choi? Was ist?"

"Unser Hyung Kim ist ein zorniger junger Mann", sagte sie leise. "Außerdem lügt er. Dieser Überfall, von dem er sprach, der war nicht auf seine Frau; der war auf einen Nachbarn. Das ist aber noch nicht alles." Chois Englisch klang unpersönlich, kalt. Ihre Bindung an die koreanischen Gemeinde war stark, aber ihr Glaube an Gerechtigkeit war absolut. Nach und nach berichtete sie mir, daß Hyung Kim, einziger Zeuge der Staatsanwaltschaft, mit dem Besitzer eines koreanischen Lebensmittelgeschäfts verwandt war, das voriges Jahr von drei schwarzen Teenagern niedergebrannt worden war.

"Er hat Rache geschworen", fügte sie hinzu. "Man muß wissen, daß solche Gelübde nicht leichthin abgelegt werden."

***

Choi hatte nur bestätigt, was ich schon längst vermutet hatte. Immerhin, ihre Nachricht erfüllte mich mit neuer Energie und neuer Wut. Die falschen Anschuldigungen gegen Thomas Emerson wurden gestützt vom Zeugnis eines einzigen Mannes, der seit einem Jahr auf Rache sann.

Als ich mich mit meinen Aufzeichnungen niederließ, wurde mir klar, daß ich von jetzt an für mich allein arbeitete, für das, was ich für richtig hielt.

Ich hatte diesen Job ja gewollt. Nach zehn Tagen Arbeit an dem Fall hatte ich mehr Fragen als am Anfang. Und hatte mit einem zweiten Tod zu tun – einem, der mir unendlich viel näher ging.

In Übereinstimmung mit Zacks Annahme, daß dieselbe Person David und Terry getötet hatte, machte ich eine Liste aller möglichen Verdächtigen. Marion Ross stand obenan, dicht gefolgt von Sam Fasani. Ich zögerte, Virginia Savarins Namen hinzuschreiben. Irgendwie mochte ich die Frau. Wenn ich daran dachte, wie sie mir damals, als ich sie in ihrem Büro stellte, Kontra gegeben hatte, mußte ich beinahe lächeln. Die Frau hatte Mumm. Trotz meiner Sympathie kannte ich sie aber nicht gut genug, um sie als Verdächtige auszuschließen. Widerstrebend schrieb ich ihren Namen hin. Aber ich hatte keine Bedenken, der Liste den ihres Mannes hinzuzufügen.

Das Motiv, David Ross und Terry Fasani zu ermorden, war für jeden der Verdächtigen identisch: Eifersucht und Wut.

Aber wenn die Verbindung zwischen den beiden Fällen nun ganz anders war? Vielleicht wußte Terry mehr über Davids Tod, als sie mir offenbart hatte. Und vielleicht hatte der Mörder beschlossen, sie zu töten, um sie damit für immer zum Schweigen zu bringen.

Ich machte außerdem eine Liste zweitrangiger Verdächtiger in David Ross' Mordfall, von Leuten, die ihm durch Heirat, Freundschaft oder sonstwie verbunden waren:

Zweitrangige Verdächtige	Motive
William Haas, Marions Vater	Wut über die Behandlung seiner Tochter?
Joey Pisano	Böses Blut zw. alten Freunden?
D.J. Cruiser	Drogendeal schiefgegangen?

Mit einer Grimasse schrieb ich noch Frederick Rodammer auf die Liste. Immerhin hatte er Marion mit einem falschen Alibi versorgt. Ich machte ein Sternchen neben seinen Namen. Wenn Rodammer nun selbst etwas zu verbergen hatte? Sein Eifer, den Fall ungeachtet widersprechender Fakten möglichst schnell abzuschließen, war eigentlich untypisch.

Die nächste Frage war die nach der Gelegenheit. Ich begann eine dritte Spalte.

Soweit ich wußte, hatte Marion Mittel, Motiv und Gelegenheit, David zu töten. Ihr Verbleib in der Nacht des Mordes an Terry war immer noch fraglich. Dasselbe galt für den Hammer.

Ich starrte auf den nächsten Namen. Sam Fasani. Seine Alibis für beide Nächte waren völlig offen. Und dann waren da noch Larry und Virginia. Jill, unsere Teilzeit-Bürokraft, wollte sich im Revier nach Larrys Einsatzplan erkundigen an dem Tag, als David getötet wurde. In der Nacht, als Terry getötet wurde, hatten sie K.T.s Haus kurz vor mir verlassen, was jedem oder beiden von ihnen genügend Zeit ließ, zu Terry zu gelangen. Es überlief mich kalt, als ich merkte, daß Virginia die einzige war, die in beiden Fällen die Gelegenheit gehabt hatte.

Ich lehnte mich in meinem Sessel zurück. Vor mir lag noch viel Arbeit. Himmel, ich wußte noch nicht mal sicher, *wie* David getötet worden war. Wenn nicht mit einer Kugel, wie dann? Was für eine Waffe konnte eine Kopfwunde hinterlassen haben, die dem Eintritt einer Kugel so sehr entsprach, daß nicht nur die Beamten am Tatort, sondern auch die Gerichtsmediziner vor einem Rätsel standen. Und dann war da noch das Paar, das David Ross kurz vor seinem Tod angeblich besucht hatte. Waren das dieselben Leute, die David nach Atlantic City begleitet hatten?

Ich legte eine neue Spalte an für unbeantwortete Fragen.

Mit Hilfe meiner Notizen schrieb ich alle Daten über die äußeren Umstände auf, die ich bisher gesammelt hatte.

Ich begann mit Davids angeblicher Drogenverbindung, seinen Ausflügen nach Atlantic City und schloß mit seiner Bemerkung über jemanden namens Cruiser, dem er noch Geld schuldete. Ich blätterte meine übrigen Notizen durch und sah mir dann die Bilder an, die von Terry und David in Atlantic City aufgenommen worden waren.

Falls David wirklich in Drogengeschäfte verwickelt war, war dann Terry womöglich ebenfalls in die Drogenkultur verstrickt? Vielleicht hatte sie darum die rote Perücke gebraucht. Ich sah mir die wasserbeschädigten Fotos genauer an. Und da traf es mich wie ein Schlag.

Die Person auf dem Foto konnte ebenso gut Joey Pisano sein! War es möglich, daß David eine Affäre mit Terry *und* Joey gehabt hatte? Wenn ja, dann hatte Vic einen ebenso guten Grund, David zu ermorden, wie jeder andere. Und vielleicht wußte Terry einfach zu viel, als daß sie weiterleben durfte.

Einen Augenblick lang hatte ich das Gefühl, die Puzzlestücke fielen jetzt dorthin, wo sie hingehörten. Aber dann explodierte das Bild plötzlich; am Ende drehte sich mir der Kopf, und ich fühlte mich genau so weit entfernt von der Lösung wie anfangs.

Ich zog mich in die Küche zurück und goß mir eine Tasse lauwarmen Kakao ein. Es war still im Haus. Von dem Küchenstuhl, auf dem ich saß, konnte ich die Katzen auf der Couch schmusen sehen. Aus einem seltsamen Grunde erinnerte mich das an meine Nacht mit Terry. Ich schüttelte betrübt den Kopf. Nach all der Leidenschaft zwischen uns war ich aus ihrem Schlafzimmer geflüchtet wie ein erschrecktes Fohlen.

Wir hatten uns nicht einmal Lebewohl gesagt.

Ich blickte auf den Sierra-Club-Kalender, der neben dem Kühlschrank hing. Ich wußte nicht einmal, wann ihr Begräbnis vorgesehen war. Ich trank den letzten Schluck Kakao und rief dann die Auskunft an.

In Joey Pisanos Haus ging niemand ans Telefon. Ich ließ mir die Nummer der Turnhalle geben und wählte, während mein Magen gegen das Frühstück zu protestieren begann.

Vom Band kam eine Nachricht: "Der Body Shop ist geschlossen. Zur Zeit wissen wir noch nicht, wann und ob das Trainingscenter wieder geöffnet wird. Falls Sie wegen einer teilweisen Erstattung Ihrer Mitgliedsbeiträge anrufen, bleiben Sie am Apparat, und ein Bevollmächtigter wird Ihre Fragen beantworten. Vielen Dank für Ihre Unterstützung."

Da meine Neugier geweckt war, blieb ich dran.

"Kann ich Ihnen helfen?"

Ich erkannte die Stimme. Der blau-grüne Riese aus grauer Vorzeit.

Ich stellte meine Tasse in die Spüle und fragte, "Sind Sie's, Vic?"

"Jawoll."

Ich erklärte, wer ich war, und fragte, "Was ist passiert mit dem Body Shop?"

"Geht Sie gar nichts an."

"Terry hat mir erzählt, Ihr hättet finanzielle Probleme ..."

"Himmel! Sie hatte überhaupt kein ... Hören Sie, uns geht's sehr gut. Der kleine Joey hat eben mehr Herz als Verstand. Jetzt kümmere ich mich um alles. Werde einen guten Manager einstellen –" Er unterbrach sich. "Also, Schluß jetzt mit der Unterhaltung. Ich muß Ihnen kein gar nichts erklären."

Ich biß die Zähne zusammen. "Dann lassen Sie mich mit Joey reden."

"Joey kann jetzt nicht reden." In einiger Entfernung hörte ich einen unterdrückten Schrei. Man konnte sich leicht vorstellen, was mit Joey war.

"Hören Sie, ich will doch nur wissen, wann und wo Terrys Begräbnis ist." Ich merkte, wie mir die Stimme versagte.

"Terrys Begräbnis geht Sie überhaupt nichts an."

Vics sprachliches Repertoire war ungewöhnlich begrenzt.

"Ich weiß, Sie haben keinen Grund, mir zu vertrauen ..."

"Stimmt auffallend, Lady. Warum stecken Sie dann Ihre Nase nicht dahin, wo sie hingehört?"

Eine zweite Stimme mischte sich ein. "Gib mir den Hörer, Vic." Es war Joey. "Hey. Tut mir leid. Wir stehen beide zur Zeit unter ziemlichem Streß."

Seine Stimme war heiser vom Weinen. Ich fühlte, wie sich mir selbst der Hals zuschnürte. "Schon gut. Ich wollte nur wissen ... wäre es Ihnen recht, wenn ich zum Begräbnis käme?"

"Nach einigen Sekunden sagte er, "Nein. Wir wollen ein kleines Begräbnis. Nur die Familie."

Ich nickte. Also würde ich einen anderen Weg finden, Lebewohl zu sagen. "Gut. Ich verstehe."

Einen Augenblich lang herrschte Schweigen, dann hörte man ein gedämpftes Gespräch. Als er zurückkam, flüsterte er kaum hörbar, "Ich weiß, was zwischen Ihnen und meiner Schwester geschehen ist." Mein Blut erstarrte zu Eis. "Terry mochte Sie wirklich sehr. Sie hat so noch von niemandem gesprochen."

"Ich habe sie nicht verführt." Ich kam mir vor, wie ein Teenager, der sich verteidigen muß.

"Das weiß ich. Ich wollte Ihnen nur sagen, daß sie Sie wirklich gern hatte. Ich dachte, das sollten Sie wissen."

Meine Augen wurden naß. Wie konnte er bei seiner eigenen Trauer noch Zeit finden, mich zu trösten? Oder war sein Mitgefühl gespielt?

Ich bedankte mich, dann schluckte ich kurz. "Hören Sie, ich weiß, das ist ein schlechter Zeitpunkt, aber ich muß Ihnen ein paar Fragen stellen."

"Kann das nicht warten?" fragte er ruhig.

"Nein." Ich atmete tief durch. "Versuchen Sie bitte, das zu verstehen. Ich tue das für Ihre Schwester." Und dann setzte ich alles auf eine Karte. "Ich weiß, daß Sie schwul sind, Joey. Fragen Sie mich nicht, wieso. Was ich wissen muß, ist ... Hatten Sie und David ein Verhältnis?"

Er platzte heraus, "Gott, das ist schon Jahre her."

Ein starker Adrenalinstoß durchwallte mich. "Und was ist mit Ihnen und Vic?"

"Nur in meinen Träumen, Liebling, nur in meinen Träumen." Ich wußte nicht, ob Joey lachte oder weinte. "Joey?" fragte ich. Er war offenbar am Rande der Hysterie. Ein Schuldgefühl überkam mich. "Es tut mir leid. Sind Sie okay?"

Er hustete. "Bitte. Ich kann das jetzt nicht."

Ich beschloß, ihn nicht zu bedrängen. "Kann ich irgend etwas für Sie tun?"

Sein Lachen klang bitter. "Wissen Sie, wie man eine kaputte Welt wieder ganz macht?"

Ich verstand seinen Schmerz nur zu gut.

***

Nach dem Anruf bei Joey mußte ich mich erstmal erholen. Ich griff nach dem Heft, das ich aus Marions Abfall entwendet hatte, und begann, die Glanzpapierseiten durchzublättern. Als ich eben anfing, mich zu entspannen, ging das Telefon. Als ich nach dem Hörer griff, fiel mein Blick auf das Bild einer langbeinigen Frau, die einen pfefferminzgrünen Minirock trug und Schuhe mit unheimlich hohen Absätzen. Neben ihr lag der bronzeglänzende Körper eines Mannes. Der spitze Absatz ihres schmalgliedrigen Fußes schwebte genau über seinem Hinterteil. Der Artikel war überschrieben *Der neue unterwürfige Mann*. Plötzlich sah ich eine neue Untersuchungsperspektive.

Ich war so fasziniert von diesen Möglichkeiten, daß ich die ersten Worte des Anrufers überhörte. Dann wurde ich aber hellwach.

Ich rieb nervös die Brandwunde über meinem Ohr und fragte, "Mrs. Emerson?"

Sie hatte sich nicht vorgestellt, aber etwas in ihrer Stimme sagte mir, daß meine Vermutung zutraf. "Carla hat gesagt, daß Sie versucht haben, dem Jungen zu helfen." Sie klang selbst wie ein Kind. Ihr Flüstern drang kaum durch die Telefonverbindung.

"Wo sind Sie?" Bleib cool, Miller.

"Sie haben mir nicht geantwortet. Arbeiten Sie zusammen mit den Cops, oder was?"

"Ich will mit Ihnen zusammenarbeiten."

"Thomas ist kein Killer."

"Das glaube ich Ihnen, Mrs. Emerson. Und ich glaube auch, daß ich Informationen habe, die seine Unschuld beweisen können."

Ihre Stimme kam jetzt aus dem Hintergrund. Ich hörte Thomas' Teenagerstimme antworten. Als ich ihn hörte, begannen meine Hände zu zittern.

"Mrs. Emerson, Sie können nicht vor der Polizei weglaufen. Das macht alles nur noch schlimmer."

Sie ging darauf nicht ein. "Wie ich gehört habe, daß noch die Lehrerin getötet worden ist, wußte ich, daß sie ihn holen würden. Mein Junge soll nicht verheizt werden ..."

"Die haben nur einen einzigen Zeugen, und ..."

"Der Mann ist kein Zeuge."

"Da haben Sie vollkommen recht. Deswegen müssen wir uns treffen. Ich weiß, daß ich Ihnen helfen kann."

Eine Pause trat ein. Dann lachte sie zornig. "Was, Sie wollen mir helfen? Was sind wir denn schon für Sie?"

Das Mißtrauen in ihrer Stimme konnte einen wirklich wütend machen.

Zu meiner eigenen Überraschung fuhr mir heraus, "Hören Sie ... Ich habe durch ein schreckliches Versehen meine

Schwester getötet, als ich gerade drei Jahre alt war." Ich spürte, wie die Kälte aus der Mitte meines Körpers in die Glieder vordrang. Ich nahm mich zusammen und sagte, "Ich weiß, daß Thomas dabei war, als eine verirrte Kugel seinen jüngeren Bruder tötete. Ich weiß auch, daß, wenn man einen geliebten Menschen sterben sieht, es manchmal am schwierigsten ist, zu akzeptieren, daß man selber noch lebt." Die Worte klapperten in meinem Kopf wie Murmeln, die man auf einen Glastisch wirft. Nach einem hastigen Atemzug fuhr ich fort, "Thomas hat genug durchgemacht."

"Wieder ein kurzes Schweigen, dann holte sie tief Luft.

"Ich rufe Sie wieder an."

Ehe ich etwas sagen konnte, war nur noch der Summton zu hören.

Kapitel 16

Ich rief noch schnell T.B. an, der für meine Idee empfänglicher war, als ich zu hoffen gewagt hatte. Mit der ihm eigenen Überschwenglichkeit versprach er, mich innerhalb der nächsten vierundzwanzig Stunden wieder anzurufen. Ich verbrachte den restlichen Morgen damit, zu warten, daß das Telefon läutete. Als es das schließlich tat, bückte ich mich nach dem Hörer. Das Zimmer machte eine Vierteldrehung. Entschieden eine Verbesserung gegenüber der vollen Drehung von gestern.

"Wir treffen uns in einer halben Stunde an der Ecke Flatbush und Seventh. Kennen Sie die Pizzeria dort?"

Ich sagte ja.

"Keine Cops. Nur Sie. Thomas hat etwas zu sagen, und ich will nicht, daß jemand anderes es hört. Verstanden?"

Ich war schon eine halbe Stunde früher in der Pizzeria, bestellte ein Stück Pizza und eine Coca und setzte mich an einen der hinteren Tische. Nach einer Stunde saß ich immer noch allein da. Ich dachte schon daran zu gehen, als eine schlanke schwarze Frau in grüner Bolerojacke und schwarzem Filzhut hereinkam. Die Fotos in der Zeitung waren ihr nicht gerecht geworden. Martha Emerson konnte nicht viel älter sein als ich. Sie hatte die hohen Backenknochen und die schlanke, anmutige Figur, die gewöhnlich Kennzeichen hochbezahlter Models sind.

Erst als sie dicht vor mir stand, sah ich die harten Linien, die das Leben in ihrem Gesicht hinterlassen hatte.

"Thomas ist draußen in dem blauen Chevy. Allein. Dieser Reverend Whaley wollte mitkommen, aber ich traue ihm genausowenig wie Ihnen." Sie wandte sich um und ging wieder hinaus. Gegen meinen Willen empfand ich Respekt vor ihr.

Thomas vor den Cops zu verstecken war juristisch gesehen sicher nicht das klügste, aber ich mußte doch die Entschlossenheit bewundern, mit der sie ihren Sohn beschützte.

Ich fand den Wagen an einer Parkuhr geparkt. Ich setzte mich auf den Beifahrersitz. Thomas' Augen glitten von mir zu der Telefonzelle an der Ecke. Seine Mutter tat so, als benutze sie das Telefon. Ich hatte deutlich den Eindruck, daß sie nach Cops Ausschau hielt.

"Ist schon okay, Thomas. Ich habe niemanden mitgebracht."

"Warum sollte ich Ihnen glauben?"

"Weil ich dir glaube."

Trotz der Narbe auf seiner Wange, trotz der Härte in seinen Augen war er ein gutaussehender Junge. Er hatte ein intelligentes, eigenwilliges Gesicht. Er kann das überleben, dachte ich. Mit ein bißchen Hilfe kann er das überleben.

"Hyung Kim hat gelogen, als er sagte, daß er dich sah", sagte ich.

Thomas schob das Kinn vor und schüttelte den Kopf, "Nein. Hat er nicht."

Mir blieb fast das Herz stehen. Vielleicht wollte ich das nicht hören.

"Hören Sie, Lady, Kim hat nicht gelogen. Genau das ist Teil des Problems."

"Vielleicht erklärst du mir das mal."

"Was glauben Sie, wozu ich hier bin?"

Ich nickte. Er nahm eine Packung Zigaretten aus dem Handschuhfach und klopfte auf die Unterseite, so daß die Hälfte der Zigaretten auf den Boden flog. Er schaute nervös hinüber zu seiner Mutter und packte die Zigaretten wieder zurück in die Schachtel.

"Rauchen Sie?" fragte er wie ein Junge, der so schnell erwachsen werden mußte, daß er die Rolle nicht ganz ausfüllen konnte.

"Nein. Für mich ist das, als wenn ich Dreck im Mund habe. Ich mag einfach den Geschmack nicht."

Er lächelte. "Mr. Ross war genauso. Er sagte immer, ich rieche wie ein nasser Aschenbecher. Hat mich aber nicht davon abgehalten." Er steckte sich eine unangezündete Zigarette zwischen die Lippen und legte die Packung zurück ins Handschuhfach.

"Sie haben keine Angst mit mir hier drin?"

"Ich schätze, deine Mutter wird uns beide beschützen."

"Cool, Mann", lachte er und sah mich anerkennend an. Schließlich sagte er, "Ich hatte mein Jackett in der Klasse vergessen, also geh ich noch mal rauf. Gerade bin ich um die Ecke, da höre ich dieses Geschrei. Also, ich hab was Besseres zu tun, als mich in anderer Leute Angelegenheiten einzumischen. Drum bleib ich stehen. Aber dann denke ich, sei mal ganz still, wissen Sie, hör da mal zu. Drei oder vier Stimmen. Das hab ich gehört. Die von Mr. Ross war ganz deutlich. Er machte Witze. Dachte ich jedenfalls. Dann fangen eine Frau und ein Mann an, ihn anzuschreien. Der Mann sagt, 'Mit so einem kannst du nicht spielen.' Er war echt agro ..."

"Agro?"

"Stinkwütend", sagte er ungeduldig. "Er schreit, 'Du hast uns ausgenutzt', und Mr. Ross lachte und sagte leise etwas. Dann hör ich dieses 'Paff'. Mann, als ich dieses Geräusch hörte, wußte ich, daß was schlimmes passiert war.

"Einen Schuß?"

"So ein Geräusch macht kein Schuß. Es war so, wie man das im Kino hört. Wie 'ne Blase, die aufplatzt. Ich wollte die

Treppe wieder runtergehen, aber ich hörte jemanden raufkommen. Muß dieser Mistkerl von Kim gewesen sein. Also nehm ich mein Eisenrohr raus. Aber auf einmal ist alles still, bis auf das Geräusch von denen, die den Flur entlanglaufen. Ich warte, bis sie weg sind, dann guck ich mir das Klassenzimmer an. Mr. Ross liegt da in einer Blutlache. Unheimlich. Als ob er schläft. Dann geh ich rüber zu ihm und sehe seine Brieftasche auf dem Fußboden. Na ja, ich hab sie aufgehoben. Die Brieftasche ..." Er unterbrach sich und wartete auf meine Reaktion. Ich bemühte mich, keine zu zeigen. "Dann höre ich Kim hinten im Flur; da steck ich die Brieftasche ein und haue ab."

"Warum hast du das alles den Cops nicht erzählt?"

"Sind Sie verrückt? Ich wußte, daß ich in der Scheiße saß."

Ich sah ihn fragend an.

"Denken Sie etwa, ein Schwarzer wie ich, mit einem Eisenrohr in der einen Hand und der Brieftasche eines Toten in der andern, hätte irgendeine Chance? Jedenfalls schaffte ich nicht mehr als zwanzig Häuserblocks, als der Streifenwagen mit Sirenengeheul hinter mir herkam. Sobald sie mir die Handschellen anlegten, sagte ich kein Wort mehr."

"Was hast du mit der Brieftasche gemacht?"

"Weggeschmissen. Dieser ganze Mist, den ich durchgemacht habe, und dann springt noch nicht mal was dabei raus."

"Thomas, du mußt den Cops sagen, was du weißt. Dann kommst du auch wieder raus aus der Sache."

"Ich dachte, Sie wollten mich da raushauen."

Richtig. "Gibt es noch etwas, das ich wissen sollte?"

"Ja. D.J. Cruiser hat die beiden gesehen, von denen ich Ihnen erzählt habe."

"D.J. Cruiser?" Also existierte dieser Dealer wirklich.

Er sah mich mißtrauisch an. "Er ist ein Freund von mir, verstanden? Also keine Fragen, klar? Machen Sie, was Sie wollen, aber lassen Sie ihn in Ruhe."

"Cruiser hat die Killer gesehen?"

"Versprochen?"Sein Mund verzog sich gereizt.

"Versprochen ... Aber du mußt mir erzählen, was er gesehen hat."

"Okay. Cruiser sagt, daß er dieses Paar in die Schule gehen sah. Einen dunkelhaarigen Mann und eine Rothaarige. Durch die Hintertür. Mr. Ross hat sie reingelassen."

Ein hartes Klopfen am Wagenfenster schreckte mich auf.

"Es reicht. Steigen Sie aus." Mrs. Emerson riß die Tür auf und griff mich beim Ellenbogen.

"Ich brauche ..."

"Ein Streifenwagen ist hier zweimal vorbeigefahren. Wir machen jetzt, daß wir wegkommen."

Sie zerrte mich aus meinem Sitz und ließ Thomas rüberrutschen. "Holen sie meinen Jungen raus aus der Sache", rief sie mir noch zu. Zwei Sekunden später sah ich den Chevy auf der Flatbush Avenue davondüsen.

***

Es dauerte zwei Stunden, bis ich Zack endlich erwischte. Ich erzählte ihm alles, was ich wußte, mit einer Ausnahme. Widerstrebend hielt ich das Versprechen, das ich Thomas gegeben hatte und ließ die Geschichte mit Cruiser weg.

Gegen sechs schleppte ich mich endlich nach Hause. Oben miauten wütend die Katzen, und der Anrufbeantworter zog wieder mal seine Weihnachtsbaumlichterkettennummer ab. Irgendwie wußte ich, daß der erste Anruf von Tony sein würde.

"Wenn Sie gesund genug sind, Ihre Nase in Angelegenheiten zu stecken, die Sie nichts angehen, dann können Sie auch wieder zur Arbeit kommen." Ich knurrte den Anrufbeantworter an.

Der nächste Anruf war von K.T. Ich war noch nicht soweit, mich auf sie einzulassen. Trotzdem spielte ich ihre Nachricht zweimal ab. Ihre Stimme wirkte belebend auf mich. Ich stellte den Apparat wieder an und begann, meine Post durchzusehen.

Wie üblich waren alle hinter meinem Geld her. Das Elektrizitätswerk. Der Tierschutzverein. Der Dritte Welt-Hilfsfonds. Ich blätterte die Umschläge rasch durch, dann erstarrte ich. Ohne hinzusehen stellte ich den Anrufbeantworter leiser und riß dann den Brief auf.

Die kleine, präzise Handschrift versetzte mich sofort nach San Francisco. Cathy Chapman.

Liebste Robin,

Seit Monaten hatte ich vor, Dich anzurufen. Unsere letzten Tage in New York sind für mich wie eine offene Wunde. Vielleicht bleibt diese Wunde offen, weil wir nie über das gesprochen haben, was zwischen uns gewesen ist.

In vieler Hinsicht erinnerst Du mich an meinen Vater: Immer dieses Verlangen nach Nähe, und dann, wenn ich mich Dir näherte, der Rückzug in Deine eigene Welt. Vielleicht habe ich so stark auf Dich reagiert, weil ich mich selbst in Dir erkannte. Hast Du jemals bemerkt, wie meine Gefühle für Dich immer schwankten, als Reaktion auf Dein Schwanken? Wir waren wie auf einer Schaukel – verzaubernd, erheiternd, verrückt.

Ich möchte, daß Du weißt, daß ich die Zeit mit Dir immer als eine Zeit der Entdeckungen im Gedächtnis behalten werde. Die wichtigste Entdeckung war aber, daß ich die Kraft gefunden hatte, ganz und beständig zu lieben, trotz meiner Ängste und ganz speziellen Heimsuchungen.

Wenn Du nicht gewesen wärest, dann könnte ich jetzt nicht mein Leben teilen mit einer wundervollen …

Ich ließ den Brief auf den Küchentisch sinken; seine letzten Worte verschwammen vor meinen Augen. Eine Frau namens Sarah. Umzug nach Oregon. Vielleicht, eines Tages, würden wir uns irgendwo mitten in unseren Erinnerungen begegnen und die Vergangenheit heilen.

Die Tür war zugefallen hinter einer Möglichkeit, mit der ich irgendwie gerechnet hatte. Einem Ort, an den ich zurückkehren konnte, wenn ich meiner sicher war. Wenn ich bereit war, zu lieben. Wenn ich bereit war, den Verlust des Menschen, den ich liebte, zu riskieren. Schon wieder. Ich griff mir die Volvoschlüssel und lief hinunter. Ich fuhr schnell, leichtsinnig, gedankenlos. Das Radio plärrte Songs, auf deren Text ich nicht hören konnte. Was ich wollte, war allein der betäubende Rhythmus, der laut aufgedrehte Baß und das Trommeln, das sich in meinen Schenkeln fortsetzte. Das Geräusch des Motors, der Wind, der durch die Fenster hereinpeitschte.

Als das Feuer in meinen Adern sich schließlich gelegt hatte, war ich in Canadensis, Pennsylvania. Ich verlangsamte das Tempo auf den dunklen, kurvenreichen Landstraßen und atmete die süße, von Tannenduft erfüllte Luft ein. Ich war zwei Minuten von Telham Village entfernt, einem Dörfchen in einer waldreichen Gegend, wo zwei meiner besten Freundinnen wohnten. Ich fuhr zu ihrem Haus. Es war nach acht Uhr, und alle Lichter waren aus, außer denen im vorderen Schlafzimmer. Ich hielt in der Zufahrt, eben jenseits der Reichweite ihrer Bewegungsmelder. So gern ich geläutet hätte, ich konnte es nicht.

Ich fuhr rückwärts wieder hinaus und nach Hause. Drei Stunden später lag ich im Bett. Wie betäubt. Ungefähr um vier Uhr morgens schlief ich endlich ein.

Die Wand war wieder da.

***

"Robin, Sie haben es geschafft!"

Ich versuchte, mich auf meinen Wecker zu konzentrieren. "Zack?" Es war acht Uhr.

"Sie haben die Anklage gegen Thomas Emerson fallen lassen."

Ich rieb mir die Augen und setzte mich auf. "Warum?"

"Warum? Wir haben noch mal mit Hyung Kim gesprochen. Unter ein wenig strategischem Druck ist der Kerl zusammengeknickt wie eine welke Blume. Kein schlechter Kerl, wirklich. Fehlgelenkte Wut. Er hat Emersons Geschichte voll bestätigt."

"Das ist eine großartige Nachricht, Zack", sagte ich matt.

"Meine Güte, können Sie Ihre Begeisterung etwas dämpfen? Sie hören sich an wie ein Zombie. Haben Sie Schmerztabletten genommen oder so was?"

"Oder was." Ich warf die Bettdecke beiseite und schlurfte zum Badezimmer.

Er lachte. "Wissen Sie, was Ihr Problem ist? Sie machen sich zuviel Sorgen. Also, ich würde liebend gern ein philosophisches Gespräch mit Ihnen führen, aber der Hammer ist schon blau im Gesicht heute morgen. Warten Sie ab, was die Zeitungen zu all dem sagen. Ich bin froh, daß die Gerechtigkeit ihren Lauf nimmt, aber ich muß Ihnen sagen, daß die New Yorker Polizei alles andere als erfreut ist."

"Das überrascht mich nicht. Wer steht also jetzt in der Schußlinie?"

Er schwieg. Ich hatte das Gefühl, daß er darüber nachdachte, welche Rolle der Hammer wohl in diesem ganzen Durcheinander spielte. "Marion Ross ist noch eine Möglichkeit. Aber Sam Fasani ist auch eine starke Verbindung zwischen den beiden Morden. Das Problem ist nur, daß er wirklich nicht aufzufinden ist. Ich werde Sie's wissen lassen, wie sich alles löst." Es klang, als würde er gern Schluß machen.

Schnell fragte ich, "Hat Marion ein Alibi für Terrys Mord?"

"Ja. Hören Sie, ich muß jetzt Schluß machen." Er legte auf, noch ehe ich eine weitere Frage stellen konnte.

Verwundert über Zacks Verhalten begab ich mich ins Badezimmer. Nach dem Duschen beschloß ich, mich mal wieder im Büro sehen zu lassen, um weiteren ärgerlichen Anrufen Tonys zuvorzukommen. Vorsichtig öffnete ich die Eingangstür.

"Die Luft ist rein, Robin. Der Prediger ist unterwegs."

Ich lächelte und ging hinein. Jill, unsere Teilzeit-Bürokraft, begoß eine Pflanze, die wärend ihrer Flitterwochen fast eingegangen wäre. Ihre langen, dicken, salz- und pfefferfarbenen Locken streiften ihre Schulter, als sie sich zu mir umwandte. Ihre klaren grünen Augen gaben einem das Gefühl, daß man sich nicht verstecken konnte.

Bei ihr machte mir das aber nichts aus.

"Sie und Tony sind wirklich nicht geschaffen fürs Hegen und Pflegen", sagte sie und knipste ein Blatt ab.

Ich zuckte zusammen.

"Hoppla. Da war wohl eine empfindliche Stelle. Tut mir leid." Jill kam quer durchs Zimmer auf mich zu und umarmte mich fest und lange.

"Hey, Schluß damit! Sie ist jetzt eine verheiratete Frau."

Über Jills Schulter hinweg sah ich John, ihren Mann, aus Tonys Büro kommen.

"Haben Sie mal eben das Büro vom Boss inspiziert?"

"Ich hab nur ein Geschenk gebracht", erwiderte John und gab mir schnell einen Kuß auf die Wange. "Eine Fotografie: 'Segelboote bei Sonnenuntergang'. Ein Original John Feyre. Ihres hab ich auf dem Durcheinander hinterlassen, das Sie Schreibtisch nennen."

Ich ging in mein Büro und nahm das elegant verpackte Paket in die Hand. Bevor ich noch das Papier entfernt hatte, konnte ich schon den frischen Geruch des Entwicklers wahrnehmen. "Wann haben Sie Zeit gehabt, das zu machen?"

Als John nicht gleich antwortete, hätte ich mich ohrfeigen können. Manchmal vergesse ich, daß er hörgeschädigt ist. Ich wandte mich um und wiederholte die Frage.

"Gestern abend. Machen Sie auf."

Die Fotografie war großartig. Ein strahlender Regenbogen erstreckte sich von einer drohenden grauen Wolke hinten links hin zu einem klaren Stück Himmel auf der rechten Seite, wo die Sonne auf einen leuchtend grünen Hügel schien, der sich zu einem weißen Sandstrand hinabsenkte.

Ich umarmte ihn als Dank für das Geschenk.

"Das ist besser als Worte", flüsterte er mir ins Ohr. Ich sah, wie er Jill mit kaum unterdrückter Leidenschaft küßte und dann hinausging.

"Wenn ich nicht lesbisch wäre, würde ich mit Ihnen um ihn kämpfen."

"Ich würde auf jeden Fall gewinnen." Ihr Lächeln ließ keinen Zweifel zu. Diese Frau war so glücklich, daß ich mich nicht gewundert hätte, wenn sie auf Wolken davongeschwebt wäre.

"Die Ehe scheint Ihnen zu bekommen."

"Warum auch nicht? Heute morgen haben wir Kaffee gemacht, wir haben Liebe gemacht ... Das Leben ist gut."

"Ach bitte, machen Sie mich nicht so neidisch, ja?" Ich fegte die Papiere auf meinem Schreibtisch beiseite und stellte den Bilderrahmen genau in die Mitte. "Also, was haben Sie für mich?"

"Nicht viel. Tony hat mich als Verstärkung in dem Torstar-Fall eingesetzt. Sehen Sie sich sein Büro an."

Ich ging durch das mittlere Zimmer und öffnete seine Tür. Mein Unterkiefer klappte herunter vor Erstaunen.

"Ist das eine Computer- plus Drucker-Anlage auf dem Pult des Predigers dort?"

"Ein Geschenk von Torstar. Jetzt erwartet der Prediger von mir, daß ich das hiesige Datengenie werde und mit allen andern Datenspeichern Verbindung halte. Morgen wandert das Ding in mein winziges Büro. Die gute Nachricht ist, daß er endlich mit meiner Ganztagsbeschäftigung einverstanden ist. Die schlechte Nachricht ist, daß ich bis zum Ende der Woche Computerexpertin sein muß."

Ich zögerte eine Sekunde, dann beschloß ich, Jill von Michael "Wanze" Flanagan zu erzählen. "Rufen Sie ihn an. Er wird Ihnen mehr über Computer erzählen, als Sie je haben wissen wollen."

"Das mach ich. Inzwischen will ich Ihnen erzählen, was ich bis jetzt herausbekommen habe", sagte sie. Ich folgte ihr zu ihrem Schreibtisch und sah zu, wie sie einen Stapel sorgfältig beschrifteter Karteikarten durchblätterte.

Jill ist, glaube ich, der systematischste Mensch den ich kenne. Sie führt sogar Listen über Listen. Ich hatte das Gefühl, sie würde sich sehr schnell mit dem Computer befreunden.

Sie griff eine bunte Karteikarte heraus und fing an vorzulesen. "Larry Savarin hatte dienstfrei an dem Tag, als David Ross getötet wurde. Ich habe in meiner Lunchpause ein paar von seinen Nachbarn in Bay Ridge befragt. Junge, was sind die redselig. Die ältere Frau von nebenan hat gesehen, wie Larry mittags sein Haus verlassen hat. Er kam erst zur Abendessenszeit zurück. Ich beschloß, ihn nicht direkt zu befragen. Cops mögen die Befragung durch private Ermittler nicht so gern."

Ich lachte in mich hinein. Jill gegen Larry anzusetzen, wäre etwa so fair gewesen, wie einen Pekinesen auf einen Dobermann zu hetzen. Aber Pekinesen können wiederum verdammt kämpferisch sein.

"Was Sam Fasani betrifft", fuhr sie fort, "da habe ich eine Gefälligkeit von einem ehemaligen Freund eingefordert, der beim Nationalregister für Armeeangehörige in Overland arbeitet. Fasanis Personalakte ist 1 a. Keine Vergehen, keine Beschwerden. Ein Mustersoldat. Ich weiß nicht, ob das für oder gegen ihn spricht."

"Im Augenblick weder noch." Ich hatte im Traum nicht daran gedacht, seine Personalakte einzusehen. Meistens braucht man dazu die schriftliche Erlaubnis des Veteranen. Und selbst dann kann es Wochen dauern, bis man die harmloseste Information bekommt. "Können Sie noch ein Wunder wirken? Ich möchte wissen, warum in Bay Ridge eine Turnhalle namens Body Shop diese Woche dichtgemacht hat. Wahrscheinlich aus finanziellen Gründen, aber ich hätte es gern genau gewußt."

Als Antwort zog sie noch eine Karteikarte heraus und schrieb drei Zahlen darauf, Teil eines komplexen Registriersystems, das ich noch nicht entschlüsselt habe. "Gut. Dafür brauche ich mindestens zwei Tage, aber ich will mein Bestes tun."

Während sie sprach, fotokopierte ich mir meine Aufzeichnungen, an denen ich zu Hause gearbeitet hatte, und stellte mit einer gewissen Verlegenheit fest, wie sie neben Jills makellosen Karteikarten mit Querverweisungen verblaßten. Die ersten beiden Seiten meiner Notizen hatten Limoflecke. Achselzukkend beschloß ich, das als meinen ganz persönlichen Farbcode zu betrachten.

"Sehen Sie sich die mal an", sagte ich und gab ihr die Kopien. "Aber lassen Sie sie nicht offen herumliegen. Tony kriegt die Tollwut, wenn er herausfindet, daß ich Sie für mich an dem Fall arbeiten lasse."

Jill nahm die Papiere wortlos entgegen, setzte sich an ihren Schreibtisch und vertiefte sich sogleich in die Sache.

Ich versuchte, Marion Ross und T.B. anzurufen, aber keiner von beiden war da. Darauf beschloß ich, zur Abwechslung, das meine zu den Einkünften unserer Firma beizutragen. Kurz vor Mittag rief Tony an. Es dauerte etwa eine Minute, bis ich kapierte, daß er mich zum Lunch zu verspeisen gedachte. Fünfzehn Minuten lang redete er ununterbrochen auf mich ein. Zwischendurch legte ich einfach den Hörer auf den Schreibtisch und machte mir eine Tasse Kaffee. Als ich ihn wieder aufnahm, zitierte er gerade aus dem Alten Testament. Ich beschloß aufzulegen, ehe er zu seiner Lieblingsstelle mit dem Arbeiter und seinem gerechten Lohn gelangt war.

Zwanzig Minuten später ging das Telefon wieder. Zögernd nahm ich ab, in Erwartung einer weiteren Tony Serra-Predigt. Stattdessen drang eine warme Stimme an mein Ohr.

"Haben Sie mich ganz vergessen?"

Für den Bruchteil einer Sekunde fühlte ich, wie Feuer meinen Körper durchströmte. – K.T.

"Hier ist Maureen. Aus Atlantic City. Erinnern Sie sich?"

Die Enttäuschung tat weh. "Hey. Was gibt's?"

Sie lachte. "Jetzt verstehe ich. Sie haben jemand anderen erwartet."

"Gut geraten. Aber ich freue mich, von Ihnen zu hören. Also, was gibt's?"

"Ich habe Sherlock Holmes gespielt und fand es ganz toll. Ich glaube, Sie werden erfreut sein."

Die Neuigkeit war, was ich erwartet hatte. David Ross war Spieler. Er hatte kleine Vermögen gewonnen und sie jedesmal wieder verloren. Die Croupiers liebten ihn. Nannten ihn den Teflon-Mann, weil seine Gewinne nicht haften blieben. Als er letztes Mal in Atlantic City war, gewann er dreißig Tausender in einer Stunde. Fünf Minuten später hatte er vierzig verloren. Danach zerrten ihn seine Freunde vom Spieltisch weg.

Ich überprüfte die Daten. Das war elf Tage, ehe er getötet wurde.

Die Croupiers wußten nichts über Davids Begleiter. Auch die Personenbeschreibungen waren nur skizzenhaft. Eine dunkelhaarige Frau, schlank. Eine mit feuerrotem Haar und einem ansteckenden Lachen. Ein zurückhaltendes männliches Wesen, das sich die meiste Zeit an der Saftbar aufhielt. Keine Namen.

Die Puzzleteilchen fügten sich allmählich zusammen. Die Wettscheine und Rennformulare in Marions Abfall. Die Zeitschriftenartikel über Frauen, die mit süchtigen Ehemännern zu tun haben.

David Ross war spielsüchtig. Und er hatte kurz vor seinem Tod Unsummen verloren. Die nächste Frage war: Wer waren die Leute in seiner Begleitung, und wieviel wußten sie über seinen Mord?

Tony würde mir bestimmt nicht erlauben, wieder nach Atlantic City zu fahren. Deshalb beschloß ich, mich an schriftliche Unterlagen zu halten. Ich begann mit den Kreditkartenauszügen, die Marion mir gegeben hatte. Darin waren keine Hotels oder Restaurants aufgeführt. Nur ein Einkauf, der außerhalb New Yorks gemacht worden war. In Smithville, New Jersey. Der Name löste eine Erinnerung aus.

Ich überprüfte die Telefonrechnung. Richtig, mehrere Gespräche waren mit der Telefonkarte von Smithville nach Brooklyn geführt worden. Ich kramte in meiner Schreibtischschublade und fand einen zerfledderten Atlas. Smithville lag nur ein paar Meilen entfernt von Atlantic City. Ich lehnte mich zurück und wählte die Nummer.

"Pension Agate." Der Stimme nach sprach ich mit einer älteren Frau.

"Ich hoffe, Sie können mir helfen. Ich habe eben eine Telefonrechnung bekommen, in der mehrere Anrufe aus Ihrem Hotel aufgeführt sind."

"Ja?" Die Frau am anderen Ende klang bereits mißtrauisch. Ich mußte mir schnell etwas ausdenken.

"Wissen Sie", sagte ich und sprach plötzlich mit einem Kloß im Hals. "Mein Mann ist vorige Woche verschieden. Und ich bin nicht sicher, ob diese Rechnung stimmt oder nicht. Die Telefongesellschaft ist schon hinter mir her wegen verspäteter Zahlungen. Aber ich weiß nicht mal, ob David überhaupt diese Anrufe gemacht hat ... Er ist so viel gereist."

"Ich bin wirklich nicht ..."

"O, ich würde Sie niemals bitten, etwas Unrechtes zu tun. Könnten Sie mir nicht einfach sagen, ob David bei Ihnen übernachtet hat? Ich möchte mich mit der Telefongesellschaft nicht anlegen, wenn es nicht sein muß." Meine Stimme klang schon ganz ängstlich. Komisch. Es kam mir wie echt vor.

"Okay, Liebes, beruhigen Sie sich. Geben Sie mir die Daten und den Namen Ihres Mannes."

Ein paar Minuten später kam die Frau wieder an den Apparat.

"Es tut mir leid. Wir haben an den betreffenden Tagen keine Eintragung von David Ross."

"Ich kann mir nicht denken, daß sie so oft einen Fehler gemacht haben. Hat bei Ihnen überhaupt jemand aus Brooklyn übernachtet? Vielleicht hat er sich unter dem Namen seines Chefs eingetragen."

"Wir sind ein kleines Hotel, Liebes. Aber ich will mal eben nachsehen, nein. Wir hatten einen V. Sirocco, A. Lipson, V. Savarin ..."

"Savarin?"

"Ist er das?"
"Mit Sicherheit."
Ich legte den Hörer auf. Mir war ein bißchen übel.

Kapitel 17

Die Puzzleteilchen fügten sich zwar immer besser zusammen, aber das Muster, das sich ergab, gefiel mir überhaupt nicht.

Ich versuchte, mir vorzustellen, wie Virginia mit David Ross übers Wochenende heimlich nach Atlantic City fuhr. Doch dieses Bild wollte sich nicht einstellen. Ich hatte nur kurze Zeit mit ihr verbracht, aber ich hielt sie für einen Menschen, dessen Leben wie ein offenes Buch war – und dieses Buch war ganz bestimmt nicht *Peyton Place*.

Aber ich mußte den Tatsachen ins Gesicht sehen. Wenn Virginia etwas mit David gehabt hatte, mußte ich sie als mögliche Verdächtige ansehen.

K.T.s Schwester. Und T.B.s Schwester!

Das bot eine eine Erklärung für die verschwundene Kugel, und auch für T.B.s Begeisterung über meine improvisierte Theorie.

Ich erinnerte mich daran, wie ich Virginia zum erstenmal gesehen hatte, wie ihre schönen Hände sich mit unendlicher Zartheit nach David ausstreckten. Es war einfach nicht möglich, daß eben diese Hände denselben Mann Stunden später getötet hatten.

Es sei denn, der Mörder war Larry, ihr Mann.

War er vielleicht eine von den beiden Personen, die David kurz vor seinem Tod aufgesucht hatten?

Ich lehnte mich zurück und klopfte mit dem Bleistift auf den Schreibtisch. Es gab nur einen Menschen, der mehr Licht auf das geheimnisvolle Paar werfen konnte. Ich schaute in meine Aufzeichnungen und wählte. Als die Verbindung da war, drückte ich mir selber den Daumen. "Mrs. Emerson?"

"Wer ist da?"

Ich grinste. Die Dame war wirklich hart wie Stahl. Ich nannte meinen Namen. Ihr Dank für meine Rolle bei der Befreiung von Thomas war knapp, aber aufrichtig.

"Ich brauche Ihre Hilfe."

"Ihr Weißen braucht immer irgendwas."

Ich lachte laut heraus. "Sie etwa nicht?" Ich erntete ein verhaltenes Kichern.

"Solange es mich und meine Familie nichts kostet ..."

"Ich will nur sicher sein, daß die Leute, die für diesen Mord verantwortlich sind, gefaßt werden. Dazu brauche ich Thomas' Hilfe. Ich muß mit seinem Freund Cruiser sprechen."

"Cruiser ist kein Freund von meinem Jungen."

"Ihr Sohn denkt da anders."

Ihre Stimme wurde eine Oktave tiefer. "Das ist ein Dealer. Verstehen Sie? Ich verbringe mein halbes Leben damit, Thomas von solchen Typen fernzuhalten, und Sie wollen, daß ich ihn ..."

"Ich will ja nur, daß Thomas ein Treffen zwischen uns vereinbart. Das ist alles."

"Warum sollte ich das wohl tun?"

"Sie meinen: Was springt für Sie dabei heraus?" Ich sagte das absichtlich ironisch. Es entging ihr keineswegs. Diesmal lachte sie schon lauter.

"Thomas ist im Nebenzimmer. Ich hab ihm gesagt, daß er heute nicht in die Schule muß. Habe einen Truthahn im Ofen, um das Ende dieses Alptraums zu feiern. Ich werde mit ihm reden ... aber wenn das klappt, dann schulden Sie mir was."

"Nach meinen Berechnungen sind wir dann quitt."

Ich hörte ein Glucksen. "Ihre Berechnungen zählen nicht. Ich brauche einen guten Anwalt. Jemand, der mehr will, als in die Fernsehnachrichten kommen oder einen schnellen Dollar verdienen."

Ich sah meine Adressenkartei durch. "Lassen Sie mich mal raten. Sie wollen die ganze New Yorker Polizei verklagen, bis denen die Luft ausgeht." Ich zog eine Karte heraus. Es war die Adresse einer Ex-Freundin, die mehr Fälle ohne Honorar übernimmt, als ihrem Bankkonto oder ihrem Vater, einem Bankier, guttut.

"Und nicht zu vergessen den Bürgermeister, der da auf seinem hohen Roß sitzt und wie es scheint seine eigene Hautfarbe vergessen hat."

Ich las ihr den Namen vor und empfand dabei ein perverses Vergnügen angesichts der Scherereien, die Martha Emerson heraufbeschwören würde.

"Ich rufe in zehn Minuten zurück", sagte sie. "Gehen Sie nicht weg."

Es dauerte fast eine Stunde, bis ich wieder von ihr hörte. Aber dann war es auch eine gute Nachricht: Thomas wollte sich mit mir um zwei Uhr vor der Schule treffen.

Mir blieben fünfundzwanzig Minuten, um dort hinzukommen.

***

Der Volvomotor zirpte wie eine Zikade. Ich war mit durchgedrücktem Gaspedal in die Bronx gefahren und überlegte, wann Beth und Dinah sich wohl die Autoschlüssel wieder schnappen würden. Nun verschloß ich den Wagen und betete, daß das Radio noch da sein möchte, wenn ich zurückkam.

Als ich um die Ecke bog, lief Thomas vor der Schule auf und ab. Das erste, was er sagte, war, "Ich kann selbst nicht glauben, was ich da tue. Meine Mutter sagt mir, ich kann zu Hause bleiben, um zu feiern, und jetzt lassen Sie mich hier rumstehen und meinen Hintern riskieren."

Erschrocken erkannte ich, daß der Junge Angst hatte.

Mein Vertrauen sank um einige Grad. "Ist irgendwas nicht in Ordnung?"

Überrascht von der Frage schaute er auf. "Cruiser ist in Ordnung. Shit, ich weiß daß er dealt. Meine Mutter denkt, deswegen ist er schlecht. Aber das stimmt nicht. Mit mir ist er immer anständig umgegangen. Da fangen doch eines Tages diese drei Fatzken Krach mit mir an. Cruiser stoppt sie. Wamm-Boing!" Er hörte sich an wie eine alten Batman-Serie. "Ich will ihn mir nicht vergrätzen."

"Die Polizei ist nicht im Spiel, Thomas. Das verspreche ich. Und bis jetzt hab ich meine Versprechen dir gegenüber immer gehalten." Er nickte zustimmend. "Im Augenblick interessiert mich nicht, was Cruiser macht. Nur was er gesehen hat."

Er antwortete nicht. Stattdessen ging er auf das verlassene Gebäude zu, das nur einen Katzensprung von der Schule entfernt lag. Mir ging augenblicklich auf, wer Cruiser war. Der große, schwarze Mann, den ich vom Fenster aus beobachtet hatte, an dem Tag, als David ermordet wurde. Der Kerl, der wie ein Boxer gebaut war. Als ich den Mazda RX-7 an der Ecke geparkt sah, wußte ich, daß ich recht hatte.

"Warten Sie hier", sagte Thomas, jetzt hochaufgerichtet und mit verändertem Auftreten. Jetzt war er mein Beschützer.

Er schlenderte hinein. Inzwischen sah ich mir das Gebäude genauer an: Alle Fenster waren mit Brettern vernagelt bis auf eins im obersten Stockwerk. An einer Ecke waren die Bretter entfernt worden und sekundenlang konnte ich sehen, daß jemand mich beobachtete. Mein Rückgrat kribbelte. Vielleicht hatte Dinah recht, und ich hatte den Verstand verloren. Warum sonst setzte ich mein Leben aufs Spiel, anstatt alberne, ein bißchen schmuddelige Liebesromane für die danach lechzenden Hausfrauen Amerikas zu schreiben?

Thomas erschien wieder. "Er sagt, Sie sollen raufkommen. Dritter Stock."

Ich wartete darauf, daß er voranging, aber er rührte sich nicht. Meine Angst erreichte einen Grad jenseits der Richterskala. "Ich soll allein reingehen?"

Ich kam mir plötzlich vor wie ein Teenager.

Er hatte mich sofort durchschaut. "Sie sind doch schon ein großes Mädchen, Frau Ermittlerin."

Ich sah ihm nach, wie er wegging, und bei jedem seiner Schritte wuchs meine Angst. Schließlich holte ich tief Luft und ging hinein.

Es war so dunkel, daß man gar nichts sehen konnte. Sobald sich die schiefhängende Tür hinter mir geschlossen hatte, wußte ich: Ich war im Niemandsland. Die Luft roch säuerlich, nach einer Mischung aus Ammoniak, Feuer und einfach Dreck. Und noch etwas: Schweiß. Die Art Schweiß, die einem in die Nase fährt wie eine Feuerwerksrakete, darin explodiert und eine Botschaft von Furcht, Krankheit und Verzweiflung hinterläßt.

Ich stand still, atmete durch den Mund und wartete, daß mein Herzschlag und mein Sehvermögen wieder normal wurden.

Langsam gewöhnten sich meine Augen an die Umgebung. Urinbefleckte Matratzen lagen auf der anderen Seite des Zimmers. Unter einem der verbarrikadierten Fenster war eine Feuerstelle, provisorisch gebaut aus den Ziegeln, die vor dem Gebäude herumlagen. Der Sperrholzfußboden war bedeckt mit Müll und menschlichen Hinterlassenschaften.

In der Ecke trippelte etwas über den Fußboden, dessen Körper so fett war wie der einer Katze.

Ich lief die Treppen hinauf.

Die morschen Stufen drohten unter meinem Gewicht nachzugeben. Ich legte eine Hand auf das Geländer, um mich abzustützen. Augenblicklich durchbohrte ein Splitter meine Haut. Ich wagte nicht, stehenzubleiben.

Gegen Ende der Treppe wurde das Licht plötzlich heller.

Ich nahm mich zusammen und betrat den Treppenabsatz. Kein Laut, keine Bewegung außer meinen eigenen. Ich hielt den Atem an. Ich befand mich in einem langen, trübe erleuchteten Korridor mit vier Türen. Alle waren geschlossen. Das war das Spiel "Let's Make a Deal" in einer Alptraumversion. Ich wollte nicht spielen, aber ich hatte keine Wahl. Zögernd ging ich auf die rechte der beiden Türen vor mir zu. Als ich den Türgriff berührte, hätte ich mich dafür ohrfeigen können, diesen Job nicht Zack überlassen zu haben.

Die Tür flog auf und eine Hand legte sich über meinen Mund. Ich begann zu treten und zu schreien wie eine Besessene. Ein zweites Paar Hände griff nach meinen Fußknöcheln und hielt sie fest umschlossen wie im Schraubstock. Ein dritter Mann trat hinter mich und hielt meine Arme hinten fest. Alle bewegten sich so schnell, daß ich nicht einmal ihre Gesichter erkennen konnte. Eine Hand untersuchte meinen Rücken, eine andere schob sich unter mein T-Shirt. Schrecken und Wut erfüllten mich. Die Luft vibrierte von Stöhnen und Schreien. Das war ich.

Dann legte sich der Sturm plötzlich. Einer der Männer warf mich auf eine Matratze wie einen Sack Kartoffeln.

Mein einziger Gedanke war: Wenn diese Schweine mich zu vergewaltigen versuchten, würde ich sie mit bloßen Händen erwürgen. Erwürgen oder –

"Ich bedauere diesen Empfang."

Meine Aufmerksamkeit wurde auf die andere Seite des Zimmers gelenkt, wo, völlig unpassend, ein grauer Ledersessel neben einem eleganten Bücherschrank stand. Ein Mann mit einer Boxerstatur füllte den Sessel. Ich blickte mich nach meinen Angreifern um. Ein kleiner, untersetzter Weißer, der aussah wie mein Onkel Seymour, säuberte sich eifrig die Zähne mit einem Zahnstocher. Die anderen beiden, ein Puertorikaner und ein Asiate, hockten auf dem Fensterbrett; am Glänzen ihrer blutunterlaufenen Augen konnte ich erkennen, wie viel Spaß ihnen ihr Job gemacht hatte.

Großartig, dachte ich. Da bin ich in die Crackhöhle der Vereinten Nationen geraten.

"Freut mich zu sehen, daß Sie keine Wanze bei sich haben", verkündete Cruiser von der anderen Seite des Zimmers her. "Das wäre auch außerordentlich dumm gewesen." Er stand auf und kam auf mich zu. Schnell richtete ich mich auf meiner Matratze auf.

Die Beine lässig gekreuzt, sagte ich, "Nettes Empfangskomitee haben Sie hier." Meine Stimme war fest, dem Himmel sei Dank.

"Ich habe ein Geschäft zu beschützen. Sie werden das sicher verstehen." Er artikulierte die Worte sorgfältig. Der Mann war gebildet und gerissen. Ein gefährlicher Gegner. Ich beobachtete ihn genau, während er mich umkreiste und seine Blicke von meinen Turnschuhen über meine Hüften bis zu meinen Augen wandern ließ. Seine Hand näherte sich instinktiv der Ausbeulung unter seinem Marinepullover. Etwas an seiner Art erschien mir vertraut.

Plötzlich traf es mich wie ein Pfeil in den Hintern.

"Sie sind ein Bulle!" rief ich unwillkürlich aus; dann biß ich mir auf die Lippe.

Er blieb stehen und seine Augen bohrten sich in die meinen. Forschend. "Ich *war* mal Polizeibeamter. Das System", sagte er und dehnte die S-Laute endlos, "das System hat mich im Stich gelassen. Da riskiert man sein Leben für einen Dreck. Kein Geld. Keinen Respekt. Und dann erfährt man, daß der Freak, der einem vor zwei Tagen fast die Kehle durchgeschnitten hat, frei auf der Straße herumläuft und sich ins Fäustchen lacht. Ich habe was Besseres gefunden."

Ich versuchte, mir meine Überraschung nicht anmerken zu lassen.

"Aber ich gebe mir Mühe, meine Geschäfte wie ein Gentleman zu führen." Ich merkte, daß er auf eine Reaktion von mir wartete und tat mein bestes, ihn zu enttäuschen.

Er lächelte. "Gut." Eine feste Hand von der Größe eines Ping-Pongschlägers landete auf meinem Rücken und schob mich zur Wand. "Wenn es Ihnen nichts ausmacht ..." Er stieß meine Füße auseinander und schubste mich vorwärts, so daß ich meine Hände nicht von dem rissigen Verputz nehmen konnte, ohne aufs Gesicht zu fallen. Er filzte mich von Kopf bis Fuß.

Wirklich ein Profi.

Er betastete meine Fußknöchel und sagte, "Eins habe ich in meinem Dienst bei der Polizei gelernt: Man kann nicht vorsichtig genug sein."

Als er endlich fertig war, richtete ich mich auf und drehte mich um. Er ließ die Hände sinken; seine Haltung entspannte sich. "Nun, warum erzählen Sie mir nicht, wieso Sie sich in mein Revier gewagt haben?"

Ich wollte gern furchteinflößend aussehen, aber ich hatte das Gefühl, ich sah aus, als ob ich mich gleich übergeben müßte. Was auch stimmte. "Sie sind der einzige, der die beiden Leute beschreiben kann, die David Ross an dem Tag besuchten, als er ermordet wurde."

Er schnaubte verächtlich und zog ein kleines Fläschchen aus der Gesäßtasche. Ich sah zu, wie er etwas in seine Augen träufelte. "Wer sagt das?"

"Thomas Emerson."

Ein Bächlein erglänzte auf seiner Wange wie eine Tränenspur. Die Wirkung war bemerkenswert. "Pooley ist ein kleiner Junge", sagte er.

"Das ist er schon lange nicht mehr."

Wie starrten einander eine bedrückende Minute lang an.

Dann, ohne mich aus den Augen zu lassen, gab er seiner Truppe einen Wink. Lautlos verließen sie das Zimmer.

Seltsamerweise fühlte ich mich jetzt noch verwundbarer als vorher.

"Auf keinen Fall werde ich eine offizielle Aussage machen." Er zog eine Packung Zigaretten heraus und zündete sich eine an. "Außerdem ist die Aussage eine Dealers einen Dreck wert. Glauben Sie mir, ich weiß es."

Ich hörte die Bitterkeit in seiner Stimme. Zum hundertsten Male fragte ich mich, wie Cops wie Zack geistig normal und ehrlich bleiben können trotz des Drucks, dem sie jeden Tag ausgesetzt sind.

"Sagen Sie mir einfach, was Sie wissen", sagte ich. "Den Rest übernehme ich."

Er lächelte und schnippte die Asche in einen vergoldeten Aschenbecher. "Und was machen Sie dann damit?"

"Haben Sie eine der beiden Personen erkannt?"

"Was haben Sie vor? Diese beiden Verdächtigen etwa allein zur Strecke zu bringen? Sie haben einen Cagney-Komplex, kleine Schnüfflerin."

Es dauerte eine Sekunde, ehe ich begriff, wovon er sprach. "Ich spiele nicht Räuber und Gendarm. Es ist noch jemand getötet worden – eine Lehrerin. Sie war meine Freundin. Also warum hören Sie nicht endlich mit diesem Theater auf ..."

Noch ehe ich den Satz zu Ende sprechen konnte, blitzte ein Taschenmesser in seiner Hand auf. Die acht Zentimeter lange Klinge zischte an meinem Ohr vorbei und drang hinter mir tief in die Wand ein. Meine Knie drohten nachzugeben. Trotzdem wirbelte ich herum, zog das Messer wieder heraus und betete zu Gott, er möge verhüten, daß ich es gebrauchen mußte. "Was zum Teufel soll das?" fragte ich mit unsicherer Stimme.

Er brüllte auf mich ein. "Das hier ist meine Welt. Hier habe ich die Leitung. Wie ein König", zischte er mir ins Ohr. "Sie wollen eine Gefälligkeit von mir? Dann ändern Sie schnellstens Ihr Benehmen. Bevor meine Gutmütigkeit ein Ende hat."

Mit einem schnellen Griff hatte er mir das Messer entwunden.

"Fein." Meine Ironie war so ätzend, daß mir fast der Mund wehtat. "Was haben Euer Majestät gesehen ..."

Er vergrub seine Finger in meinem Haar und zog daran, bis der Schmerz fast unerträglich war. "Sie denken, weil ich ein Cop war, zieh ich Ihnen nicht das Fell ab, aber da irren Sie sich. Meine Moral habe ich in der Gesäßtasche dieser verdammten blauen Uniform vergessen. Mich hält also nichts zurück. Gar nichts."

Ich schluckte trocken, während Schmerz meine Nerven durchströmte. "Tut mir leid."

Er ließ mich los und nickte. "Haben Sie Geld bei sich?"

"Fünfzig oder sechzig Dollar."

Ich griff in meine Tasche, aber er war schneller.

"Damit Sie immer dran denken: Man bekommt nichts umsonst. Setzen Sie sich."

Ich tat genau, was er sagte.

"An dem Tag, als Ross umgelegt wurde, hab ich ich diese Kleine in die Schule gehen sehen. Rotes Haar, tolle Beine. Sie kam mir irgendwie bekannt vor, aber den Kerl kannte ich nicht. Der war wirklich ein Macho. Kleidung untertrieben. Jogginghosen, Sweatshirt. Also denk ich bei mir: Das ist mal ein komisches Paar. Ich meine, die Frau war wirklich schick angezogen: Enges Kleid, Pfennigabsätze."

Mein Adrenalinspiegel war im Steigen.

"Meine Ausbildung bewährt sich, glaube ich, immer noch. Ich sehe, was andere übersehen. Die kleinsten Abweichungen", fuhr er fort. "Man würde nicht denken, daß solche wie die in eine East New Yorker Schule reingehen. Der Mann war mittelgroß, über einsachtzig. Dunkles Haar. Gesicht konnte ich nicht sehen." Bisher hatte ich noch nicht viel erfahren. Ich biß mir auf die Innenseite meiner Backe und probierte einen anderen Kurs. "Hat Ross jemals von Ihnen gekauft?"

"Gekauft?" fragte er verblüfft. "Etwa Koks?"

Ich nickte.

Das Mißtrauen kehrte in seine Augen zurück. "Ich dachte, Sie wollten nur was über dieses Paar wissen."

"Ich will wissen, wer Ross getötet hat und warum. Wenn Ross mit Drogen zu tun hatte ..."

Er ging hinüber zu einem Glastisch, der mit Crackgläschen und kleinen, weißen Ameisenhaufen bedeckt war.

Er steckte einen Finger in das weiße Zeug und fragte leise, "Denken Sie, ich habe was zu tun mit seinem Tod?"

"Im Augenblick sind Ihre Geschäfte für mich völlig bedeutungslos. Selbst wenn Sie Ross ein Kilo Stoff verkauft hätten, wäre mir das egal. Mich interessiert nur der Mord. Das ist alles."

"Ross nahm keine Drogen", sagte er und schleckte seinen Finger ab wie eine Katze. "Und ich verkaufe nicht an Lehrer oder Schulkinder." Er lächelte mich an. "Schlecht fürs Geschäft. Wenn man sich mit Kindern abgibt, dann interessieren sich die Cops viel mehr für einen. Das bringt ihnen viel bessere Schlagzeilen. Mich lassen sie in Ruhe."

"Was war mit Ross ?"

"Der Mann war süchtig, ohne Frage. Aber nicht nach dem Weißen Riesen. Er war Spieler. Im großen Stil. Ich hab ihn immer in dem Wettbüro auf der Court Street gesehen. Da haben wir uns auch kennengelernt. Einmal sah ich ihn zum Schalter gehen und zehn Tausender hinblättern wie nichts. Ziemlich gewagt. Fünfzig zu eins. Ich gehe hin zu ihm und sage, Mann, Sie haben haben wohl gar keine Hemmungen. Er lacht. Sagt, deswegen wettet er ja auf dieses Pferd. *Great Balls of Fire*. So hieß das Pferd."

Cruiser hatte jetzt ein Rasiermesser in der Hand.

Angesichts des kühlen Stahls sträubten sich mir die Nakkenhaare. Ich erkannte erschreckt, daß meine Minuten gezählt waren. Wenn ich hier nicht bald rauskam ...

Eine einzige Frage noch, ermahnte ich mich selbst. Und zwar eine gute. "War Ross Ihnen Geld schuldig?"

Sein Kopf schnellte herum. "Was hat Emerson Ihnen erzählt?"

Sein Ton gefiel mir nicht. Irgendwie war ich für ihn bedrohlicher geworden. "Nichts. Der Junge war fair zu Ihnen. Ich hab nur so auf gut Glück gefragt ..."

"Daß Ihnen Ihr Glück nur treu bleibt, mein Engel." Mit dem Rasiermesser kam er auf mich zu. Langsam. Ich bewegte mich rückwärts auf die Tür zu. Die Klinge war unter meiner Nase, dann an meinem Hals. Er kam so dicht heran, daß ich seinen

Atem riechen konnte. Zigaretten und Chinesisches Essen. Schwarze Bohnensoße.

"Ross hat sich vor über einem Monat Fünfunddreißigtausend von mir geliehen." Ich riß die Augen auf. "Stellen Sie sich mal vor, was das gäbe: so eine Summe von jemandem wie mir zu leihen und sie nicht zurückzuzahlen."

Ich stellte es mir vor.

Ross hätte das nicht überlebt.

Plötzlich kam mir der Gedanke, daß Emerson und Cruiser vielleicht zusammen daran arbeiteten, ein Alibi zu fabrizieren. Das geheimnisvolle Paar konnte einfach ein Produkt ihrer gemeinsamen Einbildungskraft sein.

"Naheliegend, sehr naheliegend." Cruiser sprach mehr zu sich selbst als zu mir. Ich hatte das Gefühl, daß er etwas in meinen Augen gesehen hatte, das ihn amüsierte. "Er hat es mir einen Tag bevor er getötet wurde, zurückgezahlt. Jeden Dollar." Er machte eine Pause und sagte dann, "Sie können es sich aussuchen: Entweder lüge ich, oder ich sage die Wahrheit. Wenn ich lüge, dann sind Sie in ungefähr dreizehn Sekunden tot." Er strich mit dem Rasiermesser ganz leicht über meinen Hals. Ich spürte, wie kleine Blutstropfen hervorperlten. Ich versuchte, nicht zu schlucken. "Aber wenn ich Ihnen die Wahrheit sage, dann hat Ross die Fünfunddreißigtausend woanders herbekommen."

Er trat zurück.

Ich stellte keine Fragen mehr. Ich rannte aus dem Gebäude, als ginge es um mein Leben.

Und ich habe das Gefühl, so war es auch.

Kapitel 18

Als ich im Wagen saß und mir mit einem Erfrischungstuch das Blut vom Hals wischte, liefen Cruisers Worte in meinem Kopf immer wieder ab. Wenn Ross es ihm zurückgezahlt hatte, wo zum Teufel hatte er das Geld aufgetrieben? Maureen hatte gesagt, Ross hätte elf Tage vor seinem Tod in Atlantic City vierzigtausend Dollar verloren. Ich bezweifelte, daß er seine Frau um das Geld gebeten hatte. Also hatte er entweder in jener Woche enormes Glück beim Wetten gehabt, oder er hatte sich das Geld von jemandem geliehen. Oder gestohlen. Oder jemanden erpreßt. Oder …

Ich hatte den Volvo eben gewendet, als ich Virginia zu ihrem Wagen laufen sah. Einem himmelblauen Ford. Ich schaute auf die Uhr: Zehn nach drei.

Sie wirkte erhitzt und rammte hastig den Schlüssel ins Türschloß. Aber ich selber bot auch keinen sehr erfreulichen Anblick. Seit meiner Begegnung mit Cruiser war mein Haar feucht von Schweiß, und meine Lungen wußten gerade noch, wie man atmet.

Nichts wünschte ich mir mehr, als nach Hause zu fahren und mich in ein dampfend heißes Bad zu stürzen.

Aber dieser Fall ließ mich einfach nicht los. Ich fuhr hinter Virginias Wagen her.

In New York City einen Wagen zu verfolgen, ist fast unmöglich. Man fixiert ihn und versucht, ihn nicht zu verlieren, während alle anderen einem dabei in die Quere kommen. Das einzig Gute daran ist, daß die Chancen, in dem Chaos entdeckt zu werden, gleich Null sind.

Virginia war eine gute und vorsichtige Fahrerin. Sie blinkte vorm Abbiegen, fuhr am Stopzeichen langsam, ließ Schulbussen die Vorfahrt. Je länger ich ihr nachfuhr, desto fester wurde meine Überzeugung, daß sie nicht gerade der Typ war, der Verbrechen aus Leidenschaft begeht.

Wir fuhren über die Brooklyn Bridge nach Manhattan. Dort wurde mein Plan fast zunichte. Taxis schnitten mich; Fußgänger latschten unerwartet über die Straße. Zweimal mußte ich bei roter Ampel über die Kreuzung fahren, um sie nicht zu verlieren. Als sie begann, an der Twelfth Street und Thirteenth Street herumzukurven, wußte ich Bescheid: Der Falke suchte einen Platz zum Landen.

Ich hielt einfach vor einem Hydranten und beobachtete, wie sie ihren Wagen auf einen Platz manövrierte, der eigentlich einem Volkswagen zustand. Dann knallte sie die Wagentür zu und setzte ihren Weg auf der Thirteenth Street fort. Etwa auf der Hälfte des Blocks blieb sie vor einem Haus aus braunem Sandstein stehen, sprang die Eingangstreppe hinauf und läutete; zwischendurch sah sie nervös auf ihre Armbanduhr. Ein Summer öffnete die Tür. Einen Augenblick später stand ich ebenfalls dort und las das Namensschild: B. Marcelescu.

Eine Stunde verging, ehe Virginia wieder erschien. Sie ging untergehakt mit einer älteren Frau und schien ruhiger, fast heiter.

Die Frau neben ihr war groß und dünn; ihr graues Haar war zurückgekämmt und endete in einem festen Knoten. Sie sprachen vor der Haustür noch ein paar Minuten miteinander, dann schwebte Virginia buchstäblich die paar Stufen herunter.

"Wir sehen uns dann um sechs im *Our Daily Bread*", rief die ältere Frau ihr mit einem auffallenden Akzent nach.

Sie sah hinter Virginia her, als sie sich entfernte und verschränkte die Arme vor ihrer knochigen Brust. Ich überquerte die Straße, um genauer sehen zu können. Sie trug eine schwarze, zweireihige Jacke mit breiten Ärmelaufschlägen zu einem knöchellangen Kleid. Ihre Pumps hatten breite Absätze und waren tiefschwarz.

Eine Erscheinung aus dem achtzehnten Jahrhundert.

Ich räusperte mich. "Mrs. Marcelescu?"

Sie wandte mir ohne das mindeste Interesse ihren Blick zu. "Ja." Sie dehnte das Wort, bis es fast melodisch klang.

Ich stieg die Stufen hinauf und überreichte ihr eine Geschäftskarte. "Nur ein paar Minuten Ihrer Zeit, bitte ..."

"Ich habe keine Zeit zu verschenken."

Ihr Ton hatte etwas Abweisendes. Ich ließ mich dadurch nicht abschrecken. Nach D.J. Cruiser war diese Frau ein Kinderspiel. "Sie müssen natürlich nicht mit mir sprechen. Aber ich untersuche einen Mordfall. Wenn Sie ablehnen, werde ich Ihren Namen der Polizei übergeben ..."

"Miss", sagte sie ungeduldig. "Ich habe schon vieles überlebt: Das kommunistische Rumänien. Nicolae Ceaucescu. Also drohen Sie mir nicht." Unerwartet streckte sie mir ihre kleine feste Hand entgegen, die sich nur durch die Länge der Daumen auszeichnete. "Kommen Sie. Ich werde Ihre Fragen beantworten, aber nur, weil ich es möchte."

Ich folgte ihr eine hellerleuchtete Treppe hinauf. Oben öffnete sich eine Tür aus dunklem Walnußholz, und ich befand mich in einem unerträglich warmen, einem Lagerraum ähnlichem Zimmer. Unwillkürlich suchten meine Augen die Fenster. Sie waren alle fest geschlossen und bedeckt von schweren, granatroten Vorhängen.

Zum zweiten Mal an diesem Tage rangen meine Lungen nach Luft. "Könnten Sie bitte ein Fenster aufmachen", keuchte ich buchstäblich.

"Nein", sagte sie nur. Sie ließ sich auf einem Windsorstuhl aus Kirschholz nieder, der neben der wunderbarsten Harfe stand, die ich je gesehen hatte. Sie wies auf einen Stuhl jenseits der Harfe. Ich setzte mich und starrte sie durch die seidigen Saiten hindurch an.

"Also ...", erinnerte sie mich.

Einen Augenblick lang fiel mir nichts ein. Wer zum Teufel war diese Frau? "In welcher Beziehung stehen Sie zu Virginia Savarin?" fragte ich dann kühn.

"Virginia?" fragte sie verwirrt. "Sie fragen nach Virginia Savarin?"

Neben dieser Frau kam ich mir jung und töricht vor. Ich beschloß, einfach zu warten.

"Ja", sagte sie nach einer endlos erscheinenden Minute. Schweiß tropfte von meinem Kinn. "Virginia ist ein Engel." Sie unterstrich ihre Worte, indem sie ihre Daumen hin- und herdrehte.

"Verstehen Sie etwas von der Harfe? Nein, vermutlich nicht. Sie sind eine moderne Frau."

Ihre Worte enthielten eine deutliche Mißbilligung.

"Ich will Ihnen sagen, wenn ich für Rapmusik wäre, ich könnte sie spielen und damit viel Geld machen. Aber ich tu's nicht. Ich spiele Harfe." Sie hob kämpferisch ihr Kinn. "Ich spiele nicht für Geld, sondern aus Liebe. Virginia versteht das."

Als sie innehielt, hatte das etwas Endgültiges. Ich fühlte, wie meine Augenbrauen sich vor Erstaunen zusammenzogen. Sollte damit etwa alles erklärt sein?

"Tut mir leid, aber ich habe Ihre Beziehung immer noch nicht verstanden."

Sie schürzte die Lippen, amüsiert über meine Verwirrung. "Sie ist meine Schülerin. Wir haben dieselbe Geliebte."

Ich horchte auf.

"Die Harfe", sagte sie dramatisch und ließ einen ihrer erstaunlich langen Daumen rückwärts über die Saiten gleiten.

Der Klang ließ den Raum vibrieren. Das war Magie. Ich schloß die Augen und ließ mich von dem kühlen Strom der Töne davontragen. Die Töne prickelten in mir wie Champagner. Plötzlich trat Stille ein. Als ich die Augen öffnete, sah mich B. Marcelescu unter ihren schweren, grauen Brauen prüfend an.

"Vielleicht haben Sie doch eine Seele. Ihre Reaktion ist gut", sagte sie und nickte befriedigt.

Zu meiner Überraschung merkte ich, daß ich strahlte. "Sie sind Virginias Lehrerin."

"Nein, ich bin ihr Leuchtturm und sie ist ein Schiff, das zum Licht hin segelt. Verstehen Sie?"

Ein Schiff, das segelt. Sehr gut.

"Was wissen Sie von ihr?"

"Alles, was man wissen kann. Sie ist Musikerin." Sie zielte mit ihren überaus beweglichen Daumen auf ihre Brust. "Sie hat Herz. Wenn Sie denken, sie könnte töten ..."

"Ich beschuldige sie überhaupt nicht, Miss Marcelescu."

"Beatrice."

"Beatrice. Ich segle auch zum Licht. Ich suche nach Antworten."

Gedankenverloren begann sie, auf der Harfe zu spielen. Die süßen Töne machten es mir schwer, mich auf Einzelheiten zu konzentrieren.

"Wissen Sie, ob Virginia glücklich verheiratet ist?"

Sie lachte. Dieses Lachen paßte gar nicht zu ihrer hageren Gestalt.

"Welche Frau ist schon glücklich? Ehe ist eine alberne Erfindung, nicht wahr? Ein einziger Mann fürs ganze Leben. Aber Virginia, das ist eine Frau von Charakter. Ihr Mann ist schwierig. Aber sie liebt ihn, ja." Ihre kohlschwarzen Augen wurden groß, als sei sie soeben erst zu dieser Erkenntnis gelangt. "Einmal, erzählte sie mir, war sie in Versuchung, ihr Gelübde zu brechen. Ich führe sie hin zur Harfe, und sie spielt, bis sie weint wie ein Kind. Dann halte ich sie, und sie sagt, 'Ich träume davon, frei zu sein, frei, das Unrechte zu tun.' Ich glaube, sie hat nie diesem Traum nachgegeben."

"Liebe", sagte sie, und ihre Finger flogen über die Saiten wie Hummeln über ein Blumenbeet. "Liebe ist verrückt, nicht? So viele Risiken geht man ein, sein Herz zu verschenken, und so viel Weh ist in der Freude verborgen."

Sie gab sich ganz der Musik hin, bis die Töne in mir explodierten, bis sie in mir Gefühle weckte, von denen ich bis dahin nichts gewußt hatte. Meine Augen füllten sich mit Tränen, meine Atmung wurde flach.

Über dem Wohllaut ertönte ihre Stimme mit Posaunenklang. "Aber das Risiko, überhaupt nicht zu lieben, ist viel größer, als das Risiko, die Liebe zu verlieren."

Als ich sie verließ, saß sie an der Harfe, ihr schwarz gewandeter Körper ein Leuchtturm, dessen Licht meine Augen geblendet hatte.

Draußen atmete ich durstig die Luft ein. Marcelescus Worte waren tief in mich eingedrungen und hatten den Teil meiner selbst offengelegt, der so stark auf K.T. Bellflower reagiert hatte. Ich dachte wieder an K.T.s Augen, an die elektrische Hochspannung, in die sie mich versetzten. Wenn ich ihr nahe war, fühlte ich die Luft zwischen uns vibrieren wie die Saiten der Harfe. Mächtiger noch als meine anfängliche Reaktion auf Mary.

Die einzige Frau, die ich wirklich geliebt hatte.

Und nun ermittelte ich gegen K.T.s Schwester.

Ich trottete zurück zum Wagen und zuckte zusammen, als ich einen Strafzettel an der Windschutzscheibe sah. Vielleicht war es an der Zeit, sich nach einem neuen Wagen, einem eigenen, umzusehen.

Ich blieb stehen.

Da ich schon einen Strafzettel hatte, brauchte ich mich nicht mehr zu beeilen. Ich beschloß, noch ein paar Anrufe zu machen, ehe ich losfuhr. Der erste ging an T.B.

Keine Antwort. Als nächstes rief ich das Büro an. Nach dem zweiten Läuten meldete sich Tony. Überraschenderweise war er gut gelaunt. Ich war so platt, daß ich den Fehler machte, ihm zu sagen, wo ich war.

Alles, was er sagte, war, "Gut. Kümmern Sie sich um die O'Donnell-Sache, wenn Sie sowieso in der Gegend sind. Sie wird schon ungeduldig." Ich schnitt dem Hörer ein Gesicht und erklärte mich einverstanden.

Alles in allem hatte dieser Tag gute Chancen, in die Hitliste der 'Schlimmsten Tage des Jahres' einzugehen.

Ich brauchte zwanzig Minuten, um einen legalen Parkplatz zu finden und zum St.Vincent-Hospital hinüberzugehen.

Mit gespielter Eile ging ich an der Sicherheitskontrolle vorbei und auf die Fahrstühle zu. Die Menschen drängten in eine der kleinen, nach Desinfektionsmitteln riechenden Fahrstuhlkabinen. Ich beschloß, auf die nächste zu warten, als ein Schopf grauen Haars meine Aufmerksamkeit erregte. Ein Mann, der hineindrängte, gab mir kurz den Blick frei auf einen Mann mit dicken Augenbrauen. Ich quetschte mich noch zwischen die Leute und ignorierte die Frau, die mich lauthals als 'Dreckstück' bezeichnete.

William J. Haas, Marions Vater. Gebieterisch verlangte er von einem Teenager mit verweinten Augen und welkem Blumenstrauß, den Knopf für den fünften Stock zu drücken. Weavers Station.

Als die Türen sich quietschend öffneten, bahnte Haas sich rigoros einen Weg nach vorn. Ich folgte dicht hinter ihm. Unangefochten stampfte er den Korridor entlang. Fraglos war der Mann schon hiergewesen. Er verschwand hinter einer unbeschrifteten Tür. Bestimmt war das kein Krankenzimmer. Ich hielt mich in der Nähe auf und tat erst so, als bände ich mir die Schnürsenkel zu, dann, als suche ich meine Brieftasche. Schließlich ging noch ein Mann auf die Tür zu. Über seine Schulter hinweg erhaschte ich einen Blick in den Raum: Stühle waren im Kreis aufgestellt. Eine Versammlung wie in *Zwölf Stufen zum Schaffott*?

Ich nahm mir vor, Haas zu überprüfen; dann ging ich Weaver suchen. Die Suche endete sehr schnell. Als ich mich umwandte, knallte er mir mit dem Rollstuhl genau auf die Hüfte. "Verzeihung", flüsterte er heiser. Er nahm die Hände nicht von den Armlehnen des Rollstuhls.

"Mike Weber?"

Er schaute zu mir herauf, dann auf die Tür hinter mir.

Ein Ausdruck der Verwirrung glitt über seine Züge. "Mein Name ist Weaver. Wenn Sie mich bitte entschuldigen wollen, ich muß zu einer Versammlung ..."

"Ich bin private Ermittlerin. Christine O'Donnell hat mich beauftragt, Sie ausfindig zu machen." Die Worte senkten sich auf ihn herab wie eine langsam rollende Lawine. Zunächst veränderte sich sein Ausdruck kaum. Dann merkte ich mit einem Anfall von Widerwillen, daß er den Namen nicht gleich erkannte. Schließlich kam ihm die Erinnerung. Wortlos wendete er und rollte durch den Korridor davon.

In seinem Zimmer war das Licht nicht eingegeschaltet. Die einzige Beleuchtung kam durch die trüben Fensterscheiben. Ich zog mir einen geradlehnigen Stuhl zu ihm heran. So aus der Nähe sah er aus wie der Überlebende eines Konzentrationslagers. Eingefallene Wangen, die Haut grau wie Töpferlehm.

Er sank in sich zusammen und fragte, "Was will sie von mir?" Seine Stimme war so schwach, daß ich erstaunt war, wie er seinen Rollstuhl im Korridor hatte auf- und abfahren können.

"Können Sie sich überhaupt an sie erinnern?" Die Worte erfüllten mich mit Zorn. Ich schüttelte den Kopf. Verliere nur nicht die Fassung.

"Ja, Eine törichte Frau. Hielt sexuelle Leidenschaft für romantische Liebe."

Der Zorn übermannte mich. "Sie ist krank." Als er darauf nicht reagierte, schob ich rasch nach, "Sie stirbt."

Sein Lachen klang wie das Klappern von Kieseln in einer Glasschüssel. "Tun wir das nicht alle? Sogar Sie."

Ich sah in seine Augen. Trotz seiner körperlichen Hinfälligkeit war Feuer in seinem Blick. Verweigerung. Wut.

"Warum haben Sie das getan?"

"*Getan*?" wiederholte er ironisch. "Sie meinen: Sie *gevögelt*? Wissen Sie, wir versuchen halt alle unser Glück. Sex ist heute wie Russisches Roulette. Mich hat die Kugel eines Nachts in Las Vegas getroffen. Eine erstklassige Prostituierte, die mir unterm Blackjack-Tisch an die Eier faßte. Sie war gut, aber den Preis, den ich bezahlt habe, nicht wert." Er wies mit einer Handbewegung auf den Rollstuhl. Dann bekam er einen Hustenanfall. Als ich ihm ein Glas Wasser holte, spürte ich, wie meine Lippen sich vor Ekel verzogen.

Armes Schwein. Ich erinnerte mich an Dutzende von Freunden, die mit Würde an AIDS gestorben waren. Diese Erinnerung weckte in mir den Wunsch, ihm das Wasser über den Kopf zu schütten.

Der Husten ging in ein dauerndes Keuchen über. "Sehen Sie mich doch an. Wissen Sie, ich habe meine Mercedes gewechselt wie andere Leute ihre Socken. Als sie mir sagten, ich hätte AIDS, wollte ich es erst nicht glauben. Dann hab ich versucht, mich mit Geld loszukaufen. Aber nach einer Weile hab ich mir gesagt: Zum Teufel damit. Ich lebe einfach mein Leben weiter so, wie ich will, und zum Teufel mit jedem, der sich mir in den Weg stellt."

"Einschließlich Christine?"

"Was zwischen uns geschehen ist, das war genauso ihr Fehler wie meiner. Christine hat mich nie nach meiner Vorgeschichte gefragt. Sie war so angetan von meinem Charme, daß sie es gar nicht erwarten konnte, mit mir ins Bett zu gehen. Und ich auch nicht."

"Hätten Sie es ihr erzählt, wenn sie Sie gefragt hätte?"

Seine Augen verengten sich, und er grinste. "Wahrscheinlich nicht. Damals dachte ich noch, ich könnte diese Sache besiegen. Reine Willenskraft." Sein Gesicht verdüsterte sich. "Ich versuche das immer noch. Ich lasse mich von keinem herumfahren. Und pinkeln kann ich auch noch selber."

Trotz des bitteren Geschmacks, den seine Worte in meinem Mund hinterließen, berührte mich sein Stolz doch. Dennoch feuerte ich den nächsten Schuß ab. "Sie will Sie verklagen."

Röte schoß in seine Wangen. "Das kann sie nicht machen!" Mit diesen Worten hatte er mehr Kraft eingesetzt, als er sich leisten konnte. Er ließ den Kopf gegen die metallene Rückenlehne sinken und erklärte, daß er seine Frau glauben ließ, er habe sich AIDS durch eine verseuchte Blutkonserve zugezogen. Schlimmer noch: Bis vor drei Monaten hatte sie nicht einmal gewußt, daß er AIDS hatte. Ich ließ ihn über sie und seine Kinder schwadronieren. Es schien kaum glaublich, aber dieser gefühllose, verbitterte Mann stellte sich wild entschlossen vor seine Familie.

"Das würde Theodora umbringen. Sie glaubt an mich ..."

Die Stimme versagte ihm. "Und meine Kinder. Gott im Himmel, tun Sie mir das nicht an!"

Ich stand auf und ging zum Fenster. Die Aussicht ging auf eine Ziegelmauer. Das paßte gut. Ich muß diese Mauer minutenlang angestarrt haben; dabei tummelten sich in meinem Kopf alle möglichen Ideen, wie ein Schwarm betrunkener Heringe.

Ich dachte an mein letztes Gespräch mit O'Donnell. Worum es der Frau im Grunde ging, war Geld. Und ich wäre heilfroh, wenn dieser Fall nicht vor Gericht landete. Ich seufzte und wandte mich um. "Sie braucht Geld für Arzt und Medikamente. Schreiben Sie ihr einen Scheck aus, und ich werde sie überreden, das gerichtliche Vorgehen zu vergessen." Ich sagte nicht, daß sie alle beide keine Zeit hatten, das langsame Mahlen der Mühlen der Gerechtigkeit abzuwarten.

Ich spürte, wie er die Alternativen erwog.

Endlich sagte er, "Kommen Sie her." Ich ging zu ihm. Er fuhr zu seinem Nachttisch und nahm ein Scheckheft heraus. "Wieviel?" Er fragte das völlig gelassen. Eine einfache geschäftliche Transaktion. Der Mann mußte noch viel reicher sein, als ich vermutet hatte.

Ich nannte eine Zahl. Er starrte mich mit offenem Mund an. "Wie soll ich eine solche Summe meiner Frau plausibel machen?"

"Das ist mir wirklich scheißegal."

Wir starrten einander an, bis er kapierte, daß ich mich nicht herunterhandeln lassen würde. Dann spie er buchstäblich seine Wut über mich aus. "Das ist eine verdammte Erpressung. Aber typisch. Ein millionenschweres Arschloch wie Haas kann ein Doppelleben führen, und dem kommt natürlich keiner auf die Schliche ..." Ich bekam eine Gänsehaut. "Aber mir. Mir muß das passieren, daß Sie mir von Atlantic City bis hierher nachschnüffeln. Scheiße. Wie haben Sie mich überhaupt gefunden?"

Ich dachte nicht daran, seine Fragen zu beantworten. Ich hatte selber zu viele. "William Haas hat AIDS?"

Er legte den Kopf schief wie ein neugieriger kleiner Hund. "Ja", sagte er lächelnd. Es machte ihm offenbar Spaß, schlechte Nachrichten zu verbreiten. "Haas hält seine Leichen im Keller. Davon weiß keiner was. Seine verdammte Ehe war in den letzten fünfzehn Jahre nur noch eine Formsache. Er ist in der Gruppe, die Typen aus dem gehobenen Management wie mich unterstützt. Sie tagen ein paar Türen weiter."

Ich nahm den Scheck und rannte los.

Die Gruppe tagte noch immer. Ich sah auf die Uhr und vermutete, daß sie in den nächsten zehn oder zwanzig Minuten noch nicht Schluß machen würden. Ich fand ein Telefon und rief Tony an.

"Dieses Schwein!" brüllte er mir ins Ohr, als ich ihm von dem Gespräch mit Weaver erzählte. "Und ich bin seit meiner Diagnose so verdammt vorsichtig gewesen ..." Er unterbrach sich. Tony spricht niemals darüber, wie AIDS sein Verhältnis zu anderen Menschen beeinflußt hat. Und er schien auch jetzt nicht damit anfangen zu wollen. Ich ließ ihn seine Wut austoben, dann begann ich, ihm über Haas zu berichten. Sein Schweigen verwirrte mich.

"Warum erzählen Sie mir das, Miller?"

"Kommen Sie, Tony, Sie wissen, daß ich immer noch den Mordfall Ross untersuche. David Ross hat einen Tag ehe er starb fünfunddreißigtausend Dollar Schulden zurückgezahlt. Er hat das Geld irgendwo herbekommen. Wenn er nun Haas erpreßt hätte? Das ist mir jetzt wirklich ernst, und ich brauche Ihre Hilfe."

Er räusperte sich. Verzögerungstaktik. Ich rollte die Augen und schlug mit der Handfläche gegen die Wand. Tony wußte etwas, das er mir nicht erzählen wollte. "Na, los schon, Tony."

"Haas und ich kennen uns schon seit einigen Jahren. Er war mein erster Klient, als ich damals anfing."

Ich suchte in meiner Tasche nach Kleingeld, denn ich hatte das Gefühl, daß das eine längere Geschichte würde.

"Mein erster Job war eine einfache Überprüfung eines höheren Angestellten. Dann kam er wieder zu mir mit einem anderen Namen. Es stellte sich heraus, daß dieser Mann homosexuell war und das auch ganz offen lebte. Als ich Haas das berichtete, brach es ihm fast das Herz. Erst dachte ich, daß es sich vielleicht um einen Verwandten handelte. Dann kapierte ich. Sehen Sie, Haas war wirklich vorsichtig. Jeder, mit dem er etwas hatte, mußte ebenso diskret sein wie er selber. Dieser Kerl nun paßte nichts ins Schema, also machte er Schluß mit ihm." Er machte eine Pause. "Als er krank wurde, kam er wieder zu mir, vielleicht weil er dachte, ich kenne gute und diskrete Ärzte. Das stimmte. Seit über einem Jahr ist er Patient von Dr. Kleinau."

Die Vermittlung unterbrach uns, und ich warf noch eine Münze ein. "Und was hat diese Geschichte mit dem jetzigen Fall zu tun?"

"Als Marion zu uns kam, rief ich ihn an." Er wehrte meinen Protest ab. "Ich weiß, daß das nicht unserem Berufsethos entspricht, aber Haas hat viel Gutes für mich getan. Ein großer Teil der Geschäfte, die wir heute machen, geht auf seine Empfehlungen zurück, einschließlich Torstar. Ich fand, daß ich ihm was schuldig war. Als Ross starb, rief er wieder an und bat mich, Sie von dem Fall abzuziehen."

Ich wickelte die Telefonschnur um meine Hand und stellte mir vor, es wäre Tonys Nacken. "Warum, um Gottes willen?"

Er holte tief Luft. "Versprechen Sie mir, nicht darüber zu reden."

Ich murmelte mein Einverständnis. Unsere Partnerschaft wurde auf eine ziemlich harte Probe gestellt.

"Ross hat ihn erpreßt."

"Und was hat Haas getan?"

Tony lachte. "Zuerst hat er ihm gesagt, er soll sich ins Knie ficken. Ich zitiere wörtlich. Aber dann wurde ihm klar, daß Ross es ernst meinte. Eine schlechte Presse macht ihm zwar heute nicht mehr so viel aus wie früher, aber er war trotzdem einverstanden. Gab Ross eine Woche, bevor es den erwischte, fünfundzwanzig Tausender. Und dann sagte er ihm, er solle sich zum Teufel scheren. Er ließe sich kein zweites Mal erpressen." Er hustete. "Haas fürchtete natürlich, daß die Cops ihn in die Mangel nehmen würden, wenn das rauskam."

Mit zusammengebissenen Zähnen fragte ich, "Tony, haben Sie mal daran gedacht, daß Haas der Mörder sein könnte?"

"Sicher. Aber er ist es nicht. Nach zwanzig Jahren bei der Polizei weiß man sowas."

Mit diesen Worten war unser Gespräch beendet.

Ich ließ die Fakten nochmal an mir vorbeiziehen. Vielleicht hatte Tony recht. Schließlich entsprach Haas nicht der Beschreibung des Mannes, der David Ross am Tage seiner Ermordung aufgesucht hatte. Und ich konnte mir nicht vorstellen, was für ein Motiv er gehabt haben könnte, Terry Fasani zu töten. Oder mich. Es sei denn, Terry wußte etwas Belastendes.

Und da war noch ein Faktor. Laut Tony hatte Haas fünfundzwanzigtausend Dollar locker gemacht. Aber David Ross schuldete Cruiser dreiundfünfzigtausend Dollar.

Woher kamen also die restlichen achtundzwanzigtausend Dollar?

Für ein Darlehen gab es zwei potente Kandidaten. Und zufällig wußte ich, wo ich einen davon finden konnte.

Kapitel 19

Im Restaurant war viel Betrieb. Mit einem Blick schätzte ich die Klientel ein: Yuppies im Einheitsdesign. Sie hatten fast alle Tische eingenommen und sogar eine Schlange gebildet, deren Ende bis draußen auf die Straße reichte. Ich schlüpfte hinein und fand mich eingehüllt vom Duft nach Ingwer und gedünstetem Gemüse, der mir von einem der Tische entgegenkam. Ich schnupperte genüßlich und spähte in den Raum. Virginia sah mich zuerst.

Ich winkte ihr zu wie einer alten Freundin. "Darf ich?" Ich griff nach einem Stuhl neben ihr und setzte mich. Beatrice Marcelescu, die auf der anderen Seite des Tisches saß, sah mich scheel an. "Können wir nicht mal in Frieden essen?" Sie hatten eben mit dem Hauptgericht begonnen: Schnitzel für Beatrice und Mexikanischer Salat für Virginia. Mir lief schon das Wasser im Mund zusammen.

Virginia tätschelte besänftigend Beatrices Hand. "Könntest du uns wohl einen Augenblick allein lassen?"

Erbost stieß Beatrice ihren Stuhl zurück und ging mit so viel Würde in die Küche, daß ich lächeln mußte.

"Sie ist eine wundervolle Frau", sagte Virginia und rückte ihren Stuhl so, daß sie mir in die Augen sehen konnte. Sie schien nicht wirklich überrascht zu sein über mein Erscheinen. Ich hatte das Gefühl, sie kannte jedes Wort, das zwischen mir und ihrer Harfenlehrerin gewechselt worden war.

"Wir wollen es kurz machen: Im Augenblick stehen Sie verdammt weit oben auf meiner Liste der Verdächtigen."

Ihre Tigeraugen sahen mich lauernd an. "Ich finde das nicht lustig."

"Sehen Sie, Virginia, ich schieße nicht einfach so ins Dunkle hinein, wenn Sie diesen Ausdruck entschuldigen wollen." In ihrem Gesicht veränderte sich nichts. Sie muß eine verdammt gute Pokerspielerin sein. "Es gibt Beweismaterial, das gegen Sie spricht." Ich fand, eine kleine Übertreibung konnte nicht schaden: "Und Zeugen."

Sie neigte den Kopf zur Seite und lächelte mit einem Ausdruck, der zu sagen schien, "Dann legen Sie doch mal Ihre Karten auf den Tisch."

Ein Kinnhaken schien angebracht. "Wie ist David Ross an die dreiundfünfzig Tausender gekommen, die er Cruiser schuldete?"

Ihre Augen weiteten sich, ihr Mund blieb offen stehen, ihre Wangen röteten sich. Treffer! Runde eins geht an Miller.

"Woher wissen Sie ..." Sie griff nach einem Glas Wasser und trank in großen Schlucken.

Erbarmungslos unternahm ich eine neue Attacke. "Doch wohl nicht bei seinem letzten Besuch in Atlantic City?"

Wasser prustete aus ihrem Mund; ein paar Tröpfchen landeten auf meinen Knien. Detektivspielen ist nicht immer ein sauberes Geschäft.

"Soll ich weitermachen oder brauchen Sie eine Erholungspause ?"

Ich war sehr zufrieden mit mir, bis ich merkte, wie schwer es ihr fiel, auch nur Atem zu holen. Mir wurde nicht besser, als ich fühlte, wie sich mir von hinten eine Hand auf die Schulter legte und eine andere mir übers Haar strich. Die Hände dufteten wie Butter. – K.T.

"Gerade als ich dachte, der Berg müßte vielleicht zum Propheten gehen." Sie beugte sich über mich und küßte mich auf die Wange. Weich. Zart. Ich reagierte sofort und kreuzte die Beine.

"Ach, wie innig", säuselte Virginia, plötzlich wieder ganz selbstbeherrscht. "Weißt du auch, warum deine Freundin hier ist?"

Treffer für Virginia! Ich wäre am liebsten unter den Stuhl gekrochen.

K.T. drückte meine Schulter. "Wegen meiner Gesellschaft und wegen meines guten Essens. Warum sonst?" Ich blickte auf. Sie wußte, warum ich hier war und zog doch ihre Hand nicht weg. Es durchfuhr mich wie ein elektrischer Schock.

Die beiden Schwestern starrten einander an. Ein Duell, stumm, aber unverkennbar. Dann nickte Virginia. "Okay", sagte sie matt. "Können wir dein Büro benutzen?"

"Natürlich. Ich werde Beatrice sagen, daß sie ihren Platz wieder einnehmen kann. Inzwischen hat sie wahrscheinlich die Hälfte meines Küchenpersonals gefeuert."

Wir erhoben uns beide und gingen durch die Klapptür. Der Lärm war vertraut, nur viel lauter: Töpfe klapperten, Messer hackten auf Brettern, Öl zischte in drei verschiedenen Bratpfannen. Bei all dem, was um mich vorging, verspürte ich plötzlich einen unwahrscheinlichen Hunger, der mich wie ein Schmerz durchzuckte. Heimlich schnappte ich mir ein frischgebackenes Dillbrötchen, während ich Virginia ins Büro folgte.

Der Raum hatte nichts von der Verspieltheit von K.T.s Wohnzimmer oder der Landhausatmosphäre ihres Eßzimmers.

Einfach vier Wände um einen Büroschreibtisch, zwei Aktenschränke und einen Computertisch herum. Ohne Schnörkel, funktional und geschäftsmäßig. Das einzig Persönliche im Zimmer war ein überlebensgroßes, gerahmtes Poster von Katherine Hepburn in einer ihrer besten Posen als 'Zäher Bursche'.

Virginia setzte sich hinter den Schreibtisch und überließ mir den Klappstuhl auf der anderen Seite. Ich zog den Schreibtisch vor. Ich hüpfte hinauf und kreuzte die Beine unter mir. Meine Nähe machte sie nervös, und das gefiel mir sehr gut so.

Sie kippte ihren Stuhl nach hinten und fragte, "Sie glauben, daß ich eine Affäre mit David hatte, nicht wahr?"

Ich nickte.

Sie rieb sich mit einem Finger ihr rechtes Auge und sah dabei plötzlich sehr müde aus. "Sie scheinen was von Ihrem Job zu verstehen. Aber die Tatsache, daß Sie Verdachtsmomente sammeln können wie ein Eichhörnchen Eicheln für den kalten Winter, bedeutet noch nicht, daß Sie etwas damit anzufangen wissen."

Ihr Südstaatenakzent war so dick wie Sirup geworden. Ich biß in mein Brötchen und lehnte mich weiter hinüber zu ihr.

"Alle Ihre Annahmen sind falsch", fügte sie hinzu, als ob ich ihren Köder nicht schon bemerkt hätte. Natürlich hatte ich. Nur war er so schmackhaft, daß ich den Haken nicht einmal gespürt hatte.

"Korrigieren Sie mich", sagte ich und überlegte, ob ich mir wohl auf dem Rückweg noch ein Brötchen schnappen konnte.

"Mit Terry und David haben Sie recht. Ihre Affäre begann praktisch einen Tag, nachdem ihr Mann an den Golf gegangen war. Sie war verzweifelt, und David konnte verzweifelten Frauen nicht widerstehen. Ich weiß, wovon ich rede."

Ich hatte die Hälfte meines Brötchens auf den Schreibtisch gelegt. Jetzt griff sie danach. Beinahe hätte ich ihr einen Klaps auf die Hand gegeben.

"Letztes Frühjahr hatten Larry und ich ... einen Tiefpunkt in unseren Beziehungen erreicht." Sie brach sich demonstrativ ein Stück von dem Brötchen ab. Die Frau wußte, wie man jemanden peinigt. "Die Ehe mit einem Polizisten ist sowieso nicht einfach. Aber ihn hatte man zur Beförderung vorgeschlagen, und da war es einfach nicht mehr auszuhalten. Die Tage vergingen, und ich bekam ihn nur zu sehen, wenn er sich nach Hause schleppte, um zu schlafen. David und ich kamen uns immer näher. So nahe, daß ich in Versuchung war, diese Nähe, eh ..."

"Zu vollziehen", soufflierte ich.

Ihre Augen flammten auf. Verdammt, diese Bellflowers waren schon eine attraktive Bande. Selbst wenn ein paar Killer unter ihnen waren.

"Die Sache war aber die: Ich habe es nicht getan. Ich hatte mich vor Jahren Larry zu eigen gegeben, und er hatte mich nicht im Unklaren darüber gelassen, wie unser Leben verlaufen würde. Ich machte mir also keine Illusionen, als wir das Ehegelübde ablegten. Als es schließlich darauf ankam, habe ich nicht versagt."

Ihr Stolz hatte einen Anflug von Schmerz. Falls sie log, war sie eine verdammt gute Schauspielerin.

"Ihr Name war im Hotel Agate eingetragen."

Erschöpft wie sie war, aß sie das Brötchen auf und nickte. "Aber ich war nicht dort. Ich hatte das Pech, sowohl mit Terry wie mit David eng befreundet zu sein. Damit war ich ideal als Tarnung. Nach dem, was beide ihren jeweiligen Ehegatten erzählten, war ich die geselligste Frau in ganz New York City. Ich sagte, sie könnten sich unter meinem Namen eintragen lassen, aber manchmal haben sie Telefongespräche auf meine Rechnung geführt. Das wurde so schlimm, daß Larry mich schließlich beschuldigte, Affären zu haben. Und was konnte ich schon sagen? Als ich ihm schließlich die Wahrheit sagte, hielt er die auch für eine Lüge."

Ich biß mir auf die Unterlippe. Gute Geschichte. Aber hatte sie sich das vielleicht nur für mich ausgedacht? "Wissen Sie, wer sie begleitet hat?"

Sie sah verwirrt aus. "Wie bitte?"

"Zeugen in Atlantic City haben gesagt, daß sie oft in Begleitung eines weiteren Paares waren. Eines Mannes und einer Frau."

"Ich habe nicht die leiseste Ahnung. Joey war vielleicht ein- oder zweimal mit. Sogar ich habe sie einmal begleitet", sagte sie und zog eine Grimasse. "Ich konnte dann besser lügen. Das ganze Theater hat mich krank gemacht."

"Und was war mit dem Geld?"

"Darüber wußte ich auch Bescheid. Als Sie mich damals mit David in dem Klassenzimmer sahen, erzählte er mir, er habe Cruiser ausbezahlt. Bis auf den letzten Cent. Aber er fühlte sich hundeelend. Anscheinend hatte er etwas getan, worauf er nicht gerade stolz war ... und bevor Sie mir wieder an die Gurgel springen: Nein, ich weiß nicht, worum es sich handelte."

"Haben Sie ihm Geld geliehen?"

"Bei meinem Gehalt?" lachte sie. "Du lieber Himmel, nein. Er hat mich aber darum gebeten. Ein paarmal. Dann hat er mich in Ruhe gelassen. Sagte, er wüßte, wo er was kriegen könnte."

"Bei seiner Frau?"

Sie schüttelte den Kopf und begann, mit dem Hefter auf der anderen Seite des Schreibtisches herumzuspielen. "Marion saß auf ihrem Geld. David wußte, daß es keinen Zweck hatte, sie darum zu bitten."

Ich bekam allmählich einen Krampf in den Beinen, verlagerte mein Gewicht von einer Backe auf die andere und fragte dann, "Wo hat er denn nun so viel Geld herbekommen? Von Joey Pisano?"

"Nach dem, was ich gehört habe, nicht. Joeys Geschäft pfeift auf dem letzten Loch. Er könnte es sich kaum leisten, seinen Toyota reparieren zu lassen, geschweige denn, mehrere Tausender hinzublättern."

"Und was ist mit Terry? Könnte sie an soviel Geld herankommen?"

"Ich habe nicht die geringste Ahnung", sagte sie, und die Ungeduld war ihr am Gesicht abzulesen.

Ich war nun fast am Ende meiner Kunst. "Waren Sie Terry böse, daß sie mit David geschlafen hat?"

"Nein." Sie schlug auf die Heftmaschine und erhob dann ihre Hände verzweiflungsvoll. "David war ein lieber Mensch und ein kaltschnäuziger Drahtzieher. Wenn mir jemand leid tat, war es Terry. Ihre Ehe war ohne Liebe, und sie wünschte sich verzweifelt etwas Zuwendung. Für David war sie kaum mehr als eine nette Bettgeschichte. Aber immerhin wichtig genug, um an eine Scheidung von Marion zu denken."

"Hat er ihr das gesagt?"

"Nein. Er hatte Angst vor seiner Frau. Sie ist reich, mächtig und rachsüchtig. Keine Frau, mit der man sich anlegen möchte."

"Was ist mit Sam Fasani?"

"Sam ist nicht übel. Finde ich jedenfalls. Nur immer mit anderen Dingen beschäftigt. Vor dem Krieg war es Football. Vor dem Football war es die Jagd. Und davor war es Bowling. Wenn man hörte, wie er und Terry sich unterhielten, dann war das wie in einer U.N.-Sitzung ohne Dolmetscher."

Ich machte einen Augenblick Pause, um zu verdauen, was sie mir erzählt hatte. Dann fragte ich, "Warum sollte ich Ihnen irgend etwas von dem glauben, was Sie da sagen?"

Sie sah mir starr in die Augen und erhob sich langsam. "Weil es die Wahrheit ist. Und weil Sie keine andere Wahl haben."

"Wieso haben Sie und Larry damals in der Nacht, als Terry getötet wurde, so lange gebraucht, nach Hause zu kommen?"

Aus ihren Augen loderten Flammen. Sie stürmte hinaus. Ich bewegte mich nicht, bis sich die Tür hinter ihr geschlossen hatte. Dann sank ich auf einen Stuhl. Ein paar Minuten später öffnete sich die Tür. K.T. stand da und schüttelte den Kopf. "Und ich dachte, du wärst hinter mir her, dabei ist es meine Schwester."

Trotz allem mußte ich lächeln. "Tut mir leid."

"Ich kann nicht lange hier bleiben", sagte sie, jetzt ernst geworden. "Mein Koch fehlt wegen einer Erkältung, und die Küchen-Crew ist noch ungeschult. Ich möchte aber, daß du weißt: Meine Gefühle haben sich nicht geändert. Du hast deinen Auftrag, und ich mache dir keinen Vorwurf daraus. Ich kenne aber auch Virginia gut genug, um zu wissen, daß keiner der Vorwürfe, die du dir vielleicht ausgedacht hast, sie trifft, außer vielleicht, daß sie zuviel vom Stolz des Südens hat."

Sie trat nahe an mich heran; ich hätte nur die Arme auszustrecken brauchen, und sie wäre mir ganz nahe gewesen, hätte mit ihrer süßen Haut die meine berührt. Aber ich widerstand diesem Impuls und riß meinen Blick los von ihr, von dem Sog, der von ihr ausging.

"Tu, was du tun mußt." Sie berührte mein Kinn mit den Fingerspitzen und holte mich zurück in den Bannkreis ihrer Augen. Genau über mir hob sich ihre Brust in einem Seufzer. "Wenn du mit deinem Marathonlauf am Ziel bist, dann komm zu mir, und ich werde einen Ort finden, wo wir uns beide ausruhen können."

***

Wieder eine schlaflose Nacht. Ich tigerte auf und ab, bis die Katzen anfingen, sich zu beklagen. Dann lag ich auf der Couch, während ein Feuersturm in mir wogte. Zuviel auf einmal, dachte ich. Erbittert schleuderte ich ein Kissen quer durchs Zimmer.

Vielleicht vernebelten meine Gefühle für K.T. mein Gehirn, aber ich glaubte jetzt tatsächlich, daß Virginia und Larry unschuldig waren.

Allmählich wurden mir die Verdächtigen knapp. Laut Zack hatte Marion ein Alibi für Terrys Ermordung. Haas und D.J. Cruiser schienen ebenfalls sauber zu sein. Und nach den Informationen, die ich in den letzten beiden Tagen gesammelt hatte, paßten Joey und Vic nicht mehr in das Eifersuchts-Szenario. Was also blieb?

Ich ging die Liste in meinem Kopf durch. Ein Name trat dabei deutlich hervor.

Ohne Zögern erhob ich mich, steckte ein paar Werkzeuge ein und verließ leise das Haus. Ich wußte, wohin ich ging, aber noch artikulierte sich nichts in meinem Kopf. Jedenfalls nicht bis zu dem Augenblick, da ich im Morgengrauen in einiger Entfernung von Terrys Haus parkte, die Dietriche meines lieben Bruders Ronald in meiner Gesäßtasche wohl verwahrt.

Ich mußte noch drei Straßen überqueren, bis ich ein Münztelefon fand. Ich ließ es zwölfmal läuten, aber niemand antwortete. Ich hoffte nur, das bedeutete, daß Sam Fasani noch 'vermißt' wurde. Ich kehrte zurück und ging zur Haustür. Als höflicher Eindringling läutete ich zuerst. Das Schweigen im Hause hallte in mir wider. Die Erinnerung an Sonnabendnacht war noch zu lebendig.

Ich schüttelte sie ab und ging an die Arbeit. In weniger als einer Minute sprang die Tür auf. Ich schlüpfte hinein und sandte ein telepathisches Dankeschön an Ronald. Dann erstarrte ich. Ich konnte die Leere der Wohnung körperlich spüren. Jeder Schritt hallte in meinen Ohren wider wie ein Donnerschlag. Wohnzimmer und Küche waren noch genauso, wie ich sie neulich vorgefunden hatte. Sogar der verglühte Teekessel stand noch auf dem Herd. Der einzige sichtbare Unterschied war das Fingerabdruckpulver, das sich wie die Asche des Vesuvs überall abgelagert hatte.

Als nächstes untersuchte ich das Gästezimmer. Es mußte ihnen zugleich als Arbeitsraum gedient haben. Ein schwarzer, metallener Aktenschrank stand rechts von dem kleinen, mit Vorhängen versehenen Fenster. In der gegenüberliegenden Ecke, neben dem Bett, stand ein altmodischer Schreibtisch. Ich durchsuchte ihn, schaute in und unter die Schubladen. Nichts außer Rechnungen, Pfandbriefaufstellungen, Schulpapieren und Versicherungsformularen. Ich schrieb mir ein paar wichtige Daten auf und ging dann langsam ins Schlafzimmer.

Wo Terry und ich miteinander geschlafen hatten. Wo sie getötet worden war.

Das Zimmer sah verändert aus. Mir wurde auch klar, warum. Ich sah es zum erstenmal bei Tageslicht. In dem hellen Licht sahen die Walnußmöbel schäbig aus, die Kanten abgestoßen, die Politur erblindet. Das Bett war abgezogen; mit seinen fleckigen Matratzen schien es mitten im Zimmer gestrandet. Ich spürte, wie mein Frühstück im Magen revoltierte. Luft! Ohne nachzudenken schob ich das Fenster hoch und rang nach Atem.

Der Teppichboden in der Nähe des Bettes war von den Gerichtsmedizinern entfernt worden. Auf dem Holzboden darunter waren braune Flecke sichtbar, die auch von verschütteter Coca oder Rotwein stammen konnten. Ich bückte mich und untersuchte den verbliebenen Teppich. Dann suchte ich unter dem Bett.

Eine halbe Stunde verbrachte ich damit, das Zimmer durchzukämmen, in der Hoffnung, etwas zu finden, das die Polizei übersehen hatte. Ich stellte sogar den Angriff auf mich nach und versuchte, die genaue Richtung festzustellen, aus der der Schlag auf meinen Kopf gekommen war. Ich warf mich über das Bett und fühlte wieder, wie die Wucht des metallenen Gegenstandes meinen Kopf getroffen hatte. Dann setzte ich mich auf. Unmöglich. Nach meiner Rekonstruktion hätte der Schlag vom Wandschrank her kommen müssen.

Unmöglich – es sei denn, die Tür wäre offen gewesen.

Ich schob die Schiebetür nach rechts und starrte hinein. Eine aufgerollte Jalousie lehnte in der Ecke. Mit meiner Fußspitze berührte ich die Metalleiste. Ein dumpfes Klappern ertönte.

Das Geräusch, das ich in der Nacht von Terrys Ermordung gehört hatte.

Ich stürzte mich in den Schrank und untersuchte jeden Zentimeter. Ein kleines, blaßorangefarbenes Stück Einwickelpapier klemmte zwischen zwei Lamellen. Ich zog es heraus und hielt es gegen das Licht.

Ein Bonbonpapier. Grays Toffee.

Schaudernd wurde mir klar, wer Terry ermordet haben mußte.

Kapitel 20

Nach drei Uhr rief Zack endlich an. Bis dahin hatte ich ungefähr zwanzig Oreos, ein Thunfischsandwich und drei Limos vertilgt. Wenn sein Anruf viel später gekommen wäre, hätte man mir wahrscheinlich im Methodist-Hospital den Magen auspumpen müssen.

"Wo zum Teufel sind Sie gewesen?"

"Ich hab einen regulären Job hier, Miller. Haben Sie das vergessen?"

Mir war nicht nach Smalltalk zumute. "Marion Ross hat Terry getötet. Ich war in Terrys Wohnung, Zack." Er versuchte, etwas zu sagen, aber ich unterbrach ihn schnell. "Sparen Sie sich Ihre Vorlesung. Wenn Sie mich verhaften wollen, bitteschön. Bis dahin hören Sie mir zu. Ich habe ein Bonbonpapier von Grays Toffees gefunden. Zweimal habe ich gesehen, wie Marion sich diese Dinger in den Mund gesteckt hat."

Er lachte laut los. "Sie werden selber zum Fall. Sie gestehen, daß Sie in jemandes Wohnung eingebrochen sind, und dann erwarten Sie, daß ich eine Dame verhafte, weil Sie ein verdammtes Bonbonpapier gefunden haben. Nehmen Sie neuerdings Drogen? Die könnten mich hier glatt vors Ehrengericht zerren, bloß weil ich Ihnen zugehört habe."

"Seien Sie nicht so paranoid wegen des Ehrengerichts und hören Sie mir zu, bis ich fertig bin. Das Bonbonpapier war genau dort, wo mein Angreifer stand. Wir wissen beide, daß Marion Ross schon vorher eine Waffe bei sich getragen hat, und Zeugen haben gehört, wie sie drohte, sie würde jede umbringen, die mit ihrem Mann schläft. Sagen Sie mir nicht, daß das nicht zusammenpaßt."

"Ich will Ihnen sagen, wofür das paßt: Für einen Indizienbeweis. So lappig wie ein benutztes Papiertaschentuch. Himmel, meine Frau würde vermutlich drohen, jede Frau umzubringen, die mich auch nur anfaßt. Außerdem hat Marion Ross ein Alibi für den Abend von Terrys Mord." Plötzlich klang er nicht mehr ganz so zuversichtlich.

"Was ist mit dem Alibi, Zack?"

Er zögerte, dann sagte er, "Zur Tatzeit war 'Ihre Mörderin' im Kino, mit meinem Boß."

Das Zimmer drehte sich um mich. "Der Hammer."

"Richtig."

Ich mag Zack, aber in dem Moment hätte ich ihm am liebsten eine Banane ins rechte Nasenloch geschoben. "Wie können Sie ihm trauen?" schrie ich ins Telefon. "Verdammt, Zack, er hat schon mal gelogen, um Marion zu schützen. Finden Sie es nicht reichlich merkwürdig, daß er Marion Alibis für *beide* Morde besorgen kann?"

"Ich würde es merkwürdig finden, wenn es jemand anderes als der Hammer wäre. Ich hasse den Kerl, aber er ist sauberer als mein Eßgeschirr. Vertrauen Sie mir. Ich habe ein bißchen nachgefragt, und der Hammer sagt die Wahrheit."

Zum ersten Mal habe ich einfach aufgelegt.

Ich setzte mich wieder hin mit der Schachtel Oreos und meinen Aufzeichnungen, aber ich war immer noch wie im Fieber. Ich mußte mich bewegen. Ich zog meinen Jogginganzug an, zerrte mein Fahrrad aus dem Keller und fuhr hinüber zum

Park. Nach zwei Runden war mein Brummschädel noch nicht viel klarer geworden. Und meine übrigen Körperteile waren auch nicht sehr glücklich über diese Art der Betätigung.

Es hat schon fast etwas Tollkühnes, auf Brooklyns Straßen Rad zu fahren. Autos nehmen Kurs auf einen; Fußgänger stieren einen mißtrauisch an oder überlegen, wie sie einem das Fahrrad unterm Hintern wegklauen können. Ich schlängelte mich durch den Verkehr mit einer Eleganz, die meinen Adrenalinspiegel steigen ließ. Ich legte an Geschwindigkeit zu. Das nächste, was mir bewußt wurde, war, daß ich auf der Promenade vor Marion Ross' Wohnung stand.

Ich mußte lächeln. Das war zu erwarten gewesen, Miller. Ich schloß das Fahrrad ab, montierte das Vorderrad ab und ging hinüber zu dem Gebäude. Marions Stimme quakte durch die Sprechanlage. Ich nannte meinen Namen. Ihre Begrüßung war nicht gerade herzlich.

"Was wollen Sie?"

"Aber, aber", sagte ich. "Wir müssen über Ihren Fall sprechen. Wenn Sie wollen, machen wir das gleich hier über die Sprechanlage. Dann können wenigstens die Nachbarn zuhören."

Der Summer ertönte.

Marion wartete vor der Wohnungstür. Sie hatte Lockenwickel im Haar und war in einen Männerbademantel gehüllt. Ich hätte fast laut gelacht. Offenbar hatte ich die elegante Mrs. Ross in einem ihrer Tiefpunkte erwischt. Dann fiel mir der Schlag auf meinen Kopf ein, und ich stellte mir vor, wie ihr Arm ausholte und mit dem Griff einer Pistole Kaliber zweiundzwanzig auf mich niederkrachte. Das Lachen erstarb mir auf den Lippen. Ich ließ das Vorderrad vor der Tür stehen und folgte ihr hinein.

Die Wohnung prunkte mit mehr Kostbarkeiten, als ich erwartet hatte. Wir gingen durch eine langgestreckte Halle und betraten das Speisezimmer. Ich wußte nicht genau, wie Rokoko eigentlich aussah, aber ich hatte das Gefühl, das hier mußte es sein. In diesem einen Raum gab es mehr Dekoration als in ganz New York City zur Weihnachtszeit. Und ebensoviel Wohlgefallen.

"Wenn Sie wegen des Geldes hier sind ..."

"Fordern Sie mich nicht mal auf, Platz zu nehmen?"

Marions Augen waren stumpf. Ich hatte das Gefühl, daß sie nicht einmal den Verband über meinem Ohr bemerkt hatte. Oder sie hatte erwartet, ihn vorzufinden. Diese Möglichkeit machte mich etwas wachsamer.

Sie wies auf einen der Stühle. Ich wartete, bis sie sich hingesetzt hatte, dann setzte ich mich ihr genau gegenüber. Falls sie mich wieder angreifen sollte, wollte ich genug Zeit haben, zu reagieren.

"Miss Miller, ich bezahle meine Schulden immer pünktlich", sagte sie mit monotoner Stimme. Sie erklärte, daß ich meine Verpflichtungen erfüllt hätte und innerhalb der nächsten Woche einen Scheck erwarten könne. Während ihre Worte allmählich in Schweigen untergingen, sah ich mir das Zimmer genauer an. Eine feine Staubdecke überlagerte alles. In einer Ecke, neben der massiven Anrichte mit Marmorplatte lag eine zerbrochene Weinkaraffe. Da der Wein in das Holz des Fußbodens eingesickert war, schloß ich, daß der Schaden schon vor längerer Zeit geschehen war. Ich sah mich nach Marion um, die lustlos an ihren Nagelhäuten zupfte.

Das Pendel war nach der anderen Seite ausgeschlagen. Offenbar war sie jetzt in ihrer depressiven Phase.

Trotz einiger Gewissensbisse beschloß ich, meinen Vorteil auszunutzen. "Mrs. Ross, wo waren Sie Sonnabendnacht?"

Sie hob den Kopf und starrte mich an, als sei sie von meiner Anwesenheit überrascht. Dann schürzte sie die Lippen und sagte: "Ich weiß nicht mehr genau." In ihren Zügen hatte sich etwas verändert: Hinter ihrem glasigen Blick erschien Mißtrauen. Offenbar war die Depression nicht so tief, daß meine Frage sie nicht erreicht hätte.

Sie setzte sich noch aufrechter hin und befeuchtete ihre Lippen mit der Zunge. "Warum fragen Sie?"

Ich überschlug meine Chancen. Das Risiko einer Überraschungshandlung war gering. Ich nahm meine Chance wahr. "Sie haben ein Bonbonpapier fallenlassen, als Sie sich in Terrys Schrank versteckten. Das hat jetzt die Polizei."

Ohne Frage: Etwas blitzte in ihren Augen auf. "Ja."

"Ja?" wiederholte ich verblüfft. Würde es am Ende so einfach sein?

Sie wickelte sich fester in den Bademantel und zog den Kragen enger um den Hals, dann griff sie in die Tasche und zog ein Päckchen Zigaretten heraus. Carlton. – Rodammers Marke.

Der Bademantel sah aus, als könnte er ungefähr seine Größe sein. Mich überlief ein Schauder.

Ich beruhigte mich und fragte: "Waren Sie Sonnabendnacht in Terry Fasanis Haus?"

Sie hatte große Schwierigkeiten, das Streichholz anzuzünden.

Ich erbot mich nicht, ihr zu helfen. Schließlich zündete es, und sie sank gegen die Stuhllehne. Ich wartete, bis sie einen tiefen Zug gemacht hatte und wiederholte dann meine Frage.

"Ich war mit Kommissar Rodammer zusammen. Im Kino."

Die Antwort war geprobt. Aber schlecht geprobt.

"Welcher Film, Marion?" Ich griff sie jetzt ganz furchtlos an. Marion war dabei, mir ins Netz zu gehen.

Sie sah den Rauchwölkchen nach, die ihrem Mund entstiegen. "Ich hatte mit dem Rauchen aufgehört, wissen Sie. Jahrelang. Und dann kam all dies ..." Asche fiel in ihren Schoß. "Es war *Switch,* glaube ich."

"Worum geht es in dem Film?"

Als sie mich diesmal ansah, schien sie fast amüsiert zu sein. "Ich habe keine Ahnung, und das wissen Sie auch, nicht wahr?"

"Ja."

Sie stand auf und lief im Bette-Davis-Stil hin und her. Ich hielt auf Armeslänge Abstand. Plötzlich wandte sie sich mir zu und nickte. "Ich habe Sie nur aus Notwehr geschlagen. Immerhin hatten Sie dieses Tranchiermesser in der Hand."

Das Bild der toten Terry tauchte vor mir auf. Ich schloß die Augen. Ich hatte Marion direkt bis zu Terrys Tür geführt. Meine Courage löste sich in Dunst auf. "Warum haben Sie sie getötet?"

Da sie schwieg, öffnete ich die Augen. Wir standen einander dicht gegenüber. So aus der Nähe gesehen ähnelte ihr Gesicht einer Straßenkarte. Ich sah die Linien, und die Richtung war klar. Marion war verwirrt. "Ich habe sie nicht getötet." Sie flüsterte jetzt. "Als Sie angerufen hatten, war ich wütend. Dieses Biest hatte mir David weggenommen. Jetzt da er tot ist ... mußte sie auch sterben. Verstehen Sie? Ich war seine *Frau*."

Klar. So wie in *Psycho* Norman Bates nur der ergebene Sohn seiner Mutter war. Ich trat einen Schritt zurück.

"An dem Samstagabend fuhr ich zu ihrem Haus und wartete davor. Ich hatte gerade meine Waffe in die Rocktasche gesteckt, als ich ihn herauskommen sah ..."

In meinem Kopf läutete eine Alarmglocke. Das war keine auswendig gelernte Geschichte mehr. Instinktiv wußte ich, daß Marion die Wahrheit sagte.

"Sam Fasani?" Ich versuchte, ruhig zu klingen.

Sie schüttelte irritiert den Kopf. "Lieber Himmel, ich weiß nicht, wer es war. Ich war nicht dort, um zu spionieren."

Natürlich nicht, denn was du vorhattest, war Mord.

"Er ließ die Tür offen. Nur das war mir wichtig. Ich ging hinein. Niemand bemerkte mich. Ich war so durcheinander, daß ich nicht mal die Waffe herausnahm. Dann ging ich ins Schlafzimmer. Wie passend, dachte ich. Sie dort zu töten, wo sie schläft. Aber sie war schon tot." Die Enttäuschung in ihrer Stimme verursachte mir Übelkeit. "Ein paar Minuten später kamen Sie. Der Wandschrank war offen, also schlüpfte ich hinein, um mich zu verstecken. Als ich das Messer in Ihrer Hand sah, wußte ich nicht, was ich tun sollte. Ich wußte, daß Sie nicht der Mörder waren, aber ich konnte auch nicht zulassen, daß Sie mich sahen. Also nahm ich die Waffe heraus ..."

Den Rest der Geschichte kannte ich.

"Und wo ist die Verbindung zu Rodammer?"

Sie zündete sich die nächste Zigarette an, ging hinüber zur Anrichte und wühlte in den Schubladen, bis sie einen vergoldeten Taschenflacon fand. Inzwischen hatte ich ihr die Führung im Gespräch überlassen. Ich wartete darauf, daß sie antwortete.

Ein großer Schluck, dann sprach sie ruhig weiter. "Wir liebten uns, lange bevor ich David heiratete. Wir waren sehr gute Freunde, aber die Leidenschaft ... war nicht so groß. David war der einzige Mann, bei dem ich ..." Sie brach ab.

"Ein Jahr später heiratete Frederick eine Frau aus seinem Viertel. Unsere Ehen wurden für uns beide eine Katastrophe."

Soweit ich über Rodammers Ex-Frau Bescheid wußte, konnte ich mir das lebhaft vorstellen. Diese Frau war die bekannte Leiterin eines Hilfsprogramms der Stadt für Obdachlose. Wie sie sich je mit einem Mann einlassen konnte, der ein Schwein in seiner Garage verhätschelt, über obdachlose Frauen in kalten Winternächten aber seinen Hohn ausgießt, ist ein Rätsel, das Zack und ich schon stundenlang diskutiert haben.

Marion schraubte den Flacon wieder zu. "Frederick war bei mir, als wir die Nachricht über David hörten", sagte sie nach langer Pause. "Es war, als wäre eine Weiche gestellt worden. Zum erstenmal nach über einem Jahrzehnt ware wir beide frei. Und diesmal geht es uns nicht um Leidenschaft."

"Nur um Mordopfer."

Mein Sarkasmus traf sie tief. "Ich habe Ihnen alles gesagt. Und jetzt müssen Sie gehen."

"Ihnen ist klar, daß ich das alles der Polizei berichten muß?"

Sie zuckte die Achseln. "Frederick ist sehr mächtig."

"So mächtig auch wieder nicht. Sie unterschlagen Beweismaterial."

"Was für Beweismaterial? Ach, Sie meinen den Mann, den ich gesehen habe? Ich fürchte, damit ist keinem viel geholfen. Alles was ich gesehen habe, war sein Rücken. Er hatte einen Gang wie ein Polizist. Sehr männlich." Sie war jetzt wieder ganz gelassen. "Über seine Haarfarbe bin ich mir nicht sicher."

"Und seine Jacke?"

"Sehr unauffällig. Eine Art Baseballjacke, glaube ich."
Sie entschwebte in die Bibliothek.

Ehe ich hinter ihr herlaufen konnte, fiel die Tür ins Schloß. Klassische Musik drang hindurch. Keine Geräusche von zersplitterndem Glas. Keine Schreie.

Ich nahm einen Schluck aus dem Flacon und ging.

***

Als ich nach Haus kam, wartete ein Dinner auf mich. Beth hatte einen Zettel an meiner Tür hinterlassen, auf dem sie mich einlud, mich an ihrem Darmfeger-Chili con Carne zu delektieren. Ich öffnete nicht einmal meine Wohnungstür. Die Katzen hatte sie bestimmt schon gefüttert.

"Ich wußte doch, daß man dir was zu essen anbieten muß, wenn man dich zu Gesicht bekommen will", sagte Beth und füllte mir die dicke, würzige Masse auf den Teller. Ich griff mir die Schüssel mit geriebenem Käse und leerte den halben Inhalt auf meinen Teller.

"Ach nein, du hast sie doch wohl nicht eingeladen, oder?" Dinah war eben im Eßzimmer zu uns gestoßen.

"Sie ist ganz zufällig vorbeigekommen, Liebes. Ehrlich."

Die beiden schmusten am Herd miteinander. Ich nutzte die Gelegenheit und klaute etwas von den gehackten Zwiebeln, den Chips und der sauren Sahne. Dann nahm ich einen Schluck von der eiskalten Limo. Himmlisch. Langsam begann ich, mich wieder wie ein Mensch zu fühlen.

Ein paar Stunden später ging ich nach oben, vollgefressen, leise rülpsend und schläfrig. Aber ein unvorsichtiger Druck auf den Knopf des Anrufbeantworters, und futsch war die Stimmung.

"Bella, bella! Meine schöne Freundin, Sie haben mir die Karriere gerettet. Das Leben! Ihre Ahnung war richtig. Gott schütze Ihre liebe, intuitive, weibliche Seele."

Na, nun mach schon, T.B.

"Ich habe die Proben, die ich von der Wunde genommen hatte, nochmal untersucht. An einer fand ich ein mikroskopisch kleines, kaum wahrnehmbares Fragment. Ein Stück Leder! Ich hab noch mal meine forensischen Texte studiert, und da war's: Ein Fall in Los Angeles, der sogar die Experten verblüfft hat. Nicht aber Sie und mich, mein bellissimo compadre."

Verdammt noch mal. Es war, um aus der Haut zu fahren.

"Die vermutete Tatwaffe: Eine Handfeuerwaffe, Kaliber zweiundzwanzig. Die tatsächliche Waffe: Ein einzelner Schuh mit hohem Pfennigabsatz. In großer Wut zugeschlagen und mit unglaublicher Kraft. Mit anderen Worten, mein lieber Sherlock, die Person, die den Schlag ausführte, muß ungeheuer stark sein. Dies vorausgesetzt, können die Wundmale für beide Arten der Verwundung erstaunlich ähnlich sein. Wie ich Ihnen versprochen habe: Vierundzwanzig Stunden lang lasse ich hierüber nichts verlauten. Ehrenwort. Aber dann: 'Rien ne va plus'."

Der Anruf war vor sieben Stunden eingegangen.

Kapitel 21

Ich verbrachte die ganze Nacht mit meinen Aufzeichnungen. Es war wie eine verrückte Variante dieses Gesellschaftsspiels *Wer knackt den Fall?* Der Killer ist Leutnant Mostrich im Speisezimmer mit einem hochhackigen Schuh. Ich wußte zwar jetzt, wie der Mord begangen worden war, aber ich hatte noch keine Ahnung, von wem.

Obwohl ich jetzt eine genauere Vorstellung hatte, woher die kreisrunden Blutflecke am Tatort kamen, konnte ich mir noch nicht vorstellen, wer nun eigentlich den Schuh geschwungen hatte.

Schlimmer noch: Soweit ich wußte, waren Virginia und Marion die einzigen weiblichen Verdächtigen. Und nach dem, was T.B. gesagt hatte, schien mir keine von beiden kräftig genug, den tödlichen Schlag ausgeführt zu haben.

Angenommen, sie waren nicht schuldig: Wer war dann die Frau, die David Ross besucht hatte? Konnte es Terry gewesen sein? Ich erinnerte mich an ihre schönen, muskulösen Arme. Sie hätte entschieden die nötige Kraft besessen. Wenn sie Ross getötet hatte und ihr Begleiter wußte das …

Falsch, ganz falsch! Ich hatte eine Erleuchtung: Terry wußte sehr wohl von dem Mord. Aber nicht sie schwang den Schuh, sondern jemand anderes. Und Terry wußte, wer. Deshalb brachte er sie um. Und versuchte, mich umzubringen. Zweimal.

Volltreffer. Blinklichter. Sirenen.

Ich duschte und lief ins Büro. Vier Tassen Kaffee später kam Jill.

"Haben wir neuerdings Öffnungszeiten wie bei der Bank?" fragte ich gereizt.

"Gute Laune heute morgen, wie? Schätze, die Schlaflosigkeit ist wieder ausgebrochen."

Ich wurde eine Winzigkeit zugänglicher. "Haben Sie rausgekriegt, warum der Body Shop pleite gemacht hat?"

"Noch nicht, mein lieber Mussolini. Aber ich arbeite daran."

Ich grunzte nur und begab mich in mein Büro. Zeit, den Stier bei den Hörnern zu packen, Miller.

Joey Pisano meldete sich beim zweiten Läuten. Ich war bereit, mit ihm in den Ring zu gehen, aber er wäre ein lausiger Partner gewesen. Er schlief wohl noch halb.

"Gestern war das Begräbnis", murmelte er entschuldigend. "Ich kann immer noch nicht glauben, daß Terry tot ist."

Die Erwähnung ihres Namens machte mich noch nervöser. "Können Sie ein paar Fragen beantworten?"

"Ich bin auf dem Weg zum Sportstudio."

"Es dauert nur eine Minute." Er sagte nichts mehr.

"Haben Sie jemals David Ross nach Atlantic City begleitet?"

"Ja, sicher." Aus seiner Stimme klang jetzt einige Schärfe. "Wie haben Sie das rausgefunden?"

Ich überhörte seine Frage. "Wußten Sie, daß er finanzielle Schwierigkeiten hatte?"

"Scheiße." Ich hörte, wie er eine Schublade zuknallte. "Das wußte doch jeder. Dave war Spieler. Na und?"

"Haben Sie ihm Geld geliehen?"Er ließ einen Laut vernehmen, der eine Mischung aus Lachen und Stöhnen war. "Klar. Virginia und Terry auch. Wie Freunde das eben tun. Aber vielleicht finden Sie das abwegig?"

"Für achtundzwanzig Tausender braucht es eine Menge Freundschaft."

"Achtundzwanzig ... Sie denken ... verdammt." Das hatte gesessen. "Ich habe ein kleines Sportstudio, mein Gott. Verdammt. Sie verstehen das alles falsch. Und ich mache alles nur noch schlimmer. Kommen Sie ins Sportstudio, und ich werde alles erklären."

Das brauchte er mir nicht zweimal zu sagen.

***

Die Eingangstür war nicht abgeschlossen, als ich hinkam. Die Lichter im Empfangsraum waren aus, aber ich sah einen schwachen Schimmer im Übungsraum. Ich rief laut Joeys Namen.

"Hier drin."

Er klang so sehr wie Terry, daß ich einen Augenblick erstarrte.

Ohne die normale Geschäftigkeit und das Klappern der Gewichte erschien der Raum gespenstisch. Joey saß auf einem der Geräte, mit denen man seine Schenkel kräftigen kann. Ich fragte mich, wieso. Seine Beine waren fabelhaft.

"Bin gleich fertig."

Joey beendete seine Übung, dann wischte er sich das Gesicht mit einem Handtuch ab und kam herüber zu der Trimmbank, auf der ich saß. "Trainieren Sie?" fragte er und trocknete seine festen, schlanken Arme ab.

"Nicht regelmäßig."

"Sie sind ziemlich gut in Form."

"Danke für das Kompliment, aber das Äußere kann täuschen." Ich begann, mit den Gewichten herumzuspielen. Früher war ich mal ganz gut gewesen mit all dem Zeug, dachte ich nervös. Er lächelte, aber seine rotgeränderten Augen sahen unglaublich traurig aus.

"Ich hörte, sie haben den Jungen laufen lassen", bemerkte er leise. "Den Jungen, der David getötet hat. War das Ihr Werk?"

"Joey, die Polizei hätte Emerson nicht freigelassen, wenn die Beweislage nicht völlig eindeutig gewesen wäre." Ich spannte die Muskeln an. "Sie sagten, daß Sie mir etwas erklären müßten. Also, was wollten Sie mir sagen?"

Er ging langsam rückwärts und klatschte sich mit dem Handtuch auf seine schmalen Schenkel. Schuldgefühl sprach aus seinen Augen. Ich stand auf und ging auf ihn zu, so nahe, daß ich den Dunst seines schweißbedeckten Körpers spüren konnte. Zweifel flackerte in seinen Augen auf. Plötzlich machte er kehrt und rannte in den Umkleideraum. Ich lief hinterher, machte dann aber plötzlich halt. Links von mir war das Büro. Ich kehrte um und schlich auf Zehenspitzen hinein. Leise schloß ich die Tür hinter mir und knipste die Schreibtischlampe an. Vielleicht würden mir die Akten verraten, was Joey mir nicht hatte sagen wollen. In dem Lichtkreis erschien eine gerahmte Fotografie. Terry. Ihre todtraurigen Augen zogen mich in ihren Bann. Ich legte das Bild verkehrt herum auf den Schreibtisch und setzte meine Suche fort. Was ich suchte, war das Kontobuch. Ich fand es in der dritten Schublade.

"Wissen Sie, daß unbefugtes Betreten ein Verbrechen ist?"

Es war Vic, der Riese aus grauer Vorzeit. Ich richtete mich so rasch auf, daß es in meinem Rücken knackte.

"Vielleicht kann ich Ihnen helfen." In dem trüben Licht erschien dieser Mensch mindestens zwei Meter groß.

Ich hob die Hände. Lügen würden mir jetzt nicht aus der Klemme helfen. "Das ist meine Berufskrankheit", sagte ich in einem ungeschickten Versuch zur Frivolität. "Ich kann dunklen, leeren Büros irgendwie nicht widerstehen."

"Warum gehen wir nicht nach draußen?" Es war eine dieser Einladungen, die man nicht ablehnen kann.

Er führte mich zurück in den Übungsraum. Mit einem leichten Klaps auf meine Schulter, der sich anfühlte wie ein Hammerschlag, drückte er mich auf eine Trimmbank. Dann stellte er sich vor mich hin, seine gewaltigen Bizepse vor der geschwellten Brust verschränkt. Uff! In die Enge getrieben von Arnold Schwarzenegger. Hasta la vista, Baby.

"Ich glaube, ich kann das erklären ..."

Tu dein Bestes, Miller.

"Terry hat mir viel bedeutet. Wir kannten uns nicht lange, aber ... ihr Tod hat mich wirklich geschmerzt. Verstehen Sie?" Ich blickte auf; die Tränen kamen mir mühelos. Ein Appell an seine schwache Seite. Er brummte.

Gut so.

"Und weiter?" Er wischte sich über der Mund. Ganz langsam. Mir kroch Kälte im Rückgrat hoch.

"Ich untersuche ihren Tod. Ich hoffte, daß Joey mir helfen könnte."

"Deswegen brechen Sie ins Büro ein."

"Nein, nein." Doch. Stimmt genau.Verhaften Sie mich, Mr. Super-Body. "In zwei Minuten rufe ich die Polizei. Ihre Lizenz, die war einmal."

Verdammt, Miller, denk nach. "Okay, okay. Eine von den anderen Verdächtigen in diesem Fall hat mir erzählt, daß Joey öfter mit David nach Atlantic City gefahren ist. Sie sagte, daß die beiden ein Liebespaar waren und daß Joey ihn getötet hat, weil Ross ihre Beziehung abbrechen wollte. Ich suche nach Material, um Joey zu entlasten."

Der Eisberg begann zu schmelzen.

"Wer hat Ihnen diese dämlichen Lügen erzählt? War es diese Südstaatenschlampe, diese Ginny?"

Ich wurde knallrot. "Nein. Jemand anderes. Wichtig ist nur, daß ich nicht versucht habe, Joey zu schaden. Ich wollte ihm helfen. Das wäre sicher in Terrys Sinne gewesen." Zu meiner eigenen Überraschung kamen mir nun wirklich die Tränen.

"Beruhigen Sie sich. Ich verstehe", sagte er. "Warten Sie hier. Ich werde die Sache sofort ins richtige Gleis bringen."

Das glaubte ich ihm. Der war imstande, eine Lokomotive ins richtige Gleis zu hieven.

Er stürmte in den Umkleideraum. Gleich darauf hörte ich seine Stimme durch die Metalltür dröhnen; er brüllte, daß diese Lügen endlich aufhören müßten oder so ähnlich. Ich hatte das Gefühl, wenn irgend jemand Joey dazu bringen konnte, die Wahrheit zu sagen, dann war es dieser Koloß. Ich setzte mich wieder auf die Trimmbank, und nachdem ich die Gewichte viermal gestemmt hatte, stürmte Vic wieder herein. Ich wollte die Gewichte gerade wieder in die Halterung legen, als er hinter mir auftauchte. "Sind Sie Gewichtheberin?"

"Eigentlich nicht. Können Sie mir helfen?"

"Klar." Er knallte noch ein Gewicht auf die linke Seite. Mein Ellenbogen gab nach.

"Ich meinte eigentlich, mir aufhelfen."

"Ich weiß." Ein zweites Gewicht landete auf der rechten Seite. Meine Arme knickten sofort ein. Die Metallstange war jetzt keine zwei Zentimeter mehr von meinem Kehlkopf entfernt. Ich war außerstande, das verdammte Ding anzuheben.

"Betrachten Sie's als Geschenk." Er stampfte hinaus.

Schweiß lief mir über die Stirn. Noch eine Sekunde, und meine Arme würden nachgeben und dieses verdammte Ding würde mir den Hals zerquetschen. Verzweifelt versuchte ich, es wenigstens soweit anzuheben, daß ich meinen Kopf darunter herausziehen konnte.

Unmöglich.

Ich schloß die Augen und stemmte gegen das Gewicht an. Meine Arme begannen zu zittern, das Blut pochte in meinen Ohren, und mein Kopf drohte zu explodieren.

Halte durch, spornte ich mich selbst an. Dann sanken meine Arme tiefer. Die Eisenstange drohte, mich zu ersticken. Ich versuchte zu schlucken, aber ich konnte nicht. Lunge, Hals, alles brannte.

Adrenalin kochte in meinem Blut; ich stemmte nochmals. In meinem linken Bizeps riß ein Muskel. In diesem Augenblick hob sich die Hantel und fiel dröhnend auf den Fußboden.

Ich rang nach Luft. Mein Sehvermögen war reduziert auf ein verschwommenes grünes Licht, umgeben von grauem Nebel.

"Sachte, sachte." Ein Arm richtete mich auf und rieb mir den Rücken. Fast zärtlich. Ich wandte den Kopf.

Joey.

"Was?" krächzte ich, keines weiteren Wortes mächtig.

"Er weiß nicht mehr, was er tut", schluchzte er. "Das erste Mal war es ein Unfall, aber Terry ... Wie konnte er glauben, daß ich ihm das je verzeihen würde?"

Der Raum drehte sich um mich. Haltsuchend lehnte ich mich an ihn. "Terry und Vic". Mir schauderte. Ihre Worte krochen über mich hin wie ein Spinnenschwarm: "*Dieses unglaubliche Hochgefühl, das man hat, wenn man es mit Männern tut. Manchmal stelle ich mir vor, ich reite auf einem ungezähmten Pferd.*"

Ich schüttelte die Worte von mir ab und stand auf.

"Haben Sie es denn immer noch nicht verstanden?" Joey war am Rande der Hysterie. "Sagen Sie es mir." Ich massierte meinen Arm. Der Schmerz war unerträglich.

"Vic hat sie beide getötet. Und jetzt ist er hinter Ginny her."

Kapitel 22

Ich rannte zum Telefon hinter der Saftbar und wählte den Notruf 911. Dann blickte ich hinunter auf meine Füße und stöhnte. Sägespäne bedeckten den Boden.

"Joey, kommen Sie her, schnell!" Ich drückte ihm den Hörer in die Hand und gab ihm rasch die nötigen Instruktionen. Dann lief ich hinaus und sprang in den Wagen.

Mein linker Arm war praktisch unbrauchbar. Ich klemmte das Handgelenk in den unteren Teil des Lenkrades und fuhr los. Die Schmerzen waren nichts im Vergleich zu meiner Angst.

Schon wieder hatte ich einem Killer den Weg gewiesen zu einem Menschen, den ich instinktiv mochte. Ich wollte nicht noch einmal an einem Tod die Schuld tragen.

Schon gar nicht an dem von K.T.s Schwester.

Ich drückte das Gaspedal durch und raste quietschend die Fourth Avenue hinunter. Rote Ampeln konnten mich nicht aufhalten. Auch nicht drei knapp vermiedene Unfälle.

Ich erreichte die Schule in Rekordzeit. Es war kurz nach zwölf. Ich rannte an der Sicherheitsbeamtin vorbei und rief ihr zu, sie solle die Polizei rufen.

Virginias Büro war leer.

Die beiden schlaflosen Nächte machten sich jetzt bemerkbar. Ich stand einfach da, unfähig einen Gedanken zu fassen. Da sah ich ihre Handtasche. Verdammt!

Ich lief zu Webster Bainbridges Büro nebenan. Er braute sich gerade Kaffee und plauderte am Telefon. Ich griff nach der Schnur und riß ihm damit den Hörer aus der Hand.

"Haben Sie Virginia gesehen?"

Er sah mich entgeistert an.

"Antworten Sie mir."

"Um Himmelswillen ... ja. Gerade vor einer Minute. Sie ging mit einem Freund zum Lunch." Ich rannte blitzschnell aus der Schule, die linke Hand in meinen Hosenbund gesteckt.

Jeder Schritt tat mir weh. An der Bordkante blieb ich stehen.

Was nun? Wohin zum Teufel war er mit ihr hingegangen?

Ich schaute rechts und links die Straße entlang. Da blieben meine Augen an den Überresten eines Gebäudes hängen, das gerade vor zwei Wochen teilweise abgerissen worden war.

Ich raste über die Straße und betrat die Ruine. Die Sonne brannte erbarmungslos auf meinen Rücken. Würde er sie bei hellem Tageslicht töten? Die Antwort traf mich wie ein Schlag. In East New York waren die Leute so konditioniert, daß sie nichts sahen. Schon gar nicht den Tod eines anderen Menschen. Ich stolperte über zerbrochene Ziegel und anderen Bauschutt und schlich um eine Ecke der ehemaligen Fassade.

Eine Ratte streifte an mir vorbei.

Ich unterdrückte einen Schrei.

Von Virginia keine Spur.

Das Geräusch kam von der anderen Seite einer bröckeligen Wand. Ich nahm einen Ziegelstein in die rechte Hand und schlich vorwärts. Oben an der Wand hing noch die untere Hälfte eines zerbrochenen Fensters. Ich stieg auf einen umgekippten Fernsehapparat und schaute hinüber auf die andere Seite.

Vic stand über Virginia gebeugt, eine Zweiundzwanziger zwischen ihre Augen gerichtet.

Zum Nachdenken war keine Zeit mehr. Ich schrie, als hätte ich Feuer unterm Hintern. Er drehte sich rasch um. Ich warf mich gegen die Mauer, die unter meinem Gewicht vollends zusammenbrach. Ich flog nach drüben und landete auf meinem Kinn.

Während Blut in meinen Mund tröpfelte, hörte ich, wie er einen Schritt auf mich zu machte. Ich lag unbeweglich wie ein Stein und zwang mich, nicht zu atmen. Er soll denken, daß ich tot bin.

"Stehen Sie auf!" schrie er.

Er ist sich nicht sicher. Gut. Ich konzentrierte mich auf meine rasenden Schmerzen und hielt den Atem an.

Ein Körper schlug auf dem Schutt auf. Virginia.

"Rühr dich nicht, du Schlampe."

Ich spürte, wie er sich auf mich zuwälzte wie eine Flutwelle. Im selben Augenblick gab meine Lunge nach. Ich holte keuchend Luft. Er rannte auf mich zu. Ich sprang auf, den Ziegelstein noch in der Hand.

"Lauf, Ginny!"

Ich nahm die letzte Kraft zusammen und warf den Ziegelstein nach ihm. Er prallte an seinem Arm ab wie ein Insekt. Immerhin war der Aufprall so stark gewesen, daß seine Waffe in den Schutt flog. Ich drehte mich auf dem Absatz um und lief in die entgegengesetzte Richtung von Virginia. An den schweren Schritten hinter mir merkte ich, daß er mich als Opfer ausersehen hatte. Wenigstens war Virginia erstmal in Sicherheit.

Aus der Ferne hörte ich das Heulen einer Polizeisirene.

Für Dankeshymnen hatte ich keine Zeit. Ich sprang über die verbogene Kante eines rostigen Metallbettes. Die Schnürsenkel meiner Turnschuhe blieben an einer Sprungfeder hängen. Ich fiel vornüber.

Vic hob mich an den Unterarmen hoch; dann warf er mich von sich weg wie einen Volleyball. Ich prallte mit der Wange gegen eine Betonplatte. Ich rührte mich nicht mehr. Diesmal war es keine Vortäuschung falscher Tatsachen.

"Rühren Sie sich nicht!"

Kein Problem.

Langsam aber sicher verlor ich das Bewußtsein.

Ich konnte gerade noch hören, wie Zack Vic seine Rechte vorlas.

Dann erst ließ ich mich dankbar und erleichtert von der Dunkelheit umfangen.

***

Die nächsten acht Tage verbrachte ich im Bett. Meine linke Gesichtshälfte war Hackfleisch; mein Arm lag in einer Schlinge. Die einzigen Besucher, denen Beth den Zutritt zum Allerheiligsten gestattete, waren Dinah, K.T. und Zack.

Allmählich entschleierte sich die Geschichte. Ross wußte, daß es einen Menschen gab, der ihm nichts abschlagen würde: Joey Pisano. Schließlich verdankte Joey David sein Leben.

Ein paar Tage vor seinem Tod wandte David sich an Joey wegen des Geldes, das er Cruiser schuldete. Ohne Vics Wissen nahm Joey das Geld vom Betriebskapital des Body Shop. Anscheinend hatte David ihm wiederholt versichert, daß er ihm die ganze Summe innerhalb eines Monats zurückzahlen würde.

Am Tage des Mordes war Joey gerade beim Umkleiden für den Transvestitenball im *Scarlett*, als Vic bei ihm erschien. Er kam gerade von der Bank zurück und wollte wissen, warum Joey ohne seine Zustimmung achtundzwanzigtausend Dollar abgehoben hatte. Als Joey ihm den Grund nannte, bestand Vic darauf, David sofort aufzusuchen und die Rückzahlung zu verlangen.

Sie fuhren zur Schule, Joey immer noch in seiner roten Perücke und im Cocktailkleid. Sie stellten David Ross; Vic verlangte die Rückgabe des Geldes. Da machte Ross seinen ersten Fehler: Er lachte. Ganz ungeniert und von oben herab erzählte er ihnen, wo das Geld geblieben war. Joey stürzte sich auf Ross, der ihn niederschlug. Als Vic sich herunterbeugte, um Joey aufzuhelfen, machte Ross seinen letzten Fehler.

"Nun schaut Euch doch bloß mal an", kicherte er. "Ihr seid mir vielleicht zwei Tucken! Gebt's doch wenigstens zu."

Vic, der Joey's hochhackigem Schuh aufgehoben hatte, wirbelte herum und schlug ihn tief in David Ross' Schädel hinein.

Am nächsten Tag gestand Joey Terry alles. Sie hatte beschlossen, mir die ganze Geschichte zu erzählen, aber Vic verhinderte das durch die Prügel am Freitag. Als sie immer noch darauf bestand, daß sie sich stellen sollten, ging Vic zu ihr in die Wohnung und erschoß sie. Er drohte, mit Joey dasselbe zu machen, falls dieser redete.

Soviel zu Freundschaften fürs Leben ...

Während ich mal das Bewußtsein erlangte und es dann wieder verlor und ab und zu etwas Limo durch ein buntes Röhrchen trank, fügte sich der Rest zusammen zu folgendem Bild: Vic und Joey begleiteten David und Terry häufig auf ihren Ausflügen nach Atlantic City. David sagte manchmal im Spaß, daß Joey sein Glücksbringer sei, besonders wenn er seine *femme fatale*-Requisiten anlegte. Wie ich später herausfand, war Joanie der Name, den Joey benutzte, wenn er Frauenkleider trug.

Am meisten überraschte mich, daß es nicht Vic gewesen war, der versucht hatte, mich in meinem Wagen zu verbrennen und in meine Wohnung eingebrochen war. Diese Ehre gebühre einem Patienten von Dinah. Jenem, der mir schon immer unheimlich gewesen war, der unser Haus zu allen Tages- und Nachtzeiten umkreist hatte, nur um zu sehen, ob bei Dinah das Licht brannte. Eines Nachts war er vorbeigekommen und hatte gesehen, wie Terry und ich es vor ihrer Tür trieben.

Bloß ein Fall von Homophobie.

***

"Du klingst heute morgen schon ganz schön frech."

Es war K.T.

"Mich hat noch nie jemand beschuldigt, frech zu sein."

Ich balancierte auf dem Rand der Couch und war überrascht, daß ich mich so freute, ihre Stimme zu hören. "Tut mir leid, daß ich bisher nicht zurückgerufen habe. Ich brauchte einfach noch etwas Zeit für mich allein."

"Robin Miller." Sie sagte meinen Namen mit solcher Ruhe und Bestimmtheit, daß es mich traf wie ein Sonnenstrahl, der einen Himmel voller Sturmwolken durchdringt.

"Ja?"

"Im Augenblick gibt es keinen Fall. Es gibt auch keine Vergangenheit. Okay? Im Augenblick gibt es nur dieses Telefongespräch."

Ich lächelte. Ihre Stimme wirkte auf mich geradezu hypnotisch. "Was ist so besonderes an diesem Telefongespräch?"

"Ich habe eben einen Wagen gemietet. Und ich bin jetzt auf dem Weg zu dir. Warte vor der Tür auf mich. Es ist ein herrlicher Tag."

Ehe ich ablehnen konnte, hatte sie aufgelegt. Bis ich ihre Nummer wieder gewählt hatte, war sie schon weg. Ich stürmte durchs Haus, verärgert über ihre Annahme, ich sei schon wieder soweit, das Haus verlassen zu können. Ich fing gerade erst an, meinen Arm wieder etwas freier bewegen zu können, aber ich fühlte mich noch wie Quasimodo. Ich quengelte und nörgelte vor mich hin, bis ich in den Spiegel sah und mit einem Schock erkannte, wie gottserbärmlich ich aussah.

Ich lief hinunter und drang durch die Hintertür in Beths und Dinahs Wohnung ein. Im Badezimmer fand ich etwas Make-up, das ich ungeschickt auftrug. Trotzdem sah ich immer noch aus, als hätte ich Hepatitis, Lebensmittelvergiftung und verschiedene andere Krankheiten zugleich. Ich wusch das Make-up ab und ging nach draußen.

K.T. hatte recht. Nach zehn Tagen des Eingeschlossenseins in meiner Wohnung erschien mir der Tag über die Maßen wundervoll. Der Himmel war blau wie ein Gletschersee, und die Luft frisch mit einem Hauch von Wärme. Der Baum vor unserem Haus hatte hellgrüne Blätter, deren Farbe so lebhaft war, daß sie fast vibrierte.

Ich setzte mich auf die Stufen, schloß die Augen und atmete tief. In der Luft war der Duft des frühen Sommers. Blumen. Ich fühlte, wie mein Körper sich entspannte.

"Mein Gott,was bist du doch für eine schöne Frau."

Ich öffnete die Augen und sah K.T., wie sie mich vom Fahrersitz ihres offenen roten Jeeps her anstarrte. Sie sprang heraus und winkte mir. Ich stand langsam auf.

K.T. trug ein Baumwollhemd und ein Paar abgetragene Jeans, die die Linie ihrer Hüften betonten. Der sanfte Wind wehte ihr das Haar aus dem Gesicht. Als ich auf sie zuging, spürte ich, wie etwas in mir zerbrach. Einen Augenblick lang wollte ich wieder zurück ins Haus laufen.

Stattdessen streichelte ich über ihre Wange.

"Dein Haar ist wie Holzfeuer. Wie Glut." Ich krümmte mich innerlich beim Klang meiner Stimme.

K.T. senkte nur die Augen; in einem Mundwinkel begann ein Lächeln. "Süße, du steigst jetzt besser gleich ein, oder ich kann für meine Handlungen nicht mehr garantieren."

Ich kletterte auf den Beifahrersitz.

Ein paar Minuten lang sprach keine von uns. Dann merkte ich plötzlich, daß wir auf der Brooklyn-Queens-Schnellstraße nach Osten fuhren. "Wohin fahren wir?"

"Wo wir leichter atmen können."

Sie streckte ihre Hand aus und bedeckte mein Knie. Mein Fleisch brannte unter ihrer Berührung. Aus dem Augenwinkel nahm ich wahr, daß sie mich ansah.

"Du fühlst es, nicht?"

Ich stellte das Radio an. Laut. Es war ein Sender für Country-Music. Ich wollte einen anderen suchen, aber ihre Hand hielt mich zurück.

"Hör zu", sagte sie nur.

Der Song kam mir irgendwie bekannt vor. Die Stimme einer Frau.

"Patsy Cline. Sag bloß, du kennst sie nicht."

Ich schüttelte den Kopf. "Ich bin kein Country-Music-Fan."

Wieder ein Seitenblick. "Achte auf die Worte. Das Gefühl. Es ist so unmittelbar. So unverfälscht."

Ich ließ die Worte auf mich wirken. Zu meiner Überraschung füllten sich meine Augen mit Tränen.

"Das ist 'Crazy'."

Den Bruchteil einer Sekunde lang dachte ich, sie meinte meine Tränen, dann merkte ich, daß sie mir den Titel des Songs nannte.

"Als Patsy Cline noch ein Kind war, bekam sie eine Art Halsentzündung. Wenn ich mich recht erinnere, wurde das so schlimm, daß ihr Herz einmal stillstand. Als es wieder zu schlagen begann, hatte ihre Stimme sich verändert. Meine Mutter hat mir diese Geschichte erzählt, als ich gerade sieben Jahre war. Ich muß immer noch daran denken, wenn ich sie singen höre. Manchmal hinterläßt eine Tragödie auch ein Geschenk."

Mein Zynismus meldete sich. "Eine Tragödie ist nicht romantisch." Die Bitterkeit in meiner Stimme übertönte den Wind.

"Das habe ich auch nicht gesagt."

Wir verfielen in Schweigen.

"Patsy Cline starb schon mit dreißig. Genauso alt war mein Vater, als sein Laster sich überschlug ..." Ihre Stimme klang spröde. "Glaub mir, ich weiß, daß Tragödien nicht romantisch sind."

Hinter ihren Worten verbarg sich etwas, etwas, das schwerer wog als der frühe Tod ihres Vaters. Ich hätte sie gern gefragt, aber die Art, wie sie ihr Kinn vorstreckte, hielt mich davon ab.

"Tut mir leid."

Sie drückte mein Knie. "Tu mir einen Gefallen. Laß diesen Sender an. Diese Musik überrascht dich vielleicht. Aber Country-Music ist viel mehr als näselndes Westernkneipengegröle."

Widerwillig gab ich nach. Ich lehnte mich zurück, in Erwartung einer Breitseite von Johnny Cash. Stattdessen umfing mich eine andere Frauenstimme mit Tönen, die seidig waren und sexy. Ihre Worte durchdrangen die Schwachstellen meiner emotionalen Abwehr wie scharf geschliffene Schwerter. Der Wind trocknete die Tränen auf meinem Gesicht. K.T. sagte kein Wort mehr, bis wir den Highway verließen.

Als ich das Ausfahrtschild las, wurde mir schwach.

"Wir fahren zur Cherry-Grove-Fähre, nicht?"

K.T. antwortete mir in demselben Ton. "Schlechte Erinnerungen?"

Ich schüttelte den Kopf. "Nein, wunderschöne. Ich habe dort einen Sommer verbracht mit der einzigen Frau, die ich je wirklich geliebt habe."

"Oh ..." K.T. legte beide Hände auf das Lenkrad. Sofort verlangte mein Knie wieder nach ihrer Berührung. "Der Bruch, ist er noch frisch?"

"Fünf Jahre alt", sagte ich mit gezwungenem Lachen. "Wenn es einem wirklich etwas bedeutet hat, hört der Schmerz nie auf. Nur schade, daß man es nicht begreift, ehe es zu spät ist."

"Hast du ihr es denn jemals gesagt?" Die Frage war ein Versuchsballon. Ich hatte das Gefühl, K.T. fürchtete sich vor der Antwort.

"Ich hatte keine Chance. Sie starb vor zwei Jahren." Diese Worte klangen immer noch unwirklich. Wie konnte jemand, der so vital war wie Mary, seit zwei Jahren tot sein? Wie konnte das Leben weitergehen, als ob ihr Sterben bedeutungslos sei? Wie konnte ich weiterleben?

K.T.s Hand flatterte zurück auf mein Knie wie ein verwehtes Blatt. "Sie hat es bestimmt gewußt." Ihre Handfläche glitt über meinen Schenkel und weckte ein Gefühl so tief in meinem Innern, daß es keine Worte gab, es auszudrücken.

Erinnerungen überfluteten mich. Mary am Strand stehend, hinter ihr sich heftig brechende Wellen. "Trau' dich doch einfach", hatte sie mich herausgefordert, weil sie wußte, wie die Dünung mich ängstigte. "Vertrau mir", hatte sie gegen den Wind gerufen. "Ich kann dich nicht verlieren." Und ohne zu zögern war ich in ihre Arme gelaufen und hielt mich an ihr fest, während ich sah, wie das Wasser ringsum anstieg. Sie warf sich mit mir gegen die ansteigende Woge, ihre kräftigen Arme fest um mich geschlungen, und als die Woge sich hinter uns überschlug und wir dem Sog standhielten, da hatte sie mich leidenschaftlich geküßt und geflüstert, "Siehst du. Nichts kann uns etwas anhaben. Nichts."

Wie fuhren auf die Fähre. K.T. stellte den Jeep ab, dann sah sie mir in die Augen. Sie berührte meine Wange mit dem Handrücken, "Komm. Wir wollen uns unsere eigenen Erinnerungen schaffen."

Die Fähre war fast leer. Ich ging gleich nach oben.

"Vielleicht wird es kalt, wenn wir erstmal draußen auf dem Wasser sind", sagte K.T. Der Himmel war dunkler geworden und die Luft kühler.

"Gut." Ich nahm ihre Hand und führte sie nach vorn. Als die Maschine im Bauch der Fähre rumpelte, fühlte ich, wie die Spannung sich in mir zu lösen begann. K.T. trat hinter mich und ließ die Hände unter meine Weste gleiten. Als wir in die Bucht hinaus fuhren, wurde der Wind lebhafter und ließ Kälte und Salzwasser auf meinen Wangen prickeln. Ich mußte plötzlich lachen. K.T. schmiegte sich enger an mich.

Als wir auf der anderen Seite anlegten, verband uns eine Stimmung stiller Freude. Wir parkten den Wagen, und K.T. führte mich wortlos über den Plankensteg zur anderen Seite, wo der Strand lag. Jetzt, am Anfang der Saison, war das Waldgebiet noch ruhig.

Zu dieser Jahreszeit erinnerte mich Fire Island an einen Ort aus früheren Zeiten. Dicht säumten die Bäume den Plankensteg, und Vögel schwirrten über unsern Köpfen hin und her. Der Frühsommer war hier kraftvoll, der Duft eben erblühter Blumen betäubend und vielfältig. Als wir uns der anderen Seite näherten, konnte ich die Erregung kaum noch ertragen. Ich lief K.T. voraus zu einer der Treppen, die zum Strand hinunterführten. Die Promenade stieg auf einer Düne leicht an und da, plötzlich und wie durch Magie, erschien der Ozean.

Urweltlich. Ohne Scham. Unwiderlegbar.

Ich ließ meine Hände auf das Geländer sinken und begann zu weinen.

K.T. trat neben mich. Ich schmiegte mich in ihre Arme und suchte durstig ihren Mund.

Bisher bei DAPHNE erschienen:

Katherine V. Forrest

Seltsamer Wein

Sieben Frauen zwischen dreißig und vierzig treffen sich zu Skiferien auf einer Berghütte. Am abendlichen Kaminfeuer reden und streiten sie und enthüllen einander ihre Liebes- und Eheerfahrungen. Zwischen zwei der Frauen bahnt sich zaghaft eine Liebesgeschichte an, die sich bald zu dramatischer und leidenschaftlicher Intensität steigert.

176 Seiten. DM 18,00 ISBN 3-89137-002-4

Elsa von Bonin

Das Leben der Renée von Catte

Dieser 1911 zuerst erschienene Roman ist die literarisch anspruchsvolle Darstellung der Kindheit und Jugend einer preußischen Adligen um 1900. Enfühlsam und psychologisch genau schildert die Autorin Renées „anderen Blick" auf die gesellschaftliche Welt, in der sie lebt, ihre Versuche zur Überwindung des konventionellen Frauenstatus und ihre Liebe zur sterbenden Dichterin Yvonne.

286 Seiten. DM 18,00 ISBN 3-89137-003-2

Jane Rule

Outlander

Kurzgeschichten und Essays

OUTLANDER ist die seltene und spannende Kombination von kunstvoller literarischer Spiegelung und souveräner intellektueller Durchdringung eines noch immer umstrittenen Themas: Zwölf virtuose Kurzgeschichten über die verschiedensten – oft auch hinreißend komischen – Facetten lesbischen Lebens und zwölf scharfsinnige Essays über Themen wie „Sexualität in der Literatur", „Homosexualitätsphobie und romantische Liebe" oder „Geschlechterkrieg".

220 Seiten. DM 19,00 ISBN 3-89137-004-0

Brenda Weathers

Das Haus in Pelham Falls

Im tiefsten Winter zieht sich Dr. Karen Latham, Professorin für Anthropologie an einem hochangesehenen College, in dieses Haus an der stürmischen Küste von Maine zurück. Sie ist auf der Flucht vor ihren Gefühlen, denn sie weiß, daß ihre Liebe zu der Dokumentarfilmerin Maggie England eine Bedrohung ihrer sorgfältig geplanten wissenschaftlichen Karriere bedeutet. In ihrer Abgeschiedenheit gerät sie mehr und mehr in den Bann des Hauses und seiner Schatten. Sie sieht und hört Unerklärliches, und in ihren Träumen erscheint ihr eine fremde, dunkle Geliebte, die sie mit ungeheurer erotischer Intensität an sich zieht . . .

244 Seiten. DM 24.00 ISBN 3-89137-005-9

Claire McNab

Unterricht in Mord

An einem heißen Sommertag wird in der Bellwhether Highschool in Sidney der Lehrer Bill Pagett tot aufgefunden. Das Loch in seinem Kopf stammt vom fachkundigen Einsatz einer Black & Decker-Bohrmaschine.
Die Kommissarin Carol Ashton, berühmt für ihre glänzenden kriminalistischen Fähigkeiten, übernimmt den Fall. Sehr bald entdeckt sie verwickelte Beziehungen zwischen den Mitgliedern des Lehrerkollegiums – und reichlich Motive für den Mord. Bösartige Briefe kommen und bedrohliche Telefonanrufe. Dann findet man eine zweite Leiche . . .
Carols Ermittlungen komplizieren sich noch zusätzlich durch die unwiderstehliche Attraktion zwischen ihr und der Hauptverdächtigen Sybil Quade.
Die Kommissarin kämpft gegen dieses Gefühl an, um die Objektivität ihrer Nachforschungen nicht zu gefährden. Und auch Sybil widersetzt sich der „unnatürlichen“ Leidenschaft, welche sie zu eben jener Frau hinzieht, die unerbittlich Beweise sammelt, um sie des mehrfachen Mordes zu überführen . . .

224 Seiten. DM 24,00 ISBN 3-89137-006-7

Jane Rule

Desert of the Heart

Deutsche Ausgabe

Reno, am Rande der Wüste von Nevada, ist für Tausende ein Paradies, in dessen Gerichtssälen Ehen schnell geschieden, in dessen Casinos Vermögen schnell gewonnen und verspielt werden.
Evelyn Hall, Professorin für englische Literatur, kommt 1959 nach Reno, um sich scheiden zu lassen. – Sie ist eine Frau, die Konventionen respektiert, nicht in Casinos spielt und sich vor der Wüste fürchtet.
Ann, die im Casino arbeitet, lehrt sie die Wüste lieben; und für sie setzt Evelyn schließlich weit mehr aufs Spiel als Geld.

„Ich lebe in der Wüste des Herzens", sagte Evelyn leise. „Ich kann nicht die ganze verdammte Welt lieben."
„Liebe mich, Evelyn."
„Das tue ich."
„Aber du willst mich nicht?"
Evelyn betrachtete Ann, das Kind, das sie immer gewollt hatte, die Freundin, die sie einst gehabt hatte, die Geliebte, die sie niemals auch nur in Erwägung gezogen hatte. Natürlich wollte sie Ann.

256 Seiten. DM 27.00 ISBN 3-89137-008-3

Claire McNab

Tödliches Wiedersehen

Ein Telefonanruf . . . und die Vergangenheit holt Kriminalkommissarin Carol Ashton ein.
„Carol, ich brauche dich . . . es ist Mitchell. Er ist tot. Sie glauben, ich hätte ihn umgebracht."
Vor drei Jahren hat Carol Christines Stimme zuletzt gehört, als sie die vernichtenden Sätze aussprach: „Ich liebe dich, Carol, aber ich kann nicht einfach alles aufgeben. Ich kann Mitchell nicht verlassen. Es ist aus . . ., bitte versteh das."
Jetzt sucht Christine verzweifelt ihre Hilfe, – die Frau, um deretwillen Carol alles riskiert und alles verloren hat.

Tödliches Wiedersehen – ein neuer Fall für Carol Ashton, der sie in einen Konflikt zwischen Vergangenheit und Gegenwart hineinzieht, in einen Sog erotischer Leidenschaft und Gewalt.

200 Seiten. DM 24.00 ISBN 3-89137-009-1

Radclyffe Hall

Quell der Einsamkeit

Dieser Roman, der Klassiker der lesbischen Literatur, wurde 1928 in einem aufsehenerregenden Prozeß unmittelbar nach seinem Erscheinen wegen „Obszönität“ verboten, weil er ohne Kompromisse die Entwicklung einer Frau schildert, die wegen ihrer Liebe zu Frauen von der Gesellschaft geächtet wird.
Das Buch besitzt nicht nur hohe literarische Qualität, sondern ist auch als historisches Selbstzeugnis einer lesbischen Frau von großem Interesse, die in den zwanziger Jahren die Auffassungen Freuds und Havelock Ellis’ über weibliche Homosexualität verinnerlicht hat.
Das Buch war in Deutschland lange vergriffen und ist mit dieser Ausgabe endlich wieder zugänglich.
Mit einem Nachwort von Susanne Amrain.

608 Seiten. DM 38.00 ISBN 3-89137-011-3

Alison Bechdel

Lesbenläufe

... wie aus dem Bilderbuch

Alison Bechdels Comics mit der Superheldin Mo und ihren Freundinnen sind in den USA bereits Kultbücher. Mos Wanderungen durch den Lesbenalltag, ihre Anfälle von Frust und Romantik und ihr Happy-End(lich) mit Harriet sind hinreißend gezeichnet und getextet.

118 Seiten. DM 16.00 ISBN 3-89137-012-1

Jaye Maiman

Abschied von Mary

– ein Robin-Miller-Krimi

Robin Miller, Reiseschriftstellerin und Autorin von Liebesromanen, lebt getrennt von ihrer Geliebten, der Finanzexpertin Mary Oswell. Die Nachricht von Marys plötzlichem Tod trifft sie wie ein Schlag. Unfalltod, vielleicht sogar Selbstmord durch allergischen Schock, sagt der Kommissar Thomas Ryan. Unmöglich, meint Robin. Robins eigene Nachforschungen enthüllen ein Geheimnis nach dem anderen: da gibt es ein tödliches Arzneirezept, ein hochbrisantes Dossier, an dem Mary arbeitete, einen aalglatten Politkarrieristen, der Marys Anwalt war, eine „Königin der Straße" namens Selma, und – Marys Affären mit anderen Frauen.

256 Seiten. DM 26.00 ISBN 3-89137-013-X

DAPHNE VERLAG
Vertrieb für den Buchhandel:

Frauenliteraturvertrieb
Erich-Ollenhauer-Str. 231
D-65199 Wiesbaden
Telefon (06 11) 41 07 80
Telefax (06 11) 41 06 19